SILVIA STOLZENBURG

Die Meisterbanditin

SILVIA STOLZENBURG

Die Meisterbanditin

Historischer Kriminalroman

GMEINER SPANNUNG

Dieses Buch wurde vermittelt durch die
Autoren- und Projektagentur Gerd F. Rumler (München)

Bisherige Veröffentlichungen im Gmeiner-Verlag:
Das Erbe der Gräfin (2018), Die Launen des Teufels (2018), Das dunkle Netz (2018), Die Salbenmacherin und die Hure (2017), Blutfährte (2017), Die Salbenmacherin und der Bettelknabe (2016), Die Salbenmacherin (2015)

Im Ehnried 5, 88605 Meßkirch
Telefon 07575/2095-0
info@gmeiner-verlag.de

1. Auflage 2018

Lektorat: Claudia Senghaas, Kirchardt
Herstellung: Mirjam Hecht
Umschlaggestaltung: U.O.R.G. Lutz Eberle, Stuttgart
unter Verwendung eines Bildes von: © wikipedia.org/wiki/File:Gerrit_van_Honthorst_(Dutch_-_Musical_Group_on_a_Balcony_-_Google_Art_Project.jpg
Druck: GGP Media GmbH, Pößneck
Printed in Germany
ISBN 978-3-8392-2301-7

Für Eumel. Und mich.

Prolog

Ein Herrensitz im Herzogtum Württemberg, Ende Juli 1721

Das Herz der jungen Zofe hämmerte so heftig, dass sie das Gefühl hatte, es wolle zerspringen. Mit angehaltenem Atem kauerte sie in einem der engen Gänge hinter dem offenen Kamin im Salon des Jagdschlosses, in dem sie angestellt war. Direkt vor ihr tanzten Flammen, schienen nach ihr zu züngeln und zu lecken. Die Luft in dem beengten Raum war heiß und voller Ruß, und sie fürchtete, sich mit einem Husten zu verraten. Die Hand auf den Mund gepresst, lugte sie durch das Gitter am Feuer vorbei in den prunkvoll ausgestatteten Raum auf der anderen Seite des Kamins. Das Licht der Sonne fiel durch die Fenster herein und malte Schatten auf den gewachsten Holzboden. Das Gold der Türbeschläge und ein fetter Stuckengel spiegelten sich in einem Teil des Bodens, der auf Hochglanz poliert war. Ein dunkelroter Brokatvorhang bewegte sich leicht im Wind, der durch ein geöffnetes Fenster hereinwehte. In weiter Ferne war wütendes Gebell zu hören.

Zwei Männer waren im Blickfeld des Mädchens. Allerdings ließen die Stimmen vermuten, dass sich noch zwei weitere Personen im Salon aufhielten.

Sie sprachen leise, zu leise, um genau zu verstehen, was sie sagten. Lediglich einige Wortfetzen drangen an das Ohr des Mädchens, aus denen es sich jedoch keinen Reim machen konnte. Worum ging es bei dem Treffen? War es überhaupt wichtig? Oder unterhielten die Männer sich über die nächste Jagd, die Hunde, mit denen sie das Wild zu Tode hetzen wollten?

Obwohl der Rauch dafür sorgte, dass ihr die Augen tränten, rückte die Zofe noch näher an das Gitter.

»Woher weißt du das?«, hörte sie einen der Anwesenden fragen.

»Das ist nicht wichtig.«

»Wer sagt, dass es keine Lüge ist?«

»Der Überbringer der Nachricht ist absolut vertrauenswürdig. Es gibt keinen Zweifel.«

Einen Augenblick sagte niemand etwas. Dann ertönte ein wüster Fluch. »Diese Kanaille!«

Der Ausruf war so laut, die Stimme so nah, dass die junge Frau erschrocken von dem Gitter zurückwich und unbedacht die Luft einzog. Augenblicklich stach ihr der Rauch in die Lunge und ließ sie nach Atem ringen.

»Was war das?«

Die Zofe vergrub den Kopf in der Armbeuge, um den Hustenreiz zu unterdrücken. Aber der Schaden war bereits angerichtet.

»Das kam von hinter dem Kamin!«, rief ein Bass aus.

»Da belauscht uns jemand! Worauf wartet ihr? Schnappt ihn euch!« Die Stimme, die den Befehl gab, war so kalt, dass der jungen Frau die Furcht in die Glieder fuhr.

In blinder Hast kehrte sie der Luke den Rücken, kroch durch den engen Gang und drückte die Tür an dessen Ende auf. Immer noch nach Luft ringend, stolperte sie auf den Korridor hinaus. Die Angst war wie eine Klaue, die nach ihrem Herzen griff. Voller Panik wandte sie sich zur Flucht und versuchte, nicht daran zu denken, was sie erwartete, falls die Männer sie einholten.

Hinter ihr schlug eine Tür.

»Da vorn!«

Während die Angst drohte, ihr die Kehle zuzuschnüren, rannte sie auf eine der Dienerschaftstreppen zu, die in den

Schlosshof führte. Ohne auf die verwunderten Blicke der Lakaien zu achten, raffte sie ihre Röcke und hastete die Stufen hinab. Im Schlosshof jagte sie an einem Fuhrwerk und drei Reitern vorbei und floh über die Zugbrücke den Hügel hinab in Richtung des Waldrandes, der eine halbe Meile weiter östlich Schutz versprach.

Sie wagte nicht, sich umzusehen. Während ihre Seiten anfingen zu stechen, kletterte sie über ein Gatter und rannte so schnell sie konnte über eine Futterwiese. Heilige Muttergottes, steh mir bei, flehte sie in Gedanken. Wenn es ihr gelang, den Wald zu erreichen, konnte sie sich vielleicht vor ihren Verfolgern verstecken. Das Wiehern eines Pferdes ließ sie herumwirbeln und um ein Haar den Halt verlieren.

Vier Reiter galoppierten hinter ihr den Schlosshügel hinab und setzten wenig später über das Gatter. Einer der Männer im Sattel zog einen Säbel, dessen Klinge im Sonnenlicht aufblitzte. Mit einem erstickten Laut setzte die Zofe ihre Flucht fort. Allerdings schnitten ihr die Verfolger schon bald den Weg zum Wald ab und hetzten sie weiter nach Süden auf den Seitenarm eines Flusses zu.

»Hör auf wegzurennen!«, brüllte einer von ihnen. »Wir holen dich ohnehin ein.«

Aber sie dachte nicht im Traum daran stehen zu bleiben. Wenn sie sich den Männern ergab, würden sie sie zurück zum Jagdschloss bringen und befragen. Sobald sie ihnen gesagt hatte, was sie wissen wollten, würden sie sie entweder in einem tiefen Loch verrotten lassen oder umbringen.

»Sie versucht, die Brücke zu erreichen!«, warnte ein zweiter Reiter, als die junge Frau auf einen der schmalen Stege zulief, über die die Ziegenhirten ihre Tiere trieben.

Nur noch ein Steinwurf trennte sie von dem rettenden Übergang, als der Mann mit dem Säbel an ihre Seite galoppierte und ihr mit dem Knauf der Waffe einen brutalen Hieb versetzte. Der Schmerz war wie eine Explosion in ihrem Kopf. Mit einem Schrei sackte sie in die Knie und blieb einen Augenblick benommen liegen.

Lange genug für ihren Verfolger, um aus dem Sattel zu springen und ihr die Waffe auf die Brust zu setzen.

»Warte!«, hörte das Mädchen einen der anderen Männer rufen. »Warum willst du dir die Hände schmutzig machen?«

»Sie hat uns belauscht!«

»Gewiss. Aber wenn du sie damit tötest …« Er brach den Satz ab.

Die Benommenheit war wie ein zäher Nebel. Mit einem Stöhnen versuchte die junge Frau, sich zu bewegen, doch der Stiefel eines der Reiter nagelte sie am Boden fest.

»Bring sie zum Fluss.«

Als sich Hände unter ihre Achseln schoben und sie grob in die Höhe zerrten, kehrte die Panik mit voller Gewalt zurück. »Lasst mich los!«, flehte sie. Vergeblich versuchte sie, sich aus dem eisernen Griff zu befreien.

Ein freudloses Lachen war die einzige Antwort. Dann wurde sie zum Flussufer geschleppt und auf die Knie gezwungen. Eine Hand packte sie im Nacken.

»Das passiert mit Spionen«, knurrte der Mann hinter ihr, ehe er sie nach vorn drückte und ihren Kopf unter Wasser tauchte.

Kapitel 1

Das Dorf Brenz im Herzogtum Württemberg, August 1721

»KOMM SCHON, TANZ MIT MIR!« Die 17-jährige Marie wischte sich atemlos über die Stirn. Die Hitze des Sommertages lag noch in der Luft, obwohl die Sonne bereits hinter den Baumwipfeln am Horizont verschwand. Vermutlich würde auch diese Nacht nur wenig Abkühlung bringen. Doch heute war es ihr und allen anderen Dorfbewohnern egal, ob die Wolken Regen brachten oder nicht. Sie sah zu dem jungen Mann auf, der sie um Haupteslänge überragte. Seine dunklen Augen lagen im Schatten eines Strohhutes, den er tief in die Stirn gezogen hatte. Seine breiten Schultern spannten den Stoff des dünnen Sommerhemdes, über dem er eine Weste trug. Er stand unter einer Kastanie am Rand der Festwiese und kaute auf einem Grashalm herum. In Maries Augen wirkte er mürrisch. »Warum versteckst du dich vor mir? Ich suche schon den halben Abend nach dir.« Es war als Scherz gedacht, doch die Röte, die dem jungen Mann in die Wangen schoss, ließ Maries Ausgelassenheit verpuffen. »Was ist los?«, fragte sie. Sie sah sich auf der Wiese um, die zum Anlass des Erntefestes mit bunten Fähnchen und Lichtern geschmückt war. Überall wirbelten zum wilden Spiel der Pfeifer, Fiedler und Trommler die Tänzer durcheinander. Die Frauen hatten sich ebenso herausgeputzt wie die Männer, und die Anstrengung der vergangenen Tage und Wochen schienen mit jedem Reigen weiter von ihnen abzufallen. So wie Marie hatten auch die anderen Bauerstöchter, Mägde und Ehefrauen ihre besten Kleider angelegt. Die Männer wirkten ebenfalls frisch und sauber. Nichts erinnerte mehr an den Staub und den Schmutz der Ernte und des Dreschens. Es war ein gutes Erntejahr, weshalb das Fest in diesem Sommer üppiger ausfiel als in den vergangenen drei Jahren.

Ihr Gegenüber trat von einem Fuß auf den anderen und spuckte den Grashalm aus.

»Sag schon, was ist los?«, hakte Marie nach. »Ist dir eine Laus über die Leber gelaufen?« Sie schielte auf den Tonkrug, der nicht weit entfernt von ihm im Gras lag. »Oder hast du zu viel Bier getrunken?« Sie schnüffelte wie ein Hund. Allerdings überdeckte der Duft der abgeernteten Felder alles andere – selbst den Gestank der Schweinekoben des Bauern, dessen Gehöft an die Festwiese angrenzte. Als er immer noch nicht antwortete, zupfte sie ihn ungeduldig am Ärmel. »Bartholomäus, kannst du mich hören?«

»Ja doch«, brummte er. »Ich bin nicht taub.«

»Dann komm schon. Ich will mit dir tanzen!« Marie versuchte, ihn aus dem Schatten der Kastanie zu ziehen, um sich mit ihm unter die Tanzenden zu mischen.

Aber er sträubte sich. »Ich kann nicht«, murmelte er.

»Wie bitte? Wieso kannst du nicht? Hast du dich beim Dreschen verrenkt?«

Er schüttelte den Kopf und schob den Strohhut nach hinten, um sich an der Schläfe zu kratzen.

Marie kannte diese Geste, schließlich hatten sie und Bartholomäus schon als Kinder zusammen gespielt. Immer wenn er unsicher war oder etwas ausgefressen hatte, kratzte er sich auf diese Art. »Was ist passiert?« Ein ungutes Gefühl nistete sich in ihrer Magengrube ein, als Bartholomäus die Lippen aufeinanderpresste.

»Ich …«, hob er an, schüttelte dann aber den Kopf und fuhr sich mit den Handflächen übers Gesicht. »Ich kann nicht mit dir tanzen«, presste er schließlich hervor. »Nicht heute und auch in Zukunft nicht.«

Marie glaubte ihren Ohren nicht zu trauen. »Was? Willst du mich zum Narren halten? Wieso nicht?«

Bartholomäus senkte den Blick und scharrte mit den Schuhspitzen auf dem Boden herum. »Weil es nicht geht«, sagte er leise.

Marie war wie vom Donner gerührt. Diese plötzliche Schüchternheit konnte nur eines bedeuten. Allerdings war allein der Gedanke daran, was hinter Bartholomäus' Weigerung stecken musste, genug, um Übelkeit in ihr aufsteigen zu lassen. Sie schüttelte ungläubig den Kopf. »Willst du mir sagen, dass du ...?«

»Ich werde Gisela heiraten«, fiel er ihr ins Wort.

Marie sah ihn fassungslos an. »Die Tochter vom Pferdebauern?«

»Wir haben auch Pferde«, gab Bartholomäus trotzig zurück.

»Als ob das wichtig wäre!« Marie spürte, wie sich die Übelkeit in Wut verwandelte. »Seit wann weißt du das?«, fragte sie eisig. Erst vor einer Woche hatte er ihr am Fluss noch ein Armband aus Gras geschenkt und ihr einen Kuss gestohlen. Niemals hätte sie daran gezweifelt, dass sie es war, die er heiraten würde.

»Seit Sonntag«, brummte er.

Marie wusste nicht, ob sie lachen oder weinen sollte. Zwar hatte Bartholomäus noch nicht bei ihrem Vater um ihre Hand angehalten, aber für sie war es nur eine Frage der Zeit gewesen, bis sie mit ihm vor den Traualtar treten würde. Ihre Mutter erwartete dasselbe, dessen war sie sich sicher. Mehr als einmal war beim Waschen oder Garnspinnen die Rede auf Bartholomäus gekommen, und Maries Schwestern hatten albern gekichert. Was würden sie jetzt sagen, wenn er sie fallen ließ wie eine faulige Frucht? Sie spürte, wie ihr die Schamesröte ins

Gesicht schoss. »Seit Sonntag?«, flüsterte sie. »Und du hast es nicht für nötig gehalten, es mir vorher zu sagen?«

Er hob den Kopf und funkelte sie trotzig an. »Du bist nicht meine Frau!«

»Nein. Deine Versprechungen waren offenbar nichts als Lügen.«

»Ich habe dir nichts versprochen.«

Als er die Arme vor der Brust verschränkte und über ihren Kopf hinweg zu den Tanzenden sah, zerbarst etwas in Marie. Mit einem Keuchen holte sie aus, versetzte ihm eine gewaltige Ohrfeige und stürmte in die Dämmerung davon, ehe ihre Tränen sie vor ihm demütigen konnten.

»Marie!«, rief er ihr hinterher.

Aber sie hörte weder ihn noch die immer wilder aufspielenden Musikanten. Blind vor Zorn und Ohnmacht, rannte sie über die abgeernteten Felder, bis sie den Festplatz weit hinter sich gelassen hatte. Dann steuerte sie auf das Flussufer zu und ließ sich mit einem Schluchzen unter einer Pappel auf den Boden fallen. Dass ihr gutes Kleid dabei schmutzig wurde, nahm sie nicht wahr. Während sich ihre Hände zu Fäusten ballten, liefen die Tränen ihre Wangen hinab, tropften auf ihre Schürze und versiegten im Stoff. Wie hatte sie nur so dumm sein können, Bartholomäus zu glauben, dass er sie liebte? Ihr Zwerchfell verkrampfte sich, und sie zog die Beine an, schlang die Arme um die Knie und vergrub das Gesicht in ihren Röcken. Wie ein Kind wiegte sie sich hin und her, während die Tränen unaufhaltsam weiterflossen. Sie wusste nicht, wie lange sie so dagesessen hatte. Doch irgendwann versiegten ihre Tränen, und die Trauer wich einer unbeschreiblichen Leere. Sie hob den Kopf und wischte sich trotzig mit dem Ärmel über die Augen. Sie würde nicht weiterheulen wie ein kleines Mädchen, weil Bartholomäus mit ihren Gefühlen gespielt hatte. Er war ihre Tränen nicht wert! Es gab andere Männer im Dorf. Sie hob einen

Stein vom Boden auf und schleuderte ihn in die Brenz. Eine Forelle suchte das Weite. Wehmütig sah sie dem Fisch hinterher und wünschte sich, sie wäre ebenso frei, könnte hingehen, wohin immer sie wollte. Doch das war ein Traum, der niemals in Erfüllung gehen würde. So wie der Traum von einer besseren Zukunft mit Bartholomäus, dachte sie bitter. Wie hatte sie nur so töricht sein können zu denken, dass Bartholomäus die Tochter eines Kleinbauern heiraten würde? Vermutlich hätte ihr Vater ohnehin nicht die nötigen Mittel für eine Mitgift aufgebracht. Wenn sein Vater starb, würde Bartholomäus das Hofgut erben, die 15 Morgen Land, die Rinder, Pferde, Schweine und Schafe. Die Wut kehrte zurück und ließ sie die Zähne aufeinanderbeißen. Ausgerechnet Gisela! Diese hässliche Kuh. Wenn er sie wenigstens wegen einer Schönheit betrogen hätte, wäre die Demütigung nicht so ungeheuer. Aber Gisela … Sie schnaubte und kam mit einer Verwünschung auf die Beine, die den Dorfpfarrer entsetzt hätte. Allerdings war der Dorfpfarrer auf dem Erntefest, so wie alle anderen Bewohner von Brenz – die Bauern, Tagelöhner, Fuhrleute, Holzfäller, Dorfhandwerker, Knechte und Mägde. Sogar einige Bedienstete aus dem Schloss hatten den Weg zur Festwiese gefunden, obwohl die Gräfin zurzeit in Brenz weilte. Während sie versuchte, nicht weiter an Bartholomäus und Gisela zu denken, trat Marie so dicht ans Ufer, dass das Wasser ihre Schuhspitzen benetzte. Obwohl sie wusste, dass sie sich damit nur quälen würde, beugte sie sich vor und betrachtete ihr Spiegelbild. Ein verheultes Gesicht blickte ihr entgegen. Ihre blauen Augen waren gerötet, das dunkle Haar zerzaust. Der sorgfältig geflochtene Zopf hatte sich gelöst, sodass mehrere Strähnen unter der kleinen Haube auf ihrem Kopf hervorlugten. Ihr Mund wirkte unnatürlich rot in dem bleichen Gesicht. Auf ihrer Nase und den Wangenknochen zeichneten sich die Sommersprossen ab, die ihr jedes Jahr aufs Neue Verdruss bereiteten. Trotzdem sahen ihr die Männer im Dorf hinterher. Wäre sie nicht so einfältig gewesen, Bartholomäus' Versprechungen zu glauben, wäre sie gewiss längst unter der Haube. Sie spuckte ins Wasser und trat vom Ufer zurück. »Hätte, wäre, könnte«, murmelte sie. Damit konnte sie nichts anfangen. Sie war 17 Jahre alt! Wenn sie nicht als alte Jungfer enden wollte, musste sie schleunigst zusehen, dass ein anderer sich in sie verliebte. Sie straffte die Schultern und biss die Zähne aufeinander. Dann ging sie zurück zur Festwiese, um sich auf die Suche nach einem geeigneten Kandidaten zu machen.

Kapitel 2

Das Dorf Brenz im Herzogtum Württemberg, August 1721

ALS MARIE AM NÄCHSTEN MORGEN AUFWACHTE, tat ihr der Kopf weh. Obwohl sie so gut wie nichts getrunken hatte, brummte ihr Schädel, als ob sie es den Männern gleichgetan hätte. Die hatten bis spät in die Nacht hinein gezecht und gelärmt, während die Frauen sich frühzeitig zurückgezogen hatten. Mit einem Stöhnen setzte Marie sich auf und fasste sich an die Schläfen.

»Du hast wohl den Katzenjammer?«, fragte ihre Schwester Anna, mit der sie das Bett teilte. Sie war drei Jahre jünger als Marie, genauso schlank, aber mit hellerem Haar. Auch aus ihrem Gesicht blitzten blaue Augen. Allerdings tummelten sich auf ihrer Nase keine Sommersprossen.

»Wovon denn?«, fragte Marie übellaunig. »Ich habe nur zwei Becher Bier getrunken.« Sie schnitt eine Grimasse und schwang die Beine aus dem Bett. Vermutlich hatte ihr der Schlaf den Kopfschmerz beschert, da Bartholomäus und Gisela sie bis in ihre Träume verfolgt hatten. Ihre trotzige Entschlossenheit, sich einen anderen jungen Mann zu suchen, hatte nicht lange angehalten, und sie hatte sich früh vom Fest zurückgezogen. Jeder Blick, jedes Tuscheln der anderen Frauen schien sich auf sie zu beziehen. Am Ende hatte Marie es nicht mehr ausgehalten und war nach Hause geflohen.

Sie stand auf und ging zu dem Schemel, auf dem sie ihre Alltagskleider abgelegt hatte. Das Hemd, das sie auch als Nachthemd getragen hatte, behielt sie an und schlüpfte in ihren Rock. Über dem Hemd schnürte sie ein einfaches Mieder. Nachdem sie sich in ihre Strümpfe gekämpft hatte, griff sie nach ihren Schuhen und der Schürze, die das Kleid vor dem Schmutz der Hausarbeit schützen sollte. Auch wenn gestern Erntefest gefeiert worden war, bedeutete das nicht, dass die Arbeit ruhen konnte. Wie jeden Tag würden Marie und ihre Schwestern ihrer Mutter beim Kochen, Waschen und Putzen helfen. Außerdem musste Brot gebacken, die Milch verarbeitet, Fleisch gepökelt und Flachs gesponnen werden, damit daraus Leinen gewebt werden konnte.

An diesem Tag war es Maries Aufgabe, mit der schmutzigen Wäsche zum Waschhaus zu gehen. Obwohl es sich um harte Arbeit handelte, war Marie froh, dem Haus wenigstens für eine Weile entkommen zu können. Sie war sicher, dass ihre Mutter ihr sonst an der Nasenspitze ansehen würde, dass etwas nicht stimmte.

So wie Anna.

»Was ist mit dir?«, fragte ihre Schwester, während sie es Marie gleichtat und in ihre Kleider schlüpfte.

»Nichts«, log Marie. »Es ist nur das Kopfweh.«

Anna beäugte sie misstrauisch. »Hat es etwas mit Bartholomäus zu tun?«, fragte sie listig.

Marie runzelte die Stirn. »Wie kommst du denn darauf?« Sie spürte, wie sich ihr Herzschlag beschleunigte.

Anna lachte. »Denkst du, ich bin blind?«

»Du bist 14«, gab Marie mürrisch zurück.

»Das bedeutet nicht, dass ich nicht gesehen habe, wie du ihm eine runtergehauen hast.«

»Was?«

Ihre Schwester stemmte die Hände in die Hüften und nickte. »Und dann bist du weggerannt«, sagte sie.

»Hast du mir nachspioniert?«, wollte Marie empört wissen.

Anna schüttelte den Kopf. »Ich …« Sie errötete.

Marie begriff. Ihre Schwester hatte mit einem der Bauernsöhne ein stilles Plätzchen gesucht, um sich ebensolche Torheiten anzuhören, wie sie selbst sie von Bartholomäus zu hören bekommen hatte. »Lass die Finger von den Burschen«, sagte sie, um von sich abzulenken. »Das gibt nur Ärger.«

Anna lachte. »Das sagst ausgerechnet du.«

»Wer weiß noch davon, dass Bartholomäus und ich Streit hatten?«, fragte Marie. Die Blicke und das Tuscheln auf der Festwiese konnten kein Zufall gewesen sein.

Anna zuckte die Achseln. »Das halbe Dorf«, sagte sie ungerührt.

Marie wäre am liebsten im Erdboden versunken. »Mutter auch?«

»Woher soll ich das wissen?«, wich ihre Schwester aus. »Die Älteren sitzen beim Fest an einem anderen Tisch.«

Marie war klar, dass es sich um eine Ausrede handelte. Sie

spürte, wie sich die Scham, die sie bereits am Vortag empfunden hatte, verstärkte. Wie sollte sie jetzt noch einen anderen Mann finden? Wenn das ganze Dorf über sie tratschte? Kein Bauernsohn, nicht einmal ein Knecht oder Tagelöhner, würde so töricht sein, eine Frau zu nehmen, die ein anderer abgelegt hatte wie ein altes Kleidungsstück. Auch wenn zwischen ihr und Bartholomäus nicht viel passiert war außer ein paar leidenschaftlichen Küssen, würde man sie spätestens ab seiner Hochzeit mit Gisela im Dorf verachten. Sie stöhnte, ließ sich auf die Matratze fallen und vergrub das Gesicht in den Händen. Wenn sie keinen Bräutigam fand, blieb ihr nichts anderes übrig, als sich möglichst schnell bei einem anderen Bauern als Magd zu verdingen. Ewig würde ihr Vater sie nicht durchfüttern. Allein die Vorstellung, Gisela dauernd beim Kirchgang sehen zu müssen, wie sie an Bartholomäus' Seite dahinstolzierte, ließ sie wünschen, sie sei tot. Der Klatsch im Dorf würde die Demütigung noch verschlimmern. Wenn sich doch nur der Boden unter ihr auftun und sie verschlingen würde! Dann wäre sie von ihrem Elend erlöst.

»Wo bleibt ihr denn?«, riss die ungeduldige Stimme ihrer Mutter sie aus den Gedanken. »Muss ich euch Beine machen?« Der fadenscheinige Vorhang, mit dem der Schlafbereich des Hauses von der Küche und dem Verschlag für die Hühner abgetrennt war, wurde zur Seite geschoben. »Trödelt nicht so herum.« Als der Blick der Bäuerin auf Marie fiel, vermeinte das Mädchen, eine Mischung aus Mitleid und Ärger darin zu lesen. Allerdings verlor ihre Mutter kein weiteres Wort.

Mit schweren Gliedern erhob Marie sich, setzte ihre Haube auf und folgte ihrer Schwester zur Feuerstelle, die sich direkt auf dem Boden befand. Dort köchelte ein Getreidebrei vor sich hin, den ihre Mutter in zwei Holzschalen füllte und auf den Tisch stellte. Die Funken wurden von einem uralten Funkenhut gesammelt, der Rauch zog frei nach oben ab, räucherte das Fleisch und die Fische auf dem Dachboden und vertrieb das Ungeziefer. Trotz des Funkenhuts und der offenen Tür hing der Qualm dick in der Stube.

»Die anderen sind schon längst fertig«, schalt Maries Mutter.

Marie stocherte lustlos in ihrem Essen herum, während Anna ihren Brei hungrig verschlang. Da sie beim Erntefest kaum etwas gegessen hatte, zwang sie sich schließlich, die Schale auszulöffeln. All die Zeit über hielt sie den Blick gesenkt, um ihrer Mutter nicht in die Augen sehen zu müssen. Als sie fertig war, wischte sie die Schale aus, hängte sie zurück an den Haken über der Kochstelle und suchte die Schmutzwäsche zusammen. Nachdem sie sie in einen Weidenkorb geworfen hatte, verließ sie das Haus.

Die Männer waren bereits bei der Arbeit, um Heu für das Vieh einzubringen. Auch wenn mit dem Erntefest der härteste Teil der Feldarbeit endete, bedeutete dies nicht, dass die Bauern sich auf die faule Haut legen konnten. Bald würde wieder gepflügt, geeggt und gedüngt werden, damit das Wintergetreide rechtzeitig ausgesät werden konnte.

Mit gesenktem Kopf huschte Marie über den Hof, den Weidenkorb fest an ihre Hüfte gedrückt, und atmete auf, als sie die Dorfstraße erreichte. Dort wirbelte eine Kutsche, die in Richtung Schlosshügel holperte, Staub auf. Obwohl der Hügel, auf dem sich das Schloss und die Galluskirche erhoben, fast eine Meile von ihrem Heim entfernt war, konnte Marie die Gebäude bereits sehen: das weiß getünchte Schloss mit seinen spitzen roten Dächern und den beiden Türmen und die streng wirkende, aus grauem Stein erbaute Kirche, um deren Zwiebelturm zwei Störche kreisten. Weit und breit war der Hügel die einzige Anhöhe, und angeblich konnte man von den Türmen des Schlosses das Kloster in Obermedlingen erkennen.

Marie richtete den Blick zurück auf den Boden und setzte ihren Weg zur Dorfmitte fort. Bereits nach wenigen Schritten begann der Schweiß auf ihrer Haut zu prickeln. Die Sonne stach schon wieder aus einem strahlend blauen Himmel, und es würde vermutlich noch heißer werden als am Vortag. In den Wipfeln der Bäume schimpften die Spatzen, als ob sie sich über die andauernde Hitze beschweren wollten. Schwalben trieben ein wildes Spiel rings um die Dächer der Scheunen und Häuser, fingen Insekten aus der Luft und vollführten Kunststücke. In den Gärten und auf den Wiesen tanzten Schmetterlinge und Bienen um die Blüten. Der Duft des Korns lag immer noch schwer in der Luft. Er vermischte sich mit dem Geruch des Staubes, der Marie in die Nase stach, als sie der Kutsche folgte. Vorbei an größeren und kleineren Gehöften, den Häusern der Tagelöhner und den Katen der Hirten, gelangte sie schließlich zum Marktplatz. Dort wandte sie sich nach Süden, bis die Mühle am Fuß des Schlossfelsens vor ihr auftauchte. Etwas weiter flussabwärts befand sich das dorfeigene Waschhaus, vor dem bereits reger Betrieb herrschte. Auch auf der Bleichwiese tummelten sich Mägde und Bauerntöchter, die die dort ausgebreiteten Wäschestücke immer wieder mit Wasser begossen, damit das Sonnenlicht sie bleichen konnte. Als Marie sich dem Waschhaus näherte, sah sie eine Gestalt, deren Anblick sie mitten in der Bewegung innehalten ließ. Gisela! Ausgerechnet diese dumme Gans betätigte die Pumpe vor dem Waschhaus.

Kapitel 3

Das Dorf Brenz im Herzogtum Württemberg, August 1721

Marie biss sich auf die Zunge, um eine Verwünschung zu unterdrücken. Was hatte sie getan, um diese Strafe zu verdienen? War es wirklich so, wie der Dorfpfarrer immer behauptete? Sah Gott alles? War er wütend auf sie, weil sie zugelassen hatte, dass Bartholomäus sie küsste? Die Erinnerung an das letzte Mal, als sie ihn am Flussufer getroffen hatte, ließ sie wünschen, er würde augenblicklich vom Blitz erschlagen. Wie konnte man nur so falsch sein? Sie verzog den Mund zu einem freudlosen Lächeln. Oder so dumm wie sie? Denn einer Sache war sie sich inzwischen klar geworden: Bartholomäus hatte lediglich ihre Einfalt ausgenutzt, um das zu bekommen, was er wollte. Sie umklammerte den Korb wie einen Schutzschild und setzte ihren Weg fort. Wenn sie Glück hatte, sah Gisela sie nicht. Während Gisela ihr den Rücken zukehrte und mit aller Kraft den Pumpenschwengel betätigte, stahl Marie sich ins Innere des Waschhauses. Dort schlug ihr eine feuchte Hitze entgegen, die sie augenblicklich nach Luft ringen ließ.

»Du kannst den Bottich dort hinten benutzen«, sagte der Aufseher und zeigte in den Bereich des Waschhauses, in dem sich auch die Feuerstelle zum Erhitzen des Wassers befand. Dort rührten zwei junge Mädchen in einem Zuber. Als sie Marie sahen, steckten sie die Köpfe zusammen und kicherten.

Marie ignorierte sie und war froh, dass sie die Wäsche heute nur zum Einweichen herbrachte. Erst morgen würde sie wiederkommen und sie kochen müssen, um sie dann mit Bleuel und Waschbrett zu bearbeiten. Ohne die beiden Mädchen eines Blickes zu würdigen, überprüfte sie, ob alle Kleidungsstücke mit einem Zeichen versehen waren, ehe sie sie in den großen Bottich warf. Darin weichten schon die Hemden einiger anderer Familien, und das Wasser hatte bereits eine schmutzigbräunliche Farbe angenommen. Als Marie fertig war, hob sie ihren Korb wieder auf und teilte dem Aufseher die Anzahl der Kleidungsstücke mit. Falls es zu Streit zwischen den Frauen im Waschhaus kam, war es seine Aufgabe, zu entscheiden, wer recht hatte.

Froh darüber, das stickige Waschhaus wieder verlassen zu können, trat sie zurück ins Freie und wäre um ein Haar mit Gisela zusammengeprallt.

Die schleppte einen Eimer Wasser, um die Kleider, die sie inzwischen auf der Bleiche ausgebreitet hatte, zu benetzen. »Pass doch auf!«, schimpfte sie. Als sie Marie erkannte, weiteten sich ihre Augen und ein gehässiger Zug legte sich um ihren Mund. »Du!«, spuckte sie verächtlich aus. »Ich hatte gehofft, du hättest mehr Anstand. Aber was will man von einer wie dir schon erwarten?«

Marie spürte, wie die Wut in ihr anfing zu brodeln. »Was soll das heißen? Einer wie mir? Wofür hältst du dich eigentlich?«

»Für diejenige, die Bartholomäus zur Frau nimmt«, schoss Gisela zurück. Sie stellte den Eimer ab und stach mit dem Zeigefinger nach Marie. »Halt dich bloß fern von ihm, du loses Weib.«

»*Wie* nennst du mich?«

»Ein loses Weib. Was anderes bist du nicht!«

Marie hob die Hand, um ihr eine Ohrfeige zu versetzen, aber die Blicke der Umstehenden hielten sie davon ab. Wie Aasgeier kamen sie immer näher, in der Hoffnung auf einen Happen neuen Klatsch. »Du solltest gut auf ihn aufpassen«, zischte Marie. »Er läuft jedem Rock hinterher. Glaub bloß nicht, dass er dich heiratet, weil du die Schönste im Dorf bist.«

Gisela schoss Röte in die Wangen. Vermutlich wusste sie, dass sie keine Augenweide war mit ihrer pockennarbigen Haut und dem dünnen Haar.

Dennoch würde *sie* den Mann bekommen, mit dem Marie die eigene Zukunft geplant hatte. Die Gewissheit war wie ein Stachel, der sich in Maries Seele bohrte.

Gisela rang einen Augenblick um Fassung. Dann verengten sich ihre Augen und sie beugte sich nach vorn. »Du solltest das Dorf verlassen, wenn du einen Funken Anstand besitzt. Geh nach Stotzingen oder Bächingen und verding dich dort als Magd. Hier wird dich bestimmt keine gottgläubige Frau in ihr Haus lassen.«

Marie schnaubte. »Tu doch nicht so, als ob du eine Heilige wärst.«

»*Ich* kenne meinen Platz. Du offensichtlich nicht. Dachtest du wirklich, Bartholomäus' Vater würde ihm erlauben, die Tochter eines Kleinbauern zu heiraten?«

Die Worte schmerzten wie Schläge.

Als eine Gruppe von Reitern auf der Straße in Richtung Schloss ritt, sah Gisela ihnen nach und verzog das Gesicht. »Warum verdingst du dich nicht bei der Hexe als Magd? Man sagt, sie würde gut bezahlen. Gleich und Gleich gesellt sich gern.« Sie schüttelte angewidert den Kopf.

Marie wusste nicht, was sie sagen sollte. Die Blicke der anderen Frauen schienen Löcher in ihr Kleid zu brennen. Als Gisela sich ohne ein weiteres Wort von ihr abwandte, um den Eimer zur Bleiche zu schleppen, hätte sie ihr am liebsten etwas hinterhergeworfen. Da das Getuschel wieder anfing, klemmte sie sich ihren Korb unter den Arm und machte sich zurück auf den Weg zur Straße. »Warum verdingst du dich nicht bei der Hexe als Magd?«, hallten Giselas Hohnworte in ihrem Kopf nach. Sie hob den Blick zum Schlossfelsen und unterdrückte ein Schaudern. Seit der Ankunft der Gräfin erzählte man sich, dass sie tagein, tagaus in ihren Gemächern Tränke köchelte, mit denen sie sich den Herzog von Württemberg gefügig machte. Sonntags predigte der Pfarrer von der Kanzel, dass die Gräfin eine verlorene Seele sei, weil sie mit dem Herzog in Sünde lebte. Angeblich hatte sie ihn sogar dazu gezwungen, sich mit ihr zu vermählen, obwohl er noch mit der Herzogin verheiratet war. Daraufhin war sie vom Kaiser ins Exil geschickt worden, aus dem der Herzog sie allerdings wieder zurückgeholt hatte. »Landverderberin« nannte man sie angeblich im ganzen Herzogtum. Wer sich mit ihr einließ, wurde von der Dorfgemeinschaft geächtet. Im Frühjahr dieses Jahres hatte der Herzog ihr Schloss Brenz geschenkt, woraufhin viele der ärmsten Mädchen des Dorfes dort Arbeit gesucht hatten. Giselas Vorschlag war mehr als eine Beleidigung. Er war ein Hinweis darauf, in welchem Ansehen Marie in Zukunft im Dorf stehen würde. Wenn eine Anstellung bei der Gräfin ihr letzter Ausweg war … Sie schluckte die Bitterkeit, die in ihrer Kehle aufsteigen wollte, hinunter und schlug den Heimweg ein. Gewiss würde sich ein anderer finden. Irgendein Witwer oder Kleinbauer wie ihr Vater. Giselas Gerede war nichts als Boshaftigkeit. Seit wann lässt du dich so leicht ins Bockshorn jagen, fragte sie sich. Doch tief in ihrem Inneren wusste sie, dass Gisela recht hatte. Bartholomäus' Entscheidung bedeutete nicht nur das Ende all ihrer Pläne und Hoffnungen. Sie bedeutete auch, dass Marie ihr Leben in die eigenen Hände nehmen musste.

Während sich die Gedanken in ihrem Kopf überschlugen, ging sie die staubige Dorfstraße entlang zurück zum Hof ihres Vaters, wo ihre beiden jüngeren Schwestern mit Flachshäckseln beschäftigt waren.

Ihre Mutter backte in dem gemauerten Ofen neben dem Haus Brot. »Hilf mir mit dem Teig!«, rief sie, als sie Marie sah. »Hol einen neuen Sack Mehl vom Boden.«

Marie tat, wie geheißen, und die nächsten Stunden verbrachten sie und ihre Mutter damit, Brote zu backen. Zu Maries grenzenloser Erleichterung fiel kein Wort über Bartholomäus, allerdings war ihre Mutter ungewöhnlich wortkarg. Obwohl ihr die Sorge um ihre Zukunft auf der Seele lastete, lenkte die harte Arbeit Marie eine Zeit lang von den düsteren Gedanken ab.

Kapitel 4

Das Dorf Brenz im Herzogtum Württemberg, August 1721

Wilhelmine von Grävenitz tupfte sich mit einem Seidentuch die Stirn. Sie stand am Fenster eines ihrer Zimmer im zweiten Stock des Brenzer Schlosses und sah auf das geschäftige Treiben am Fuß des Schlossfelsens hinab. Am Ufer der Brenz befanden sich die Stallungen, vor denen ein Schmied und sein Gehilfe damit beschäftigt waren, die Pferde neu zu beschlagen. An den Kuhstall schloss ein Gebäude für die herzoglichen Kutschen an, daneben sandte der Kamin eines Backhauses schwarzen Rauch in den Himmel. In der Kalkgrube wurde eine neue Ladung Kalkbruch gebrannt und gelöscht, damit die Wände des Haupthauses neu verputzt werden konnten. Außerdem mahlte die herzogliche Mühle das Korn, das die Bauern in einer langen Schlange ablieferten. Neben der Mühle befanden sich ein Waschhaus und die Gärten, in denen das Gesinde Blumen schnitt und Beeren pflückte. Vor wenigen Augenblicken war ein Einspänner vorgefahren. Der Mann auf dem Bock wirkte selbst aus der Entfernung stattlich, und Wilhelmine verfolgte neugierig, wie er den Wachsoldaten gestenreich den Grund für sein Kommen erklärte. Da sie nicht erkennen konnte, um wen es sich handelte, stieg Neugier in ihr auf.

Sie war allein in dem geräumigen Zimmer bis auf ein Kammerfräulein und einen Pagen, der stocksteif neben der Tür auf ihre Befehle wartete. Ihren persönlichen Sekretär hatte sie in Ludwigsburg zurückgelassen genau wie die meisten anderen Bediensteten und Lakaien. Das Schloss war ohnehin viel zu klein für all ihre Kammerdiener, Zofen, Hofdamen, Leibschneider und die sonstigen Fräulein, Räte, Verwalter und Amtsleute, die üblicherweise um sie herumschwirrten wie Bienen um eine volle Blüte.

Mit einem Seufzen wandte sie sich vom Fenster ab und kämpfte mit ihrem Reifrock, bevor sie sich auf einen der gepolsterten Stühle sinken ließ. Trotz des offenen Fensters war es stickig in dem Raum, dessen Holzboden die Hitze genauso zu speichern schien wie die mit Blumenranken bemalten Deckenbalken. Auf einen Wink von ihr trat das Kammerfräulein an ihre Seite, um ihr mit einem Fächer Luft zuzufächeln.

»Es ist noch heißer hier als in Ludwigsburg«, stellte die junge Frau fest.

Wilhelmine nickte. Sie war immer noch müde von der langen Reise, obwohl sie schon vor Tagen im Dorf angekommen war.

Das Holpern der Kutsche auf den mit Schlaglöchern übersäten Straßen hatte ihr Rückenschmerzen beschert, die sie immer noch plagten. Dennoch bereute sie es keinen Augenblick lang, dem Lärm und dem Staub, den ewigen Jagden und Bällen in Ludwigsburg wenigstens für eine Weile entkommen zu sein. Zudem waren die wichtigsten Regierungsgeschäfte erledigt, sodass sie sich eine Weile um sich selbst kümmern konnte, anstatt von morgens bis abends Depeschen zu lesen, mit den Geheimen Räten und Sekretären zu konferieren und Befehle zu geben. Noch immer interessierte sich Eberhard Ludwig nicht im Geringsten für die Politik, weshalb er sie zur Landhofmeisterin gemacht hatte. Während Wilhelmine und die Mitglieder des Konferenzministeriums sich um die Belange des Herzogtums kümmerten, ritt ihr Geliebter zur Jagd, erfreute sich an seiner Leibgarde oder ergötzte sich mit Singspielen, Theatervorführungen, Bällen und Konzerten. Und mit dieser verdammten Wölfin! Wilhelmine verzog das Gesicht. Seit einiger Zeit schlief das zottelige Untier sogar auf einem Tigerfell neben Eberhards Bett und starrte sie mit unheimlichen gelben Augen an, wenn sie ihn in seinem Schlafgemach aufsuchte.

»Melac ist zahm wie ein Lamm«, pflegte der Herzog zu behaupten. Allerdings straften ihn die Biss- und Kratzspuren an den Möbeln der Beletage in Ludwigsburg Lügen.

Ein Lächeln huschte über ihr Gesicht, als sie sich eingestand, dass sie nicht nur wegen der Ruhe nach Brenz gekommen war. Zwar war der Herzog immer noch ein stattlicher Mann, aber bei Weitem nicht mehr der schmucke Generalfeldmarschall, der ihr bei ihrer ersten Begegnung vor 15 Jahren weiche Knie beschert hatte. Sein ehemals starker Körper war über die Jahre hinweg immer schwabbeliger geworden, sein Bauch fetter und seine Ausdauer geringer. Oft konnte er Wilhelmines Bedürfnisse nicht mehr so erfüllen, wie sie es sich wünschte.

Anders als der Brenzer Jäger, dessen Wohnung sich im Erdgeschoss des Schlosses befand. Wilhelmine spürte, wie sich Hitze zwischen ihren Beinen ausbreitete, als sie an die letzte Nacht zurückdachte. An das Turmzimmer und die Dinge, die sie mit dem Jäger getrieben hatte. Da sie sich vor dem jungen Ding mit dem Fächer nichts anmerken lassen wollte, bemühte sie sich um eine ausdruckslose Miene. Der Jäger, dessen Name lächerlicherweise Hubertus war, gab ihr das Gefühl der Jugend zurück. Auch sie war nicht mehr der elegante Schwan, in den Eberhard sich verliebt hatte. Ihre Haut zeigte ebenso die Spuren des Alterns wie die ihres Geliebten. Obwohl sie sich ihre Salben und Kosmetika selbst herstellte, konnten diese Mittelchen den Lauf der Zeit nicht aufhalten. Mit ihren 35 Jahren war sie zwar noch keine alte Frau, aber die fehlende Straffheit ihres Busens machte ihr täglich mehr zu schaffen. Während es Eberhard zusehends schwerer fiel, sie zu befriedigen, war Hubertus über sie hergefallen, als habe er noch nie eine begehrenswertere Frau gesehen.

Gedankenverloren fasste sie sich an die Wange, die immer noch von seinen Bartstoppeln zu brennen schien. Ein Schauer der Lust kroch über ihren Rücken, als sie sich vorstellte, dass sie sich in dieser Nacht wieder ins Turmzimmer schleichen würde. Barfuß, nur mit ihrem Nachtgewand bekleidet wie eine gemeine Frau. Die Unangemessenheit war beinahe so reizvoll wie die Tat selbst.

Wenn die Angelegenheiten des Herzogtums sie nicht früher nach Ludwigsburg riefen, würde sie erst am 18. September, zur Gala an Eberhards Geburtstag, wieder in die neue Residenz zurückkehren. Den Ludovici am 25. August, einen der beiden Namenstage ihres Geliebten, würde sie auslassen. Eberhard hatte zwar geschmollt, es aber schließlich akzeptieren müssen. Vielleicht war bis zu ihrer Rückkehr im September das Dach des Ludwigsburger Schlosses nicht mehr undicht, und die Handwerker hatten endlich die Kamine wieder zugemauert. Daran, wie oft diese Kamine inzwischen aufgerissen worden waren, wollte Wilhelmine gar nicht denken. Mehr als einmal waren durch den Schmutz, den Staub und den Ruß, der dabei entstand, Eberhards Appartements im Corps de Logis unbewohnbar geworden, sodass er in die Wohnräume des Erbprinzen hatte umziehen müssen.

Ein Klopfen an der Tür ließ sie Ludwigsburg und den Jäger vergessen. Sie gab dem Pagen mit einem Wink zu verstehen, die Tür zu öffnen. Als ein Lakai den Mann hereinführte, den sie durchs Fenster beobachtet hatte, hob sie erstaunt die Brauen. Was wollte einer der Männer ihres engsten Verbündeten, Heinrich von Schütz, hier in Brenz? Gab es eine Krise? Rief die Pflicht sie etwa jetzt schon wieder zurück nach Ludwigsburg?

»Ihro Exzellenz«, begrüßte der Besucher sie. Er verneigte sich tief.

»Was gibt es, das nicht warten konnte, bis ich wieder in Ludwigsburg bin?«, fragte sie unwirsch. Sie musterte den Mann von Kopf bis Fuß. Seine Kleidung war staubig von der Reise. Dennoch wirkte er nicht übermäßig erschöpft. »Braucht Schütz mich?«

Der Besucher schüttelte den Kopf. »Es geht um etwas anderes«, hob er an, verstummte jedoch mit einem Blick auf das Kammerfräulein und den Pagen.

Wilhelmine verstand. »Lasst uns allein«, befahl sie. Als die Zofe und der Knabe den Raum verlassen hatten, erhob sie sich und kam auf den Besucher zu. »Was ist passiert?«

»Eine Eurer Spioninnen ist tot aus dem Neckar gefischt worden«, kam der Mann ohne Umschweife zur Sache.

Wilhelmine sah ihn ungläubig an. »Tot?«

Er nickte. »Ertrunken.«

»War es ein Unfall?«

Der Mann zuckte die Achseln. »Das konnte man offensichtlich nicht mehr feststellen. Sie muss einige Tage lang im Wasser getrieben sein, bis man sie gefunden hat.«

Wilhelmine schloss einen Augenblick die Augen. »Wo?«, fragte sie schließlich.

»In der Nähe von Tübingen.«

»Wer ist sie?«, wollte Wilhelmine wissen.

»Eine der Zofen von Frau von Münsing.«

Wilhelmine widerstand nur mühsam der Versuchung, zu fluchen. Sie wusste, um welches Mädchen es sich handelte. Mit großer Mühe hatte sie die junge Frau bei der Gemahlin eines ihrer Erzfeinde untergebracht, damit diese sie mit Neuigkeiten versorgte. Offenbar hatte das Mädchen seine Nase in Angelegenheiten gesteckt, die zu ihrem Tod geführt hatten. Keinen Moment lang glaubte Wilhelmine daran, dass es sich bei ihrem Ertrinken um einen Unfall handelte. »Wenn sie in Tübingen aus dem Wasser gefischt worden ist, kann sie überall flussaufwärts ertrunken sein«, sagte sie mehr zu sich selbst als zu ihrem Besucher.

»Der Geheime Rat Schütz möchte wissen, ob er Männer zu Madame von Münsing schicken soll, um sie zu befragen«, berichtete der Bote weiter.

Wilhelmine überlegte einen Augenblick, dann schüttelte sie den Kopf. »Nein. Wenn sie oder ihr Mann hinter dem Tod des Mädchens stecken, werden sie alles abstreiten. Sie werden höchstens gewarnt, dass wir etwas vermuten.« Von Münsing gehörte zum Kreis ihrer erbitterten Feinde, der täglich weiter zu wachsen schien. Vermutlich steckte die Herzogin hinter der Tat, weil Eberhard sie in Stuttgart versauern ließ. Diese bigotte Ziege! Wilhelmine ballte die Hände zu Fäusten. »Sag Schütz, er soll versuchen herauszufinden, wo das Mädchen sich vor seinem Tod aufgehalten hat«, trug sie dem Boten auf. Dann entließ sie ihn und trat zurück ans Fenster. Es war bereits die dritte Spionin, die sie verloren hatte. Die Dinge schienen sich zuzuspitzen. Und es wurmte sie gewaltig, dass sie keine Ahnung hatte, was ihre Feinde im Schilde führten.

Kapitel 5

Das Dorf Brenz im Herzogtum Württemberg, August 1721

»Du wirst dir bald eine Anstellung als Magd suchen müssen.«

Die Worte ihres Vaters veranlassten Marie, den Blick zu senken und die Lippen aufeinanderzupressen. Zusammen mit ihrer ganzen Familie saß sie am Tisch neben der Feuerstelle und löffelte einen dicken Brei, in dem zur Feier der reichen Ernte Fleischstückchen schwammen. Vier Tage war es her, seit Bartholomäus ihr das Herz gebrochen hatte, und seitdem hatte sie darauf gewartet, dass die Axt auf sie hinabsauste. Da man im Dorf inzwischen einen Bogen um sie machte und alle hinter vorgehaltener Hand über sie tuschelten, wäre sie am liebsten davongelaufen. In den Augen der Dorfgemeinschaft war sie ein fauler Apfel, mit dem man sich sein Mus nicht verderben wollte. Auch wenn sie es nicht sah, wusste sie, dass ihre vier Brüder grinsten.

»Der Schweinebauer sucht noch Gesinde«, fügte ihr Vater hinzu, als Marie nichts sagte.

Marie hob den Kopf und versuchte tapfer, sich nicht anmerken zu lassen, wie dick der Kloß in ihrem Hals war.

»Es gibt schlechtere Anstellungen«, sagte ihre Mutter. Es klang lahm.

Marie rührte mit ihrem Löffel in dem Brei herum, um Zeit zu gewinnen. Beinahe jede Nacht war sie seit dem Erntefest wach gelegen und hatte über ihre Zukunft nachgedacht. Die Begegnung mit Gisela hatte einen Gedanken in ihren Kopf gesetzt, den sie nicht mehr los wurde. Auch wenn alle Dorfbewohner die Gräfin hassten oder fürchteten, war die Bezahlung im Schloss ganz gewiss besser als die beim Schweinebauern. Man erzählte sich außerdem, dass Wilhelmine von Grävenitz manchmal Bedienstete aus dem Dorf mit nach Ludwigsburg nahm. Wenn es Marie gelang, die Gunst der Gräfin zu erlangen, konnte sie vielleicht den Demütigungen in Brenz entkommen.

»Sag schon etwas«, brummte ihr Vater. »Unter meinem Dach kannst du nicht mehr länger bleiben.«

Marie fuhr sich mit der Zungenspitze über die Lippen. »Ich gehe nach dem Essen ins Dorf und suche mir eine Anstellung«, erwiderte sie.

»Beim Schweinebauern?«

»Dort werde ich auch fragen«, wich Marie aus.

»Gut.« Ihr Vater wischte seine Schale mit einem Stück Brot aus und stellte sie zurück auf den Tisch. Dann erhob er sich und gab Maries Brüdern einen Wink. »Kommt. Die Arbeit wartet.« Damit war die Angelegenheit für ihn erledigt.

Marie wusste, dass er erwartete, sie spätestens am nächsten Morgen nicht mehr an seinem Tisch sitzend vorzufinden.

»Willst du dich nicht lieber bei einem der Großbauern verdingen?«, fragte ihre Schwester Anna. »Der Schweinebauer ist …« Sie rümpfte die Nase.

»Ein guter Mann«, fiel ihr Maries Mutter ins Wort.

»Warum versuchst du nicht, bei Bartholomäus' Vater eine Anstellung zu bekommen?«, wollte eine ihrer jüngeren Schwestern wissen. Offenbar hatte sie nicht begriffen, warum das ganze Dorf über Marie klatschte.

»Rede nicht solchen Unsinn, Kind«, schalt die Mutter. Sie bedachte Marie mit einem strengen Blick. »Deine Schwester muss zusehen, dass sie irgendwo unterkommt, wo man sie haben will. Wählerisch kann sie nicht sein.« Unverhohlener Vorwurf schwang in den Worten mit.

Marie war klar, dass die Mutter ihr die Schuld an allem gab. Vermutlich hatte sie damit sogar recht. Mit einem Seufzen schob sie die Schale von sich und erhob sich von der harten Bank. »Kann ich gehen?«, fragte sie.

Ihre Mutter nickte. »Bald werden wir sowieso ohne dich auskommen müssen.«

»Darf ich dann bei Anna schlafen?«, meldete sich Maries dritte Schwester zu Wort.

Der Kloß in Maries Hals drohte, ihr die Luft abzuschnüren. Offensichtlich würde sie niemand vermissen. Sie strich ihren Rock glatt und versicherte sich, dass die Haube auf ihrem Kopf ordentlich saß. Dann ging sie zu dem Bett, das sie sich mit Anna teilte, und suchte ihre mageren Habseligkeiten zusammen.

»Warum nimmst du dein Bündel mit?«, fragte Anna, als Marie zurück in den Wohnbereich trat.

»Lass sie nur«, sagte ihre Mutter. »Sollte der Schweinebauer sie einstellen, kann sie gleich dort bleiben.«

»Oh.« Anna sah Marie mit großen Augen an. »Aber …«

»Kein Aber«, unterbrach die Mutter sie. »Wenn du keinen Bräutigam findest, wirst du dich in einem oder zwei Jahren auch als Magd verdingen müssen. So war es schon immer, so wird es bleiben. Gott hat für jeden von uns einen Weg vorherbestimmt.«

Anna senkte demütig den Blick.

»Wenn Gott sagt, dass Marie gehen muss, dann muss sie gehorchen«, mischte sich Maries jüngste Schwester ein. »Nicht wahr?«

»Gott muss man immer gehorchen«, war die Antwort ihrer Mutter. Sie schlug ein Kreuz vor der Brust und murmelte etwas, zweifelsohne ein Gebet.

Vermutlich betet sie, dass meine Schande nicht auf ihre anderen Töchter abfärbt, dachte Marie bitter. Mit schwerem Herzen schulterte sie ihr Bündel und verabschiedete sich. Dann trat sie hinaus in den brütend heißen Sommertag. Die Luft flimmerte über den abgeernteten Feldern und ließ die Konturen der Bäume am Horizont verschwimmen. Es wirkte, als würde alles miteinander verschmelzen. Insektenschwärme tanzten in der Luft, während am Himmel Raubvögel ihre Kreise zogen. Überall wurde emsig gearbeitet. Marie kam sich vor wie eine Fremde, als sie mit ihrem Bündel die Straße entlang in Richtung Marktplatz ging. Die Bauersfrauen und Mägde, die in den Gärten hackten, schnitten und zupften, verfolgten sie mit ihren Blicken. Marie ignorierte sie und wich an den Rand der staubigen Straße aus, als ihr eine Gruppe von Reitern entgegenkam. Da sie die Aufmerksamkeit der Männer nicht auf sich ziehen wollte, zog sie den Kopf ein und presste das Bündel vor ihre Brust.

Dennoch stieß einer der Reiter einen Pfiff aus und zügelte sein Pferd.

Marie wagte nicht, zu ihm aufzusehen.

»Wohin des Wegs so allein?«, fragte der Mann.

Seine Begleiter lachten.

Marie spürte, wie ihr die Knie weich wurden. Sie hatte von den Reitern gehört, Geschichten von Männern, die plötzlich auf den Feldern auftauchten, wenn die Bäuerinnen und Mägde alleine waren. Während die Furcht ihr den Mund trocken und die Handflächen feucht werden ließ, starrte sie auf ihre Schuhspitzen.

»Lass sie in Ruhe, Hubertus. Wir haben anderes zu tun.«

»Die Enten flattern schon nicht davon«, war die Antwort. »Dieses Täubchen hier ...«

»Was wird wohl die Gräfin dazu sagen?«

Der andere schnaubte. »Geht's dich was an?«

»Nein. Aber ich glaube nicht, dass sie besonders erbaut wäre, wenn du dich auf offener Straße an ein Dorfmädchen heranmachst.«

Marie sandte ein Stoßgebet zum Himmel. Sie hatte keine Ahnung, wer die Kerle waren. Aber sie hoffte, dass sie so schnell wie möglich weiterritten.

»Komm schon, wir haben zu tun.«

»Also gut«, brummte der, der Hubertus genannt wurde. »Ein Jammer.«

Marie hörte, wie er mit der Zunge schnalzte, dann ritten die Männer weiter. Sie ließ erleichtert die Luft aus den Lungen entweichen, die sie instinktiv angehalten hatte. Unsicher hob sie den Kopf und sah den Reitern hinterher. Zwei der Männer trugen rote Röcke, der dritte war ganz in Grün gekleidet. An ihren Seiten glänzten Säbel, außerdem schienen sie Pistolen im Gürtel zu haben. Vermutlich gehörten sie zur Leibgarde der Gräfin. Wer auch immer sie waren, das Glück schien Marie nicht ganz verlassen zu haben. Froh darüber, glimpflich davongekommen zu sein, eilte sie weiter und erreichte wenig später den Marktplatz unterhalb der Galluskirche. Dort befanden sich auch das Rathaus und der Gasthof »Hirsch« sowie der Pranger, an dem ein etwa achtjähriger Knabe festgekettet war. Er war nackt bis auf eine fleckige Unterhose, sein Rücken mit blutigen Striemen überzogen. Vermutlich hatte man ihn beim Stehlen oder Faulenzen erwischt. Oder es handelte sich um einen schlampigen Hirten, durch dessen Schuld ein Lamm oder eine Ziege von einem Wildtier gerissen worden war. Marie wandte hastig den Blick von dem Bengel ab und sah bang zum Schlosshügel auf. Direkt über ihr thronte die Kirche, auf deren Gottesacker zwei ihrer Geschwister begraben waren. Rechts davon führte eine gepflasterte Straße zu einem der Tore des Schlosses. Doch Marie wusste, dass Bedienstete niemals diesen Weg nehmen durften. Deshalb huschte sie an den Stufen vorbei, die zur Kirche hinaufführten, und umrundete den schroffen Felsen, bis sie die Brücke erreichte, die über den Fluss führte. Dort, am Fuß des Felsens, befand sich ein zweites Tor. Die herzogliche Mühle und weitere Gebäude lagen zu ihrer Linken, während sich das Schloss zu ihrer Rechten erhob. Fuhrwerke rollten durch das Tor, beladen mit prallen Säcken, in denen sich vermutlich Getreide befand. Rauch stieg hinter der Mauer auf, und ein feiner weißer Staub lag in der Luft. Das Laub der mächtigen Pappeln am Flussufer raschelte im schwachen Südwind, und der unverkennbare Geruch von frisch gebackenem Brot lag in der Luft.

Als Marie sich scheu dem Tor näherte, trat ein Bewaffneter aus dem Torhaus und hob drohend sein Gewehr. Am Ende der Flinte blitzte ein Bajonett. »Halt!«, befahl er barsch.

Kapitel 6

Das Dorf Brenz im Herzogtum Württemberg, August 1721

Marie erstarrte.

Der Mann sah furchterregend aus mit seinem Dreispitz, dem roten Rock und der grimmigen Miene, mit der er Marie musterte. »Wer bist du? Gehörst du zum Gesinde?«

Marie schüttelte den Kopf. Sie machte einen Schritt zurück, um mehr Abstand zwischen sich und die Klinge des Bajonetts zu bringen.

»Dann verschwinde«, knurrte der Soldat. »Gebettelt wird hier nicht.«

Auch wenn Marie sich beinahe zu Tode fürchtete, als er weiter auf sie zukam, blieb sie tapfer stehen. »Ich suche eine Anstellung«, sagte sie. Ihre Stimme zitterte. »Als Magd.«

Die Augen des Soldaten verengten sich. »Bist du aus dem Dorf?«

Marie nickte. »Ja, Herr. Man hat mir gesagt, hier gäbe es Arbeit«, log sie. Woher die Lüge plötzlich kam, wusste sie nicht. Es war kühn, so etwas zu behaupten. Dennoch war sie bereit, es zu riskieren, um einen Ausweg aus der Misere zu finden, in die Bartholomäus sie gebracht hatte. Die Aussicht auf ein Leben als Magd des Schweinebauern verlieh ihr Mut.

»Davon weiß ich nichts«, brummte der Soldat. Er drehte sich um und pfiff einen Knaben herbei. »Geh und frag die Köchin, ob sie noch eine Hilfskraft braucht. Hier ist ein Mädchen, das Arbeit sucht.« An Marie gewandt, sagte er: »Warte hier. Rühr dich nicht vom Fleck.« Er selbst ging zurück zum Torhaus, behielt sie jedoch weiter im Auge.

Während um sie herum Karren entladen und Säcke geschleppt wurden, stand Marie stocksteif in der Sonne. Mit jeder Minute, die verstrich, wurde ihr banger zumute. Als ein berittener Kurier dicht an ihr vorbeipreschte, unterdrückte sie nur mit Mühe einen Schreckensschrei. Sie war bereits kurz davor aufzugeben und sich auf den Weg zum Schweinebauern zu machen, als der Knabe zurückkam.

»Ich soll dich ins Gewölbe bringen«, sagte er und bedeutete ihr mit einem Wink, ihm zu folgen.

Marie rutschte das Herz in die Kniekehlen. »Ins Gewölbe?«, fragte sie. Was sollte sie in einem Gewölbe? Wollte man sie in den Kerker werfen? Der Gedanke war vollkommen abwegig, da sie nichts getan hatte, das eine solch drastische Strafe nach sich ziehen könnte. Trotzdem schoss er ihr durch den Kopf.

Der Junge nickte. »Ja, ins Gewölbe. Komm schon, mit der Köchin ist nicht gut Kirschen essen.« Er zog sich die viel zu große Hose hoch, die trotz der Hosenträger an ihm hing wie ein Sack. Sein Hemd war voller Rußflecken, und auch sein Haar starrte vor Schmutz. »Ich bin Michel«, sagte er. »Wie heißt du?«

»Marie.«

»Ich hoffe, du darfst bleiben. Du siehst nett aus.«

Obwohl Marie schon beinahe der Mut verlassen wollte, musste sie lächeln. Der Junge war wie ein Sonnenstrahl, obwohl man ihm ansah, dass er hart arbeitete und wenig zu essen bekam. Vermutlich war er einer von vielen jüngeren Söhnen eines Tagelöhners oder Handwerkers, den seine Familie nicht hatte durchfüttern können. So wie ich selbst, dachte sie bitter. Zwar gehörte ihr Vater bei Weitem nicht zu den ärmsten Bewohnern des Dorfes. Dennoch konnte er es sich nicht leisten, Marie und ihre Schwestern zu lange im Haus zu behalten.

»Worauf wartest du?«, fragte Michel, als Marie zögerte.

Marie schluckte die Tränen, die ihr in der Kehle brannten, und umfasste ihr Bündel fester. Dann folgte sie dem Knaben durch das Tor in den Innenbereich des Schlosses, in dem das Gewimmel noch größer war als auf dem Vorplatz. Obwohl ihr mit jedem Schritt mulmiger zumute wurde, ließ die Pracht der Gärten und Blumenbete sie staunen. Überall leuchteten rote, gelbe, weiße, violette und blaue Blüten im üppigen Grün, das von einem Gärtner beschnitten wurde. Anders als im Garten ihres Vaters gab es nicht nur Nutzpflanzen, sondern ein großer Teil der Beete schien Schnittblumen vorbehalten zu sein. Der weiße Staub der Kalkgrube am Ufer der Brenz, der sich über das Gras und die Pflanzen legte, wurde mit großen Gießkannen abgewaschen. Während Marie Michel zu einer Treppe folgte, legte sie den Kopf in den Nacken und sah zu dem prächtigen Gebäude auf. Die Wände des dreigeschossigen Bauwerkes waren schneeweiß getüncht, die Fensterläden in einem dunklen Rot gestrichen. An einem Flaschenzug wurden Getreidesäcke nach oben gezogen, zweifelsohne, um auf dem Dachboden des Schlosses gestapelt zu werden. Neben ihnen ragte eine gewaltige Wehrmauer auf, die von Schießscharten durchbrochen wurde. Marie war vollkommen überwältigt. Noch nie in ihrem Leben war sie einem solch großen Bauwerk so nah gewesen. Im Schatten des Gebäudes erklommen sie die Stufen, die in den schroffen Felsen gehauen waren, und gelangten schließlich bei einem Tor an, das unter dem Hauptgebäude hindurch in den Schlosshof führte. Auch hier standen zwei Soldaten Wache, die Marie und Michel jedoch ungehindert passieren ließen. Als Marie den Tordurchgang betrat, wäre sie beinahe gegen einen toten Hirsch geprallt, der an einem Haken von der Decke hing. Das Blut des Tieres hatte sich in den Rillen zwischen den Pflastersteinen gesammelt und zog eine wahre Heerschar von Fliegen an.

»Der ist für die Gräfin«, sagte Michel, der Maries Blick bemerkt zu haben schien. »Die Köchin sagt, sie gibt am Samstag ein Bankett. Es sollen Gäste aus Ulm und sogar aus Augsburg kommen«, setzte er hinzu.

Obwohl Marie noch nie in Ulm oder Augsburg gewesen war, wusste sie, dass diese Städte riesig sein mussten. Manchmal fuhr einer der Großbauern nach Ulm, um dort auf dem Markt ein neues Stück Vieh einzukaufen. Wenn die Gäste der Gräfin von so weit her kamen, mussten sie nicht nur bedeutsam, sondern auch sehr reich sein. Sie blinzelte, als sie aus dem Durchgang ins helle Licht des Schlosshofes traten. Zu ihrer Linken ragte ein Turm in die Höhe, dessen Eingang von Efeu umrankt wurde. Gegenüber, auf der anderen Seite des Schlosshofes, befand sich ein weiterer Turm. Von diesem gingen in den ersten beiden Stockwerken je zwei Laubengänge ab, deren rote Holzbalustraden frisch gestrichen wirkten. Auch dort rankte sich Efeu empor, bis hin zu der Uhr in dem gegenüberliegenden Turm. Ein weiterer Torbogen führte auf der Nordseite des Hofes den Schlosshügel hinab zur Galluskirche und zum Marktplatz. Mehrere mit aufwendigen Stuckarbeiten verzierte Türen führten in die Gebäude.

»Komm, die Köchin wartet sicher schon«, riss Michel sie aus ihren Betrachtungen.

»Im Gewölbe?«, fragte Marie unsicher.

Michel nickte. »So nennen es alle. Eigentlich ist es die Küche.« Er ging voran in den Hof und wandte sich nach wenigen Schritten nach links, um eine der Türen aufzuziehen. Sie schien schwer, war mit Eisenbeschlägen und einem großen Ring versehen. Dahinter befand sich tatsächlich ein geräumiges Tonnengewölbe, das von mehreren dicken Säulen getragen wurde. Durch ein ebenerdiges Fenster fiel Licht herein. Das Gewölbe war vollgestopft mit Säcken und Kisten voller Kohlköpfe, Gurken, Möhren und anderem Gemüse,

Körben voller Brot und Eier. Von der Decke hingen Würste, Speck und tote Hasen. Flusskrebse und Fische aus der Brenz schwammen in einem flachen Bottich. Es roch nach Pökelsalz, Honig und Gewürzen, die Marie nicht kannte. In einem angrenzenden Raum befanden sich riesige Zuber, in denen das Gemüse gewaschen wurde. Außerdem wurden dort auf mehreren Arbeits- und Hacktischen Speisen zubereitet. Schlichte Regale und Gestelle säumten die Wände. Sie waren bis obenhin gefüllt mit Behältnissen aller Art. An einer Wand befand sich eine gemauerte Kochstelle mit mehreren Öffnungen, unter denen ein kräftiges Feuer prasselte. Der Funkenhut über der Kochstelle war mit einem Schornstein verbunden, und anders als bei Marie zu Hause lag hier kein Qualm in der Luft.

»Die Köchin ist vermutlich in der Brunnenstube«, sagte Michel und führte sie weiter an einem gewaltigen Kamin vorbei in einen etwas kleineren Raum. Dort befanden sich ein Brunnen mit einem schweren eisernen Schwengel und ein Schüttstein, durch den das schmutzige Wasser in den Burggraben geschüttet werden konnte.

»Die Magd ist hier«, sagte Michel zu einer rundlichen Frau, die ein weißes Tuch wie einen Turban um den Kopf geschlungen trug.

Sie überwachte mit Argusaugen, wie ein junges Mädchen den Pumpenschwengel betätigte und einen Eimer mit Wasser füllte. »Das reicht«, sagte sie schließlich und scheuchte das Mädchen davon. Dann strich sie mit den Händen über ihre steife Schürze und musterte Marie mit zusammengekniffenen Augen. »Geh die Kamine putzen«, trug sie Michel auf, der ohne ein weiteres Wort zu Marie davonstob. »Du suchst Arbeit?«, fragte sie an Marie gewandt.

»Ja.«

»Bist du aus dem Dorf?«

Marie nickte.

»Warum willst du hier im Schloss arbeiten?«

Marie wusste nicht, was sie sagen sollte. Deshalb wich sie dem Blick der Köchin aus und starrte auf den Boden.

»Hat man dich woanders davongejagt?«, fragte die Köchin misstrauisch.

»Nein!« Marie hob den Blick und schüttelte heftig den Kopf. »Ich … Mein Vater …« Sie wusste nicht, wie sie erklären sollte, warum sie ausgerechnet für die Gräfin arbeiten wollte. War der Köchin denn nicht klar, was sie zu diesem Schritt trieb? Man erzählte sich doch überall im Dorf, dass nur die Ärmsten sich bei der Gräfin verdingten.

Die Köchin schien zu verstehen. »Du hast keinen Bräutigam gefunden«, sagte sie trocken.

Marie spürte, wie ihr die Schamesröte in die Wangen schoss.

»Schon gut. Solange du ehrlich bist und hart arbeitest, kannst du hierbleiben. Ich brauche dringend noch eine Magd.«

Marie sah sie ungläubig an. »Wirklich?«, fragte sie.

Die Köchin runzelte die Stirn. »Natürlich, sonst hätte Michel dich nicht herbringen brauchen.«

Kapitel 7

Das Dorf Brenz im Herzogtum Württemberg, August 1721

MARIE WUSSTE NICHT, ob sie lachen oder weinen sollte. Einerseits fiel ihr ein gewaltiger Stein vom Herzen, da es so aussah, als ob sie eine Anstellung gefunden hatte. Andererseits schlich sich beim Anblick all des Prunks und Reichtums eine solch gewaltige Ehrfurcht in ihr Herz, dass sie sich vollkommen befangen fühlte.

»Bring dein Bündel ins Gesindequartier und komm wieder her«, sagte die Köchin. »Ich brauche jemanden, der die Flusskrebse putzt und die Fische abschuppt.« Sie machte Anstalten, die Brunnenstube zu verlassen.

»Wo ist das Quartier?«, fragte Marie unsicher.

Die Köchin zeigte aus dem vergitterten Fenster in den Schlosshof. »Siehst du diese Tür dort drüben? Neben dem Ostturm? Dort hinein, dann links die Treppen hinunter. Such dir ein Bett, das noch frei ist.«

Marie umklammerte ihr Bündel fester. »Ein ganzes Bett?«, fragte sie verdutzt.

»Halbe Betten gibt es hier nicht«, erwiderte die Köchin. »Beeil dich! Träumerinnen kann ich nicht gebrauchen.«

Marie zog schuldbewusst den Kopf ein und eilte aus der Brunnenstube. Mit glühenden Wangen trat sie zurück in den Hof und huschte zu der Tür, die die Köchin ihr gezeigt hatte. Direkt über ihr lachte jemand, dann erklang das Spiel einer Flöte. Überwältigt von der üppigen Pracht um sie herum, öffnete Marie die Pforte und fand sich in einem kleinen Vorraum wieder, aus dem zwei weitere Türen tiefer ins Gebäude führten. Beide waren blau gestrichen und mit Silberbeschlägen verziert. Sie wagte kaum, die Klinke zu betätigen. Alles wirkte so … *erhaben.* Obwohl ihre Hände vor Aufregung zitterten, gelang es ihr schließlich, die schwere Tür zu öffnen. Vor ihr führte eine hölzerne Wendeltreppe in den Keller hinab. Mit wild klopfendem Herzen machte Marie sich auf den Weg nach unten und erreichte kurz darauf einen Gang mit einem roten Ziegelboden. Von diesem Korridor gingen vier Türen ab, am anderen Ende befand sich ein vergittertes Fenster. Dahinter schien der Wehrgang zu verlaufen, da Marie die Stiefel eines Soldaten am Fenster vorbeischreiten sah.

»Ist jemand da?«, rief sie.

Niemand antwortete. Vermutlich waren alle bei der Arbeit.

Neugierig drückte Marie eine der Türen auf und trat in einen Raum mit sechs Betten, dicken Deckenbalken und einem Fenster. Die Wände waren ordentlich verputzt, und es war angenehm kühl in der Kammer. Sie lugte durchs Fenster und sah den Schlossgraben unter sich. Das Quartier musste sich direkt in der Schlossmauer befinden. Als sie eine kleinere Tür am westlichen Ende des Raumes öffnete, stand sie unvermittelt vor einem Abort. Sie glaubte ihren Augen nicht zu trauen. Ein Abort in den Schlafräumen des Gesindes? Zu Hause auf dem Hof ihres Vaters stand ein kleines »Scheißhäuslein« hinter dem Haus. Sie spürte ein Lachen in sich aufsteigen. Sollte Gott sie doch nicht verlassen haben? War der Streit mit Bartholomäus, die ganze Demütigung nur eine Prüfung gewesen? Sie entdeckte ein freies Lager und warf ihr Bündel darauf, ehe sie sich auf die Matratze fallen ließ und übermütig auf und ab wippte. Ein Abort, ein eigenes Bett. Was erwartete sie noch? Am liebsten hätte sie auch die anderen Räume erkundet, wagte jedoch nicht, die Köchin warten zu lassen. Sie durfte ihr Glück nicht herausfordern. Wenn sie tatsächlich hierbleiben und arbeiten durfte, war das mehr, als sie sich jemals zu erträumen gewagt hatte.

Mit einem Seufzen erhob sie sich von der Matratze und sah sich ein letztes Mal in der Kammer um, bevor sie zurück zur Treppe ging. Oben angekommen, zog sie die Pforte, die in den Hof führte, gewissenhaft hinter sich zu und eilte zurück zum Gewölbe.

»Da bist du ja endlich«, empfing sie die Köchin. Sie stand an der Kochstelle und hantierte mit einer geschlossenen Pfanne, auf deren Deckel sie etwas Glut schaufelte, um Oberhitze zu erzeugen. »Nimm den Topf dort von der Kochstelle und schreck die Krebse mit kaltem Wasser ab«, befahl sie Marie und zeigte auf einen großen Kessel, in dem Flusskrebse schwammen. »Dann nimm ein Sieb und lass sie abtropfen. Wir brauchen so viele Schwänze, dass diese Schüssel randvoll ist.« Sie trat von der Kochstelle zurück und stellte eine große Schale auf einen der Tische. »Danach kannst du die Forellen ausnehmen und abschuppen.«

Marie fasste den Topf mit ihrer Schürze an, um sich nicht zu verbrennen, und hievte ihn von der Kochstelle. Er war so schwer, dass sie ihn beinahe hätte fallen lassen. Mit vor Anstrengung rotem Kopf schleppte sie ihn in die Brunnenstube, wo sie die Krebse in einen Holzbottich abschöpfte. Dann betätigte sie den Pumpenschwengel, schreckte die kleinen Krustentiere ab und ließ sie durch ein großes Seihtuch abtropfen. Danach trug sie sie zurück in die Küche, setzte sich auf einen Schemel und begann damit, die Schwänze abzudrehen und die Panzer aufzubrechen. Da sich am Ende der Panzer spitze Stacheln befanden, stach sie sich mehr als einmal in den Finger, ließ sich jedoch nichts anmerken. Nachdem sie die zarten Schwänze befreit hatte, wusch sie diese noch mal, ehe sie die Schüssel damit füllte. Im Anschluss daran schnitt sie den Forellen den Bauch auf, warf die Eingeweide in einen Eimer und entschuppte sie. Als diese Arbeit beendet war, trug die Köchin ihr auf, Kräuter zu hacken. Dill, Kerbel, Minze, Salbei, Melisse, Majoran und Wacholder gingen über ihr Hackbrett, gefolgt von Knoblauch und Zwiebeln.

»Weißt du, wie Koriander und Kardamom aussehen?«, wollte die Köchin wissen.

Marie schüttelte den Kopf. Von derlei Zutaten hatte sie noch nie gehört.

Die Köchin winkte eine der anderen Mägde herbei. »Francisca, zeig ihr Koriander und Kardamom, Kaffee, Zimt, Muskat, Nelken und die anderen Säcke«, sagte sie.

Das Mädchen, das eine kleine Handmühle betätigt hatte, nickte. Sie war etwas jünger als Marie, einen Kopf kleiner, mit aschblondem Haar und einer fleckigen Haut. Als sie lächelte, sah Marie, dass ihre Zähne schwarz waren. Sie ging voran in den Raum, in dem sich die Säcke stapelten, und wies auf ein Regal. »Dort stehen die Maße«, sagte sie. »Nimm niemals zu viel. Diese Gewürze sind so teuer, dass du dein ganzes Leben lang nicht so viel verdienen kannst, um nur einen Sack zu bezahlen.«

Marie sah sie ungläubig an.

»Glaub mir. Wenn die Köchin dich dabei erwischt, dass du auch nur ein Körnchen verschwendest, sagt sie es der Gräfin. Und die lässt dich von einem der Soldaten auspeitschen.« Das Mädchen bückte sich, um einen der Säcke zu öffnen. Darin befanden sich dunkle Bohnen. »Das ist Kakao. Daraus machen wir Trinkschokolade für die Gräfin«, sagte es. »Genau wie der Kaffee wird der Kakao mit einer Handmühle gemahlen.« Sie zeigte auf einen anderen Sack, in dem sich ähnliche Bohnen befanden. Dann ging sie weiter zu kleineren Säckchen voller Safran, Pfeffer, Zimt, Muskat, Ingwer, Vanille, Cayennepfeffer, Kardamom und Koriander.

Der Duft der Gewürze war so betörend, dass das Innere von Maries Nase anfing zu kribbeln.

»Die Schalen der Zitronen und Pomeranzen werden zerrieben«, informierte die Magd sie schließlich, als sie vor einem Korb voll gelber und orangefarbener Früchte standen. »Die Früchte selbst kann man auspressen, um Süßspeisen zu verfeinern.« Nachdem sie Marie noch einen Zuckerhut und mehrere große Tontöpfe voller Honig gezeigt hatte, ging sie zurück an ihre Arbeit.

Den Rest des Tages verbrachte Marie mit dem Schlagen von Eischnee, dem Schälen von Erdäpfeln und dem Putzen von Gemüse. Als die Speisen für die Tafel der Gräfin endlich aufgetragen werden konnten, war sie todmüde. Seit dem Brei am Morgen hatte sie nichts mehr gegessen, und die Hitze in der Küche hatte sie durstig gemacht. In einem großen Kessel köchelte ein dicker Eintopf vor sich hin, den die Köchin schließlich in einfache Holzschalen abfüllte. Zusammen mit dem Rest des Gesindes nahm Marie an einem der langen Holztische Platz und löffelte ihre Suppe, nachdem sie ein halbes Stück dunkles Brot eingebrockt hatte. Außer der Köchin, Michel, Francisca und ihr selbst saßen noch zwei weitere Mägde am Tisch. Die Lakaien, die das Essen auftrugen, würden sich später über die Reste der Tafel hermachen.

Als sie ihre Schüssel geleert hatte, aß sie den Rest ihres Brotes und wischte sich den Mund.

»Wir brauchen für morgen noch mehr frische Himbeeren und Brombeeren«, sagte die Köchin, als sie sah, dass Marie fertig war. »Die Gräfin will einen Beerenauflauf mit Wein. Geh in den Garten und bring mir einen Korb voll.«

Obwohl Marie am liebsten noch etwas sitzen geblieben wäre, tat sie, wie geheißen. Nachdem sie sich einen flachen Korb aus dem angrenzenden Raum geholt hatte, verließ sie das Gewölbe und atmete im Schlosshof erst einmal tief durch. Eine leichte Brise strich über ihr Gesicht und kühlte ihre erhitzten Wangen. Als ein Schatten über den Hof huschte, schrak sie zusammen und hob den Blick. Hoch über ihr, auf dem Dach des Schlosses, landete ein Storch in seinem Nest.

»Den hätte ich schon längst herunterschießen sollen«, ertönte eine tiefe Stimme hinter ihr.

Sie schrak zusammen und wirbelte herum. Ein hochgewachsener Mann in einem grünen Rock trat aus dem Schatten des Tordurchgangs. Seine Beine steckten in engen braunen Hosen und hohen Stulpenstiefeln. An seiner Seite baumelte ein Säbel. Der Dreispitz auf seinem Kopf verdeckte seine Augen. Kinn und Wangen waren von einem dunklen Bartschatten überzogen. Das lange Haar trug er zu einem Zopf zusammengebunden. »Dich habe ich doch heute schon mal gesehen«, stellte er fest.

Marie wich vor ihm zurück, als er einen Schritt auf sie zumachte. Kein Zweifel, bei dem Mann handelte es sich um einen der Reiter, die sie auf dem Weg zum Schloss getroffen hatte!

Kapitel 8

Das Dorf Brenz im Herzogtum Württemberg, August 1721

Wilhelmine von Grävenitz war froh, als der letzte Gang des Banketts von den Lakaien abgetragen wurde. Die Hitze und die Ungewissheit verdarben ihr den Appetit. Obwohl die Speisen köstlich zubereitet waren, hatte sie kaum mehr als ein paar Happen gegessen, anders als das halbe Dutzend Gäste aus Ulm. Bei den Männern handelte es sich um reiche Handelsherren und Bankiers, deren Gemahlinnen so hohl und langweilig waren, dass Wilhelmine sich fragte, wie die Patrizier es mit ihnen aushielten. Mit Juwelen behangen, übermäßig geschminkt und 20 Jahre jünger als ihre Gatten, schnatterten die einfältigen Dinger in einem fort über die Annehmlichkeiten des Lebens in einer Reichsstadt. Wilhelmine hörte nicht einmal mit einem halben Ohr zu, da sie es kaum erwarten konnte, die Gäste wieder loszuwerden. Die Geschäfte mit den Patriziern waren beendet, das Bankett lediglich ein Zeichen ihrer Gastfreundschaft. Warum die Ulmer ihre Gemahlinnen nicht zu Hause gelassen hatten, war ihr ein Rätsel. Aber vermutlich wollten diese Gänse vor ihren bürgerlichen Freundinnen damit aufschneiden, dass sie mit einer Gräfin getafelt hatten.

Sobald es der Anstand erlaubte, entließ sie die Gäste und zog sich in ihre Gemächer zurück. Dort ließ sie sich von ihrem Kammerfräulein aus dem schweren Reifrock helfen und setzte sich ans Fenster, um die laue Abendluft zu genießen. Sie musste eine Weile allein sein, um ihre Gedanken zu ordnen. Seit der Bote die Nachricht vom Tod ihrer Spionin gebracht hatte, grübelte sie darüber nach, was die Zofe wohl herausgefunden hatte und was ihre Feinde im Schilde führen könnten. Da sie als Landhofmeisterin de facto die Geschicke des Herzogtums lenkte, wurde die Gruppe ihrer Widersacher immer größer. Mit Bitterkeit dachte sie an die Intrige zurück, die sie vor 14 Jahren gezwungen hatte, ins Exil in die Schweiz zu gehen. Nachdem Eberhard Ludwig sie zu seiner Gemahlin zur linken Hand gemacht hatte, hatten ausgerechnet diejenigen ihr wahres Gesicht gezeigt, die Wilhelmine ein Jahr zuvor an den Hof geholt hatten, um sie mit dem Herzog zu verkuppeln. Als sie gemerkt hatten, dass ihnen der Einfluss entglitt, waren sie in Panik geraten und hatten Eberhard der Bigamie bezichtigt.

Sie lachte leise, als sie sich daran erinnerte, wie sie mit Eberhard den Plan ersonnen hatte, der nicht nur die Geheimen Räte entmachtet, sondern sie zur einflussreichsten Frau des Herzogtums erhoben hatte. Nachdem ihre Ehe auf Befehl des Kaisers annulliert worden war, hatte Eberhard kurzerhand den spielsüchtigen Grafen von Würben dafür bezahlt, sich mit Wilhelmine zu vermählen. Als Dank dafür hatte er den Posten des Landhofmeisters erhalten, 20.000 Gulden und diverse weitere Ämter. Von diesen hatte Eberhard den Grafen allerdings freigestellt, damit dieser in Wien weiterhin seiner Spielsucht nachgehen konnte. Die Ehe mit Wilhelmine hatte er niemals vollzogen. Als seine Gemahlin und Landhofmeisterin war Wilhelmine vor zehn Jahren an den Hof zurückgekehrt und hatte Eberhard dazu überredet, den Bau von Schloss Ludwigsburg voranzutreiben. Im vergangenen Jahr war ihr Gemahl verstorben, sodass Wilhelmine inzwischen Witwe war.

Sie legte die Füße auf einen kleinen Schemel und spielte mit einer Strähne ihres langen Haars, während ihre Gedanken weiter schweiften. Wer mochte hinter dem Tod ihrer Spionin stecken? Es gab eine ganze Reihe Männer, denen sie diese Tat zutraute. Ihr größter Feind, der ehemalige Oberhofmarschall Georg Friedrich Forstner, war zwar vor vier Jahren in Paris einem Schlaganfall erlegen. Dennoch wirkten seine Verleumdungen und Schmähschriften noch immer nach. Wilhelmine verzog das Gesicht, als sie an die Briefe voller Lügen über sie dachte, die er dem Herzog kurz nach ihrer Rückkehr an den Hof geschrieben hatte. Allerdings hatte er nicht mit Eberhards Treue zu seiner Mätresse gerechnet. Daher war Forstner aus Württemberg geflohen, um in der französischen Hauptstadt eine Schrift zu verfassen, die er seine »Apologie« genannt hatte. Darin prangerte er die in seinen Augen skandalösen Zustände am württembergischen Hof an, für die er Wilhelmine verantwortlich machte. Nachdem Eberhard wutentbrannt einen Hofrat nach Paris geschickt hatte, um der Schmähschriften habhaft zu werden, hatte er dafür gesorgt, dass sie vom Henker in Stuttgart verbrannt worden waren, begleitet vom Läuten des Malefizglöckchens. Das und Forstners Tod hatten Wilhelmine nur kurze Genugtuung verschafft, da sein Gift weiterwirkte.

In letzter Zeit bezichtigten sie ehemalige Bedienstete der Zauberei, behaupteten, sie habe mehrere Totgeburten erlitten, während hochmütige Pfarrer sich weigerten, sie in ihre Gebete mit einzuschließen. Zudem bekriegten sich am Hof seit Kurzem Mitglieder des alten Adels mit einigen von Wilhelmines Höflingen. Zu der Gruppe ihrer Widersacher zählten inzwischen zwei frühere Oberhofmarschalle, mehrere Geheime Räte und Regierungsräte, der ehemalige Oberstallmeister des Herzogs, der Oberfalkenmeister, ein Rittmeister und natürlich die Herzogin höchstpersönlich. Solange Wilhelmine keine weiteren Anhaltspunkte hatte, war es so gut wie unmöglich, zu enträtseln, wer hinter dem Mord an ihrer Spionin steckte und was diese herausgefunden hatte.

Sie blies die Wangen auf und ließ die Luft durch die gespitzten Lippen entweichen. Was auch immer ihre Feinde im Schilde führten, sie würde ihnen einen Strich durch die Rechnung machen! Jetzt hatte sie allerdings erst einmal andere Bedürfnisse, musste etwas unternehmen, um die Schwere loszuwerden. Alles Grübeln würde das Problem nicht lösen. Sie würde wohl oder übel warten müssen, bis La Boneille und seine Truppe in Brenz eintrafen und weitere Neuigkeiten brachten. Mit einem Seufzen kam sie auf die Beine und warf einen letzten Blick aus dem Fenster, bevor sie den Pagen aus dem angrenzenden Zimmer zu sich rief. »Sag der Wache, sie soll sich zum Fuß des Turmes zurückziehen«, trug sie ihm auf. »Außer dem Jäger soll sie niemanden hereinlassen. Dich und die Damen brauche ich heute nicht mehr. Ich begebe mich zur Ruhe.«

Sobald der Knabe verschwunden war, legte sie das Ohr an die Tür und lauschte auf die schweren Schritte der Soldaten, die von ihrem Posten vor ihren Gemächern abzogen. Als sie sich die Treppen hinab entfernt hatten, befreite sie sich von ihren Schuhen, Strümpfen und einem weiteren Obergewand. Dann nahm sie eine Kerze aus einem Kerzenständer, öffnete die Tür und trat auf den Korridor hinaus. Das Gefühl des kalten Steins unter ihren nackten Fußsohlen sandte ihr einen Schauer der Vorfreude über den Rücken. Nur mit dem dünnen Nachtgewand bekleidet, eilte sie zum Turm, die Treppen hinauf zum Turmzimmer, von dem aus man das gesamte Umland überblicken konnte. Die schmale Stiege am Ende der Treppe war so eng, dass Wilhelmine sich am Geländer festhalten musste, um die Falltür zum Turmzimmer öffnen zu können. Geschickt schob sie sich durch die Öffnung in den kleinen Raum, in dem außer einem Bett nicht viel Platz hatte. Die Kerze stellte sie in eines der Fenster, dann ließ sie sich auf der Matratze nieder. Sobald der Jäger ihr Zeichen sah, würde er ihrer Einladung folgen.

Es dauerte nicht lange, bis sie die Stufen knarren hörte. Wenig später schob sich sein dunkler Schopf durch die Öffnung im Boden. Ein leises Lächeln umspielte die Mundwinkel des Jägers, als er die Falltür schloss und sich vor Wilhelmine aufbaute. Er war so groß, dass er sich beinahe den Kopf an der Decke stieß. »Du bist schöner als die Schwäne auf der Brenz«, sagte er in neckendem Ton.

»Würdest du bei mir auch die Flinte anlegen?«, fragte Wilhelmine. Sie ließ ihr Haar über die Schultern fallen und lud ihn mit einer Geste ein näherzukommen.

Er lachte. Es war ein Laut, der Wilhelmine eine Gänsehaut bescherte. »Das wäre eine furchtbare Verschwendung, Ihro Hochfürstliche Exzellenz.«

»Du sollst mich nicht so nennen!«

»Es gefällt mir aber«, sagte er. Unbeeindruckt von ihren funkelnden Augen setzte er sich auf das Bett und zog sich in aller Ruhe die Stiefel aus. Dann schlüpfte er aus seinem Hemd und erhob sich, um sich auch von der Hose zu befreien. Die Muskeln in seinem Rücken spielten, als er den Gürtel löste.

»Ich befehle dir, mich nicht so zu nennen.« Wilhelmines Herzschlag beschleunigte sich beim Anblick seiner Hinterbacken. Wie der Rest seines Körpers waren sie hart und muskulös und gleichzeitig geschmeidig. Mit den Bewegungen eines Raubtieres wandte er sich zu ihr um, schnellte nach vorn und grub eine Hand in ihr Haar. »Soso«, knurrte er. »Du befiehlst mir?« Seine dunklen Augen blitzten gefährlich. »Hatten wir nicht vereinbart, dass in diesem Zimmer ich die Befehle gebe?«

Obwohl sein Griff schmerzhaft war, fuhr Wilhelmine ein Stich der Lust in den Unterleib. Sie reckte sich ihm entgegen, bot ihm ihre verwundbare Kehle dar und wartete darauf, dass er seine Zähne in ihren Hals grub. Hart, aber dennoch zärtlich, so wie er es bei ihrem letzten Treffen getan hatte.

Während seine eine Hand ihren Kopf weiter nach hinten bog, schob er die andere unter ihr dünnes Gewand und strich mit seinen rauen Fingerkuppen die Innenseite ihrer Schenkel entlang.

Wilhelmine keuchte auf, als er ihre geheimste Stelle erreichte und gleichzeitig mit den Lippen nach ihrer Halsbeuge suchte. Als er mit der Zunge über ihren Kehlkopf leckte und ihren Hals mit kleinen Bissen übersäte, vermeinte sie, vor Lust zu zerspringen.

»Dreh dich um«, zischte er ihr ins Ohr und zog die Hand unter ihrem Rock hervor.

Als wäre sie nicht die mächtigste Frau im Herzogtum, sondern eine einfache Magd, gehorchte sie und tat, was er verlangte.

Ohne auf den teuren Stoff zu achten, zerriss der Jäger ihr Untergewand und drückte sie mit dem Gesicht in die Kissen.

Sie war ihm vollkommen hilflos ausgeliefert, als er erneut mit der Hand zwischen ihre Beine fuhr, um in ihre Feuchtigkeit einzutauchen und ihr die Sinne zu rauben.

Kapitel 9

Das Dorf Brenz im Herzogtum Württemberg, August 1721

»Ich sollte gehen.« Ohne auf eine Antwort zu warten, schob der Jäger sich zur Bettkante und stellte die Füße auf den Boden. Während Wilhelmine ihn mit lustgeweiteten Augen beobachtete, schlüpfte er in Hemd und Hose und griff nach seinen Stiefeln.

»Warum willst du schon gehen?«, fragte sie. Es klang enttäuscht. Zwar hatten sie sich über zwei Stunden miteinander vergnügt, dennoch schien sie nicht genug von ihm bekommen zu können.

Er von ihr hingegen schon. Allein die Vorstellung, noch einmal vorgeben zu müssen, dass sie ihn wahnsinnig machte vor Lust, ließ ihn schaudern. »Ich muss morgen bei Anbruch der Dämmerung auf die Jagd reiten«, sagte er.

»Reite nicht, bleib hier.«

Er lachte. »Dann gibt es kein frisches Wildbret.« Ohne auf ihren Protest zu achten, schnallte er seinen Gürtel um und bückte sich nach dem Eisenring der Falltür. »Ruh dich aus«, sagte er. »Schlaf ein wenig. Sonst siehst du morgen müde aus.«

»Mir ist egal, wie ich morgen aussehe. Ich will, dass du hierbleibst!« Ihre Stimme klang schrill in seinen Ohren.

Er verkniff sich ein Seufzen. Stattdessen wandte er sich noch einmal zu ihr um und bedachte sie mit einem grimmigen Blick. »Hier oben gilt nicht, was *du* willst«, brummte er. »Wenn du die Regeln ändern möchtest, werde ich ab sofort der brave Untertan sein, der die herzoglichen Befehle befolgt. Dazu gehört allerdings auch, dass ich die Mätresse meines Herrn nicht anrühre.« Die Drohung war deutlich.

Sie schob die Unterlippe nach vorn wie ein verzogenes Kind. Am liebsten hätte er sie geohrfeigt. Das wagte er allerdings trotz aller Spielchen, die sie miteinander trieben, nicht. Wenn er eine Grenze überschritt und sie seiner überdrüssig wurde, war er die längste Zeit Jäger des Herzogs gewesen. Deshalb schenkte er ihr ein versöhnliches Lächeln. »Wenn du mich brauchst, gib das Zeichen. Ich werde kommen.« Mit diesen Worten zog er die Falltür auf und ließ sie allein zurück im Turmzimmer.

Froh darüber, seine Pflicht erfüllt zu haben, klopfte er sich auf die Rocktasche, in der ein wertvoller Smaragd ruhte. Er wusste, dass er sich durch ihre Geschenke zur Hure machte, doch das war ihm gleichgültig, solange sie seinen Reichtum mehrte. Wenn sie weiter so freigiebig war, würde er sich bald ein eigenes Jagdschloss leisten können. Ein Grinsen huschte über sein Gesicht, als er die Treppen hinab zu der Tür ging, vor denen ihre Soldaten Wache hielten.

»Schon fertig?«, begrüßte ihn einer der beiden. Es war einer der Männer, die ihn am Morgen auf die Jagd begleitet hatten.

»Kümmert euch um eure Angelegenheiten«, gab er mürrisch zurück.

»So wie du?«, höhnte der Wachmann.

»Halt die Klappe!«

Die beiden Soldaten lachten.

Der Jäger schüttelte den Kopf, ließ sie stehen und ging über den Hof zu der Tür, die in den Gesindekeller und in seine Wohnung führte. Einen Augenblick lang wanderte sein Blick zur Kellertür, ehe er seine eigenen Räumlichkeiten betrat. Das Mädchen, das ihm bei seiner Rückkehr von der Jagd fast vor die Hufe gelaufen war, würde warten müssen. Auch wenn er die ganze Zeit, die er mit Wilhelmine verbracht hatte, an sie gedacht hatte – an ihre blauen Augen, das seidige Haar und die prallen Rundungen – konnte er sie nicht einfach pflücken wie eine reife Erdbeere. Auf der Straße oder auf dem Feld … Das wäre etwas anderes gewesen. Hier allerdings genoss sie den Schutz der Gräfin und war kein Freiwild für ihn.

Mit einem Prusten betrat er seine Schlafkammer, legte den Rock ab und machte sich auf die Suche nach einer Flasche Wein. Als er sie im Zimmer nebenan fand, goss er sich einen Becher voll bis zum Rand und leerte ihn in zwei gierigen Zügen. Die Abende mit Wilhelmine machten ihn durstig. Vielleicht sollte er das nächste Mal vorher etwas trinken, damit er ihre faltigen Brüste und ihre schlaffen Schenkel nicht so genau sehen musste. Zwar war sie noch nicht so vertrocknet wie die meisten Frauen in ihrem Alter, aber ihr Körper war weit davon entfernt, ihn zu erregen. Es waren einzig ihre Macht, ihr Einfluss und die großzügigen Geschenke, die ihn an ihr reizten. Allerdings war auch er nur ein Mann aus Fleisch und Blut. Und wenn er einmal ein Stück Wild ausgemacht hatte, jagte er es für gewöhnlich so lange, bis er es erlegt hatte.

Kapitel 10

Das Dorf Brenz im Herzogtum Württemberg, August 1721

AM NÄCHSTEN MORGEN erwachte Marie noch vor dem ersten Hahnenschrei. Obwohl das Bett weich war und die harte Arbeit in der Küche sie erschöpft hatte, war sie kaum in der Lage gewesen, ein Auge zuzutun. Viel zu viel ging ihr im Kopf herum. Immer wieder war sie aus dem Schlaf aufgeschreckt, weil entweder Gisela, Bartholomäus oder der Jäger der Gräfin durch ihre Träume gegeistert waren. Wohingegen Gisela und Bartholomäus sie wütend machten, erfüllte sie der Jäger mit einem Gefühl der Beklemmung. Gestern im Schlosshof hatte er sie mit einem Ausdruck in den Augen angesehen, der ihr genau verriet, was er von ihr wollte. Sie hoffte inständig, dass sie ihm nie alleine begegnen würde, da sie gegen einen Riesen wie ihn nicht das Geringste ausrichten konnte. Er überragte sie um beinahe zwei Köpfe, außerdem trug er einen Säbel und eine Pistole. Sie beschloss, ihm, wann immer möglich, aus dem Weg zu gehen und eines der anderen Mädchen über ihn auszufragen.

Mit einem Gähnen fuhr sie sich übers Gesicht und säuberte sich mit einem Tuch, das sie mit dem Wasser in der Waschschüssel beim Fenster befeuchtete. Die anderen Mägde schliefen noch, sodass Marie den Abort für sich alleine hatte. Als sie schließlich in ihren Rock und ihr Mieder schlüpfte, regte sich das Mädchen im Bett neben ihr.

»Wieso bist du schon auf?«, fragte es verwundert.

»Ich konnte nicht schlafen«, gab Marie zurück. Als auch die anderen Frauen unter den dünnen Decken hervorkrochen, verließ sie die Kammer und ging in den Raum nebenan, in dem sich Schränke voller Leinen, ein Tisch und mehrere Stühle befanden.

»Frühstück gibt es in der Küche.«

Sie fuhr erschrocken herum.

Michel stand in der Tür und rieb sich die Augen. Sein Haar war zerzaust, die Wangen noch vom Schlaf gerötet. »Hilfst du mir, die Kochstelle anzufeuern?«, fragte er.

Marie überlegte nicht lang und nickte. Da sie einen guten Eindruck machen wollte, konnte es sicher nicht schaden, als eine der Ersten in der Küche zu sein. Sie folgte Michel die Treppe hinauf in den Hof und zog gierig die frische Morgenluft ein. Noch hatte die Sonne den Horizont nicht erreicht. Trotzdem roch es nach warmer Erde und den Blumen in den Gärten, auch wenn ihr Duft fast vom Staub, der von der Kalkgrube in den Hof wehte, überdeckt wurde. Irgendwo schlugen bereits die ersten Hämmer, und das Brüllen des Viehs verriet Marie, dass die Kühe noch nicht gemolken worden waren. Ihr Blick wanderte zu dem Storchennest auf dem Dach. Augenblicklich fielen ihr die Worte des Jägers wieder ein.

»Den hätte ich schon längst herunterschießen sollen«, hatte er gesagt.

Sie kniff die Augen zusammen und sah, dass sich das Nest der Vögel auf einem eigens angebrachten Wagenrad befand. Warum wollte der Jäger die Tiere töten? Wusste er denn nicht, dass sie Glück und Kindersegen brachten? Außerdem machten sie sich als Mäusejäger auf den Feldern nützlich. Sie schüttelte den Kopf und schob den Gedanken beiseite, eilte über den Hof und betrat wenig später das Gewölbe. Dort war es immer noch so stickig wie am Abend zuvor, weshalb sie und Michel alle Fenster öffneten. Dann schichteten sie Holz in die Öffnung unter der Kochstelle und fachten das Feuer an. Im Anschluss daran füllte Marie einen Eimer mit Wasser, erhitzte es und goss es in den Kessel, in dem der am Abend angesetzte Getreidebrei eingedickt war. Schließlich angelte sie einen langen Holzlöffel von einem Haken an der Wand und rührte damit in dem Brei herum.

»Sag mal …«, wandte sie sich nach einigen Augenblicken an Michel. Er war zwar keines der anderen Mädchen, aber vielleicht wusste er dennoch etwas über den Jäger. »Ich habe gestern den Jäger getroffen«, hob sie an.

Michel wischte sich die schmutzigen Hände an der Hose ab und zog die Nase hoch. »Und?«, fragte er.

»Ist er …?« Sie unterbrach sich und schüttelte den Kopf. »Nicht so wichtig«, winkte sie ab. Es war ein dummer Einfall, Michel ausfragen zu wollen. Woher sollte der Junge wissen, was ihr Sorgen bereitete. Für ihn war der Jäger vermutlich jemand, zu dem er aufsah.

»Ist er *was*?«, hakte Michel nach.

»Nichts«, wiegelte Marie ab. Sie rührte schweigend weiter in dem Brei, der langsam wieder anfing zu köcheln.

»Nimm dich …«, hob Michel an, verstummte jedoch, als die Köchin in dem Moment das Gewölbe betrat.

Sie warf einen Blick auf das Kochfeuer und den Topf, in dem Marie rührte, und nickte zufrieden. »Hol die Schalen«, trug sie Michel auf. Dann griff sie nach einer Kelle, schob Marie zur Seite und begann, den Brei in die Holzschüsseln zu löffeln, die Michel ihr reichte. Als wenig später die anderen Bediensteten ins Gewölbe kamen, fragte sie: »Wo ist die Milchmagd?«

»Im Stall«, erwiderte Francisca, das Mädchen, das Marie am Vortag die Gewürzsäcke gezeigt hatte.

»Hat sie verschlafen?«

Francisca zuckte die Achseln. »Das weiß ich nicht.«

»Faules Ding«, brummte die Köchin. »Das ist schon das dritte Mal in zwei Wochen. Wenn ich noch einmal in die Küche komme und es ist keine Milch da, kann sie ihre Sachen packen.«

Marie senkte den Kopf, obwohl die Schelte nicht ihr galt. Schweigend setzte sie sich an den Tisch und aß ihren Brei.

Als die Milchmagd kurz darauf in die Küche geschnauft kam, fing sie sich eine Ohrfeige von der Köchin ein. »Das ist die letzte Warnung«, schimpfte die rundliche Frau. »Noch mal lasse ich dir deine Faulheit nicht durchgehen.«

Das Mädchen schlug den Blick nieder und biss sich auf die Lippe.

»Worauf wartest du? Stell den Krug ab und kümmere dich um die Butter und die Sahne. Wer verschläft, braucht kein Frühstück.«

Marie war froh, dass niemand auf sie achtete. Was, wenn ihr ein Fehler unterlief? Wohin sollte sie gehen, wenn die Köchin sie auf die Straße setzte? Sie wusste, dass sie vor Scham im Erdboden versinken würde, sollte sie sich doch noch im Dorf Arbeit suchen müssen.

Sobald alle ihre Schalen geleert hatten, verteilte die Köchin die Aufgaben. »Du kochst Himbeersaft ein«, trug sie Marie auf. »Wenn du fertig bist, gehst du Mohn pflücken. Die Gräfin will eine Arznei zubereiten und braucht zwei Körbe davon.«

Marie erhob sich, wusch ihre Schale aus und stellte sie in eines der hölzernen Gestelle, auf denen das Geschirr abtropfte. Dann ging sie in den Nebenraum, holte die Himbeeren, die sie gestern gepflückt hatte, und schüttete sie in eine große Schüssel. Zusammen mit einer Handvoll Johannisbeeren zerdrückte sie die Früchte, gab etwas Essig hinzu und rührte alles gut durch. Da der Saft eine Nacht lang durchziehen musste, deckte sie die Schüssel mit einem Tuch ab und trug sie in den größten Raum des Gewölbes. Am nächsten Tag würde sie alles durch ein Tuch pressen, in einen Sack aus Leinwand füllen und diesen an einen Nagel hängen, damit der Saft in eine Schale darunter tropfen konnte. Erst danach konnte Zucker hinzugefügt und der Saft gesiedet werden, bis er schäumte.

Sie versicherte sich ein letztes Mal, dass sie keine Himbeeren übersehen hatte, ehe sie sich die Hände an der Schürze abwischte und zwei Weidenkörbe ineinanderstellte. Mit den Körben unter dem Arm verließ sie das Gewölbe und machte sich auf den Weg zu einer der vielen Wiesen, die im Westen an den Schlossfelsen angrenzten. Sie überquerte die Brenz auf einer schmalen Brücke, auf der ihr ein barfüßiges Mädchen mit einer Herde Gänse entgegenkam. Das einfache Hemdkleid der Kleinen war an mehreren Stellen zerschlissen, das Haar verfilzt und schmutzig. Die großen Vögel hackten kampflustig nach Maries Beinen, als sie sich an ihnen vorbeidrückte.

»Lasst das«, schimpfte das Mädchen. Es schlug mit einem Stock nach einem besonders boshaften Ganter, der sich daraufhin mit einem Zischen zu ihr umwandte.

»Reiz sie lieber nicht«, riet Marie.

Aber die Kleine schien unbeeindruckt von dem giftigen Federvieh.

Es dauerte nicht lange, bis Marie eine Wiese erreichte, die rot vom blühenden Klatschmohn war. Da sie nicht ebenfalls den Zorn der Köchin auf sich ziehen wollte, kniete sie sich ins Gras und begann damit, die Körbe zu füllen. So versunken war sie in ihre Aufgabe, dass sie das Wiehern der Pferde erst hörte, als es zu spät war. Sie hob erschrocken den Blick. Vier Reiter galoppierten den Weg am Rand der Wiese entlang, und schon von Weitem erkannte sie den Jäger. Mit einem Keuchen duckte sie sich zwischen das hohe Gras, in der Hoffnung, den Augen der Männer verborgen zu bleiben. Allerdings war ihre Hoffnung vergeblich, da sich ein Reiter von der Gruppe löste und über die Wiese direkt auf sie zuritt.

Kapitel 11

Das Dorf Brenz im Herzogtum Württemberg, August 1721

Marie machte sich noch kleiner, während das Herz in ihrer Brust anfing zu flattern wie ein Vogel. Hatte der Jäger sie gesehen? Warum ritten die anderen Männer weiter zum Schloss und er nicht? Sie zog die Beine an den Körper und wickelte ihren Rock enger um sich. Bitte, Herr, lass ihn zum Fluss reiten, flehte sie. Aber ihr Gebet stieß auf taube Ohren. Deutlich hörte sie, wie der Hufschlag eines Pferdes immer näher kam, bis ein Schatten auf sie fiel.

»Was tust du denn ganz allein hier auf der Wiese?«, hörte sie ihn fragen. Seine Stimme klang ein wenig heiser.

Marie wagte nicht, zu ihm aufzusehen.

Metall klirrte, als er die Füße aus den Steigbügeln nahm und aus dem Sattel rutschte.

Einen Augenblick spielte Marie mit dem Gedanken, einfach aufzuspringen und fortzulaufen. Doch wohin sollte sie fliehen? Mit seinem Pferd würde er sie nach wenigen Schritten einholen. Sie schluckte, als seine Stiefelspitzen in ihrem Blickfeld auftauchten.

»Willst du nicht aufstehen?«, fragte er amüsiert. »Komm, ich helfe dir.« Er griff nach Maries Arm und zog sie in die Höhe. Seine Hand schloss sich so fest um ihr Handgelenk, dass es schmerzte.

»Ihr tut mir weh«, sagte Marie. Sie versuchte, sich aus seinem Griff zu befreien. Allerdings ohne Erfolg. Sie spürte, wie sich ihr Herzschlag noch mehr beschleunigte, wie ihr die Knie weich wurden und die Furcht ein Prickeln über ihre Haut sandte.

»Du hast meine Frage nicht beantwortet«, sagte der Jäger.

Maries Kopf war wie leer gefegt. »Welche Frage?«, stammelte sie nach einigen Augenblicken.

»Was du ganz allein hier auf der Wiese zu suchen hast.«

Marie zeigte mit einem zitternden Finger auf die Weidenkörbe. »Ich pflücke Mohn für die Gräfin. Sie wartet darauf«, setzte sie nach kurzem Nachdenken hinzu. Wenn er dachte, dass man sie im Schloss vermissen würde, ließ er sie vielleicht in Ruhe. Verzweifelt versuchte sie erneut, sich ihm zu entwinden. »Bitte lasst mich los«, flehte sie.

»Das will ich aber nicht.«

Seine Worte ließen sie erstarren.

»Weißt du, ich hatte heute kein Glück bei der Jagd. Bis jetzt.« Er zog sie näher an sich, fasste ihr brutal unters Kinn und zwang sie, zu ihm aufzublicken. Seine dunklen Augen glänzten beinahe fiebrig.

Marie keuchte auf, als er sich zu ihr hinabbeugte, um ihr hart die Lippen auf den Mund zu drücken. Sie versuchte, vor ihm zurückzuweichen. Aber er packte auch ihren anderen Arm. Würgend musste sie zulassen, dass er ihr die Zunge in den Mund steckte, während er seinen Unterleib an sie drückte. Ihr Blick zuckte voller Panik von links nach rechts, in der Hoffnung, jemand würde ihr zu Hilfe kommen. Doch die Pappeln am Ufer der Brenz verdeckten sowohl das Schloss als auch die Wirtschaftsgebäude. Wenn sie sich nicht selbst half, würde ihr niemand helfen. Obwohl sie vor Furcht und Ekel am liebsten gestorben wäre, nahm sie all ihren Mut zusammen und biss dem Jäger mit voller Kraft in die Zunge.

Mit einem Fluch ließ er von ihr ab und machte einen Schritt zurück. »Du kleine Hure!«, zischte er.

Bevor er ausholen und Marie einen Faustschlag versetzen

konnte, trat sie ihm gegen das Schienbein, raffte ihren Rock und rannte, so schnell sie konnte, über die Wiese davon. Der Mohn für die Gräfin war vergessen. Kopflos vor Furcht stolperte sie über Maulwurfshügel und Steine, fing sich jedoch jedes Mal, bevor sie endgültig den Halt verlor. In ihrem Rücken hörte sie den Jäger gottlose Verwünschungen ausstoßen, dann wieherte sein Pferd.

»Oh Gott, oh Gott, oh Gott!«, wimmerte sie. Wenn er sie einholte, würde er ganz gewiss keine Gnade walten lassen. Sie musste ihn verletzt haben, da sie Blut schmeckte. So schnell sie ihre Füße trugen, floh sie weiter, bis die kleine Brücke vor ihr auftauchte. Der Jäger hatte sie schon fast eingeholt, als sie die Holzplanken unter ihren Füßen spürte. Die Brücke ächzte unter dem Gewicht des Pferdes, das so dicht hinter ihr war, dass sie seinen Schweiß riechen konnte. Kurz bevor der Jäger sie erreichte, taumelte sie jedoch auf den freien Platz am Fuß des Burgfelsens, auf dem bereits mehrere Fuhrwerke darauf warteten, entladen zu werden.

»Glaub nicht, dass du mir so einfach entkommst!«, knurrte der Jäger, der in dem Moment an ihr vorbeiritt, in dem zwei Soldaten der Gräfin auf einen der Karren zukamen. Einen Augenblick lang sah es so aus, als ob er sie mit seiner Reitgerte schlagen wolle. Doch dann gab er seinem Reittier mit einem weiteren Fluch die Sporen und trabte in Richtung Stallungen davon.

Maries Beine waren so schwach, dass sie sich an einem Zaunpfahl abstützen musste, um nicht in die Knie zu brechen. Sie zitterte am ganzen Leib. Voller Ekel spuckte sie mehrere Male auf den Boden, ehe sie den Stoff ihres Ärmels in den Mund schob, um den widerlichen Geschmack loszuwerden.

Der Jäger kochte vor Zorn. Am liebsten hätte er seine Wut an dem Stallburschen ausgelassen, der ihm den Zügel abnahm und ihm aus dem Sattel half. Da ein Wutausbruch jedoch die Aufmerksamkeit der Soldaten, vielleicht sogar der Gräfin auf ihn gelenkt hätte, schluckte er den Ärger hinunter. Innerlich kochend, machte er einen Sack voller toter Hasen von seinem Sattelknauf los und pfefferte ihn auf den Boden. Mehr war ihm heute nicht vor die Flinte gelaufen. Es war, als ob dieser Tag verhext sei. »Verdammt!«, fluchte er. Warum hatte er die Kleine nicht einfach niedergestreckt und sich genommen, was er wollte? Wie konnte sie entkommen? Ihm war noch nie etwas entkommen, das er wollte! Das Brodeln in seinem Inneren verstärkte sich. Ihr üppiger Körper hatte ein Feuer in ihm entfacht, das er so schnell nicht würde löschen können. Allein die Vorstellung, in dieser Nacht wieder den wilden Liebhaber für die Gräfin spielen zu müssen, ließ ihn stöhnen. Im Moment hätte er sowohl Wilhelmine als auch der kleinen Hure am liebsten den Hals umgedreht.

»Wollt Ihr noch einmal ausreiten?«, riss ihn der Stallbursche aus den düsteren Gedanken.

»Nein. Du kannst ihn absatteln und trocken reiben.« Mit diesen Worten kehrte er dem Jungen den Rücken und marschierte aus dem Stall. Als er zurück in den Hof trat, wurde seine Aufmerksamkeit von einem halben Dutzend Ochsenkarren angezogen, die sich von Osten her dem Schloss näherten. Auf dem Bock des ersten Karrens saß ein Mann, dessen schreiend bunte Kleidung schon von Weitem zu sehen war. Die Ladeflächen der Wagen schienen mit allerhand Gerümpel vollgestopft zu sein, zwischen dem ähnlich bunt gewandete Frauen und Männer saßen. Auf einem der Karren erkannte der Jäger bemalte Leinwände. Er runzelte die Stirn. Eine Wandertruppe? Hatte Wilhelmine reisende Schauspieler nach Brenz geholt oder waren die Leute zufällig auf der Durchreise?

Den Karren folgte ein langer Rattenschwanz an Dorfkindern, die mit neugierigen Augen verfolgten, wie die Schauspieler vor dem Tor des Schlosses anhielten. Der Mann auf dem Bock des vordersten Wagens sprang zu Boden und schritt mit hocherhobenem Kopf auf das Torhaus und die Soldaten darin zu. Zweifellos handelte es sich um den Prinzipal der Truppe. Da der Jäger kein Interesse an Hanswurstiaden und anderen Kaspereien hatte, wandte er sich von den Neuankömmlingen ab und stapfte den Anstieg zum Schloss hinauf. Von der Magd war weit und breit nichts mehr zu sehen. Wütend betastete er seine Zunge, die immer noch von dem Biss der kleinen Wildkatze blutete. Wenn sie ihm das nächste Mal allein über den Weg lief, würde er dafür sorgen, dass sie für ihre Unverschämtheit bezahlte!

Kapitel 12

Das Dorf Brenz im Herzogtum Württemberg, August 1721

Maries Beine fühlten sich immer noch an, als wären sie aus Butter. Mit einem hohlen Gefühl im Bauch lugte sie hinter den Brombeersträuchern hervor, hinter denen sie sich verborgen hatte. Als sie sah, dass der Jäger die Treppen zum Schlossdurchgang erklomm, kauerte sie sich hastig wieder zusammen und versuchte, einen klaren Gedanken zu fassen. Ihre Hände zitterten so heftig, dass sie sie unter die Achseln schob, um sich zu beruhigen. Was sollte sie jetzt nur tun? Die Körbe lagen noch auf der Wiese, und ohne den Mohn konnte sie unmöglich ins Gewölbe zurückkehren. Die Köchin würde sie vermutlich, ohne zu zögern, hinauswerfen und dafür sorgen, dass sie nie wieder eine Anstellung im Dorf bekam. Sie biss sich auf die Unterlippe und nagte darauf herum, bis sie Blut schmeckte. Ihr eigenes. Die Erinnerung an den widerlichen Kuss ließ sie erschauern. Wie ein Aal hatte sich die Zunge des Jägers in ihrem Mund gewunden, ihr die Luft geraubt und beinahe dafür gesorgt, dass sich ihr Magen umdrehte. Sie verzog das Gesicht und sammelte erneut Speichel, um auszuspucken. Immer und immer wieder, bis ihr Mund so trocken war, dass sie kaum mehr schlucken konnte. Dann nagte sie weiter auf ihrer Lippe herum und starrte vor sich hin.

Sie wusste nicht, wie lange sie zwischen den Sträuchern gekauert hatte, aber irgendwann schliefen ihr die Beine ein. Obwohl sie sich fast zu Tode fürchtete, richtete sie sich mühsam auf und trat einige Augenblicke auf der Stelle, bis das Kribbeln in ihren Kniekehlen nachließ. Sie musste weiter Mohn pflücken! Ganz gleich, wie sehr ihr davor graute, ihr Versteck zu verlassen, sie konnte sich nicht ewig hier verbergen. Mit einem Gefühl, als habe sie etwas Verdorbenes gegessen, wagte sie sich schließlich zwischen den Brombeeren hervor und hielt ängstlich nach dem Jäger Ausschau. Allerdings war von ihm weit und breit keine Spur zu entdecken. Eine Schlange von Fuhrwerken war durch das offene Tor zu sehen, außerdem einige bunt gekleidete Männer und Frauen. Knechte mit Säcken auf dem Rücken trotteten über den Hof, während eine Gruppe Mägde lachend vor dem Waschhaus die Wäsche aufhängte. Wenn Marie sich im Schatten der Pappeln hielt, konnte sie vielleicht ungesehen zurück zur Wiese huschen.

»Marie!«

Der Ausruf ließ sie zusammenfahren und mit wild klopfendem Herzen herumwirbeln.

Michel kam mit einer Schubkarre voll Mist aus dem Stall auf sie zu. Sein Gesicht war puterrot, Hände und Kleider noch schmutziger als sonst. »Warum versteckst du dich im Garten?«, fragte er und hielt keuchend vor ihr an. In dem Mist steckte eine Mistgabel.

»Ich verstecke mich nicht«, log Marie.

Michel bedachte sie mit einem zweifelnden Blick.

»Was tust *du* hier?«, lenkte Marie von sich ab. »Damit?« Sie zeigte auf den Mist.

»Den soll ich auf den Beeten verteilen«, erwiderte der Junge. Als Marie nichts weiter sagte, kniff er die Augen zusammen. »Was ist mit dir? Du bist ganz bleich.«

»Nichts«, wiegelte Marie ab. Auf keinen Fall wollte sie, dass Michel herausfand, was auf der Wiese vorgefallen war. Auch sonst durfte niemand erfahren, dass der Jäger sie bedrängt hatte, weil sie sonst ihren Ruf aufs Spiel setzte. Ganz gleich, was geschah, man würde ihr die Schuld daran geben. Wie Gisela es wegen Bartholomäus getan hatte. Plötzlich wich die Furcht einem Gefühl des brennenden Zorns, und sie spürte, wie ihr das Blut in die Wangen stieg. Warum musste immer sie der Sündenbock sein? Was hatte sie getan, dass Gott sie so strafte?

»Marie?« Michel sah sie unsicher an.

»Es ist nichts«, sagte sie. »Mir ist nur heiß und ich muss zur Wiese, um Mohn zu pflücken.«

»Ohne Korb?«

Marie zuckte die Achseln. Dann ließ sie Michel stehen und drückte sich im Schatten der Pappeln entlang zu der Brücke, über die sie erst vor Kurzem vor dem Jäger geflohen war. Wenn sie ihre Anstellung im Schloss nicht gleich wieder verlieren wollte, musste sie den Mohn ins Gewölbe bringen. Ohne darüber nachzudenken, was geschehen würde, wenn ihr der Jäger ein weiteres Mal nachstellte, rannte sie zurück zu der Stelle, an der sie die Körbe hatte fallen lassen. Hastig rupfte sie so viele Mohnblumen aus, bis die Weidenkörbe bis zum Rand gefüllt waren – stets mit dem Gefühl im Nacken, dass sie jemand beobachtete. Zu ihrer grenzenlosen Erleichterung war jedoch weit und breit keine Menschenseele zu sehen, weshalb sie ein kurzes Dankgebet zum Himmel schickte. So schnell, dass sie fast den Inhalt ausgekippt hätte, hob sie die Körbe vom Boden auf, klemmte sie sich unter die Arme und eilte zurück zum Schloss. Als sie kurz darauf ins Gewölbe schnaufte, empfing sie die Köchin mit einem Stirnrunzeln.

»Wieso hat das so lange gedauert?«, fragte sie ungehalten.

Marie öffnete den Mund, um sich zu verteidigen.

Aber die Köchin winkte ab. »Schneide das Schwarze von den Blüten ab und stecke so viele wie möglich in eine der großen Kannen dort.« Sie zeigte auf zwei Kupferkannen, die in einer Ecke des Gewölbes standen. »Dann gieß siedendes Wasser darüber und decke die Kannen ab. Sie müssen eine Nacht stehen bleiben, bevor die Gräfin etwas damit anfangen kann.« Als Marie sich nicht sofort rührte, machte sie eine Handbewegung, als wolle sie eine lästige Fliege verscheuchen. »Mach schon, Kind!«

Froh darüber, sich mit der Arbeit ablenken zu können, tat Marie, wie geheißen, und brachte die nächste Stunde damit zu, die Mohnblumen zu beschneiden und mit Wasser zu übergießen. Als sie fertig war, winkte die Köchin sie zu sich.

»Hast du schon einmal *Boudin* gemacht?«, wollte sie wissen.

Marie sah sie fragend an.

»Blutwurst.«

Marie nickte.

»Dann weißt du, was zu tun ist. Dort drüben stehen die Zutaten«, sagte die Köchin. »Wenn etwas fehlt, frag Francisca.« Damit wandte sie sich ab und begann, eine fette Gans auszunehmen.

Da Marie sich nicht noch mehr Schelte einhandeln wollte, beeilte sie sich, die Anweisung zu befolgen. Während es im Gewölbe immer stickiger wurde, rieb sie die Rinde von einem Dutzend Semmeln ab, zerschnitt das Weiche und weichte es in Milch und süßem Rahm ein. Darunter mischte sie gehackte Mandeln, Rosinen und Rindermark. Dann rührte sie eine Soße aus Eidotter, Zucker, geriebener Zitronenschale und Wein an, die sie auf die Feuerstelle setzte und unter stetem Rühren aufkochen ließ.

Als die *Boudins* fertig waren, trug die Köchin ihr auf, sie als Garnierung um die bereits angerichteten Schüsseln für die Hauptspeisen zu legen. »Geh ins Gesindequartier und hole frische Leintücher«, sagte die Köchin, als Marie sich schließlich die Hände an ihrer Schürze abwischte. »Diese hier müssen gewaschen werden.«

»Wo …?«, hob Marie an.

»In den Schränken im Raum neben den Schlafkammern«, fiel ihr die Köchin ins Wort.

Augenblicklich machte Maries Herz einen ängstlichen Sprung. Was, wenn sie dem Jäger in die Arme lief? Hatte Michel nicht gesagt, seine Wohnung befände sich über dem Gesindequartier? Mit einem unguten Gefühl verließ sie das Gewölbe und trat in den Schlosshof hinaus. Obwohl die Sonne erbarmungslos aus dem blauen Himmel stach, erschien es Marie im Freien angenehm kühl. Die Hitze im Gewölbe war unerträglich, und erst jetzt merkte sie, dass ihr das Kleid auf der Haut klebte. Ein Geräusch über ihr ließ sie den Blick heben. In dem Laubengang im zweiten Geschoss wandelte eine Dame in einem prächtigen Gewand. Ihr Haar war zu einer kunstvollen Frisur aufgetürmt, in der Hand hielt sie einen Fächer. Neben ihr schritten zwei weitere Frauen, deren Reifröcke jedoch nicht halb so auffällig waren. Marie hielt instinktiv den Atem an. Das musste die Gräfin sein! Fasziniert verfolgte sie einen Augenblick lang, wie die Frauen den Gang entlangschritten, wieder kehrtmachten und zurückschlenderten. Dann mahnte sie sich zur Eile, riss sich von dem Anblick los und rannte über den Hof. Sie hatte gerade die schwere Tür erreicht, als mehrere Soldaten den Hof betraten, begleitet von einem der bunt gekleideten Neuankömmlinge, die Marie vor dem Tor gesehen hatte.

»Gräfin!«, brüllte der Geck respektlos.

Marie hätte sich um ein Haar verschluckt, als er in Richtung Laubengang winkte.

»Sieh an, sieh an«, hörte sie eine Frauenstimme sagen. »Die Theatertruppe ist da. Ich will Euch sprechen!« Gewänder raschelten, Bohlen knarrten, dann quietschten Türangeln.

Marie hob erstaunt die Brauen, als die Soldaten den Besucher zu einem der Türme führten und darin verschwanden. Was um alles in der Welt hatte die Gräfin mit solch einem Menschen zu tun?

Als einer der Wachmänner ihren Blick bemerkte und sie grimmig ansah, schlüpfte sie hastig durch die Tür und stieg die Treppe in den Keller hinab.

Kapitel 13

Das Dorf Brenz im Herzogtum Württemberg, August 1721

»Lasst mich allein.« Wilhelmine von Grävenitz trat durch die Tür, die vom Laubengang ins Innere des Schlosses führte. Trotz der Brise, die wenigstens etwas Abkühlung gebracht hatte, war ihr viel zu heiß in dem schweren Gewand. Am liebsten hätte sie sich die Röcke vom Leib gerissen und sich splitternackt in die Fluten der Brenz gestürzt. Da dies jedoch nicht nur unsittlich, sondern auch äußerst ungesund war, musste sie mit ihrem Fächer vorlieb nehmen.

»Aber Madame«, protestierte die Hofdame, die mit ihrem Reifrock zu kämpfen hatte, um den engen Durchgang zu passieren.

Wilhelmines Kammerfräulein griff nach dem steifen Reif und half ihrer Begleiterin. Dann folgte sie den beiden Frauen und schloss die Tür hinter sich.

»Ich lasse Euch rufen, wenn ich Eure Gesellschaft wieder benötige«, sagte Wilhelmine scharf. Die Frau war schlimmer als eine Glucke und ständig um Wilhelmines Gesundheit besorgt. Daher hatte sie die Gräfin dazu überredet, ein paar Schritte in den Laubengängen auf und ab zu gehen. Im Nachhinein war Wilhelmine ihr dankbar für die Idee, allerdings hatte sie keinerlei Lust auf eine Diskussion. Als die Hofdame die Brauen hochzog, schüttelte Wilhelmine den Kopf. »Geht«, sagte sie mit einem warnenden Unterton in der Stimme.

Sie wartete, bis die beiden Frauen in den Räumen am anderen Ende des Ganges verschwunden waren, ehe sie sich an die

Leibwache vor ihrem Gemach wandte. »Wenn La Boneille kommt, führt ihn zu mir. Dann zieht euch zurück«, wies sie die Männer an.

Diese tauschten zwar einen Blick, wagten jedoch nicht, ihr zu widersprechen. Zweifellos hatten sie von Eberhard Ludwig den Auftrag erhalten, Wilhelmine niemals mit einem Besucher unbewacht allein zu lassen. Aber ihr Gespräch mit La Boneille durfte unter keinen Umständen belauscht werden. Da sie, anders als der Herzog, den Männern seiner Leibgarde nicht uneingeschränkt vertraute, wollte sie jedes noch so kleine Risiko vermeiden. Sollte einer der Soldaten ein fauler Apfel sein, den einer ihrer Erzfeinde eingeschleust hatte …

Sie sah den Wachen nach, die sich zum Turmaufgang zurückzogen, betrat ihr Gemach und warf den Fächer auf einen der Tische. Nachdem sie sich den Schweiß von dem gepuderten Gesicht getupft hatte, trat sie ans Fenster, um auf die Wagenschlange vor dem Torhaus hinabzublicken. Auf den Ladeflächen der Karren befanden sich, selbst aus der Entfernung gut sichtbar, die Requisiten, Bühnenbilder und das Holz für die Bühne von La Boneilles Wandertruppe. Da er als Prinzipal der Schauspieler kreuz und quer durch Württemberg zog – mit einer Auftrittserlaubnis des Herzogs ausgestattet –, konnte er sich nicht darauf verlassen, immer ein Gebäude zur Verfügung gestellt zu bekommen. Daher hatte La Boneille sich schon vor Jahren dazu entschlossen, seine eigene Bretterbühne mitzuführen, um so auch auf dem Land oder in kleineren Jagdschlössern auftreten zu können.

Wilhelmine ließ den Blick über die Karren wandern und versuchte zu erkennen, wie viele Mitglieder die Truppe umfasste. Da die Schauspieler jedoch zum Teil vom Torhaus verdeckt wurden, zählte sie lediglich sieben. Ein Klopfen an der Tür ließ sie die bunte Ansammlung vergessen. Sie betastete die aufgetürmten Locken auf ihrem Kopf, ehe sie »Herein!« rief.

Der Mann, der kurz darauf ihr Gemach betrat, war hochgewachsen, schlank und trotz seiner albernen zweifarbigen Hosen elegant. Sein blondes langes Haar war zu einem Zopf geflochten, den Dreispitz hielt er in der Hand. Er sank in eine tiefe Verbeugung, bevor er den Raum betrat.

»La Boneille«, begrüßte Wilhelmine ihn. Sie wartete, bis die Wache, die ihn begleitet hatte, die Tür hinter dem Prinzipal geschlossen hatte. Dann trat sie auf ihn zu. »Was könnt Ihr mir berichten?«, fragte sie ohne Umschweife.

Der Blick seiner grünen Augen war durchdringend. Wie immer waren die Schnallen seiner Schuhe auf Hochglanz poliert, die Rüschen seines Hemdes blütenweiß. Wilhelmine hatte stets den Eindruck, dass er sie von oben herab musterte. Obwohl er sie mit seinem französischen Getue manchmal zur Weißglut brachte, war er einer ihrer wichtigsten Spione. Ohne La Boneille hätte sie einige ihrer ärgsten Feinde nicht unschädlich machen können.

Er räusperte sich, zog ein kleines Tüchlein aus seiner Rocktasche und wischte sich die Stirn. Dann setzte er sich unaufgefordert auf einen der gepolsterten Stühle. »Madame«, hob er an, wohl wissend, dass Wilhelmine die Anrede in Rage versetzte.

Doch sie ging nicht auf seine Unverschämtheit ein. »Spannt mich nicht auf die Folter!«, zischte sie. »Was gibt es Neues?«

»Die Unzufriedenheit unter den Geheimen Räten wächst«, sagte La Boneille. »Wie es aussieht, haben einige von ihnen vor, sich mit den Landständen gegen Euch zu verbünden.«

»Mit den Landständen?« Wilhelmine schüttelte den Kopf. »Das will ich nicht glauben.« Die Landstände, bestehend aus Geistlichkeit und Bürgertum, waren von Eberhard Ludwig so gut wie entmachtet worden. Weil der Landtag ihm die Mittel für ein stehendes Heer gegen die Franzosengefahr hatte verweigern wollen, hatte der Herzog ihn als Regierungsorgan abgeschafft. Lediglich zum Neujahrsfest durfte sich eine kleine

Abordnung der Landschaft in Ludwigsburg einfinden, um dem Herzog die Aufwartung zu machen. Ansonsten hatten sich die Mitglieder des Landtages von ihm fernzuhalten. »Was versprechen sie sich davon? Dass Eberhard den Schütz und mich verstößt, den Geheimen Rat aus Stuttgart nach Ludwigsburg holt und dem Landtag wieder Macht verleiht?« Sie lachte. »So dumm können sie nicht sein! Eberhard regiert als großer Fürst, er ist der Serenissimus. Meine Güte, er nennt sich selbst den ›schwäbischen Sonnenkönig‹!«

»Ich kann Ihnen nicht sagen, was sie sich versprechen«, erwiderte La Boneille. »Aber ich bin mir sicher, dass Ihre Feinde etwas planen, um Ihnen und dem Herzog zu schaden. Ich habe bisher allerdings noch nicht in Erfahrung bringen können, was es ist.«

Wilhelmine setzte sich ebenfalls auf einen der Stühle. »Planen sie nicht immer etwas?«, seufzte sie. »Was ist es dieses Mal? Versuchen sie wieder, den Kaiser dazu zu bringen, Eberhard zu befehlen, mich zu verstoßen? Oder versprüht dieser verdammte Urlsperger wieder sein Gift?«

La Boneille zuckte die Achseln. »Dass Urlsperger etwas damit zu tun hat, wage ich zu bezweifeln«, sagte er.

Wilhelmine schnaubte. Der impertinente ehemalige Hofprediger war ihr seit Langem ein Dorn im Auge. Die Tatsache, dass Eberhard Ludwig ihn in Herrenberg ansässig gemacht hatte, anstatt ihn des Herzogtums zu verweisen, ärgerte sie immer noch maßlos. Sie erinnerte sich noch allzu gut an die Karfreitagspredigt vor drei Jahren, in der Urlsperger am Hof in Ludwigsburg kein Blatt vor den Mund genommen hatte. In drastischen Worten hatte er den württembergischen Hof als eine Art Sündenbabel beschrieben und den Herzog und seine Mätresse zu umgehender Buße aufgefordert. Vor dem ganzen Hofstaat! Allein der Gedanke an die Demütigung brachte Wilhelmines Blut in Wallung. »Du hättest ihn von der Kanzel schießen sollen!«, hatte sie getobt und Eberhard dazu gebracht, den impertinenten Mistkerl zu entlassen. Allerdings giftete er jetzt als Dekan in Herrenberg weiter, weil Eberhard ihn nicht außer Landes hatte gehen lassen. »Verdammt!«, fluchte sie. »Erst das Mädchen …«

»Welches Mädchen?«, unterbrach La Boneille sie.

Wilhelmine berichtete ihm von der toten Spionin im Neckar.

Der Schauspieler zog die Brauen hoch.

»Ich brauche Ersatz«, sagte Wilhelmine mehr zu sich selbst als zu La Boneille.

»Ich könnte ebenfalls Unterstützung gebrauchen«, sagte er. »Die anderen wissen nichts von dem eigentlichen Auftrag. Manchmal stellen sie Fragen, wenn wir zu einem besonders abgelegenen Ort fahren, um dort eine Aufführung zu geben.«

»Traut Ihr ihnen nicht? Könnt Ihr nicht einen von ihnen einweihen?«

Der Prinzipal zuckte die Achseln. »Ganz ehrlich? Die meisten von ihnen verbergen etwas, viele sind nicht mehr als Gesindel. Wer sonst würde sich freiwillig einer fahrenden Schauspieltruppe anschließen?« Er schüttelte den Kopf. »Sie sind Fassade, Requisiten. Ich würde Ihnen nicht empfehlen, einem von ihnen weiter zu trauen, als Sie spucken können.«

Wilhelmine seufzte. »Was jetzt?«

»Jetzt werden wir hier ein paar Tage unsere Hanswurstiade aufführen und dann weiterziehen«, gab La Boneille ungerührt zurück. »Sobald ich Genaueres weiß, werde ich jemanden mit einer Nachricht zu Ihnen schicken.«

Obwohl Wilhelmine mehr erwartet hatte, blieb ihr nichts anderes übrig, als La Boneille gehen zu lassen, damit er sich um den Aufbau seiner Wanderbühne auf dem Marktplatz kümmern konnte.

Kapitel 14

Das Dorf Brenz im Herzogtum Württemberg, August 1721

Marie nahm einen Stapel frischer Leintücher aus dem Schrank und legte ihn auf den Tisch, der in der Mitte des Raumes stand. Die Wäsche war dort, wo die Köchin gesagt hatte, zusammen mit den Bettlaken und Tischtüchern für die Gemächer der Gräfin. In den anderen Schränken und Truhen befanden sich Kleider der Gräfin und ihrer Hofdamen sowie einige zusammengerollte Wandbehänge. Außerdem entdeckte Marie Geschirr und Besteck, die offensichtlich im Gewölbe keinen Platz fanden. Nachdem sie sich versichert hatte, dass sie genug Leintücher hervorgeholt hatte, schloss sie die Schränke und Truhen und ging zurück hinaus auf den Gang. Vorbei an den beiden Schlafkammern des Gesindes begab sie sich zur Treppe, die ihr mit vollen Armen steiler vorkam als am Morgen. Die Kühle im Keller hatte sie ein wenig beruhigt, doch je weiter sie sich dem Treppenabsatz näherte, desto mehr nahm die Beklemmung wieder zu. Bevor sie die Tür öffnete und in den kleinen Vorraum hinaustrat, holte sie mehrere Male tief Luft. Dann drückte sie die Klinke herunter.

Als sich im selben Augenblick die Tür zu ihrer Linken öffnete und der Jäger auf der Schwelle erschien, stieß sie einen erstickten Schrei aus. Ohne lange nachzudenken, ließ sie die Leintücher fallen, machte auf dem Absatz kehrt und floh die Treppen hinab zurück in den Keller. Dass sie sich mit ihrer Flucht in die Falle begab, wurde ihr erst bewusst, als sie wieder unten ankam und schwere Schritte hinter sich vernahm. Er folgte ihr! Blind vor Furcht rannte sie den Korridor entlang zu dem Fenster, das auf den Wehrgang hinausführte. Ehe es ihr jedoch gelang, es zu öffnen, war der Jäger bei ihr, packte sie bei den Haaren und riss sie zu sich herum.

»So leicht entkommst du mir nicht«, knurrte er. Dann holte er aus und versetzte ihr mit dem Handrücken einen so heftigen Schlag ins Gesicht, dass sie nach hinten getaumelt wäre, hätte er sie nicht festgehalten. »Du dachtest wohl, ich würde dir deine Unverschämtheit durchgehen lassen?«

Marie keuchte auf, als er erneut die Hand hob. Sie schloss die Augen und wartete auf einen weiteren Schlag, der nicht kam. Stattdessen ließ der Jäger ihr Haar los und griff nach ihren Oberarmen. »Hör einfach auf, dich zu wehren«, flüsterte er ihr ins Ohr, ehe er sich weiter zu ihr hinabbeugte, um ihr seine Lippen auf den Mund zu pressen. Wie schon auf der Wiese, stocherte er mit seiner Zunge zwischen ihren Zähnen herum, bis sie das Gefühl hatte, ersticken zu müssen. Erst nach einer Ewigkeit ließ er von ihr ab, wischte sich mit dem Ärmel über den Mund und packte sie am Arm. »Komm mit!«, befahl er heiser.

»Bitte, Herr«, flehte Marie. »Wenn Ihr mich gehen lasst …«

»Ich lasse dich nicht gehen.«

»Bitte.«

Der Jäger lachte. »Du bist mir einmal entwischt. Das kommt nicht noch mal vor.« Obwohl Marie versuchte, sich zu wehren, zerrte er sie auf die Treppe zu und bugsierte sie nach oben. Zweifelsohne, um sie in seine Wohnung zu zwingen.

»Ich schreie«, drohte Marie.

»Das wirst du ganz gewiss nicht tun.« Er drückte ihr von hinten die Hand auf den Mund und schob sie weiter. »Wenn du dich mir nicht fügst«, zischte er, »sage ich der Gräfin, dass du eine Diebin bist.«

Marie versteifte sich. Wenn er sie des Diebstahls bezichtigte, landete sie im besten Fall am Pranger. Im schlimmsten Fall hackte man ihr die Hand ab. Ein Schauer kroch über ihren Rücken, als sie begriff, dass sie ihm vollkommen wehrlos ausgeliefert war. Hilflos ließ sie sich wenig später von ihm durch die Tür zu seiner Wohnung ziehen, die er mit dem Fuß hinter sich zutrat. Erst, als er den Schlüssel umgedreht und an einen Haken an der Wand gehängt hatte, ließ er Marie los.

»Warum tut Ihr das?«, fragte Marie verzweifelt.

Er lachte. »Hast du jemals in einen Spiegel gesehen?«, fragte er heiser.

Marie wich vor ihm zurück, als er den Rock ablegte und auf sie zukam. Deutlich zeichneten sich die Muskeln unter seinem dünnen Hemd ab. Mit einem Wimmern sah sie, wie er den Gürtel löste. Obwohl die Furcht ihr den Verstand vernebelte, wusste sie, dass sie nur eine Chance hatte, ihm zu entkommen. Ganz egal, womit er ihr drohte, sie durfte nicht zulassen, dass er sich an ihr verging! Als er Anstalten machte, sich auf einen Schemel zu setzen, um die Stiefel abzustreifen, nahm sie allen Mut zusammen, machte einen Schritt auf ihn zu und trat ihm zwischen die Beine.

Der Laut, den er von sich gab, glich dem Jaulen eines Hundes.

Während er zu Boden sackte, rannte sie auf die Tür zu und riss den Schlüssel vom Haken. Ihre Hände zitterten so heftig, dass sie mehrere Versuche benötigte, um ihn ins Schloss zu stecken. Blindlings floh sie auf den Hof hinaus und taumelte in Richtung Gewölbe.

»Haltet die Diebin!« Der Ruf hallte in dem Moment über den Hof, als sie den Eingang zum Gewölbe erreichte.

Augenblicklich kam Leben in die Wachen beim Tordurchgang, und ehe sie sich's versah, hatten die Männer Marie gepackt. Übelkeit schoss ihr in die Kehle, als sie sah, dass der Jäger über den Hof auf sie zukam.

Sein Gesicht war rot vor Wut. »Sie ist eine Diebin!«, stieß er keuchend hervor. »Seht her.« Bevor Marie begriff, was geschah, war er bei ihr, griff in eine ihrer Rocktaschen und zog etwas daraus hervor. Als er die Hand öffnete, funkelte ein Schmuckstück auf seiner Handfläche.

»Das gehört mir nicht«, stieß sie atemlos hervor.

»Hört ihr das?«, höhnte der Jäger. »Sie gibt den Diebstahl zu.«

»Nein!« Marie schüttelte den Kopf. »Ich weiß nicht, wie das in meine Tasche gekommen ist.«

»Das sagen alle Langfinger«, knurrte einer der Wachmänner.

»Bitte, ihr müsst mir glauben! Ich habe nichts gestohlen!«

Der Jäger lachte. »Wie erklärst du dann, dass du dieses Schmuckstück in der Tasche hattest?«

»*Ihr* habt es dort hineingesteckt«, keuchte Marie.

Der Wachsoldat schüttelte sie heftig. »Hör auf zu lügen«, knurrte er. »Sollen wir sie zum Amtmann bringen?«, fragte er.

Der Jäger schüttelte den Kopf. »Steckt sie ins Verlies. Vielleicht lässt die Gräfin Gnade vor Recht ergehen, wenn sie ihr Vergehen zugibt.«

Marie wollte protestieren, aber die Worte blieben ihr im Hals stecken, als die Soldaten sie auf die Tür des Gewölbes zustießen und sie durch Küche und Brunnenstube in einen kleinen Raum führten, an dessen Stirnseite sich eine Tür mit einem schweren Riegel befand. Über dem Riegel gab es eine vergitterte Luke, durch die man vermutlich Essen ins Verlies reichen konnte. In dem kahlen Raum selbst standen ein doppelstöckiges Holzbett und ein Nachttopf. An der Wand gegenüber dem Bett war ein eiserner Ofen. Der Boden war mit roten Ziegeln belegt, die Wände und die Gewölbedecke mit Kalk geweißt. Etwas Licht fiel durch ein vergittertes Fenster oberhalb der Tür, der Raum selbst war fensterlos.

Marie spürte die Blicke des Gesindes im Rücken. Alle waren zusammengelaufen, als die Männer sie durch das Gewölbe geführt hatten. Ihr Tuscheln war deutlich zu hören.

»Rein da!« Einer der Soldaten stieß sie über die Schwelle in den winzigen Raum. Bevor Marie protestieren und ihre Unschuld weiter beteuern konnte, wurde die Tür hinter ihr zugeschlagen und der Riegel vorgeschoben.

Kapitel 15

Das Dorf Brenz im Herzogtum Württemberg, August 1721

Es dauerte einige Augenblicke, bis die Lähmung von Marie abfiel. Erst als sich die Schritte vor der Tür bereits entfernt hatten, kam Leben in sie. »Lasst mich raus!«, rief sie und schlug mit den Fäusten gegen das Holz. »Hört ihr mich? Ich bin keine Diebin! Lasst mich hier raus!« Sie hämmerte weiter gegen die Tür, bis ihr die Hände wehtaten. Doch niemand schien sie zu hören.

Sie wollte bereits aufgeben und sich in ihr Schicksal fügen, als sich jemand an der vergitterten Luke in der Tür zu schaffen machte. Sie atmete erleichtert auf. Vermutlich hatte die Köchin ein gutes Wort für sie eingelegt. Oder die Soldaten hatten die hinterhältige Falle des Jägers durchschaut. Mit wild klopfendem Herzen kauerte sie sich vor die Luke, sobald diese sich bewegte. Ihre Hoffnung zerplatzte jedoch wie eine Seifenblase, als sich das Gesicht des Jägers in ihr Blickfeld schob.

Er grinste hämisch. »Wenn du aufhörst, dich zu zieren, sorge ich dafür, dass du hier nicht verrotten musst«, zischte er. Offenbar wollte er nicht, dass die Köchin oder die anderen Mägde hörten, was er sagte.

Marie wich von der Luke zurück. »Niemals!«

»Es ist deine Entscheidung. Falls nicht, wird die Gräfin dich aufs Härteste bestrafen, glaub mir. Eine Magd, die stiehlt, kann sie nicht unter ihrem Dach dulden. Wenn so etwas Schule macht …« Er verzog schmerzhaft das Gesicht. »Ich möchte nicht in deiner Haut stecken.«

Marie ballte die Hände zu Fäusten. »Ich werde der Gräfin sagen, dass Ihr mich bedrängt habt«, drohte sie.

Der Jäger schnaubte. »Du wirst die Gräfin nicht mal aus der Ferne zu Gesicht bekommen«, sagte er. »Denkst du, sie kümmert sich selbst um solchen Abschaum wie dich? Der Amtmann wird dafür sorgen, dass du deine gerechte Strafe bekommst.«

»Ich habe nichts getan!«, brauste Marie auf. »Er wird mir glauben.«

Der Jäger seufzte. »Es ist wirklich ein Jammer. Was für eine Verschwendung. Wenn du es dir anders überlegst, lass nach mir schicken.« Mit diesen Worten schlug er die Luke wieder zu und ließ Marie allein mit ihrer Angst und ihrer Wut.

»Verdammt!« Sie trat gegen die Tür und ignorierte den Schmerz, der ihr durch den Fuß schoss. Wenn ihr nicht einfiel, wie sie den Amtmann von ihrer Unschuld überzeugen konnte, würde sie bald weitaus Schlimmeres ertragen müssen. Sie dachte an den Jungen am Pranger zurück, den sie auf ihrem Weg ins Schloss gesehen hatte. Schaudernd ließ sie sich auf die klumpige Matratze sinken und vergrub das Gesicht in den Händen. Was, wenn sie selbst dort stehen würde? Die Schande würde unerträglich sein. Gisela, Bartholomäus, ihre Familie ... Der Gedanke war so schrecklich, dass Marie die Kehle eng wurde. Tränen schossen ihr in die Augen. Was sollte sie nur tun?

Lange Zeit saß sie leise weinend auf dem Bett, bis sie ein Geräusch vor der Tür aufschrecken ließ.

»Marie«, drang eine Stimme gedämpft durch das Holz.

Kurz darauf wurde die Luke erneut geöffnet. Doch dieses Mal war es nicht die Fratze des Jägers, die Marie entgegenblickte, sondern das gerötete Gesicht von Michel.

»Michel!«, rief Marie erstaunt aus. »Was tust du hier?«

»Ich will dir helfen«, flüsterte der Junge. Sein Gesicht war rußverschmiert. »Ich habe den Kamin gereinigt«, sagte er. »Und gehört, was der Jäger gesagt hat«, setzte er hinzu. »Ich kann versuchen, der Gräfin zu sagen, dass du unschuldig bist.«

Marie lachte, obwohl ihr gleichzeitig die Tränen über die Wangen liefen. »Man wird dich nicht zu ihr lassen«, sagte sie.

»Das weiß ich«, gab Michel zurück. »Aber ich bin klein und kann durch die Schächte kriechen. Das tue ich fast jeden Tag. Ich weiß, wie ich zu ihr kommen kann.«

»Ich will nicht, dass du dich für mich in Gefahr begibst«, sagte Marie. »Wenn der Jäger davon erfährt ...« Sie brauchte den Satz nicht zu beenden.

»Er hat schon andere Mägde bedrängt«, sagte Michel. »Er ist ein Schwein!«

Marie runzelte die Stirn. »Woher weißt du das?«

»Eine von ihnen war meine Schwester.«

»*War*?«

Michel schwieg einen Augenblick. »Sie hat sich in die Brenz gestürzt«, sagte er schließlich.

»Oh mein Gott!«, hauchte Marie. »Es tut mir leid.«

»Mir auch«, sagte Michel tonlos. Dann schenkte er Marie ein schwaches Lächeln und schickte sich an, die Luke wieder zu schließen.

»Michel?«

Er hielt in der Bewegung inne.

»Versprich mir, dass du nichts tust, was dich in Gefahr bringt.«

»Keine Angst. Dem Jäger gehe ich aus dem Weg. Aber ich lasse nicht zu, dass sie dich zum Amtmann bringen.« Damit wandte er sich ab und verschwand aus Maries Blickfeld.

Der Jäger lehnte mit dem Rücken an der Turmmauer und versuchte, nicht allzu sehr zu grinsen. Wenn er die Kleine eine Weile im Verlies schmoren ließ, würde sie Wachs sein in seinen Händen. Keine Sekunde lang hatte er vorgehabt, sie zum Amtmann zu schleifen und bestrafen zu lassen. Sie glauben zu lassen, dass es nur *einen* Ausweg aus ihrer Zwangslage gab, würde sie jedoch über kurz oder lang in seine Arme treiben. Schließlich war sie nur ein dummes Bauernmädchen! Diese einfältigen Gänse gaben ihm stets nach, auch wenn manch eine von ihnen nicht mit den Konsequenzen leben konnte. Er kaute auf dem Hühnerbein herum, das er aus der Küche mitgenommen hatte, und malte sich aus, was er mit ihr machen würde. Ihre Gegenwehr war zwar schmerzhaft gewesen, aber dafür würde sie mit doppelter Münze bezahlen. Es würde ihm ein unglaubliches Vergnügen sein, sie sich gefügig zu machen und all das mit ihr anzustellen, was mit der Gräfin nicht möglich war. Als er das Hühnerbein abgenagt hatte, warf er es auf den Boden und machte sich auf den Weg zu den Ställen. Er würde sein Glück noch einmal mit der Entenjagd versuchen. Vielleicht flatterten ihm noch ein paar fette Vögel vor die Flinte, die ihn für das Warten entschädigten.

Kapitel 16

Das Dorf Brenz im Herzogtum Württemberg, August 1721

Ein Poltern in der Wand ließ Wilhelmine von Grävenitz von dem Buch aufblicken, in dem sie gelesen hatte. Der Gedichtband beruhigte sie, malte Bilder in ihrem Kopf, die ihr Frieden und Ausgeglichenheit bescherten. Sie legte das Buch auf den Tisch neben ihrem Stuhl und runzelte die Stirn. Was war das? Hatte sie sich das Geräusch eingebildet? War sie so vertieft gewesen in das Buch, dass sie anfing zu träumen? Das Poltern schien aus dem Tafelzimmer zu kommen, wiederholte sich und ging in ein Quietschen über. Trugen die Mägde immer noch das Geschirr von der mittäglichen Tafel ab? Warum klirrte es dann nicht? Misstrauisch kam sie auf die Beine, ging zur Tür, die in den Korridor hinausführte, und bedeutete der Leibwache mit dem Finger auf den Lippen, den Raum zu betreten und ihr zu folgen. So leise wie möglich näherte sie sich der geschlossenen Tür des Tafelzimmers, die mit buntem Obst und Weinreben bemalt war. Mit einem Blick wies sie einen der Soldaten an, die Klinke zu drücken und die Tür zu öffnen. Während die Männer mit gezückten Säbeln in das Tafelzimmer stürmten, verharrte Wilhelmine auf der Schwelle und blinzelte verwundert.

Aus dem offenen Kamin am Kopfende des Raumes kroch ein schmutziger Knabe, den die Wachen packten und in die Höhe zerrten. Sein Hosen hatten Löcher an den Knien und das Hemd hing an ihm wie ein Sack.

»Was hast du hier zu suchen?«, fragte einer der Soldaten barsch. Er schüttelte den Jungen so heftig, dass dessen Zähne aufeinanderschlugen.

Wilhelmine wusste nicht, ob sie ärgerlich oder amüsiert sein sollte über die Störung. Der Bursche schien die Kamine zu reinigen und offenbar war ihm ein Missgeschick unterlaufen. »Lasst ihn gehen«, sagte sie.

»Exzellenz!«, protestierte einer der Leibwächter.

»Es ist nur ein Kind.« Wilhelmine winkte lachend ab. »Verabreicht ihm meinetwegen eine Tracht Prügel für seine Ungeschicklichkeit.« Sie schüttelte den Kopf und machte kehrt, um zu ihrem Gedichtband zurückzukehren.

Da kam Leben in den Burschen. »Hoheit!«, rief er.

Wilhelmine verkniff sich ein Lächeln. Noch nie hatte sie jemand Hoheit genannt.

»Bitte, Hoheit, Ihr müsst mich anhören!«

Einer der Soldaten versetzte dem Knaben eine Ohrfeige. Dann zog er ihn auf die Tür des Tafelzimmers zu.

»Bitte, Hoheit!«, flehte der Junge erneut.

So viel Hartnäckigkeit beeindruckte Wilhelmine. »Lasst ihn los«, befahl sie. An den Knaben gewandt, sagte sie: »Was ist so wichtig, dass du hier hereinplatzt und mich belästigst?«

Sobald die Leibwächter den Burschen losgelassen hatten, fiel er auf die Knie. »Vergebt mir, Hoheit«, sagte er. »Aber es wird ein furchtbares Unglück geschehen, wenn Ihr nicht eingreift.«

»Ein Unglück?«

Der Junge nickte. »Der Jäger hat eine der Mägde ins Verlies werfen lassen.«

Wilhelmine hob die Brauen. »Er wird einen Grund dafür gehabt haben«, sagte sie.

Der Knabe schüttelte heftig den Kopf. »Nein! Er behauptet, sie hätte ihn bestohlen. Dabei hat sie gar nichts getan. Er wollte sie …« Er brach ab und senkte den Kopf.

»Er wollte *was*?« Wilhelmines Aufmerksamkeit war geweckt. »Bezichtigst du den Jäger der Lüge?«

Der Bursche wand sich wie ein Aal unter ihrem Blick. »Er wollte sich an ihr vergehen«, sagte er schließlich so leise, dass Wilhelmine ihn kaum verstehen konnte.

»Lüg nicht!«, herrschte einer der Soldaten ihn an.

»Ich lüge nicht!« Der Junge hob den Kopf und sah Wilhelmine verzweifelt an. »Marie hat nichts getan!«

»Das ist eine schwerwiegende Anschuldigung«, sagte Wilhelmine schließlich. Allein die Vorstellung, dass der Bursche die Wahrheit sagte, brachte ihr Blut in Wallung. Sollte dieser vermaledeite Hubertus es wagen, sie mit einer der Mägde zu betrügen? Während ihrer Anwesenheit? Die Ungeheuerlichkeit dessen, was der Knabe behauptete, fachte eine unbeschreibliche Wut in ihr an. »Ich glaube dir nicht«, sagte sie schließlich kalt. »Werft ihn zu dem Mädchen ins Verlies. Der Amtmann soll beide an den Pranger stellen und auspeitschen. Wenn die Magd gestohlen hat, soll er ihr zwei Finger abhacken.«

»Hoheit! Das dürft Ihr nicht tun!« Der Junge kam hastig zurück auf die Beine und machte Anstalten, sich Wilhelmine zu nähern.

Doch die Soldaten hielten ihn mit einem brutalen Schlag in den Bauch davon ab.

»Der Amtmann wird dir deine Frechheiten austreiben«, knurrte einer der Wachmänner. Dann packte er den Burschen im Genick und zerrte ihn aus dem Zimmer.

Wilhelmine sah ihnen hinterher, bis sie im Turm verschwunden waren, ehe sie zurück zu ihrem Gedichtband ging. Was der Knabe gesagt hatte, konnte nicht stimmen! Hubertus würde es nicht wagen …

Kapitel 17

Das Dorf Brenz im Herzogtum Württemberg, August 1721

MARIE SCHRAK ZUSAMMEN, als sich Schritte dem Verlies näherten. Sie saß auf dem Bett und kaute auf ihren Fingernägeln herum. Einige waren bereits so abgenagt, dass ihre Nagelbetten bluteten. In ihrem Inneren herrschte ein solcher Aufruhr, dass sie das Gefühl hatte, es würde sie zerreißen. Die Furcht um ihr Leben, ihre Zukunft und ihren Ruf war gewaltig. Wenn es Michel nicht gelang, Gehör bei der Gräfin zu finden, war ihr Schicksal besiegelt. Da eine Verurteilung wegen Diebstahls den sicheren Tod bedeutete, würde ihr nichts anderes übrig bleiben, als dem Drängen des Jägers nachzugeben – und sich für immer in seine Gewalt zu begeben. Sie wusste, was geschehen würde. Zu oft hatte sie ähnliche Geschichten im Dorf gehört. Stets wurde den Frauen die Schuld gegeben, und sie wurden aus der Dorfgemeinschaft verstoßen.

Bist du nicht ohnehin bereits verstoßen, fragte sie sich. Bartholomäus' Betrug hatte sie bereits so tief fallen lassen, dass es weiter abwärts kaum gehen konnte. Das Geräusch des Schlüssels, der ins Schloss gesteckt wurde, ließ sie die Grübelei beenden. Mit einem Gefühl, als tobten Hornissen in ihrem Magen, erhob sie sich von der Matratze und verschränkte die Hände hinter dem Rücken. Einen Augenblick erlaubte sie sich zu hoffen. Doch als ein Soldat auf der Schwelle erschien und Michel in den winzigen Raum stieß, zerbarst etwas tief in ihr.

Die Lippe des Knaben blutete und er war beinahe weißer als die Wand.

»Was hat er getan?«, fragte Marie, an den Soldaten gewandt. Ihre Stimme klang heiser.

»Die Gräfin belästigt«, war die knappe Antwort. Dann knallte der Mann die Tür zu und schob den Riegel wieder vor.

»Lieber Gott, Michel«, flüsterte Marie und ging auf den Jungen zu, der zitternd auf der Stelle stand. Tränen rannen seine Wangen hinab und hinterließen helle Spuren in seinem schmutzigen Gesicht.

»Sie haben mir nicht geglaubt«, presste er mühsam hervor. »Sie denken, ich würde lügen.«

Sein Anblick schnitt Marie tief ins Herz. Ungeachtet ihrer eigenen Ängste ging sie auf ihn zu und nahm ihn in den Arm. Während er von heftigem Schluchzen geschüttelt wurde, drückte sie ihn an sich und strich ihm übers Haar. Es war ihre Schuld, dass er jetzt ebenfalls in diesem Loch saß. Hätte er ihr nicht helfen wollen, wäre er nicht in dieser Lage. Während sie ihm weiter über den Kopf streichelte, fasste sie einen Entschluss. »Ich werde ihnen sagen, dass du nichts Unrechtes getan hast«, sagte sie schließlich, löste sich von ihm und drückte ihn auf die Matratze. Dann ging sie zur Tür und hämmerte mit aller Kraft dagegen.

»Was ist?«, fragte eine weibliche Stimme nach einer scheinbaren Ewigkeit.

»Hol den Jäger«, sagte Marie, sobald die Magd die vergitterte Klappe geöffnet hatte. »Ich werde tun, was er verlangt.«

»Nein!« Michel sprang vom Bett auf und schüttelte den Kopf. »Das darfst du nicht! Sonst passiert dir das Gleiche wie meiner Schwester.«

Marie schluckte den Kloß, der in ihrer Kehle aufstieg, hinunter. »Bestimmt nicht«, sagte sie tapfer. »Das verspreche ich dir.«

»Der Teufel soll dich holen!«, fluchte der Jäger, als eine Ente seinem Schuss so knapp entging, dass ihre Schwanzfedern durch die Luft flatterten. »Was ist heute nur los?«, schimpfte er.

»Ich würde sagen, du bist nicht bei der Sache«, sagte einer seiner Begleiter trocken. »Hat es vielleicht etwas mit dem Mädchen zu tun, das dich angeblich bestohlen hat?«

Der Jäger pfefferte seine Lockpfeife auf den Boden und fummelte am Schloss seiner Flinte herum. »Wie kommst du denn darauf?«

Der Mann lachte. »Weil man dir die Geilheit an der Nasenspitze ansieht. Du solltest was dagegen unternehmen, vielleicht triffst du dann wieder etwas.«

Der Jäger konnte sich ein Grinsen nicht verkneifen. Er fragte sich, wie lange es dauern würde, bis die Kleine aufgab und sich ihm fügte. »Du solltest dein vorlautes Maul halten«, brummte er. Dann lud er seine Flinte neu und legte auf einen

Vogel an, der sich mühsam in die Luft schwang. Dieses Mal fiel das Tier getroffen zu Boden. »Geht doch«, murmelte er und schickte einen der Laufburschen los, die Ente zu holen und in einen Sack zu stopfen.

Die nächsten beiden Stunden war ihm das Jagdglück hold, und als er zum Schloss zurückkehrte, war er in bester Stimmung. Nachdem er die Zügel seines Pferdes einem Stallburschen in die Hand gedrückt hatte, machte er sich mit einer heiteren Melodie auf den Lippen auf den Weg den Schlossfelsen hinauf.

»Jemand hat nach dir gesucht«, empfing ihn die Torwache.

Der Jäger hob fragend die Brauen.

»Eine der Mägde.«

»Was wollte sie?«

»Das hat sie nicht gesagt.«

Ein Lächeln huschte über das Gesicht des Jägers. Er konnte sich vorstellen, warum das Mädchen auf der Suche nach ihm war. Vermutlich hatte die Kleine aus dem Verlies es sich anders überlegt und ihr aufgetragen, ihn zu ihr zu bringen. Seine Vermutung wurde kurz darauf bestätigt, als er das Gewölbe betrat.

Ein junges Ding wischte sich hastig die Hände an seiner Schürze ab und kam auf ihn zu. »Marie will Euch sprechen«, sagte das Mädchen. »Sie …«

Der Jäger wartete nicht, bis sie den Satz beendet hatte. Mit ausgreifenden Schritten durchmaß er Gewölbe, Küche und Brunnenstube und machte vor der verriegelten Tür Halt. Mit dem Gefühl des Triumphes öffnete er die Luke. »Du hast es dir anders überlegt.« Es war eine Feststellung, keine Frage. Als Maries Gesicht auf der anderen Seite auftauchte, wirkte es wie versteinert.

»Unter einer Bedingung«, sagte sie. Ihre Stimme bebte.

»Du stellst Bedingungen?«, fragte er ungläubig.

Sie nickte wortlos.

Einen Augenblick lang war er versucht, die Luke wieder zuzuschlagen und sie noch ein Weilchen schmoren zu lassen. Allerdings fachte ihr Anblick die Lust in seinen Lenden beinahe schmerzhaft an. »Was willst du?«

»Ihr müsst dafür sorgen, dass Michel nicht bestraft wird, weil er bei der Gräfin für mich bitten wollte.«

»Wer ist Michel?« Wovon um alles in der Welt redete sie?

»Macht die Tür auf«, sagte sie.

Er runzelte die Stirn. War die Kleine gerissener, als er ihr zutraute? Wollte sie ihn hinters Licht führen, damit sie fliehen konnte? Das würde er nicht zulassen!

»Wer ist Michel?«, fragte er erneut, ohne auf ihre Forderung einzugehen.

Sie wich zur Seite und gab den Blick frei auf einen der Bengel, die im Schloss arbeiteten.

»Was hat *er* damit zu tun?«

»Er wollte die Gräfin davon überzeugen, dass ich keine Diebin bin. Und jetzt soll er dafür bestraft werden.«

Der Jäger schnaubte. »Mir egal«, brummte er.

»Wenn Ihr zur Gräfin geht und ihr sagt, dass Ihr Euch getäuscht habt, tue ich, was Ihr verlangt. Aber Ihr müsst sie bitten, Michel freizulassen und ihn nicht zu bestrafen, weil er ein Lügner ist. Das ist er nämlich nicht«, setzte sie hinzu. »Anders als Ihr.« Ihr Blick war eisig.

Wenn sie nicht so unverschämt gewesen wäre, hätte der Jäger ihren Schneid bewundert. Allerdings konnte er nicht zulassen, dass sie so mit ihm sprach. Er überlegte einen Augenblick. Dann beschloss er, sie später für ihre Frechheit büßen zu lassen. Was interessierte ihn der Junge? Wenn dessen Freiheit der Preis dafür war, dass sie tat, was er wollte ... Er legte den Kopf zur Seite. Ganz ungestraft wollte er sie jedoch nicht davonkommen lassen. »Ich werde es mir überlegen«, sagte er, ehe er die Luke wieder schloss. Sollte sie noch eine Zeit lang in ihrem eigenen Saft schmoren.

Kapitel 18

Das Dorf Brenz im Herzogtum Württemberg, August 1721

Wilhelmine von Grävenitz legte erneut den Gedichtband auf den Tisch und starrte aus dem Fenster. Sie konnte sich einfach nicht auf die Verse konzentrieren. Die Behauptung des Jungen ging ihr nicht aus dem Kopf, nagte an ihr und ließ ihre Gedanken immer wieder abschweifen. Obwohl sie versucht hatte, sich immer wieder vorzusagen, dass er log, wusste sie tief in ihrem Inneren, dass dem nicht so war. Vermutlich stimmte jedes Wort, das er gesagt hatte, und Hubertus hatte dem armen Mädchen tatsächlich nachgestellt. Ihr erster Impuls war Rache gewesen. Allerdings legte sich ihr Zorn allmählich, und sie fragte sich, ob sie mit dem Mädchen nicht etwas Sinnvolleres anfangen konnte, als es an den Pranger zu stellen. Brauchte sie nicht dringend neue Spione? Wer war geeigneter als eine junge Frau, die ihr das Leben verdankte? Wenn sie die Magd für den Diebstahl bestrafen ließ, starb sie entweder an den Folgen der Verstümmelung oder am Hunger, weil niemand ihr mehr eine Anstellung geben würde. Schließlich war der Grund, warum man Dieben die Ohren oder die Finger abschnitt, dass jeder sie sofort als Verbrecher erkennen konnte. Mit einem Seufzen klappte sie das Buch zu, schob ihren Stuhl zurück und erhob sich. Wie immer störte sie der ausladende Reifrock, doch sie war zu sehr in Gedanken versunken, um sich darüber aufzuregen. Eine Idee nahm in ihrem Kopf Gestalt an und ließ sie zufrieden lächeln. Warum war ihr das nicht schon vorher eingefallen? Eine bessere Gelegenheit würde sich vermutlich so schnell nicht bieten, weshalb sie beinahe versucht war, an einen Wink des Schicksals zu glauben. Mit einem leisen Lachen öffnete sie den Mund, um die Wachen zu rufen, damit sie das Mädchen zu ihr bringen konnten, als es an der Tür klopfte. Wilhelmine stutzte. Wer konnte das sein?

Ihr Kammerfräulein und die Hofdame, deren Nasen ebenfalls in Büchern steckten, sahen neugierig auf.

»Herein!«, rief Wilhelmine nach kurzem Zögern.

Als der Jäger im Rahmen erschien, verengten sich ihre Augen.

»Störe ich, Ihro Hochfürstliche Exzellenz?«, fragte er mit einem unverschämten Ausdruck auf dem Gesicht.

Wilhelmine spürte die Blicke der Hofdame und des Kammerfräuleins im Rücken. »Ja«, erwiderte sie.

Augenblicklich verdunkelte sich Hubertus' Miene. »Dann bitte ich vielmals um Verzeihung. Ich wollte Ihnen die Ausbeute der letzten Jagd zeigen«, sagte er kühl. »Aber wenn Sie beschäftigt sind.«

Obwohl Wilhelmine klar war, dass sie den beiden Frauen im Raum damit Stoff für Klatsch und Tratsch liefern würde, gab sie ihnen mit einem Kopfnicken zu verstehen, sie mit Hubertus alleine zu lassen. »Ich klingle nach euch, wenn ich euch brauche«, sagte sie, bemüht, sich nicht anmerken zu lassen, dass sie dem Jäger am liebsten die Augen ausgekratzt hätte. Je länger er in geheuchelt demütiger Haltung vor ihr stand, desto zorniger wurde sie. Wofür hielt sich der Kerl? Dachte er, nur weil sie ihm im Turmzimmer Freiheiten gestattete, könne er sie für dumm verkaufen? Sobald die Tür hinter dem Kammerfräulein und der Hofdame ins Schloss gefallen war, machte sie einen Schritt auf Hubertus zu und versetzte ihm eine Ohrfeige. Das Geräusch des Schlages hallte von den Wänden wider, doch anstatt der erwarteten Reaktion grinste er sie lediglich an.

»Womit habe ich das verdient?«, fragte er und rieb sich übertrieben die Wange.

Vermutlich schmerzte Wilhelmines Hand mehr als sein Gesicht, was sie noch wütender machte. »Das weißt du ganz genau!«

Er runzelte die Stirn. »Nein. Ich habe keine Ahnung, warum du wütend auf mich bist.«

Sie war versucht, erneut die Hand zu heben, hielt sich jedoch im letzten Augenblick davon ab. »Dachtest du wirklich, ich würde nichts davon erfahren?«

»Wovon?«

Obwohl er mit keiner Regung verriet, dass sie ins Schwarze getroffen hatte, konnte Wilhelmine es in seinen Augen lesen. Sie holte tief Luft und schüttelte den Kopf. »Was du tust und lässt, wenn ich in Ludwigsburg bin, ist mir vollkommen gleichgültig«, zischte sie. »Aber zu denken, du könntest dich an die Mägde ranmachen, während ich hier bin …« Sie hatte Mühe, sich so weit zu beherrschen, dass sie ihn nicht anschrie. Es genügte, dass ihre beiden Hofdamen sich die Mäuler über sie und den Jäger zerfetzten. Das ganze Dorf musste allerdings nicht wissen, was in ihren Privatgemächern vor sich ging.

»Wilhelmine …«, hob er an.

»Nenn mich nicht so!«, fauchte sie. »Ab sofort bist du nichts weiter als ein in Ungnade gefallener Lakai!«

Er riss ungläubig die Augen auf. »Das meinst du nicht ernst.«

»Und wie ernst ich das meine!« Sie schürzte die Lippen, als wolle sie vor ihm ausspucken.

»Hör zu«, sagte er, »was auch immer vorgefallen ist, ich kann es erklären.« Er hob beschwichtigend die Hände. »Das Gesinde hasst mich, es erzählt Lügen.«

Wilhelmine schnaubte. »Ich glaube, der einzige Lügner bist du.« Sie ging zum Tisch und hob den schweren Gedichtband auf. Wenn er sie noch mehr zur Weißglut brachte, würde sie ihm das Buch an den Kopf werfen!

»Ich habe dich nie belogen«, sagte er nach einem kurzen Augenblick des Schweigens.

Sie hob drohend den Folianten.

»Ich dachte, wir hätten vereinbart, dass unser Verhältnis im Turmzimmer beginnt und endet«, versuchte Hubertus weiter, sich herauszureden. »Ich habe dir nie Versprechungen gemacht genauso wenig wie du mir.«

Wilhelmine starrte ihn fassungslos an. Er besaß tatsächlich die Frechheit, *ihr* die Schuld zuschieben zu wollen? »Du hast dich an eine der Mägde herangemacht«, sagte sie gefährlich ruhig. »Und als das Mädchen dir nicht zu Willen war, hast du sie des Diebstahls bezichtigt. Stimmt das oder stimmt das nicht?« Sie warf das Buch zurück auf den Tisch und verschränkte die Arme vor der Brust.

Der Jäger schüttelte den Kopf. »Du glaubst dem Wort eines Laufburschen?«, fragte er. »Ich weiß, dass der Bengel bei dir war und Lügen über mich erzählt hat«, setzte er hinzu. »Aber ich kann nicht fassen, dass du ihm mehr Glauben schenkst als mir!« Die Empörung war so aufgesetzt wie eine Maske.

Wilhelmine zeigte mit dem Finger auf die Tür. »Raus!«, flüsterte sie.

Der Jäger rührte sich nicht von der Stelle. »Sie hat sich mir an den Hals geworfen, das musst du mir glauben.« Er zuckte die Achseln. »Ich kann nichts dafür, dass diese jungen Dinger sich in mich verschauen.« Ehe Wilhelmine ihn davon abhalten konnte, kam er auf sie zu und legte ihr die Hände auf die Schultern.

Sie spürte die Wärme seiner Haut durch den dünnen Stoff.

»Glaubst du wirklich, ich würde mich für ein Bauernmädchen interessieren, solange *du* hier bist? Du bist meine Diana, meine Artemis, meine Göttin.« Er bedachte sie mit einem waidwunden Blick. »Deine Schönheit überstrahlt die jeder anderen Frau im Herzogtum.«

Wäre sie nicht so wütend gewesen, hätte Wilhelmine ihm ins Gesicht gelacht. »Denkst du, ich falle auf derart plumpe Schmeicheleien herein?«, fragte sie. »Glaubst du wirklich, deine umwerfende Männlichkeit blendet mich so, dass ich mich von dir vor aller Welt zur Närrin machen lasse?« Sie machte sich von ihm los. »Ich sage es nicht noch mal: Verschwinde und tritt mir nicht mehr unter die Augen. Du bist mit sofortiger Wirkung aus den herzoglichen Diensten entlassen.«

»Wilhel... Exzellenz!«, protestierte er.

»Wache!«, rief Wilhelmine.

Als die beiden Posten vor ihrer Tür in den Raum stürmten, bedachte sie den Jäger mit einem kalten Blick. »Schafft ihn aus dem Schloss. Er steht nicht mehr in meinen Diensten.« Mit einem Gefühl der Genugtuung sah sie den Männern nach, als sie Hubertus abführten. Dann klingelte sie nach einem der Pagen. »Geh ins Gewölbe und sag den Soldaten, sie sollen das Mädchen aus dem Verlies zu mir bringen.«

Kapitel 19

Das Dorf Brenz im Herzogtum Württemberg, August 1721

Der Jäger hatte Mühe, sich so weit zu beherrschen, dass er die Gräfin nicht vor ihren Leibwachen mit den übelsten Beschimpfungen bedachte. Anstatt sie eine Kanaille, eine hässliche Vettel und eine Hexe zu nennen, schluckte er den Zorn, der in ihm brannte, hinunter und überlegte fieberhaft, wie er sich aus diesem Dilemma herauswinden konnte. Wenn sie ihn wirklich aus ihren Diensten entließ, zerplatzte damit auch sein Traum von Reichtum und Einfluss. Die Geschenke, die sie ihm gemacht hatte, hatten ihn zwar zu einem wohlhabenden Mann werden lassen. Aber sie würden nicht ausreichen, um den Lebensstil zu führen, den er sich ausgemalt hatte.

»Komm schon«, sagte einer der Soldaten barsch und packte ihn am Arm.

»Lass mich los!«, zischte der Jäger, warf einen letzten Blick über die Schulter zu Wilhelmines Tür und schluckte den Fluch, der ihm auf der Zunge lag, hinunter. »Ich gehe freiwillig«, knurrte er.

»In deiner Haut möchte ich wahrlich nicht stecken«, sagte der ältere der beiden Leibwächter. Es war einer der Männer, die mit Hubertus auf die Jagd geritten waren, als die Magd ihm das erste Mal fast vor die Hufe seines Pferdes gestolpert war. »Was um alles in der Welt hast du angestellt, dass sie so wütend auf dich ist?«

»Das geht dich einen Scheißdreck an!«

Der Soldat lachte. »Ich kann es mir denken«, sagte er, ungerührt von Hubertus' Grobheit. »Man redet …«

»Himmel, Arsch und Zwirn!«, explodierte der Jäger. »Glaubt denn hier jeder dem Wort einer Bauernhure?« Je mehr er sich selbst empörte, desto leichter fiel es ihm, sich davon zu überzeugen, dass Wilhelmine ihm bitter Unrecht tat.

Der Soldat schnaubte. »Was du den Weibern vormachst, ist mir gleich«, sagte er. »Aber du und ich, wir wissen beide, dass du jedem Rock nachstellst, der sich nicht schnell genug versteckt.« Als Hubertus Anstalten machte stehen zu bleiben, schob er ihn nachdrücklich auf die Wendeltreppe im Turm zu. »Du hast gehört, was die Gräfin gesagt hat. Ich habe keine Lust, wegen dir meine Anstellung zu verlieren.«

Hubertus biss die Zähne aufeinander und ließ sich von den Soldaten die Treppen hinab über den Hof zu seiner Wohnung führen. »Kann ich wenigstens in aller Ruhe meine Sachen packen?«, fragte er bissig, als er die Tür aufgeschlossen hatte.

Der ältere Leibgardist zuckte die Achseln. »Packen kannst du, mit Ruhe würde ich es an deiner Stelle allerdings nicht angehen.«

Der Jäger warf ihm einen wütenden Blick zu, trat gegen einen Stuhl, der mit einem Krachen zu Boden fiel, und begann, seine Habseligkeiten in eine Kiste zu stopfen. Die Juwelen, die Wilhelmine ihm geschenkt hatte, trug er in einem kleinen Säckchen stets bei sich, weshalb er auf all den Krempel in seinen Räumen eigentlich hätte verzichten können. Der Trotz machte es ihm jedoch unmöglich, sich vom Hof jagen zu lassen wie ein räudiger Hund.

»Dein Pferd wird hierbleiben müssen«, sagte der Soldat, als Hubertus schließlich den Deckel der Truhe zuknallte.

»Was?«

»Es gehört dem Herzog.«

»Einen Scheiß tut es! *Sie* hat es mir geschenkt!«, brauste der

Jäger auf. »Wenn sie mich davon abhalten will, es mitzunehmen, muss sie es persönlich tun.« Er funkelte die beiden Leibwächter an. »Wagt es nicht, euch mir in den Weg zu stellen!«

Zu seiner Genugtuung tauschten die beiden einen unsicheren Blick.

»Soll ich …?«, hob der Jüngere an.

Nach kurzem Überlegen schüttelte der andere den Kopf. »Sie hat nichts davon gesagt, dass er sein Pferd hierlassen muss. Wenn es ein Geschenk war …«

Hubertus verschränkte die Arme vor der Brust. »Lauf! Geh sie fragen«, höhnte er. Auch wenn er Wilhelmine im Augenblick am liebsten den Hals umgedreht hätte, war er sicher, dass sie nicht so weit sinken würde, ihm ihre Geschenke wieder abzunehmen. Sie war zwar eine vertrocknete Kuh, aber Ehrgefühl besaß sie.

Da dem jüngeren Soldaten nicht ganz wohl zu sein schien bei der Sache, verließ er die Wohnung und kehrte wenig später zurück. »Das Pferd gehört ihm«, sagte er außer Atem.

»Sag ich doch!«, schnaubte Hubertus. »Holt ihr mir jetzt einen Burschen, oder soll ich die Kiste selbst zum Stall schleppen?« Während er auf die Rückkehr des Leibwächters gewartet hatte, war ihm ein Einfall gekommen, der ihn grimmig lächeln ließ. Wilhelmine würde noch bitter bereuen, ihn verstoßen zu haben!

Kapitel 20

Das Dorf Brenz im Herzogtum Württemberg, August 1721

Marie fuhr genauso zusammen wie Michel, als vor der Tür des Verlieses Stimmen erklangen.

»Meinst du, sie kommen, um uns zu holen?«, fragte der Junge und sah mit furchtgeweiteten Augen zu Marie auf. Sein Gesicht war vom Weinen verquollen, Ruß und Schmutz so verschmiert, dass er aussah wie ein Mohr.

»Es wird alles gut«, sagte sie leise und legte ihm die Hand auf die Wange, während von außen ein Schlüssel ins Schloss gesteckt wurde. Auch wenn es in ihrem Inneren brodelte wie in einem Vulkan, durfte sie sich vor Michel die eigene Furcht nicht anmerken lassen. Er war nur ihretwegen in dieser schlimmen Lage! Ganz gleich, was geschah, sie würde nicht zulassen, dass er für etwas bestraft wurde, was er getan hatte, um ihr zu helfen. Sie schob ihn hinter sich und straffte die Schultern. Mit kampflustig vorgerecktem Kinn wartete sie darauf, dass die Tür aufging und der Jäger im Rahmen erschien. Als stattdessen ein Soldat den Raum betrat, entfloh ihr ein erschrockener Laut.

»Komm mit!«, forderte der Mann sie auf. »Die Gräfin will dich sehen.«

Marie spürte, wie ihr die Kehle eng wurde. »Die Gräfin?«, stammelte sie. Was hatte der Jäger getan? Hatte sie ihn mit ihrer Forderung, Michel zu entlasten, so erzürnt, dass er die Sache noch schlimmer für sie gemacht hatte? »Warum …?«, hob sie an.

Der Soldat unterbrach sie mit einer ungeduldigen Geste. »Halt den Mund und komm!«

Marie schluckte die Furcht, die ihr die Luft abzuschnüren drohte, hinunter. »Was ist mit Michel?«, fragte sie tapfer.

Der Soldat zuckte die Achseln. »Keine Ahnung. Die Gräfin will nur dich sehen.« Als Marie immer noch keine Anstalten machte, sich zu rühren, tat er einen Schritt auf sie zu, packte sie beim Arm und zog sie aus dem Verlies.

»Marie!« Das Zuschlagen der Tür schnitt Michel das Wort ab. »Marie!« Er hämmerte mit den Fäusten gegen das Holz. »Lasst sie in Ruhe!«

Der Soldat warf einem anderen Wachmann einen Blick zu, woraufhin dieser die Brauen hob.

»Bitte tut ihm nichts«, flehte Marie, die ahnte, was der wortlose Austausch zu bedeuten hatte. »Er ist doch nur ein Kind.«

»Du solltest dich besser um dich selbst kümmern«, brummte der Soldat, der sie vor sich her in die Brunnenstube stieß. »Ich möchte jedenfalls nicht in deiner Haut stecken.«

Ein Schauer der Furcht kroch Marie über den Rücken und ließ sie frösteln. Wusste der Mann, was sie erwartete? Hatte der Jäger noch mehr Lügen über sie erzählt? Wollte die Gräfin sie sofort bestrafen lassen und dabei zusehen? Sollte sie als abschreckendes Beispiel für das ganze Dorf herhalten?

»Wohin bringt ihr sie?«, unterbrach die Köchin ihre angstvollen Gedanken. Die rundliche Frau wischte sich die Hände an einem Tuch ab, warf es sich über die Schulter und vertrat dem Soldaten den Weg.

»Das geht dich nichts an, Weib!«, herrschte er sie an.

»Das tut es sehr wohl.« Die Köchin baute sich vor dem Mann auf und stemmte die Hände in die Hüften. »Wenn ihr noch mehr meiner Gehilfen einsperrt, gibt es morgen Abend kein Bankett. Richte das der Gräfin aus. Ich kann nicht plötzlich eine neue Magd und einen Laufburschen herzaubern!«

»Was kümmern mich deine Probleme?«, gab der Soldat barsch zurück. »Mach Platz, oder ich helfe nach!« Seine Hand wanderte drohend zu dem Säbel an seiner Seite.

Einen Augenblick schien es, als wolle die Köchin sich weiter mit ihm anlegen. Doch dann trat sie mit einem Kopfschütteln zur Seite und bedachte Marie mit einem besorgten Blick. »Ich hoffe, die Gräfin weiß, was sie tut«, murmelte sie.

»Das lass getrost ihre Sorge sein«, erwiderte der Mann und versetzte Marie einen Stoß in den Rücken. »Mit diebischem Gesindel würde ich an ihrer Stelle kurzen Prozess machen.«

»Ich habe niemanden bestohlen!«, protestierte Marie, als der Soldat sie ins Freie zerrte. »Der Jäger lügt!«

Ein Schnauben verriet ihr, was der Mann von ihren Unschuldsbekundungen hielt. Mit einem harten Griff bugsierte er sie in den Turm, die Treppen hinauf ins zweite Geschoss. Dort führte er sie zu einer prunkvoll bemalten Tür, vor der zwei weitere Soldaten Wache standen. »Das Mädchen«, sagte er, ließ Marie los und machte auf dem Absatz kehrt.

»Das wurde aber auch Zeit«, sagte einer der Leibgardisten und klopfte an die Tür. Sobald von drinnen ein gedämpftes »Herein!« erklang, drückte er die Klinke herunter.

Maries Pulsschlag beschleunigte sich, als der zweite Soldat sie über die Schwelle in einen Raum schob, dessen Prunk ihr den Atem verschlug. Zwei Türen führten in das Zimmer, die beide mit einer verschnörkelten Täfelung umrahmt waren. Über den Rahmen reichten je zwei Türmchen bis fast an die Decke. Zwischen diesen Aufbauten befanden sich aufwendig gemalte Bilder, von denen eines zweifelsohne die Gräfin darstellte. Durch vier große Fenster fiel Sonnenlicht auf den polierten Holzboden, in dem sich die Silberbeschläge einer großen Truhe spiegelten. Die Gräfin selbst saß auf einem zerbrechlich wirkenden Stuhl, und obwohl Marie sie bereits aus der Ferne in den Laubengängen hatte wandeln sehen, war sie nicht auf die Pracht ihrer Kleider vorbereitet. Der Stoff, aus dem die Robe der Gräfin gefertigt war, funkelte und glänzte, als wäre er aus gesponnenem Mondlicht gewebt. Der spitzenverzierte Ausschnitt betonte ihren langen, schlanken Hals. Der Reif des Rockes schien gewaltig zu sein, da es wirkte, als würde der Stuhl unter ihm verschwinden. Im Haar, dem Ausschnitt und an den Fingern der Gräfin funkelte kostbares Geschmeide. Marie war so überwältigt, dass sie beinahe vergaß, in einen tiefen Knicks zu sinken.

»Geht«, sagte die Gräfin, an den Soldaten gewandt. Dann fasste sie Marie forschend ins Auge. »Du bist also das Mädchen, das Hubertus des Diebstahls bezichtigt hat«, sagte sie.

Marie schlug den Blick nieder. Sie hörte Stoff rascheln, als die Gräfin sich erhob. »Ich habe nichts gestohlen«, sagte sie leise. »Der Jäger …« Sie brach den Satz ab, da sie nicht wusste, wie sie der Gräfin erklären sollte, was vorgefallen war, ohne vor Scham im Boden zu versinken.

»Was ist mit dem Jäger?«, fragte die Gräfin.

»Er hat …« Erneut fehlten Marie die richtigen Worte.

»Warum sollte ich dir oder dem Bengel glauben, der aus meinem Kamin gefallen ist?«, wollte die Gräfin wissen. »Er hat behauptet, du seist unschuldig.«

»Das bin ich!« Marie hob den Kopf und sah die Gräfin flehend an. »Ihr müsst mir glauben. Bitte!«

Die hohe Dame zog die Brauen in die Höhe. »Hubertus' Vorschlag war, dich dem Amtmann zu übergeben, damit er dich bestrafen kann«, sagte sie. »Ich habe allerdings einen anderen Vorschlag.«

Marie biss sich auf die Lippe. Wollte die Gräfin ihr helfen? Glaubte sie ihr? Die Hoffnung ließ ihr Herz schneller schlagen.

»Ich brauche jemanden, der mir treu ergeben ist«, sagte Wilhelmine von Grävenitz nach kurzem Zögern.

Marie sah sie verwundert an.

»Dich«, erklärte die Gräfin, als Marie nichts sagte.

»Mich? Aber ich …«

»Kein Aber«, fiel ihr die Gräfin ins Wort. »Das ist deine einzige Chance, dem Pranger zu entgehen.«

Marie wusste nicht, was sie erwidern sollte. »Was erwartet Ihr von mir?«, fragte sie schließlich.

»Was weißt du über Wandertheater?«, war die Gegenfrage.

Marie wusste nicht, ob die Gräfin sie zum Narren halten wollte. Sie hatte zwar schon von den Schauspielern gehört, die durch die Lande zogen und auf den Marktplätzen ihre Bretterbuden aufbauten. Allerdings hatte sie den Besuch eines solchen Spektakels bisher noch nie erlebt. »Nichts«, erwiderte sie deshalb nach kurzem Zögern.

Wilhelmine von Grävenitz schürzte die Lippen. »Das macht nichts«, sagte sie. »La Boneille wird dir alles Nötige beibringen.« Sie ließ Marie stehen und ging zur Tür. »Bringt La Boneille zu mir«, hörte Marie sie sagen.

»Wer ist La Boneille?«, fragte sie, als die Gräfin die Tür wieder geschlossen hatte.

»Das wirst du gleich erfahren.«

Kapitel 21

Das Dorf Brenz im Herzogtum Württemberg, August 1721

Es dauerte keine zehn Minuten, bis es an der Tür klopfte und ein hochgewachsener Mann in einer zweifarbigen eng anliegenden Hose den Raum betrat. Er verneigte sich tief vor Wilhelmine von Grävenitz und bedachte Marie mit einem halb amüsierten, halb arroganten Blick. »Wer ist sie?«, fragte er über Maries Kopf hinweg. Seine Stimme war tief und wohlklingend.

»Ein neues Mitglied eurer Truppe«, war die Antwort der Gräfin.

Der Mann musterte Marie mit einer Offenheit, die ihr die Röte in die Wangen trieb. »Sie ist hübsch«, sagte er schließlich. »Eine wie sie könnte ich gut als Meisterdiebin gebrauchen.«

»Ich bin keine Diebin!«, protestierte Marie. Sie sah empört von dem Mann zur Gräfin. Was hatten die beiden vor? Wollten sie eine Verbrecherin aus ihr machen? Zu ihrem Erstaunen lachte der Mann.

»Du bist komisch. Großartig!«

Marie blinzelte verdutzt. Was war denn daran komisch, dass sie keine Diebin war? Als der Mann auf sie zutrat und sie beim Kinn fasste, wollte sie vor ihm zurückweichen. Doch etwas an der Art, wie er sie ansah, hielt sie davon ab. Seine Augen bohrten sich in die ihren, dann tasteten sie ihr Gesicht ab, während die Hand an ihrem Kinn ihren Kopf zur Seite bog.

»Ganz wunderbar«, murmelte er. »Mit diesem Gesicht kann sie Frauenrollen und junge Burschen übernehmen.«

»Ihr könnt sie gebrauchen?«, wollte die Gräfin wissen.

Der Mann, den sie La Boneille genannt hatte, nickte. »Das kann ich in der Tat. Für das neue Stück haben mir bis jetzt zwei Akteure gefehlt. Sie taugt für beide.« Er lachte. »Unser Hanswurst wird seine helle Freude an ihr haben.«

Marie schluckte das Unbehagen, das in ihr aufstieg, hinunter. »Ich soll Schauspielerin werden?«, fragte sie.

Die Gräfin nickte. »Und meine Spionin.« Sie lud La Boneille ein, sich zu setzen, während sie Marie stehen ließ.

»Aber ich weiß nicht, wie man schauspielert«, protestierte Marie.

»Das lernst du schnell«, gab La Boneille zurück. »Solange du komisch bist und den Pöbel amüsierst, den Hanswurst ordentlich verprügelst und dich von ihm verfolgen lässt, wird das Publikum dich lieben.«

»Verprügeln?« Marie wusste nicht, ob er es ernst meinte.

»Ja. Natürlich nicht richtig, aber du wirst so tun als ob.« Er winkte ab. »Es ist nicht gerade Molière, was wir aufführen. Der Text, den du lernen musst, ist überschaubar. Es kommt eher auf deine anderen«, er hüstelte und warf einen Blick auf ihre Brust, »*Attribute* an.«

Die Gräfin lachte. »Ich dachte mir, dass Ihr etwas mit ihr anfangen könnt. Kann ich es Euch überlassen, sie in ihre andere Aufgabe einzuweisen?«

Der Mann hob die Brauen. »Selbstverständlich.«

Marie wusste nicht, was sie empfand. Einerseits war ihre Erleichterung, um die strenge Bestrafung durch den Amtmann herumzukommen, immens. Andererseits hatte sie nicht die geringste Vorstellung davon, was die Gräfin im Gegenzug von ihr erwartete. Was musste sie als Spionin tun? Und wie sollte sie plötzlich zu einer Schauspielerin werden? Sie hatte doch noch nie in ihrem Leben ein Theaterstück gesehen! »Was ist mit Michel?«, fragte sie. Auf keinen Fall konnte sie zulassen, dass er zum Sündenbock gemacht wurde.

»Wer ist Michel?«, fragte die Gräfin.

»Der Junge, der für mich gebeten hat.«

»Einen Burschen könnte ich auch gebrauchen«, sagte La Boneille. »Als Lichtputzer und Zettelträger.«

»Dann könnt Ihr ihn auch haben«, sagte Wilhelmine. »Hierbehalten kann ich ihn nicht, ohne ihn für seine Impertinenz zu bestrafen.«

»Wunderbar.« La Boneille rieb sich die Hände. »Soll er auch spionieren?«

Die Gräfin schüttelte den Kopf. »Er ist zu ungeschickt. Bringt *ihr* alles Nötige bei und sorgt dafür, dass sie lernt, sich wie eine Dame zu benehmen. Dann könnt Ihr sie in die feinen Gesellschaften einschleusen, zu denen Ihr offenbar ständig eingeladen werdet.« Sie lachte. »Nicht, dass ich es nicht verstehen würde, dass die Landpomeranzen Euch gerne um sich haben. Aber ihren Ehemännern sollten wir auch etwas bieten können.«

Marie begriff nicht ganz, was die Gräfin meinte. Allerdings wagte sie nicht zu fragen. Wenn sie jetzt etwas Falsches sagte, würden sie und Michel vielleicht doch noch am Pranger landen und zum Gespött des ganzen Dorfes werden. Hatte sie sich nicht immer gewünscht, Brenz verlassen zu können und frei zu sein wie ein Vogel? Auch wenn die Vorstellung, ihrer Heimat den Rücken zu kehren, noch vor wenigen Wochen verlockend gewesen war, breitete sich plötzlich Furcht in ihr aus.

»Nehmt sie und den Jungen gleich mit«, sagte Wilhelmine von Grävenitz. »Vielleicht könnt Ihr sie heute Abend schon für einen kleinen Auftritt gebrauchen.« Sie verzog den Mund zu einem dünnen Lächeln. »Damit sie die Scheu verliert.«

Maries Mund wurde trocken vor Anspannung, als La Boneille sich erhob, sich tief über die Hand der Gräfin beugte und sich dann zum Gehen wandte. »Zeig mir, wo ich den Burschen finde«, sagte er, an Marie gewandt.

»Ich gebe Euch einen Soldaten mit, damit Euch die Wache

im Verlies keine Schwierigkeiten macht«, sagte Wilhelmine und erhob sich ebenfalls. Sobald La Boneille die Tür geöffnet hatte, trug sie einem der Leibgardisten auf, Marie und ihn ins Gewölbe zu begleiten.

Mit weichen Knien folgte Marie den beiden Männern den Korridor entlang zum Turm und hielt sich am Geländer fest, um auf den Treppen nicht zu stolpern. Der Boden unter ihren Füßen fühlte sich plötzlich uneben und tückisch an. Obwohl ihr klar war, dass sie nicht weit kommen würde, spielte sie einen Augenblick mit dem Gedanken, wegzulaufen. Ein Blick auf die Wachen am Tordurchgang hielt sie jedoch von dieser Torheit ab. Wohin hätte sie auch laufen sollen? Ohne die Gunst der Gräfin war sie verloren. Deshalb blieb ihr nichts anderes übrig, als zu tun, was Wilhelmine von Grävenitz von ihr verlangte. Was auch immer das sein mochte.

Kapitel 22

Das Dorf Brenz im Herzogtum Württemberg, August 1721

ALS SIE DAS GEWÖLBE BETRATEN, folgten ihnen die Blicke eines Dutzends Augenpaare. Die Köchin verschränkte wortlos die

Arme vor der Brust und runzelte die Stirn, blieb jedoch vor der Kochstelle stehen. Zu Maries Erleichterung hielt der Soldat immer noch vor dem Verlies Wache, und es schien, als ob Michel sich noch in der winzigen Zelle befand.

»Schließ die Tür auf«, befahl der Leibgardist. »Der Bursche kommt frei.«

Obwohl dem Soldaten anzusehen war, dass er Michel lieber eine Tracht Prügel verabreicht hätte, befolgte er die Anordnung.

»Michel!«, rief Marie.

Der Junge saß zusammengekauert auf der Pritsche und sah ihnen mit geröteten Augen entgegen. »Marie!« Er fuhr sich mit dem Ärmel übers Gesicht und kam auf die Beine. »Geht es dir gut?«

»Du bist frei«, sagte Marie. Sie warf La Boneille einen Blick zu.

»Ab heute bin ich dein neuer Herr«, sagte der Schauspieler.

Michel blinzelte verwirrt.

»Hab keine Angst«, versuchte Marie, ihn zu beruhigen. »Die Gräfin weiß, dass wir unschuldig sind. Aber wir müssen das Schloss verlassen.«

»Warum?«, fragte Michel.

La Boneille packte ihn beim Hemd und zog ihn aus dem Verlies. »Du stellst zu viele Fragen«, knurrte er. »Du tust, was ich dir sage, dann bekommst du genug zu essen und keinen Ärger.«

»Aber …«

La Boneille hob die Hand, wie um Michel zu schlagen.

Der Junge zuckte zusammen und wollte sich aus seinem Griff befreien. Allerdings ohne Erfolg.

»Lasst ihn. Bitte!« Marie griff nach dem Arm des Mannes, um ihn zurückzuhalten. Sie spürte, wie die Muskeln unter seinem Hemd spielten, als er den Arm sinken ließ.

Er sah sie mit einer Mischung aus Erstaunen und Ärger im Blick an. »Tu so etwas nie wieder!«, zischte er. Dennoch ließ er Michels Hemd los und gab Marie und ihm mit einer Kopfbewegung zu verstehen, ihm zu folgen.

»Wohin bringt Ihr sie?«, fragte die Köchin, als sie die Brunnenstube durchquerten. »Ich brauche sie für das Bankett.«

»Das geht mich nichts an«, gab La Boneille zurück. »Sie kommen mit mir.« Er ließ die Köchin stehen und machte sich auf den Weg zum Ausgang des Gewölbes.

Marie und Michel folgten ihm. Obwohl draußen die Sonne schien, fühlte sich die leichte Brise, die durch den Schlosshof strich, unvermittelt kühl an. »Darf ich mein Bündel holen?«, fragte Marie.

La Boneille nickte.

»Michel auch?«

»Ich habe kein Bündel«, versetzte der Junge beschämt.

»Du bekommst von mir neue Kleider.« La Boneille rümpfte die Nase. »Was wirklich dringend nötig ist.« An Marie gewandt, sagte er: »Dich werden wir auch neu einkleiden müssen, aber nur für die Arbeit. Geh, hol deine Sachen.«

Da Marie fürchtete, wieder dem Jäger in die Arme zu laufen, rannte sie, so schnell sie konnte, die Treppe zum Gesindequartier hinab, suchte ihre Habseligkeiten zusammen und schnaufte kurz darauf zurück ins Freie. Das Bündel an die Brust gepresst, folgte sie La Boneille durch den zweiten Eingang zum Schlosshof über den Burggraben den Hang hinab, bis sie den Marktplatz am Fuß der Galluskirche erreichten. Dort standen mehrere Karren im Schatten einer Linde und wurden von Männern und Frauen entladen, die noch weitaus auffälliger gekleidet waren als La Boneille. Fast ein Dutzend zählte Marie, zwei davon Frauen, der Rest junge Männer. Einer der Wagen trug einen besonders stabil wirkenden Aufbau mit einer Aufschrift, die Marie nicht lesen konnte.

Wie alle Kinder der Bauern im Dorf hatte sie nie eine Schule besuchen dürfen.

»La Boneille!«, begrüßte ein junger Mann mit wilden rotblonden Locken und einem gestutzten Vollbart den Schauspieler. Er war hochgewachsen und schlaksig, mit breiten Schultern und großen Händen. In der Rechten hielt er einen Hammer. »Wir haben dich schon vermisst. Wo sollen wir die Bühne aufbauen?« Der Bursche warf Marie und Michel einen neugierigen Blick zu und schenkte ihnen ein Lächeln. »Zuwachs?«, fragte er.

La Boneille nickte. »Die neue Meisterdiebin und ein Bursche.«

»Oh.« Ein entzückter Ausdruck trat in den Blick des jungen Mannes. Er steckte den Hammer in den Gürtel seiner Hose und hielt Marie die Hand entgegen. »Ich bin Jost. Der Hanswurst.« Er grinste. »Willkommen bei den *Württembergischen Comoedianten*.«

Marie schlug zögernd in seine Hand ein.

»Bei welcher Truppe warst du vorher?«, wollte Jost wissen. »Und du?« Er sah Michel an.

»Bei keiner«, fiel La Boneille ihm ins Wort. Josts Verwunderung ignorierend, sah er sich auf dem Marktplatz um. »Baut die Bühne dort drüben auf, direkt bei der Treppe, die zur Kirche führt. Dann können wir die Stufen als Sitzplätze verwenden. Du kommst mit mir, ich stelle dich den anderen vor«, sagte er, an Marie gewandt. Michel trug er auf: »Geh zu den anderen Burschen und lass dir von ihnen sagen, wo du mit anpacken kannst.«

Während Michel davonstob und Jost seinen Hammer wieder aus dem Gürtel zog, führte La Boneille Marie von Wagen zu Wagen und machte sie mit den übrigen Mitgliedern der Truppe bekannt. Die Männer, von denen die meisten für technische Aufgaben und Nebenrollen zuständig waren, begrüßten Marie freundlich. Eine der beiden Frauen hingegen wirkte wenig begeistert von ihrer Ankunft.

»Welche Rolle soll sie übernehmen?«, fragte sie misstrauisch. Sie musterte Marie kühl. Die dunklen Augen funkelten streitlustig in ihrem sonnengebräunten Gesicht. Sie war etwas älter als Marie, mit dunkelblondem Haar und einer scharfen Nase. Ihr eng geschnittenes Kleid betonte ihre üppigen Rundungen. »Eine Frauenrolle kann es wohl kaum sein«, schnaubte sie mit einem Blick auf Maries schlanke Gestalt.

»Das ist Rosa«, sagte La Boneille, ohne auf die bissige Bemerkung einzugehen. »Sie spielt die Hexe Mägera in dem Stück, das wir morgen Abend aufführen.«

Marie verkniff sich ein Grinsen. Wie passend, dachte sie, schenkte Rosa ein schmales Lächeln und ließ sich von La Boneille weiterführen. Nachdem sie auch noch Agathe, die Kostümschneiderin, Aufseherin über die Garderobe, Einsagerin und gute Seele der Truppe kennengelernt hatte, brachte La Boneille sie zu einem der Karren, die mit einer Leinwand überspannt waren.

»Du schläfst mit Rosa und Agathe in diesem Wagen«, sagte er. »Dein Bündel kannst du hierlassen.«

»Und Michel?«, fragte Marie.

»Der kann mit dem Theaterboten und den beiden Musikern unter freiem Himmel campieren«, erwiderte La Boneille.

»Wie lange bleibt die Truppe im Dorf?«, wollte Marie wissen. In der Zeit, die sie damit zugebracht hatte, die anderen kennenzulernen, waren immer mehr Schaulustige auf dem Marktplatz zusammengelaufen. Marie kannte die meisten von ihnen und versuchte, sich so klein wie möglich zu machen, weil es ihr unangenehm war, in Begleitung der Schauspieler gesehen zu werden.

»Muss sie nicht mit anpacken?«, unterbrach Rosa sie. »Die Dame ist wohl zu fein zum Requisitenschleppen?«

Marie sah zu La Boneille auf. Der fuhr sich mit der Hand übers Kinn. »Fass mit an. Die anderen sagen dir, was zu tun ist.« Mit diesen Worten ließ er sie stehen und verschwand im Gasthof »Hirsch«, ohne ihre Frage beantwortet zu haben.

»Wen sollst du spielen?«, kam Rosa ohne Umschweife zur Sache. Sie baute sich vor Marie auf und musterte sie feindselig. »Die Hexe bin ich!«

Marie hob beschwichtigend die Hand. »Von einer Hexe war nicht die Rede«, gab sie zurück.

»Wovon dann?«

»Ich glaube, ich soll als Meisterdiebin auftreten.«

Rosas Brauen schoben sich zusammen. »*Du*? Das kann nicht sein Ernst sein!« Bevor Marie etwas erwidern konnte, kehrte Rosa ihr den Rücken und stürmte La Boneille hinterher in den Gasthof. Wenig später drang schrilles Gekeife ins Freie.

»Oha«, bemerkte Jost mit einem Grinsen. Ohne dass Marie es gemerkt hatte, war er an ihre Seite getreten. »Die beiden streiten sich mal wieder.«

»Kommt das öfter vor?«, wollte Marie wissen.

»Beinahe täglich«, war die trockene Antwort.

Da Marie nicht bereits so kurz nach ihrer Ankunft zwischen die Fronten geraten wollte, fragte sie: »Was kann ich tun, um beim Aufbau der Bühne zu helfen?«

Kapitel 23

Das Dorf Brenz im Herzogtum Württemberg, August 1721

Die nächsten Stunden vergingen wie im Flug. Als sich der Arbeitstag endlich dem Ende zuneigte, waren Maries Hände wund und ihr Rücken steif. Es war unglaublich, wie viele Teile die Wanderbühne umfasste. Der Zuschauerraum, den sie direkt unterhalb der Kirchentreppe errichtet hatten, bestand aus einer Reihe Sitze für die höhergestellten Besucher. Rechts und links davon zogen sich zwei Galerien mit jeweils zwei langen Bänken hin. Die Bühne selbst stand auf einem Podest und war mit einem Vorhang vom Zuschauerraum abgetrennt. Ein zweiter Vorhang teilte die Bühne in Vorder- und Hinterbühne. Im Hintergrund befanden sich zwei Bühnenbilder, die eine Stubenwand und einen Wald darstellten. Die Kulisse war drehbar, erklärte Jost, sodass man abwechselnd auf der Vorderbühne, dem Wald, und der Hinterbühne, der Stube, spielen konnte.

»Wenn die Stube in den Wald verwandelt wird, gehen wir von der Hinterbühne auf die Vorderbühne«, sagte Jost. »Der Zwischenvorhang verdeckt dann die Stube.«

»Und wenn ihr auf der Hinterbühne spielt?«, fragte Marie.

»Dann stört sich das Publikum am Wald im Vordergrund nicht im Geringsten«, lachte Jost.

Am Rand der Vorderbühne gab es eine Versenkungsklappe, durch die die Schauspieler sich zur Garderobe hinter der Bretterbude begeben konnten. Über der Bühne verlief eine Brücke, von der aus die Techniker es donnern, regnen oder blitzen lassen konnten. Außerdem wurden dort anscheinend drei der Schauspieler im Hexenstück aufgehängt – mit einer Kerze in jeder Hand, auf jedem Fuß und dem Kopf.

»Wenn wir in einer Stadt auftreten, stellt uns der Rat manchmal einen Saal oder das Rathaus zur Verfügung«, sagte Jost. »Allerdings müssen wir auch dort die Bühne selber aufbauen.«

Marie prustete und fuhr sich mit dem Ärmel über die Stirn. Sie hatte seit dem Frühstück nichts mehr gegessen, und allmählich knurrte ihr Magen.

»La Boneille zahlt uns einen wöchentlichen Lohn«, fuhr Jost fort, während er sich mit einem Tisch abmühte, der in die Stube gebracht werden musste. »Für Ohrfeigen und Fußtritte gibt es eine extra Gage«, sagte er grinsend. »Also halte dich bloß nicht zurück damit.«

»Muss ich dich wirklich schlagen?«, fragte Marie entsetzt. Sie mochte Jost. Er wirkte unbeschwert und lustig, und in seiner Anwesenheit schienen die Ereignisse des Tages an Gewicht zu verlieren.

»Nur ein bisschen. Mit einem Besen oder einem Wellholz. Und du musst dabei möglichst viel Geschrei vollführen.« Er rümpfte die Nase. »Vermutlich wollte Rosa deshalb die Rolle. Im Kreischen macht ihr so schnell keiner etwas vor.«

»Ist sie immer so feindselig?«, fragte Marie.

Jost zuckte die Achseln. »Oft. So ist sie eben. Solange sie ihren Text behält und nicht andauernd über die eigenen Füße fällt, ist mir gleichgültig, was sie für Launen hat.«

»Woher kommt ihr?«, wollte Marie wissen.

»Unser letzter Auftritt war in Heidenheim.«

Marie schüttelte den Kopf. »Nein, nicht die Truppe. Ihr. Die Schauspieler. Wo bist du her?«

Jost hievte den Tisch die Treppen zur Bühne hinauf und zeigte auf einen von vier Stühlen, die ebenfalls nach oben geschafft werden mussten. »Kannst du mir die hochreichen?«, wich er ihrer Frage aus. Als die Stühle um den Tisch herumstanden, kniete er sich auf die Bretter und hantierte mit seinem Hammer herum.

»Bist du auch in einem Dorf aufgewachsen?«, drang Marie weiter in ihn.

»Hm?« Er schien ihre vorherige Frage vergessen zu haben. »Ja, sicher. Ein sehr kleines Dorf.«

»Warum bist du fort?«

»Warum willst *du* von hier fort?« Jost legte den Hammer zur Seite und kam zurück auf die Beine.

Marie schlug den Blick nieder. »Einfach so«, log sie. Da sie nicht über ihren Auftrag reden durfte, konnte sie Jost wohl kaum die Wahrheit erzählen.

»Ach, weißt du«, sagte er heiter, »vergiss die Vergangenheit. Was vor uns liegt, ist wichtig, an den Rest erinnert man sich ohnehin irgendwann nicht mehr.«

Marie hoffte, dass er recht hatte. Dann würde sie irgendwann die Scham und die Demütigungen vergessen, die Bartholomäus, Gisela und der Jäger ihr zugefügt hatten. Eine Weile werkelten sie noch weiter an den Kulissen herum, ehe Agathe die Truppe mit einer kleinen Glocke zum Essen rief. Der Wirt des Gasthofes hatte einen dicken Eintopf gekocht, der in einem Kessel auf einem robusten Holztisch unter der Linde stand. Müde ließ Marie sich auf eine der Bänke fallen und griff nach einem Stück Brot und einer Schale. Als ihr Blick den Pranger streifte, schauderte sie. Zum Glück hatte der Amtmann den halbnackten Jungen inzwischen losgemacht.

»Spielst du morgen Abend auch mit?«, wollte Agathe wissen.

Marie schüttelte den Kopf. »Ich glaube nicht.«

»Was sollte sie auch spielen?«, mischte sich Rosa ein, die sich in diesem Moment ebenfalls an den Tisch setzte. Ihr Gesicht war gerötet, das Haar zerzaust. Dennoch schien ihr Zorn etwas verflogen zu sein. »Den Diener Riepel?«

Die anderen lachten.

»Warum nicht?«, ließ sich La Boneille vernehmen. Er ließ sich neben Jost nieder.

Marie sah unsicher von einem zum anderen. »Aber ich kenne das Stück nicht«, protestierte sie.

»Das brauchst du nicht«, gab La Boneille zurück. »Du musst einfach nur tun, was ich dir sage.«

Maries Magen zog sich zusammen. Plötzlich hatte sie keinen Hunger mehr.

»Wir proben morgen noch mal«, beruhigte Jost sie. »Es ist wirklich nur eine winzige Rolle. Bisher hatten wir sie nicht besetzt, weil uns die Leute gefehlt haben. Aber jetzt, wo du und Michel mit dabei seid …«

»Muss ich auch etwas spielen?«, fragte Michel. Anders als Marie schien ihn die Aussicht zu begeistern. Von dem verängstigten Jungen, den sie aus dem Verlies befreit hatten, war nicht mehr viel zu erkennen. Er war offenbar gebadet worden, steckte in sauberen Kleidern und hatte eine lustige bunte Kappe auf dem Kopf. Während er mit vollen Backen kaute, sah er erwartungsvoll zu La Boneille.

Der Prinzipal lachte. »Du darfst mit den Musikern am Schluss des Stückes zum Tanz aufspielen. Agathe gibt dir einen Schellenkranz.«

Michel strahlte. Für ihn war die Verbannung aus dem Schloss offenbar zu einem Abenteuer geworden, das seine Augen leuchten ließ.

Marie hingegen empfand die Aussicht, vor dem ganzen Dorf auf der Bühne auftreten zu müssen, als etwas Erschreckendes. Würde man sie erkennen? Was würden ihre Geschwister denken, wenn Marie, als Diener verkleidet, Possen riss? Hatte sie nicht gehofft, die Demütigungen vergessen zu können? Wie sollte das möglich sein, wenn die Brenzer sie angafften wie einen Tanzbären? »Wird man uns erkennen können?«, fragte sie kleinlaut.

Jost warf ihr einen fragenden Blick zu und schüttelte den Kopf. »Du wirst geschminkt und bekommst eine Perücke. Außerdem steckst du in Männerkleidern. Wenn du deine Stimme verstellst, würde vermutlich nicht mal deine eigene Mutter wissen, dass du es bist.«

Marie seufzte erleichtert. »Gott sei Dank!«, murmelte sie und tauchte den Löffel wieder in die Suppe.

Kapitel 24

Das Dorf Brenz im Herzogtum Württemberg, August 1721

Die erste Nacht als Mitglied der Schauspieltruppe verlief ruhiger, als Marie gedacht hatte. Sie war so erschöpft von der Arbeit und der Aufregung des Tages, dass ihr innerhalb weniger Minuten die Augen zufielen. Nur einmal wurde sie kurz wach, als sich jemand aus dem Wagen schlich, von der Pritsche sprang und über den Marktplatz davonhuschte. Dann fiel sie wieder in einen bleiernen Schlaf, der erst kurz vor dem Aufwachen unruhig wurde. Als sie sich im Traum plötzlich wieder auf der Wiese beim Mohnpflücken befand und der Jäger auf sie zugaloppierte, schrak sie mit einem Keuchen auf.

Zuerst wusste sie nicht, wo sie sich befand, suchte die Dunkelheit nach den Betten der anderen Mägde im Gesindequartier ab. Doch dann kam die Erinnerung an das, was vorgefallen war, mit solcher Macht zurück, dass sie die Hand auf den Mund presste, um einen Schreckenslaut zu unterdrücken. Um Agathe und Rosa nicht zu stören, kam sie so leise wie möglich auf die Beine, schlich zum Ende des Karrens und kletterte ins Freie. Sie strich die Kleider, in denen sie geschlafen hatte, glatt und sah sich auf dem menschenleeren Marktplatz um.

Außer ihr schien noch keine Menschenseele wach zu sein. Zwar verblasste der Mond am Himmel bereits, aber die Sonne hatte den Horizont gerade erst grau gefärbt. Es würde gewiss noch eine halbe Stunde dauern, bis die ersten Hähne krähten. Über ihr ragte der Turm der Galluskirche auf. Ein leichter Wind ließ die Blätter der Dorflinde rascheln, alles wirkte friedlich. Als plötzlich Türangeln quietschten und eine Gestalt aus dem Gasthof ins Freie trat, erschrak Marie heftig. Um nicht gesehen zu werden, verbarg sie sich hinter dem Stamm der Linde und kniff die Augen zusammen, um besser sehen zu können. Im fahlen Licht des Mondes erkannte sie eine Frau, deren Haar selbst aus der Ferne zerwühlt aussah. Nachdem sie die Tür hinter sich zugezogen hatte, huschte sie über den Marktplatz auf den Wagen zu, in dem Marie geschlafen hatte. Erst als die Frau keine zehn Schritte mehr von ihr entfernt war, erkannte Marie, dass es sich um Rosa handelte.

Sie hob erstaunt die Brauen. Was hatte Rosa im Gasthof zu suchen gehabt? Die Vermutung, die ihr in den Kopf schoss, schob sie energisch zur Seite. Obwohl sie La Boneille erst seit gestern kannte, hatte er auf sie nicht den Eindruck eines Schürzenjägers gemacht. Vielmehr erschien ihr der Prinzipal elegant und weltgewandt, beinahe vornehm. Niemals würde er sich mit einer wie Rosa einlassen, dessen war sie sich sicher. Sie verharrte weiter in ihrem Versteck, bis Rosa die Pritsche erklommen hatte. Auf keinen Fall wollte sie, dass Rosa sie bemerkte. Während die Vögel auf den Dächern anfingen zu zwitschern, fragte Marie sich, wann La Boneille ihr erklären würde, was sie als Spionin zu tun hatte. Wann sollte sie all die neuen Aufgaben erfüllen? Sie hatte keinerlei Vorstellung, wie schwierig es war, eine Rolle in einem Theaterstück einzustudieren, aber gewiss brauchte man dafür viele Tage. Die Furcht vor ihrem ersten Auftritt am Abend sorgte für einen beständigen Druck in ihrem Magen, der sich mit jeder Minute weiter verstärkte. Trotz Josts Beteuerungen, dass man sie nicht erkennen würde, fürchtete sie sich davor, zum Gespött des Dorfes zu werden. Der Gedanke daran, auf der Bühne von allen ausgelacht zu werden, bereitete ihr Übelkeit. Hör auf, dich verrückt zu machen, schalt sie sich selbst. Wenn sie sich weiter den Kopf darüber zermarterte, was alles passieren konnte, würde sie vor lauter Furcht vermutlich erstarren. Und dann würden nicht nur die Brenzer über sie lachen.

Mit einem Seufzen löste sie sich aus dem Schatten des Baumes, um zurück zum Wagen zu gehen, als sich die Tür des Gasthofes erneut öffnete. Der Mann, der ins Freie trat, ließ Marie das Blut in den Adern gefrieren.

Der Jäger!

Mit angehaltenem Atem duckte sie sich wieder in die Schatten und wagte kaum, hinter dem Stamm hervorzulugen. Was hatte der Kerl im Gasthof zu suchen? Wusste er, was passiert war? Stellte er ihr immer noch nach? Warum war er nicht im Schloss? Die Fragen in ihrem Kopf überschlugen sich. Als der Jäger kurz darauf im angrenzenden Stall verschwand und mit einem gesattelten Pferd wieder auftauchte, runzelte sie verwirrt die Stirn.

Während sein Hengst mit einem unwilligen Schnauben den Kopf warf, setzte Hubertus den Stiefel in den Steigbügel und schwang sich in den Sattel. Inzwischen vollführten die Vögel auf den Dächern ein wahres Platzkonzert, und die Sonne malte einen feurig orangefarbenen Streifen an den Horizont. Nicht mehr lange, dann würden auch die anderen Gäste des »Hirsch« erwachen, doch dann wollte Hubertus längst über alle Berge sein. Er hätte gestern schon das Dorf verlassen sollen! Warum er sich dazu entschieden hatte zu bleiben, wusste er selbst nicht genau. »Unsinn!«, brummte er. Du weißt ganz genau, warum du noch hier bist, dachte er. Die halbe Nacht hatte er darauf gewartet, dass Wilhelmine nach ihm schicken ließ, um ihm zu sagen, wie leid ihr der Fehler tat, den sie zweifelsohne begangen hatte. Mit grimmiger Miene hatte er sich ausgemalt, wie sie ihn anflehte, ihr im Turmzimmer das zu geben, was der Herzog nicht zu geben imstande zu sein schien. »Du bist ein Narr!« Kopfschüttelnd griff er nach dem Zügel und warf einen abfälligen Blick auf die Bühne am Fuß des Schlosshügels. Wenn er wenigstens Gelegenheit gehabt hätte, sich an der Kleinen zu rächen! Als er sie am Tisch der Schauspieler entdeckt hatte, war ihm beinahe die Galle übergelaufen. So nah und doch so unerreichbar! Der Prinzipal der Truppe war einer von Wilhelmines Günstlingen, mit dem er sich besser nicht anlegte. Auf dem Feld war eine Sache gewesen, aber jetzt genoss das Mädchen den Schutz der Truppe. Er stieß einen leisen Fluch aus und gab seinem Hengst die Sporen. Auch wenn er noch keine Ahnung hatte, wo er sich als Nächstes verdingen sollte, war er sicher, dass seine Zeit kommen würde. Schon bald.

Mit angehaltenem Atem verfolgte Marie, wie der Jäger sein Pferd wendete, ihm die Fersen in die Flanken drückte und in

Richtung Dorfgraben davonpreschte. Ihr Herz schlug so heftig, dass sie eine Enge in der Brust verspürte, die sie dazu veranlasste, die Schnürung ihres Mieders zu lockern. Obwohl es noch angenehm kühl war, spürte sie einen Schweißfilm auf ihrer Stirn.

»Was lungerst du denn hier herum?«

Marie fuhr mit einem spitzen Schrei zusammen und wirbelte herum.

Rosa stand hinter ihr, die Lippen verächtlich geschürzt. »Hast du mir hinterhergeschnüffelt?«

Marie presste die Hand auf ihre Brust, um ihren Herzschlag zu beruhigen.

»Sag schon!« Rosa machte einen Schritt auf sie zu.

»Ich bin aufgewacht«, sagte Marie. Ihre Stimme klang belegt. »Aber ihr habt alle noch geschlafen.«

»Und da hast du beschlossen, dich hinter dem Baum zu verstecken und den Gasthof zu beobachten?« Rosa schnaubte. »Wer's glaubt, wird selig.« Sie kam noch näher, sodass sie Marie fast auf die Zehen trat. »Bilde dir bloß nicht ein, dass du dich an La Boneille heranmachen kannst«, zischte sie. »Er gehört mir!«

Marie versuchte, trotz des Baumstammes in ihrem Rücken zurückzuweichen. Offenbar hatte sie sich gründlich geirrt, was La Boneille anging. »Ich …«, hob sie an.

»Finger weg!«, fiel Rosa ihr ins Wort. »Sonst kratze ich dir die Augen aus!« Mit einem Blick, als wolle sie ihre Drohung an Ort und Stelle wahr machen, hob sie die Hand.

»Lass mich in Ruhe!«, keuchte Marie. »Ich bin nicht so eine.«

»Was für eine?« Rosas Miene verdunkelte sich weiter. »Eine wie ich? Meinst du das?«

»Nein!« Marie wusste nicht, wie sie sich aus der misslichen Lage befreien sollte.

»Wenn du glaubst, dass *du* die Meisterdiebin wirst, hast du dich geschnitten!«, fauchte Rosa. »*Ich* spiele die erste Frauenrolle, nicht so ein dahergelaufenes Flittchen wie du!« Einen Augenblick sah es so aus, als wolle sie Marie noch weiter bedrängen. Doch dann schien sie es sich anders zu überlegen, machte auf dem Absatz kehrt und stürmte davon.

Kapitel 25

Das Dorf Brenz im Herzogtum Württemberg, August 1721

Das hässliche Zwischenspiel ließ Marie beim Frühstück schweigsam in ihrem Brei rühren. Die Begegnung mit Rosa hatte sie unangenehm an ihren Streit mit Gisela erinnert, und das dumpfe Gefühl in ihrem Bauch verstärkte sich mit jedem giftigen Blick der Schauspielerin. Diese saß neben La Boneille und rückte dem Prinzipal so dicht auf, dass er sie verwundert ansah. Während die anderen Mitglieder der Truppe sich über die bevorstehende Probe und die Aufführung am Abend unterhielten, versuchte Marie, sich so klein wie möglich zu machen. Sollte sie La Boneille von der Auseinandersetzung erzählen? Etwas in ihr sträubte sich dagegen. Wenn der Prinzipal wirklich mit Rosa … Sie brach den Gedanken ab und zwang sich, den lauwarmen Brei zu essen. Rosa war ihr kleinstes Problem!

Die Furcht, die sie beim Anblick des Jägers fast gelähmt hatte, breitete sich erneut in ihr aus. Warum hatte er sich im »Hirsch« aufgehalten? Und wieso war er aus dem Dorf geprescht, als ob der Leibhaftige hinter ihm her wäre? Sie legte den Löffel beiseite. Was würde geschehen, wenn sie die Erwartungen der Gräfin nicht erfüllen konnte? Würde La Boneille sie dann ins Schloss zurückschicken und sie würde doch noch am Pranger enden? All diese Fragen verdarben ihr den Appetit, sorgten dafür, dass sich ihr Magen schmerzhaft zusammenzog. Obwohl sie wusste, dass sie all ihre Kraft benötigen würde, schob sie die Schale von sich.

»Du isst wie ein Spatz«, stellte Jost fest. Er schielte auf ihren Brei. »Kann ich das haben?«

Marie nickte. »Nimm nur.«

»Du hast wohl Angst, dass du Speck auf die Rippen bekommst?«, fragte Rosa und musterte Maries Brust mit unverhohlener Verachtung. Ihr eigener Busen quoll fast aus dem Ausschnitt ihres Kleides.

»Lass die Sticheleien«, mahnte La Boneille. »Marie kann wenigstens schnell von einem Kleid in Hemd und Hose schlüpfen, ohne dass man sofort sieht, dass sie eine Frau ist. Du weißt genau, dass die erste Rolle im Stück mit der Meisterdiebin dazu imstande sein muss.«

»*Ich* kann das auch!«, protestierte Rosa.

La Boneille lachte nur.

Die anderen Mitglieder der Truppe verfolgten den Disput grinsend.

»Darüber haben wir uns gestern schon unterhalten. Nicht mal der blindeste Alte kauft dir die Rolle eines Knaben ab«, sagte La Boneille. Er machte mit den Händen eine Bewegung vor seiner Brust, die eine große Oberweite andeuten sollte. »Außerdem …« Er versetzte Rosa einen derben Schlag auf die ausladende Hinterseite.

Das Grinsen der Schauspieler verwandelte sich in Gelächter.

»Und jetzt hör auf, Marie das Leben schwerzumachen und mir in den Ohren zu liegen. Sie wird die Rolle in ›Hanswurst und die Meisterdiebin‹ bekommen. Und damit basta!«

»Das ist nicht …«

»Ende der Diskussion! Wenn du weiter in meiner Truppe spielen willst, tust du, was ich sage!«

Marie sah, wie Rosa das Blut in die Wangen schoss. Hätten Blicke töten können, wäre Marie auf der Stelle leblos von der Bank gefallen. Sie schlug die Augen nieder und wünschte sich, in einem Mauseloch verschwinden zu können. Zu ihrer grenzenlosen Erleichterung war das Frühstück jedoch bald vorbei.

»Pass ihr die Kostüme an«, trug La Boneille Agathe auf. »Für heute Abend und für die Meisterdiebin.«

»Wen soll sie heute spielen?«, fragte Agathe.

»Den Diener Riepel. Sobald ihr fertig seid, komm zur Bühne, Marie. Dann sage ich dir, was du zu tun hast. Du, Junge«, sagte er, an Michel gewandt, »verteilst Zettel im ganzen Dorf und stellst Schilder auf.«

Michel nickte eifrig. Seine Augen leuchteten aufgeregt, als La Boneille ihm wenig später einen Stapel Zettel in die Hand drückte. Darauf war viel Text, aber auch ein großes Bild des Hanswurst in einem albernen Kostüm, der von einem Hund verfolgt wurde.

La Boneille klatschte in die Hände. »Macht schon! Worauf wartet ihr? Wir sind nicht zum Faulenzen hier!«

Nachdem eine Magd aus dem Gasthof die Schalen abgeräumt hatte, erhoben sich die Schauspieler und machten sich auf den Weg zur Bühne.

Agathe fasste Marie am Arm und zeigte auf einen kleinen geschlossenen Wagen. »Die Kostüme sind dort.«

Marie folgte ihr, und mit jedem Schritt wurde ihr mulmiger zumute. Rosas Feindseligkeit verunsicherte sie noch mehr, und sie fragte sich, was passieren würde, wenn sie auf der Bühne versagte. Wie, um alles in der Welt, sollte sie so tun, als sei sie ein Mann? Sie hatte doch keine Ahnung, wie ein Diener sich benahm! Sie nagte auf ihrer Unterlippe herum und wartete, bis Agathe die Fensterläden des Karrens geöffnet und die Tür aufgeschlossen hatte. Dann erklomm sie die schmale Treppe und zog bewundernd die Luft ein, als sie das Innere des Wagens betrat. Zwei der vier Wände wurden von Regalen gesäumt, in denen sich Stoffe in allen Farben stapelten. Auf drei hölzernen Puppen hingen Gewänder, die beinahe so prächtig waren wie die der Gräfin. Zahllose einfachere Röcke, Hosen und Hemden türmten sich auf einem Tisch, unter dem Schnallenschuhe, Stiefel, orientalische Pantoffeln und Holzpantinen standen. Mehrere große Holzkugeln trugen Perücken.

»Meine Güte«, hauchte Marie. Noch nie hatte sie so viele Kleider auf einem Haufen gesehen.

»Das ist nur eine Auswahl«, lachte Agathe. »Wenn wir in Stuttgart oder Ludwigsburg auftreten, sind die Kostüme viel aufwendiger. Aber wenn wir unterwegs sind, hat La Boneille Angst, dass Gesindel in den Wagen einbricht und ihn bestiehlt.«

Maries Blick fiel auf einen kleinen Spiegel. »Das kann ich mir gut vorstellen«, murmelte sie.

»Stell dich dort hin«, befahl Agathe. Sie zeigte auf eine an der Wand befestigte Messlatte, zu der Marie sich gehorsam begab.

Nachdem Agathe ihre Größe festgestellt hatte, maß sie die Länge ihrer Arme und Beine, den Umfang ihrer Brust, ihrer Hüften und ihrer Taille. Dann kramte sie sich durch einen Stapel Hemden und zog ein blassgelbes hervor.

Während sie Hose, Hosenträger und Schuhe zusammensuchte, fragte Marie: »Warum ist Rosa so wütend auf mich? Ich wollte ihr ganz sicher keine Rolle stehlen. Es war La Boneilles Entscheidung.«

Agathe wühlte weiter in den Kleidern, ehe sie sich aufrichtete und Marie ansah. »Das ist ganz einfach. Als Prinzipal spielt La Boneille immer die erste Männerrolle. Und das ist in jedem Stück die des Liebhabers.«

»Oh.« Marie wusste nicht, was sie sagen sollte.

»Sie ist eifersüchtig auf dich«, fuhr Agathe fort. »Vermutlich hat sie Angst, dass du ihr La Boneille wegnimmst. So wie sie ihn Gertrud weggenommen hat.«

»Wer ist Gertrud?«

»Sie ist nicht mehr bei uns.«

»Aber ich würde nie …« Marie machte eine hilflose Handbewegung.

»*Du* vielleicht nicht«, sagte Agathe. Sie schien fündig geworden zu sein, da sie eine rote Mütze ausschüttelte, sodass Staub aufstieg. Die winzigen Körnchen tanzten im Licht der Sonne, das durch eines der Fenster in den Wagen fiel. »Lassen wir das. Zieh die Sachen an, damit ich sehe, ob sie passen. Dann finden wir ein Kleid für dich.«

Nachdem Marie in zahllose Röcke, Mieder und Schuhe geschlüpft war, schien Agathe schließlich zufrieden zu sein, da sie ihr einen Stapel Kostüme in die Hand drückte. »Die sind für deine Rolle in der ›Meisterdiebin‹. Pass auf, dass Rosa sie dir nicht abspenstig macht.« Sie milderte die Worte mit einem Lächeln. »Die Männersachen solltest du gleich wieder anziehen, wenn La Boneille für heute Abend proben will.«

Obwohl Marie vor Aufregung ganz schlecht war, tat sie, wie geheißen, schlüpfte in Hemd und Hose und ließ sich von Agathe die Haare flechten und unter einer Lakaienperücke verstecken. Nachdem Agathe sie mit Kohlestift geschminkt hatte, nahm Marie die restlichen Kostüme und legte sie in eines der Regalfächer. »Ich lasse sie hier«, sagte sie. Dann warf sie einen Blick in den Spiegel und stieß einen erstaunten Ruf aus. »Bin das ich?«

Agathe lachte. »Gut, nicht?«

Marie blinzelte. Ungläubig betastete sie ihr Gesicht, das durch den Kohlestift wirkte, als zierte es ein veritabler Bartschatten.

»Trödel nicht, La Boneille wartet.« Agathe fasste sie bei den Schultern und schob sie zur Tür. »Beeil dich, er schätzt es nicht, wenn man ihn warten lässt.«

Kapitel 26

Das Dorf Brenz im Herzogtum Württemberg, August 1721

ALS MARIE DEN WAGEN VERLIESS, fühlte sie sich seltsam sicher in der Verkleidung. Das Gefühl der Hose war so ungewohnt, dass sie mehrfach an sich hinabsah, um sich zu vergewissern, dass alles noch so war, wie Agathe es angepasst hatte. Ihre Beine wirkten lang und schlank in den bis zum Knie reichenden Strümpfen, und die Schnallen der Schuhe blitzten im Sonnenlicht. Die Rüschen des Hemdes kitzelten ihre Handrücken, der steife Rock sorgte dafür, dass sie die Schultern straffte. Bereits nach wenigen Schritten begann sie, unter der Perücke zu schwitzen, doch es machte ihr nichts aus. Es war das erste

Mal in ihrem Leben, dass sie nicht in einem Kleid steckte, und das Gefühl war einfach unbeschreiblich. So fühlten sich die Männer also, wenn sie unter Leuten waren. Sie machte einen langen Schritt und lachte. Selbst wenn sie sich ungeschickt auf ihren Allerwertesten setzte, würde ihr niemand unter die Röcke sehen können. Beinahe schien es, als wäre sie in ein neues Leben geschlüpft.

Als eine Kutsche sich dem Marktplatz näherte, wollte sie sich zuerst hinter einem der Wagen verstecken. Im letzten Augenblick überlegte sie es sich jedoch anders und blieb stocksteif stehen, als wäre es das Natürlichste auf der Welt.

Der Kutscher bedachte sie lediglich mit einem flüchtigen Blick, dann trieb er die Pferde weiter die Straße entlang in Richtung Fluss.

Er hatte nicht einmal mit der Wimper gezuckt! Marie konnte es kaum fassen. Sonst hatte sie sich immer furchtsam so klein wie möglich gemacht und darauf geachtet, die Aufmerksamkeit nicht auf sich zu ziehen.

»Es soll nicht Mannszeug auf einem Weibe sein, denn wer irgend solches tut, ist ein Gräuel für den Herrn, deinen Gott«, hatte der Pfarrer mehr als einmal von der Kanzel der Galluskirche gepredigt. Allerdings hatte Marie schon oft den Eindruck gehabt, dass die Frauen an sich ein Gräuel für den Herrn waren. Sie fragte sich, ob es in ihrem Fall überhaupt noch einen Unterschied machte. Denn in ihren Augen hatte Gott sie verlassen, als Bartholomäus sich für Gisela entschieden hatte. Sie schüttelte den Gedanken an Bartholomäus ab, versicherte sich mit einem Griff an den Kopf, dass die Perücke noch richtig saß, und machte sich auf den Weg zur Bühne. Dort wurde sie mit bewundernden Pfiffen empfangen.

»Wüsste ich nicht, dass du ein Mädchen bist, hättest du sogar mich getäuscht«, sagte Jost, der im Hanswurst-Kostüm steckte.

Marie prustete. »Du siehst lächerlich aus!«

Josts langes Haar war zu einem Knoten auf seinem Kopf gebunden. Er trug eine pompöse rote Jacke mit bauschigen Ärmeln, einem blauen Brustfleck und mitten darauf zwischen roten, grün eingefassten Hosenträgern ein grünes Herz. Um seine Beine schlackerte eine weite gelbe Hose, die nur bis zu den Knöcheln reichte. Seine Füße steckten in derben Lederschuhen, außerdem trug er einen breiten Gürtel mit großer Metallschließe und eine »Narrenkröse«, einen herabhängenden gefältelten Kragen. An seinem Gürtel hing ein Holzschwert, in der Hand hielt er einen grünen, spitzen Hut. Seinen gestutzten Bart hatte er schwarz gefärbt. »Das ist der Sinn der Sache«, gab er mit einer übertrieben tiefen Verbeugung zurück, bei der er mit der Stirn fast den Boden berührte.

»Sehr gut«, stellte La Boneille anerkennend fest und fasste Marie bei den Schultern, ehe er sie einmal im Kreis drehte. »Ganz hervorragend!« Er lächelte zufrieden. »Wir proben das Stück einmal ganz, damit Marie weiß, worum es geht«, sagte er, an die anderen gewandt. »Pass genau auf. Ich werde in dieser Probe ausnahmsweise auch die Rolle des Dieners übernehmen.«

Marie nickte und setzte sich auf eine der Zuschauerbänke. Dann verfolgte sie voller Spannung das Geschehen.

Sobald die Techniker das Bühnenbild in die richtige Position gebracht hatten, begann die Probe für »Mägera, die förchterliche Hexe«.

Es war die merkwürdigste Geschichte, die Marie je gehört hatte. Sie handelte von einem reichen Edelmann, Odoardo von Einhorn, der dem jungen Leander aus purem Geiz die Hand seiner Tochter Angela abschlug.

»Ich werde sie noch an diesem Tag mit dem Witwer Anselmo verheiraten«, posaunte einer der Schauspieler als Odoardo auf der Bühne.

Auch Hanswurst, der Angelas Dienerin Colombine zur Frau nehmen wollte, wurde von Odoardo barsch abgewiesen, woraufhin Leander, der von La Boneille dargestellt wurde, Anstalten machte, sich und Hanswurst aus Trauer zu erschießen.

»Lasst diese Torheit!« Wie aus dem Nichts tauchte Rosa in der Rolle der Hexe Mägera auf. »Ich helfe euch mit meinen Zauberkünsten und werde Odoardo ein paar Possen spielen.«

Jost fuchtelte als Hanswurst erschrocken in der Luft herum und machte einen Satz nach hinten, bei dem er über die eigenen Füße stolperte.

Marie grinste. Er war wirklich komisch.

Nachdem die Hexe Leander und Hanswurst mehrfach versprochen hatte, sie unter ihre Fittiche zu nehmen, wurde das Geschehen nach einer kurzen Pause auf die Hinterbühne verlegt. Dort überbrachte Hanswurst – mit einem schwarzen Hut und einem Halstuch als Leichenansager verkleidet – die Schreckensbotschaft von Leanders und seinem eigenen Selbstmord, woraufhin Odoardo, der Witwer Anselmo und der Diener Riepel sich auf zum Unglücksort machten. La Boneille war als Diener so tölpelhaft, dass Marie lauthals lachte.

Nachdem der Vorhang gefallen und wieder emporgezogen worden war, fanden Odoardo, Anselmo und Riepel am Unglücksort die zwei scheinbar von den Toten auferstandenen Liebhaber vor, die auf einer Wolke fliehen wollten. Diese Wolke hing an einem Seil und wurde von zwei Helfern über die Bühne gezogen.

»Halt! Hiergeblieben!«, rief Odoardo und schoss mit einem Holzgewehr darauf, verfehlte die Wolke jedoch. »Hier geht es nicht mit rechten Dingen zu«, munkelte er. »Das ist zauberisches Brimborium!«

»Lasst uns die Behörden Eures Landgutes hinzuziehen«, schlug Anselmo vor.

»Den Richter und den Schulmeister?«

»Jawohl.«

Daraufhin wurde das Geschehen wieder auf die Hinterbühne verlegt, wo die Hexe Mägera die beiden Liebeskranken auf die Probe stellte, indem sie als Graf von Gansbiegel um Angela, Leanders Angebetete, warb.

Marie unterdrückte nur mit Mühe ein Prusten, als Rosa in Männerkleidung auf der Bühne erschien. Jetzt verstand sie, warum La Boneille ihr die Rolle in der »Meisterdiebin« nicht hatte geben wollen. Selbst aus der Entfernung zeichneten sich Rosas weibliche Rundungen deutlich unter Hose und Jacke ab.

Während Angela sich vom Grafen von Gansbiegel nicht lange nötigen ließ, machte Hanswurst mit seiner Liebsten eine ähnlich ernüchternde Erfahrung. Als Heiduck des Grafen verkleidet, machte er Colombine die Aufwartung, und auch diese junge Frau zierte sich nicht lange.

»Ich gebe euch meine Zauberwaffen zur Bestrafung der Treulosen«, bot Mägera in der nächsten Szene an.

»Ach!«, seufzte La Boneille in der Rolle des Leander. »Ich verzichte darauf. Ich strafe sie, indem ich sie meide und vergesse.«

»Ha! Wie kann man nur so dumm sein?«, polterte Hanswurst. »Frau Hexin, machen Sie ihr nur großen Verdruss, damit sie mit 90 Jahren noch ledig sterben muss.«

Erneut fiel der Vorhang.

Als er sich nach einigen Minuten ein weiteres Mal hob, zog Marie erstaunt die Luft ein. Odoardo, Anselmo und der Diener Riepel hingen von dem Balken über der Bühne herab – in jeder Hand, auf den Füßen und dem Kopf je eine brennende Kerze. Während die Hexe unter ihnen wild herumtanzte, spielten der Richter und der Schulmeister, in Musikanten verwandelt, eine misstönende Melodie, zu der Hanswurst am

Rand der Bühne eifrig klatschte. Offenbar hatte Mägera all diejenigen verhext, die sich erdreistet hatten, an ihrer Zauberkunst zu zweifeln.

Dann fiel der Vorhang ein letztes Mal.

Hin- und hergerissen zwischen Bewunderung für das Schauspiel und der Furcht vor ihrer Rolle, applaudierte Marie.

»Hat es dir gefallen?«, fragte Jost. Er sprang von der Bühne und baute sich grinsend vor Marie auf.

»Es war ... unglaublich«, sagte sie.

»Warte nur, bis heute Abend die Zuschauer da sind. Du wirst staunen.«

Daran zweifelte Marie keinen Augenblick. Als die Helfer den Vorhang wieder öffneten, sah sie sorgenvoll zu dem Balken empor, von dem La Boneille und die anderen beiden Schauspieler herabgelassen wurden. »Muss ich wirklich da oben hängen?«, fragte sie.

»Ich fürchte, ja«, sagte Jost mit einem Achselzucken.

Marie schluckte. Plötzlich kehrte ihre Angst vor dem Auftritt am Abend wieder zurück.

Kapitel 27

Das Dorf Brenz im Herzogtum Württemberg, August 1721

Wilhelmine von Grävenitz steckte den Gänsekiel zurück in das Tintenfass und überflog den Brief, den sie verfasst hatte. Wie von ihr beabsichtigt, war er höflich und nichtssagend. Allerdings würde sich der Empfänger allein dadurch geehrt fühlen, dass sie ihn persönlich adressiert hatte. Mit einem Seufzen erhitzte sie etwas Siegelwachs und drückte ihren Ring in das Siegel. Dann winkte sie den Pagen bei der Tür zu sich und trug ihm auf, den Brief zu einem der Boten zu bringen, die über den Ställen untergebracht waren. »Und sag dem Stallburschen, er soll meine Stute satteln«, sagte sie. »Ich reite aus.«

»Wollen Sie, dass ich Sie begleite?«, fragte ihre Hofdame. Sie hatte im Nebenzimmer eine Decke bestickt, die sie im Augenblick sorgfältig zusammenlegte.

Wilhelmine schüttelte den Kopf. »Ich will Beauté galoppieren lassen.«

Die Hofdame bedachte sie mit einem besorgten Blick. »Sind Sie sicher? Das Risiko …«

Wilhelmine winkte ab. »Ich bin schon so oft mit Eberhard zur Jagd geritten. Macht Euch keine Sorgen.« Anders als die meisten Frauen konnte Wilhelmine sich mühelos im Sattel halten, selbst wenn ihre Stute Beauté über ein Hindernis sprang.

»Sie wollen jagen?«, fragte die Hofdame.

»Nein.« Wilhelmine verzog den Mund zu einem schmalen Lächeln. »Gejagt habe ich dieses Jahr wahrlich schon genug.« War sie nicht wegen der ständigen Feste und Jagden aus Ludwigsburg geflohen? Sie verkniff sich ein weiteres Seufzen. Wie es schien, war ihr Vorhaben, Ruhe zu finden, nicht gerade von Erfolg gekrönt. Nicht nur die Nachricht von der toten Spionin hatte sie aufgewühlt. Auch Hubertus' Betrug war dem Frieden in Brenz nicht unbedingt zuträglich gewesen. Außerdem fand an diesem Abend das Bankett statt, zu dem sie Gäste aus Ulm, Augsburg und Umgebung geladen hatte. Wie bei dem letzten Bankett mit den reichen Patriziern würde sie vorgeben müssen, dass es ihr eine Freude war, sie zu bewirten. Deshalb musste sie vorher dringend etwas tun, um den Kopf freizubekommen, damit sie die hohlen Höflichkeiten am Abend mit herzoglicher Grandezza über sich ergehen lassen konnte. Sie brauchte die Geldsäcke, die sie eingeladen hatte. Geld bedeutete Macht. Und wer die richtigen Männer in der Tasche hatte, dem gehörte das Herzogtum. »Ihr könnt mir helfen, mein Jagdkleid anzuziehen«, sagte sie.

Die Hofdame legte die Decke beiseite und folgte Wilhelmine in ihr Ankleidezimmer.

Wenig später steckte die Gräfin in hohen Stiefeln und einer grünen Robe ohne Reif im Rock. Während die Hofdame einen schwarzen Hut auf ihrem Haar befestigte, schweiften Wilhelmines Gedanken zu der Magd ab, der Hubertus nachgestellt hatte. War es ein Fehler gewesen, sie La Boneille anzuvertrauen? Würde sie den Anforderungen gewachsen sein? Sie hatte so gänzlich unerfahren gewirkt. Einerseits war Unschuld manchmal von Vorteil, andererseits befand sich das Mädchen jetzt in einem Umfeld, in dem es schnell lernen musste, wie es in der Welt zuging. Was, wenn sie dasselbe Schicksal ereilte wie die junge Frau, die man ertrunken im Neckar gefunden hatte? Dann findest du eine neue, sagte sie sich. Junge Dinger gab es wie Sand am Meer. Wenn sie ehrlich zu sich war, musste sie zugeben, dass ihre Sorge nicht dem Mädchen galt, sondern La Boneille. Sollte die Kleine sich durch Ungeschicklichkeit verraten, könnte es sein, dass auch La Boneille durchschaut wurde. Und das wäre ein herber Schlag für Wilhelmine.

»Eure Handschuhe«, riss die Hofdame sie aus der Grübelei.

Wilhelmine nahm sie ihr ab und schlüpfte hinein. Dann verließ sie ihre Gemächer, um sich auf den Weg zum Stall zu machen. »Begleitet mich!«, befahl sie zwei Leibgardisten.

Sobald sie im Sattel saß, gab sie ihrer Stute die Sporen und trabte durch das Tor hinaus auf die Straße. Dort wandte sie sich nach Norden und galoppierte kurz darauf am Ufer der Brenz entlang im Schatten der Pappeln und Birken, deren Blätter braun waren von der Trockenheit. Die beiden Soldaten hielten respektvollen Abstand, jedoch nicht so viel, dass sich jemand Wilhelmine hätte nähern können. Während der festgetrampelte Boden unter den Hufen ihres Reittieres dahinflog, atmete Wilhelmine die würzige Landluft ein und erlaubte sich eine Zeit lang, all ihre Sorgen zu vergessen. Erst als ihre Stute anfing zu schwitzen und den Kopf zu werfen, wendete sie das Tier und ritt zurück zum Schloss. Anstatt denselben Pfad zu nehmen wie vorher, machte sie einen Umweg über den Marktplatz, um zu sehen, wie weit die Truppe mit dem Aufbau der Bühne war.

»Holla, Frau Gräfin!«, rief ein junger Mann, der an seiner Kleidung als Hanswurst zu erkennen war. Er schwenkte seinen grünen Hut in der Luft und machte mehrere tiefe Bücklinge. »Beehren Sie uns mit Ihrer Anwesenheit?«

Wilhelmine ignorierte ihn, ließ den Blick schweifen und trabte weiter. Was gäbe sie dafür, sich an diesem Abend unter die Zuschauer mischen und ein paar Stunden alles vergessen zu können, anstatt die Gastgeberin zu spielen! Als sie La Boneille entdeckte, zügelte sie ihre Stute. Einen Augenblick lang war sie versucht, ihn zu sich zu winken, verwarf den Gedanken jedoch so schnell, wie er gekommen war. Ihre Beziehung musste geheim bleiben. Für die Mitglieder seiner

Truppe war sie nichts weiter als jemand, von dem die Erlaubnis für das Aufführen eines Theaterstückes eingeholt werden musste. »Lauf!«, murmelte sie und trieb ihr Pferd weiter.

Den Nachmittag verbrachte sie mit dem Gedichtband, der sie seltsam melancholisch stimmte. Obwohl vor dem Fenster die Vögel zwitscherten und die Sonne mit voller Kraft strahlte, war Wilhelmines Stimmung düster. Ob es am Verlust des feurigen Liebhabers lag, wusste sie nicht. Es war ihr auch gleichgültig, redete sie sich ein. Allerdings hatte das Schloss einen Großteil seines Reizes eingebüßt, seit sie Hubertus davongejagt hatte. Seine Berührungen fehlten ihr schon jetzt. Er hatte auf ihr gespielt wie auf einem Instrument, dessen war sie sich bewusst. Dennoch wünschte sie, sie könnte sich nach dem Bankett ins Turmzimmer schleichen, um sich vor Lust unter ihm zu winden.

Als endlich die ersten Gäste ankamen, ließ sie sich von ihrer Hofdame ankleiden, und sobald alle versammelt waren, begab sie sich ins Tafelzimmer. Dort hatten die Bediensteten bereits sämtliche Köstlichkeiten aufgetragen, die die Köchin gezaubert hatte. In der Mitte der Tafel prangte ein riesiger, aus einem Käselaib geschnitzter Kater. Daneben lockten ein Spanferkelbraten, Ochsenaugen, Kalbshirn und mit Honig und Safran zubereitete Wachteln. In Schmalz gebratene Enten, Blutwurst, eine Pastete aus Krebsschwänzen und ein mit Brot gefüllter Kapaun drängten sich ebenfalls auf der langen Tafel. Auf einem Beistelltisch glänzten klebrige Süßigkeiten. All das wurde ergänzt durch Türme von Broten, Zöpfen, Brezeln und anderen gebackenen Kunstwerken, deren Höhepunkt eine Schar Teigenten bildete, die in einem See aus Himbeersaft und Sahne schwammm. Dazu reichten die Bediensteten süßen, mit Muskatnuss verfeinerten Rotwein. Obwohl Wilhelmine keinerlei Lust auf Gesellschaft hatte, setzte sie ihr strahlendstes Lächeln auf und hieß die Patrizier willkommen.

Kapitel 28

Das Dorf Brenz im Herzogtum Württemberg, August 1721

Während die Gräfin und ihre Gäste sich über die Köstlichkeiten des Banketts hermachten, starb Marie beinahe vor Aufregung. Seit einer halben Stunde strömten die Besucher ins Theater, und es wurden immer mehr. Es schien, als würde das ganze Dorf für das Spektakel zusammenlaufen – vom Ziegenhirten bis zum reichsten Großbauern. Marie stand verborgen hinter dem Vorhang der Vorderbühne und starrte auf das Meer an Köpfen hinab. Michel und ein anderer Bursche entzündeten die Talgnäpfe, die in der ersten Kulissengasse montiert waren. Ein blechbeschlagenes Brett reflektierte das Licht auf die Bühne, sodass das Geschehen auch von weit hinten gut zu sehen sein würde. Zudem waren an den Kulissenrahmen Leuchter montiert. Im Licht der Öllampen, die im Zuschauerraum verteilt waren, damit die Besucher in der Dunkelheit nicht stolperten, erkannte Marie nicht nur Bartholomäus und Gisela, sondern auch ihre eigene Familie. Mit einem plötzlichen Gefühl der Enge in der Brust duckte sie sich in die Schatten des Vorhangs und kletterte durch die Luke am Rand der Vorderbühne nach unten. Dort kämpfte Jost mit seinem Kostüm, dessen Kragen sich verfangen hatte.

»Warte, ich helfe dir«, sagte Marie, froh darüber, sich ablenken zu können.

»Wie viele sind es?«, wollte Jost wissen.

»Fast alle Plätze sind besetzt.«

Jost grinste. »La Boneille wird zufrieden sein«, sagte er. »Die Kasse klingelt.«

»Bilde dir bloß nicht ein, dass sie alle wegen dir kommen«, mischte sich Rosa ein. Sie steckte in ihrem Hexenkostüm und bedachte Jost und Marie mit einem abfälligen Blick.

»Hast du vergessen, was La Boneille gesagt hat?«, schoss Jost zurück. »Volles Haus nur bei Hanswurst.«

»Das Stück heißt aber ›Mägera, die förchterliche Hexe‹. Woher sollten diese Bauern wissen, dass ein Hanswurst darin vorkommt?«

Jost lachte. »Du hast wohl das Bild auf den Theaterzetteln nicht gesehen?« Er setzte seinen Hut auf. »Bilde dir meinetwegen ein, dass sie wegen dir kommen. Hauptsache, du vergisst deinen Text nicht.«

»Als ob *ich* das Problem wäre!«, schnaubte Rosa.

Marie biss sich auf die Lippe. Sie war froh, dass sie auf der Bühne nichts sagen musste. Als Diener Riepel war ihre Rolle darauf beschränkt, ein wenig herumzuhampeln und am Ende mit Odoardo und Anselmo in der Luft zu baumeln.

»Ich würde an La Boneilles Stelle keine blutige Anfängerin auftreten lassen«, giftete Rosa weiter.

»Spar dir das Gekeife für die Aufführung«, gab Jost ungerührt zurück und schenkte Marie ein aufmunterndes Lächeln. »Komm, es ist leichter, wenn man sich an den Anblick des Publikums gewöhnt. Wenn du dich auf der Hinterbühne im Schatten hältst, bis du an der Reihe bist, ist es nur halb so schlimm.«

Marie schluckte den Kloß in ihrem Hals hinunter. Trotz der Tatsache, dass sie in Männerkleidern steckte, fühlte sie sich plötzlich nackt und schutzlos. Das ganze Dorf würde sie erkennen! Panik stieg in ihr auf und ließ ihr Herz rasen. Mit einem Keuchen presste sie die Hand auf die Brust, um sich zu beruhigen.

»Was ist? Hast du die Hosen voll?«, höhnte Rosa.

»Nein«, log Marie. Reiß dich zusammen, schalt sie sich selbst. Sie würde eher sterben, als Rosa und den Zuschauern die Genugtuung zu geben, zu versagen. Niemand würde sie erkennen! In ihrem Kostüm war sie sicher.

»Auf geht's«, ermunterte Jost sie. Dann erklomm er vor ihr die Treppe, und kurz darauf stand Marie wieder auf der Bühne.

»Geht es endlich los?«, rief jemand aus dem Publikum.

»Geduld! Geduld!«, brüllte Jost zurück, drehte sich um und hob die Rockschöße. Dazu machte er ein Geräusch, als ob er einen Furz lassen würde.

Die Zuschauer lachten.

»Geh nach hinten«, raunte er Marie zu.

Dankbar, aus dem Rampenlicht fliehen zu können, tat sie, wie geheißen, und klammerte sich am Vorhang fest. Während es allmählich immer dunkler wurde, füllten sich auch die letzten freien Plätze, und nach einer lauten Fanfare betrat La Boneille als Liebhaber Leander die Bühne.

Alles verlief genau wie bei der Probe. Während Rosa als Hexe ihr Unwesen trieb, alberte Jost herum, riss unflätige Witze und sorgte immer wieder für Lacher. Als endlich die Reihe an Marie kam, wurde ihr vor Angst beinahe schlecht. Wie im Traum stolperte sie über die Bühne – zum Vergnügen der Zuschauer.

»Was ist mit dir, Riepel? Hast du gesoffen?«, fragte Anselmo.

Marie schüttelte den Kopf.

»Er ist alt und tapprig«, kam ihr der Schauspieler zur Hilfe, der den Odoardo gab. Er zwinkerte Marie aufmunternd zu.

Die Zuschauer kicherten.

Als Marie merkte, dass das Publikum ihre Ungeschicklichkeit für eine Posse hielt und sie es damit zum Lachen brachte, legte sich ihre Aufregung und sie wurde selbstsicherer. Zusammen mit den beiden anderen trampelte sie auf die Vorderbühne.

»Was seid ihr nur für Narren?«, verhöhnte Hanswurst sie. Er drehte ihnen eine lange Nase, dann stimmte er ein Lied an:

»Möcht ich mich doch bucklig lachen
über manchen Spaßgalan,
weil kein Aff so tolle Sachen
wie ein solcher machen kann;
Mancher läuft und rennt
wie ein Kater in den Märzen,
mancher zankt und flennt
wie ein Wolf für Liebesschmerzen,
mancher fräß dem Schatz zu lieb wohl gar ein Fuder Heu.
Was für eine Narretei.«

Als er und La Boneille als Liebhaber Leander schließlich auf der »Wolke« flohen, tobten die Zuschauer vor Begeisterung. Der Rest des Stückes war so schnell vorbei, dass Marie gar nicht dazu kam, sich vor dem Aufziehen am Seil zu fürchten. Der Helfer, der ihr die Kerzen in die Hand, auf den Kopf und die Füße drückte, zurrte sie fest, dann ging es hinauf in luftige Höhe. Während sie, Odoardo und Anselmo hin und her baumelten, wurde auf der Bühne getanzt, bis endlich der letzte Vorhang fiel.

»Das war fantastisch!«, jubelte Jost, nachdem Marie und die beiden anderen wieder herabgelassen worden waren und sich alle mehrfach verbeugt hatten. »Ganz großartig!« Er griff nach Maries Hand und drückte sie so fest, dass sie aufkeuchte. »Entschuldige«, sagte er zerknirscht. »Du warst umwerfend!«

»Aber ich habe doch gar nichts gemacht«, protestierte Marie. Jetzt, wo die Anspannung vorbei war, fühlte sie sich beinahe übermütig. Ihr Kopf schwirrte und in ihrem Bauch schien ein Schwarm Hornissen zu tanzen.

»Es gibt noch einen Umtrunk vor dem Gasthof«, ließ La Boneille sie wissen. »Der Wirt spendiert uns etwas.«

Das ließen sich die Schauspieler nicht zweimal sagen. Während sich auch einige der Zuschauer auf den Weg zur Schenke machten, belagerten sie die Tische im Freien. Ausgehungert fielen sie über das Brot, den Käse und die Würste her, die der Wirt bereitgestellt hatte.

Als Marie sich einen Platz suchen wollte, wäre sie um ein Haar mit Bartholomäus zusammengestoßen. Sie spürte, wie ihr das Blut in die Wangen stieg. Allerdings würdigte Bartholomäus sie lediglich eines kurzen Blickes, ehe er weitereilte, um für sich und Gisela einen Krug Bier zu kaufen. Marie ließ den angehaltenen Atem aus den Lungen entweichen. Er hatte sie nicht erkannt! Genauso wenig wie all die anderen Dorfbewohner.

Kapitel 29

Ulm, August 1721

»Himmel, Arsch und Zwirn!«, fluchte der Jäger Hubertus und warf seinen Stiefel nach einer Maus, die quiekend in einem Loch in der Wand verschwand. Er hatte sich in einem

Gasthof in der Kohlgasse in Ulm eingemietet, der von außen anständig ausgesehen hatte. Allerdings hausten unter den Bodendielen Mäuse, die nicht die geringste Angst vor ihm zu haben schienen. Er pfefferte auch den zweiten Stiefel in die Ecke, obwohl nicht mal mehr ein Schnurrhaar der Maus zu sehen war. Dann ging er zum Fenster, um es sperrangelweit aufzureißen.

Der Ritt nach Ulm hatte kaum drei Stunden gedauert, obwohl er sein Pferd wegen der Hitze geschont hatte. Da er schon oft in der Stadt gewesen war, beeindruckten ihn die vielen Menschen nicht besonders, genauso wenig wie der gewaltige Kirchenbau. Was ihn allerdings immer wieder begeisterte, war die Anzahl an Hurenhäusern. Da die Stadt eine Anlaufstelle für zahllose Schiffer war, ging den Freudenmädchen die Arbeit nicht aus. Nachdem er sein Bündel ausgepackt und sich ein anderes Hemd angezogen hatte, verließ er den Gasthof. Im Schatten der prunkvollen Fachwerkhäuser schlenderte er in Richtung Donau, wo er schon bald fand, was er suchte. Das Gebäude war klein und windschief und lag direkt am Ufer der Blau, des kleinen Flüsschens, das die Stadt durchschnitt. Gegenüber erhob sich die gewaltige Stadtmauer, hinter der sich die Anlegestellen für die Frachtschiffe befanden. In einem winzigen Gärtchen tanzten Schmetterlinge um halb verblühte Blumen, und ein Mädchen in einem schmutzigen Kleid hackte in einem Beet herum. Sie warf dem Jäger einen scheuen Blick zu und versuchte, sich hinter ihrer Schürze zu verstecken. Er ignorierte das Kind und griff nach dem Türklopfer.

Es dauerte nicht lange, bis die Tür von einem Alten mit einem dünnen Ziegenbart geöffnet wurde. »Was wollt Ihr?«, fragte er.

»Was denkst du? Einer Messe beiwohnen?« Der Jäger verdrehte die Augen.

»Zwei Gulden. Im Voraus«, sagte der Alte. Er streckte Hubertus eine Hand mit langen, schmutzigen Fingernägeln entgegen.

»Ich will eine Blonde.«

»Blond, braun, schwarz, rot, das könnt Ihr Euch aussuchen. Ich habe sogar eine aus dem Morgenland.« Der Mann steckte gierig die Münzen ein, die Hubertus ihm in die Hand zählte. »Es ist alles erlaubt, Ihr dürft nur nicht so viel Geschrei machen, dass die Wache herbeirennt.«

Der Jäger schnaubte. »Keine Sorge«, brummte er. Dann folgte er dem Alten ins Innere des Hauses, das nach kaltem Rauch und angebranntem Kohl stank.

Der Wirt des Hurenhauses steckte zwei Finger in den Mund und stieß einen gellenden Pfiff aus. »Kundschaft, ihr faules Gesindel!«, brüllte er.

Es dauerte nicht lange, bis ein halbes Dutzend Frauen die Treppe hinabkam und sich von dem Alten in eine Stube scheuchen ließ. »Hier«, sagte er, an Hubertus gewandt, »seht sie Euch an.«

Sie waren alle mehr oder weniger reizvoll. Da es den Jäger jedoch nach einer Frau gelüstete, die Wilhelmine wenigstens etwas ähnlich sah, zeigte er auf das einzige blonde Mädchen. »Sie.«

Die anderen Huren machten enttäuschte Gesichter.

»Komm mit«, gurrte die Blonde und fasste Hubertus an der Hand. Ihr herzförmiges Gesicht war so dick gepudert, dass die Haut wirkte wie rissiges Porzellan. Eine tiefe Pockennarbe, die dennoch sichtbar gewesen wäre, hätte sie sie nicht mit einem kleinen schwarzen Stoffpunkt, einer *Mouche*, überklebt. Sie zog den Jäger die Treppe hinauf in ein winziges Zimmer, dessen einziges Möbelstück ein großes Bett war. Kaum hatte sich die Tür hinter ihnen geschlossen, strich sie sich aufreizend über den hochgeschnürten Busen.

»Zieh dich aus«, befahl Hubertus.

Die Hure schüttelte den Kopf. »Das kostet mehr.«

Er runzelte ärgerlich die Stirn. »Was soll das heißen?«

»Es dauert länger«, erklärte sie. Dann legte sie sich aufs Bett, schob die Röcke hoch und entblößte ihr Geschlecht. Ihre Beine waren genauso drall wie ihre Brust und mit kraterförmigen Unebenheiten übersät. Ein blondes Haarbüschel lockte Hubertus, dessen Männlichkeit schon versuchte, seinen Hosenlatz zu sprengen. Seit er der Magd auf dem Feld in Brenz begegnet war, plagte ihn die Geilheit. Wenn er sich nicht augenblicklich Erleichterung verschaffte, würde sie ihm vermutlich zu den Ohren herausquellen. Obwohl er der Hure am liebsten das Kleid vom Leib gerissen hätte, löste er seinen Gürtel, kniete sich über sie und nahm sich, wofür er bezahlt hatte. Als er fertig war, schlängelte sie sich unter ihm hervor und erhob sich.

»Wenn du noch bleiben willst, kostet es ebenfalls Aufpreis«, ließ sie den Jäger wissen.

Der kam mit einem Schnauben auf die Beine. Der kurze, aber wilde Ritt hatte den Druck beseitigt – wenigstens für den Moment. Mit wesentlich klarerem Kopf als am Morgen verließ er das Hurenhaus und machte sich zurück auf den Weg zu seinem Gasthof. Sobald er sich im Klaren darüber war, was er als Nächstes anfangen sollte, würde er sich auf die Suche nach einem neuen Brotherrn machen. Wilhelmines Geschenke hatten zwar dafür gesorgt, dass er sich nicht um seine Zukunft sorgen musste. Allerdings beabsichtigte er nicht, mehr von seinem Geld auszugeben, als unbedingt nötig war.

Kapitel 30

Das Dorf Brenz im Herzogtum Württemberg, August 1721

Der Morgen nach der Theateraufführung graute nur langsam. Über Nacht waren dichte Wolken am Himmel aufgezogen, die Marie ein nahendes Gewitter befürchten ließen. Sie streckte sich mit einem Gähnen und warf die dünne Decke zur Seite. Rosa und Agathe schliefen noch, und im Inneren des Wagens roch es nach saurem Wein. Der Umtrunk nach der Aufführung war zu einem spontanen Fest ausgeartet, bei dem sich nicht nur die Männer Bier und Wein in die Kehlen geschüttet hatten. Vor allem Rosa schien recht trinkfest zu sein, auch wenn sie irgendwann angefangen hatte zu lallen. Beinahe wäre es zu einem Streit zwischen ihr und Marie gekommen, als Rosa sich über ihren Auftritt lustig gemacht hatte.

»Gott, war das hölzern!«, hatte sie gelästert. »Wie ein Klotz.« Sie hatte gelacht und sich Beifall heischend umgesehen.

Allerdings schienen die anderen Schauspieler nicht ihrer Meinung zu sein.

»Marie war fantastisch!«, hatte Jost protestiert. »Sie ist vorher noch nie auf der Bühne gestanden!«

»Das hätte so bleiben sollen«, hatte Rosa in ihren Becher genuschelt.

»Sie war gut, hör auf mit der Stichelei«, war La Boneille Marie beigesprungen. Er nahm Rosa den Becher aus der Hand. »Du hast genug getrunken.«

»Hab ich nicht!«, protestierte Rosa und haschte nach dem Becher.

La Boneille hielt sie ohne Schwierigkeiten auf Abstand. »Es ist genug«, sagte er ruhig.

»Gib her!« Rosa versuchte erneut, ihm den Becher wieder abzujagen. Als es ihr nicht gelang, stampfte sie wütend mit dem Fuß auf.

»Benimm dich«, drohte La Boneille. »Wenn du hier so ein Theater aufführst, muss ich dich behandeln wie auf der Bühne.«

»Das wagst du nicht!«, fauchte Rosa.

Ohne lange zu fackeln, stellte La Boneille den Becher auf den Tisch, schnappte sich Rosa und klemmte sie sich unter den Arm. Dann hieb er unter dem Johlen der versammelten Gäste auf ihren Allerwertesten ein.

»Hör auf, du Untier!«, kreischte Rosa.

Das Gelächter wurde lauter, als sie anfing zu zappeln.

»Benimmst du dich dann?«, fragte La Boneille ungerührt.

»Ja, verdammt!«, fluchte Rosa. Als La Boneille sie daraufhin losließ, rieb sie sich die Rückseite. »Du …!«, zischte sie.

»Ich was?«, fragte La Boneille drohend.

»Ach, vergiss es!« Während Jost und die anderen sich vor Lachen auf die Schenkel klopften, trollte Rosa sich und machte sich an einen der Dorfburschen heran, mit dem sie wenig später im Dunkeln verschwand.

»Hat La Boneille nichts dagegen?«, fragte Marie Jost.

Der wischte sich die Tränen aus den Augen und schüttelte den Kopf. »Glaub mir, der ist froh, wenn er diese Wildkatze mal für eine Nacht los ist.«

Die Erinnerung an den Vorfall ließ Marie grinsen. Sie warf einen Blick auf Rosas schlafende Gestalt. Sie hatte keine Ahnung, wann Rosa von ihrem Ausflug zurückgekehrt war, aber es musste spät gewesen sein. Da auch Marie etwas zu viel getrunken hatte, war sie kurz vor Mitternacht wie ein Stein ins Bett gefallen und hatte durchgeschlafen, bis der Hahn krähte. Mit einer Grimasse fasste sie sich in den Nacken, um ihn mit den Fingerkuppen zu massieren. Als sich die Verspannung dort verflüchtigt hatte, schnürte sie ihr Mieder und machte sich auf zu dem Misthaufen, der ihnen als Abort diente. Ein böiger Wind strich durch das Dorf und ließ das Laub der Bäume rascheln. Er trieb Blätter, Heu und Stroh vor sich her, und schon bald klatschten die ersten dicken Tropfen auf den Boden. Ein Blitz zuckte über den Himmel, dann ertönte ohrenbetäubender Donner. Um nicht bis auf die Haut durchnässt zu werden, floh Marie in die Galluskirche, wo sie sich sicherer fühlte als in dem wackeligen Karren. Mit aller Kraft stemmte sie sich gegen die Pforte und schlüpfte ins Trockene, während der Wind immer weiter auffrischte.

Der Spuk war schnell vorüber. Als Marie eine Viertelstunde später den Kopf zurück ins Freie steckte, tobte das Unwetter bereits über dem nächsten Dorf. Ein kleiner Wasserfall, der die Kirchentreppen hinabrann, und ein paar abgerissene Zweige waren alles, was an das Wüten der Elemente erinnerte. An einigen Stellen blitzte die Sonne schon wieder zwischen den Wolken hervor, und die Schwalben schossen um die Dächer, als ob nichts geschehen wäre. Die Bühne schien das Gewitter unbeschadet überstanden zu haben, genau wie die Wagen der Truppe.

Das Getöse des Donners hatte die Schauspieler geweckt. Einer nach dem anderen kroch verschlafen aus den Federn, bis sich schließlich alle beim Frühstück im Gasthof trafen. Rote Augen, Tränensäcke und trübe Blicke verrieten Marie, dass nicht nur Rosa es übertrieben hatte. Außer La Boneille, Agathe und ihr selbst wirkten die Mitglieder der Truppe arg gebeutelt.

»Wer saufen kann, kann auch arbeiten«, tönte La Boneille, nachdem eine Magd Hirsebrei, Milch und dünnes Bier aufgetragen hatte. »Wir führen heute Abend ›Hanswurst und der Teufel‹ auf, morgen ziehen wir weiter nach Ulm.«

Einige der Schauspieler stöhnten.

»Die Probe beginnt in einer Stunde«, fuhr La Boneille ungerührt fort. »Seht zu, dass ihr bis dahin wieder geradeaus schauen könnt.« Er wandte sich Marie zu. »Du kommst mit, ich habe eine Aufgabe für dich. Du hast keine Rolle heute Abend.«

Obwohl Marie sich nach ihrem Auftritt großartig gefühlt hatte, war sie insgeheim froh, nicht erneut nach nur einer Probe vor Publikum auftreten zu müssen. Als La Boneille sich erhob, folgte sie ihm zu dem Wagen, in dem sich die Kostüme befanden.

»Gib mir einen Rock«, sagte er, während er ein Seil an einem Haken in der Decke befestigte. Das andere Ende des Seils knotete er um einen Stock, auf den er den Rock hängte, den Marie ihm reichte. Nachdem er auch noch Hosen und Schuhe an dieser einfachen Puppe befestigt hatte, kramte er in einer der vielen kleinen Kisten, die sich in einer Ecke stapelten, und zog eine Handvoll Glocken hervor. »Agathe!«, rief er. »Bring die Glöckchen hier, hier und hier an«, sagte er, sobald die Frau den Wagen betrat. Er zeigte auf den Saum des Rockes, die Ärmel und die Taschen. »Sag Bescheid, wenn du fertig bist.«

»Eine Klingelpuppe?«, fragte Agathe.

La Boneille nickte und verließ den Wagen, um sich um die Probe zu kümmern, solange Agathe mit den Glöckchen beschäftigt war.

»Hilf mir, Kind«, sagte die Frau und drückte Marie Nadel und Faden in die Hand.

»Wozu braucht man eine Klingelpuppe?«, wollte Marie wissen.

»Ich schätze, sie ist für die ›Meisterdiebin‹. Genau weiß ich es aber nicht, das soll La Boneille dir erklären.«

Beinahe zwei Dutzend Glöckchen befestigten Marie und Agathe an der Puppe, bevor Agathe La Boneille zurück in den Wagen holte. »Sie ist fertig«, sagte sie.

La Boneille betrachtete das Werk kritisch und gab den hängenden Kleidern einen leichten Stoß. Augenblicklich bimmelten die Glöckchen. »Sehr gut«, murmelte er. Dann zog er ein paar Münzen aus der Tasche und steckte sie der Puppe in Rock- und Hosentaschen. Außerdem machte er seine Taschenuhr los und befestigte sie an der Weste der Puppe. »Versuch, die Münzen und die Uhr zu stehlen, ohne dass es klingelt«, trug er Marie auf.

Marie streckte die Hand nach der Rocktasche aus. Doch sobald sie die Stoffabdeckung der Tasche anheben wollte, bewegte sich die Figur, und mehrere der Glöckchen bimmelten gleichzeitig.

»Übung macht den Meister«, sagte La Boneille trocken. »Agathe, leg die Kostüme für das Stück bereit, die Probe beginnt in einer Stunde.« Damit verließ er den Wagen.

»Das kann ja heiter werden«, murmelte Marie und versuchte es erneut. Wieder klingelten die Glöckchen. »Wie soll man das denn schaffen?«

Agathe zuckte die Achseln. »Wer ein Meisterdieb werden will ...« Sie lachte und kehrte Marie den Rücken, um sich um die Kostüme zu kümmern.

Kapitel 31

Das Dorf Brenz im Herzogtum Württemberg, August 1721

Die Zeit verging wie im Flug. Immer und immer wieder versuchte Marie, die Münzen zu stehlen, ohne dass die Puppe klingelte, doch ihre Finger schienen zu steif, ihre Hände zu ungeschickt. Es gelang ihr einfach nicht, auch nur eine Münze lautlos aus der Tasche zu ziehen. »Das ist doch wie verhext!«, schnaufte sie, als es zum ungezählten Mal bimmelte. »Wie soll ich das bloß machen?«

»Mit Geduld.«

La Boneilles Stimme ließ sie zusammenfahren. Der Prinzipal stand in der Tür des Karrens und beobachtete sie lächelnd.

»Ich habe es noch nicht ein einziges Mal geschafft«, stöhnte Marie. »Was mache ich falsch?«

»Wenn du nicht vermeiden kannst, dass es klingelt«, sagte La Boneille, »musst du dir eine andere Methode überlegen.«

Marie blies die Wangen auf und ließ frustriert die Luft durch die gespitzten Lippen entweichen.

»Du hast lange, schlanke Finger«, sagte La Boneille. Er trat zu ihr und nahm ihre Hand in die seine. Die Berührung verursachte ein seltsames Prickeln auf Maries Haut. »Werde biegsamer, geschmeidiger.«

»Unterbreche ich euch bei etwas?«

Marie zog die Hand zurück, als habe sie sich verbrannt. Rosa hatte unbemerkt die Treppe des Wagens erklommen und betrachtete sie und La Boneille mit einem süffisanten Lächeln.

»Ja«, gab La Boneille kurz angebunden zurück. »Was willst du?«

»Mein Kostüm zurückbringen, ich kann nicht den ganzen Tag als jungfräuliche Unschuld herumlaufen.«

»Du hast wohl Sorge, dass die Rolle auf dich abfärben könnte?«

Marie hatte Mühe, sich ein Lachen zu verkneifen, als Rosa die Augen zusammenkniff. Wenn Blicke töten könnten, wäre La Boneille auf der Stelle getroffen umgefallen.

»Haha«, war Rosas schnippische Antwort. Ohne Marie eines weiteren Blickes zu würdigen, öffnete sie die Schnürungen ihres Mieders und begann sich auszuziehen. La Boneilles Anwesenheit schien sie nicht im Geringsten zu stören. Langsam, beinahe genüsslich, streifte sie ihr Kleid ab, bis sie, nur mit einem dünnen Untergewand bekleidet, im Wagen stand. Deutlich zeichneten sich ihre schweren Brüste unter dem Stoff ab.

»Mach weiter«, sagte La Boneille, an Marie gewandt. Dann kehrte er Rosa den Rücken und verließ den Karren.

Marie wusste nicht genau, warum es sie mit Genugtuung erfüllte, dass ihn Rosas Reize offensichtlich kalt ließen. Aber insgeheim freute sie sich darüber, dass die andere mit ihrem plumpen Verhalten keinen Erfolg erzielt hatte. Ohne weiter auf Rosa zu achten, lenkte sie ihre Aufmerksamkeit zurück auf die Klingelpuppe und überlegte, wie sie es besser anstellen könnte.

Den ganzen Tag brachte Marie im Wagen zu. Im Verlauf des Nachmittags wurde die Puppe ihr immer vertrauter, sodass es ihr kurz vor Beginn der Theateraufführung endlich gelang, eine der Münzen aus der Tasche zu fischen, ohne dass es bimmelte. Mit einem Jubelschrei streckte sie die Hand mit dem Pfennig in die Höhe, doch außer ihr war niemand da, um ihren ersten geglückten Diebstahl zu beklatschen. Triumphierend drehte sie das Geldstück in den Händen, ehe sie es zurück in die Rocktasche steckte. Auch dieses Mal bewegte sich keines der Glöckchen. Sie wiederholte das Kunststück noch ein paar Mal, dann trat sie grinsend von der Klingelpuppe zurück. »Wäre doch gelacht gewesen …«, murmelte sie. Während sich ein Gefühl des Stolzes in ihr ausbreitete, sah sie aus dem kleinen Fenster des Wagens. Wie am Vortag schien das ganze Dorf zum Marktplatz zu strömen, um der Aufführung beizuwohnen. Auch einige Gäste aus dem Schloss waren auf dem Weg zum Theater, wo bereits die Kasse klingelte. Einer plötzlichen Eingebung folgend, zog Marie das Kostüm des Dieners Riepel hervor und schlüpfte hinein. Mithilfe des kleinen Spiegels verstaute sie ihr Haar unter der Perücke, bevor sie den Wagen verließ und die Tür hinter sich zuzog. So konnte niemand hinein, der keinen Schlüssel besaß. Obwohl sie nicht wusste, was La Boneille dazu sagen würde, mischte sie sich unter die Dorfbewohner, die zum Eingang strömten. Wie am Vortag fühlte sie sich auch dieses Mal beinahe unsichtbar in ihrer Verkleidung, wurde gar so mutig, dass sie sich nach Gisela und Bartholomäus umsah. Vielleicht konnte sie die beiden unauffällig belauschen. Auch wenn ihr nicht klar war, was sie sich davon versprach, war der Drang gewaltig. Sie reckte sich auf die Zehenspitzen, um besser sehen zu können. Es dauerte eine Weile, bis sie Bartholomäus' blonden Schopf entdeckte. Er stand weit hinten, am Fuß der Kirche, und schien in ein Gespräch mit einer Gruppe junger Burschen vertieft zu sein. Von Gisela war weit und breit nichts zu sehen. Vermutlich musste sie an diesem Abend zu Hause bleiben und ihrer Mutter dabei helfen, die Wäsche für die Mitgift zu nähen. Es verwunderte Marie ohnehin, dass auch am zweiten Abend so viele Bauern zum Marktplatz strömten. Geld war bei den meisten knapp, aber die wenigen Pfennige für den Eintritt schienen sich selbst die Tagelöhner leisten zu können.

Obwohl ihr Herz plötzlich wild zu klopfen begann, schlenderte sie auf die Gruppe zu, als wäre es nichts Besonderes. Da Bartholomäus sie am vergangenen Abend nicht erkannt hatte, nahm sie allen Mut zusammen, straffte die Schultern und stellte sich mit etwas Abstand neben die Bauernburschen.

»Das ist *dein* Problem«, hörte sie einen von ihnen sagen.

Die anderen lachten.

»Ihr habt gut reden«, gab Bartholomäus zurück.

»Leg ihr ein Kissen aufs Gesicht, dann musst du sie nicht sehen. Oder nimm sie von hinten.«

Das Gelächter wurde lauter.

Marie runzelte die Stirn. Sprachen sie über Gisela?

»Du hättest die andere nehmen sollen«, sagte ein Kerl mit einem eckigen Kinn. »Wie hieß sie?«

»Marie«, murmelte Bartholomäus.

Maries Puls überschlug sich beinahe. Nur mit Mühe hielt sie sich davon ab, kehrtzumachen und davonzulaufen.

»Hübsch war sie«, setzte der mit dem eckigen Kinn hinzu.

»Aber arm wie eine Kirchenmaus«, sagte ein anderer. »Vielleicht hättest du dich mit ihr ein bisschen vergnügen sollen.«

»Wartet nur, bis *eure* Väter euch eine Braut vorsetzen«, brummte Bartholomäus. »Dann vergeht euch das Lachen.«

Marie schluckte die Bitterkeit, die in ihrer Kehle aufstieg. So war es also! Sie sah etwas in Bartholomäus' Brusttasche aufblitzen und hielt den Atem an. Trug er das Tuch, das sie ihm geschenkt hatte, immer noch bei sich? Obwohl er mit Gisela verlobt war? Flammender Zorn kochte in ihr empor. Wie konnte er nur! Er hätte es ihr zurückgeben müssen! Wenn Gisela es irgendwann entdeckte, würde sie es vermutlich verbrennen. Während die jungen Männer weiter lästerten und lachten, fasste sie einen Entschluss. Sie würde sich ihr Eigentum zurückholen! Sollte Bartholomäus etwas bemerken, würde sie dafür sorgen, dass er sie nicht verriet. Mit einer gewaltigen Wut im Bauch senkte sie den Kopf, ließ die Schultern hängen und torkelte wie ein Betrunkener auf die Gruppe zu. »'tschuldigung«, lallte sie, tat, als würde sie über die eigenen Füße stolpern, und hielt sich an Bartholomäus' Jackenaufschlag fest. »Tut mir leid.« Während sie vorgab, um ihr Gleichgewicht zu kämpfen, glitt ihre Hand in seine Westentasche und zog das bestickte Tüchlein hervor. Alles ging so schnell vonstatten, dass die Burschen kaum begriffen, was geschah, bevor Marie sich wieder von ihnen abwandte.

»Der hat wohl zu tief ins Glas geschaut«, sagte einer der jungen Männer mit einem Kopfschütteln.

»'tschuldigung«, nuschelte Marie erneut, fuchtelte mit der Hand in der Luft herum und machte, dass sie fortkam. Das Tuch hielt sie mit der anderen Hand umklammert, als wäre es der kostbarste Schatz der Welt. Ihr Herz hämmerte so heftig, dass ihr schwindelig wurde. Der Marktplatz schien sich um sie zu drehen, sodass sie sich Halt suchend an dem Wegweiser in der Mitte des Platzes festhielt. Plötzlich fühlte sie sich wirklich so benommen, als ob sie getrunken hätte. Dieser Feigling! Die Wut auf Bartholomäus ließ ihre Wangen glühen. Mit zusammengebissenen Zähnen steckte sie das Tüchlein in die Tasche, atmete ein paar Mal tief ein und aus und begab sich dann hinter die Bühne. Sie musste sich ablenken. Sonst würde sie kehrtmachen und Bartholomäus vor seinen Freunden links und rechts ohrfeigen.

»Was willst *du* denn hier?«, fragte Jost erstaunt. »Du hast keinen Auftritt in dem Stück.«

»Ich weiß«, erwiderte Marie. »Kann ich zusehen?«

»Im Kostüm?«

Sie nickte. »Ich will nicht, dass mich jemand erkennt«, gestand sie.

Jost riss die Augen auf. »Warum?«

Marie winkte ab. »Das ist nicht wichtig.«

Obwohl Jost anzusehen war, dass er ihr nicht glaubte, zuckte er die Achseln. »Vorne, direkt neben der Bühne, sind noch Plätze frei. Ich würde an deiner Stelle allerdings La Boneille fragen, ob er etwas dagegen hat.«

Kapitel 32

Das Dorf Brenz im Herzogtum Württemberg, August 1721

Als La Boneille Marie im Dienerkostüm erblickte, zog er die Brauen hoch. »Was soll das?«, fragte er ungehalten.

»Ich bin fertig mit Üben«, sagte Marie. »Es klingelt nicht mehr, wenn ich die Münzen stehle.« Sie reckte stolz das Kinn. »Kann ich zusehen?«

La Boneille beäugte ihre Aufmachung. Verstehen trat in seinen Blick. »Du willst nicht erkannt werden«, stellte er fest.

Marie senkte den Blick.

La Boneille ließ sich von Agathe in einen eng geschnittenen Rock mit goldenen Borten helfen und zupfte die Rüschen seines Hemdes zurecht. »Geh! Sieh meinetwegen zu, wenn ein Platz frei ist«, sagte er. »Verkehrt ist es sicher nicht. So kannst du etwas für die ›Meisterdiebin‹ lernen.« Er ging in die Knie, damit Agathe ihm eine alberne Perücke mit viel zu großen Locken auf den Kopf stülpen konnte, und verscheuchte Marie mit einer ungeduldigen Handbewegung. Dann kämpfte er sich in ein Paar Stiefel mit breiten Stulpen.

Weil Rosa im Hintergrund lauerte, war Marie froh, sich zurückzuziehen. Als sie sich wenig später durch einen Spalt im Bretterzaun in den Publikumsbereich drückte, entdeckte sie Bartholomäus und seine Freunde, und ihre Wut kehrte zurück. Ob er schon früher so mit seinen Freunden über sie geredet hatte? Wusste Gisela, was für derbe Scherze die Männer machten? Auch wenn sie Gisela dafür hasste, dass sie ihr den Bräutigam gestohlen hatte, tat sie ihr jetzt beinahe leid. Da sich die Ränge immer weiter füllten, hielt Marie sich im Hintergrund und suchte sich einen Platz ganz am Ende einer Bank. Neben ihr saß eine Frau, die sie aus dem dörflichen Backhaus kannte. Sie schien sich einen Imbiss mitgebracht zu haben. Während Michel die Lichter entlang der Galerie entzündete, stopfte die Frau einen süßen Kuchen in sich hinein, der verdächtig nach Branntwein roch.

»Auch was?«, fragte sie Marie und hielt ihr ein Stück unter die Nase. »So ein strammer junger Bursche hat doch sicher immer Hunger.«

Marie schüttelte den Kopf.

Die Frau zuckte die Achseln. »Dann eben nicht.« Sie widmete sich wieder ihrem Kuchen, dem sie auch in der folgenden Stunde mehr Aufmerksamkeit schenkte als dem Geschehen auf der Bühne.

Wie bei »Mägera, die förchterliche Hexe« bestand auch in diesem Stück die Handlung aus einer Aneinanderreihung von Possen, Liedern, Tänzchen und Rangeleien, die in einer wüsten Prügelei endeten, bei der Hanswurst beinahe die Hose ausgezogen wurde. Unter dem Applaus der Zuschauer wurde er am Ende von einem als Teufel verkleideten Schauspieler mit einem Besen von der Bühne gejagt, während La Boneille und Rosa sich glücklich in den Armen lagen. Die Zuschauer tobten, und als der Vorhang fiel, redeten alle wild durcheinander.

Nur dem Pfarrer schien die Vorführung ein Dorn im Auge zu sein. »Gottlos«, murmelte er vor sich hin. »Vollkommen gottlos!«

»Ach, Hochwürden, ziert Euch nicht so«, beruhigte ihn der Amtmann, der ebenfalls anwesend war. »Ein bisschen Spaß hat noch niemandem geschadet.«

Der Pfarrer machte ein säuerliches Gesicht und wandte sich kopfschüttelnd ab.

Die übrigen Dorfbewohner waren nicht sonderlich beeindruckt von seinem Gerede.

»Den alten Pfaffen hätte so etwas nicht aus der Ruhe gebracht.«

»Ja, aber den hat die Gräfin vergrault.«

»Jemand sollte die Gräfin genauso davonjagen wie diesen Hanswurst«, ließ sich ein fülliger Bauer vernehmen. Er warf den Besuchern aus dem Schloss, die auf den teuren Plätzen saßen, einen abfälligen Blick zu. »Die halten sich für hohe Herren, dabei sind sie auch bloß aus Ulm! Seht nur, wie arrogant sie die Nasen in die Luft recken.«

Marie folgte dem Blick des Mannes und widerstand nur mühsam der Versuchung, sich zu ducken. Einer der Besucher aus dem Schloss sah aus der Entfernung beinahe aus wie der Jäger. Bei genauerem Hinsehen erkannte sie jedoch, dass der Mann wesentlich älter und dicker war.

»Ich frage mich, was die alle hier zu suchen haben«, mischte sich ein anderer Bauer ein. Marie erkannte ihn als den Schweinebauern, bei dem sie sich als Magd hätte verdingen sollen.

»Der Hexe Honig ums Maul schmieren. Was sonst?«

»Nicht so laut!«, warnte ein Dritter.

»Wieso nicht? Hast du Angst, dass sie dich in einen Frosch verwandelt?«

Der Mann schlug ein Kreuz vor der Brust. »Habt ihr vergessen, was man sich erzählt? Ich will sie jedenfalls nicht zur Feindin haben!«

Der Schweinebauer schnaubte. »Keine Angst, die bleibt nicht lange.«

»Woher willst du das wissen?«

»Weil diese Art Weiber ist wie läufige Hündinnen. Lange wird sie sich nicht von ihrer herzoglichen Durchlaucht fernhalten können.«

Damit erntete er lautes Gelächter, selbst der Amtmann musste grinsen.

»Was glotzt du so?«, fuhr der dicke Bauer Marie plötzlich an. »Belauschst du uns? Du gehörst doch zu denen da.« Er zeigte mit dem Kinn auf die Bühne.

»Ich …«, stammelte Marie.

»Troll dich, Bürschchen, bevor ich dir Beine mache«, grollte der Mann und schob drohend die Ärmel seines Hemdes nach oben.

»Lass ihn in Frieden«, mischte sich der Amtmann ein. »Und du, Bürschchen, gehst besser dahin, wo du hingehörst.«

Obwohl die scharfen Worte Marie Angst machten, erfüllte sie die Tatsache, dass man sie wieder nicht erkannt hatte, mit Genugtuung. Während die Männer ihr grimmige Blicke zuwarfen, drängte sie sich durch die Menge zum Ausgang. Auf dem Marktplatz angekommen, stand sie einige Augenblicke unschlüssig da, ehe sie sich hinter die Bühne begab.

Auch an diesem Abend fand ein Umtrunk im Gasthof statt. Doch anders als am Tag zuvor, zog Marie sich zeitig zurück. Am nächsten Morgen sollte die Bühne abgebaut und auf den Karren verstaut werden, dann wollte La Boneille nach Ulm aufbrechen.

Obwohl die Feiernden bis spät in die Nacht lärmten, schlief Marie schnell ein und erwachte bei Sonnenaufgang frisch und erholt. Dieses Mal stank es im Wagen nicht nach saurem Wein, da Rosa die Nacht offensichtlich woanders verbracht hatte.

»Bis Mittag müssen die Wagen beladen sein!«, befahl La Boneille beim Frühstück.

Rosa saß neben ihm – mit einem triumphierenden Ausdruck in den Augen.

»Ihr solltet euch besser beeilen!«

Es dauerte nicht lange, bis Leben in die Truppe kam, und schon bald schwitzten alle in der brütenden Hitze. Während die Männer die schweren Holzteile und Bretter abbauten, rollten Michel und die Frauen die Bühnenbilder zusammen und verstauten Tische, Stühle und die kleineren Requisiten auf einem der Karren. Auch beim Abbau der Sitze packten sie mit an, sodass Marie schon bald Blasen an den Händen bekam. Obwohl die Arbeit hart und schweißtreibend war, kamen sie zügig voran. Kurz nach Mittag klatschte La Boneille zufrieden in die Hände. »So gefällt mir das. Auf die Wagen, wir brechen auf!« Er schwang sich auf den Bock des Kostümkarrens und gab Marie mit einem Wink zu verstehen, sich neben ihn zu setzen.

»Wieso …?«, hob Rosa ärgerlich an.

»Du lenkst den Wagen mit den Requisiten«, fiel La Boneille ihr ins Wort. »Alle fertig?« Er wartete, bis auch die übrigen Lenker die Zügel in die Hand genommen hatten, dann schnalzte er mit der Zunge.

Marie sah mit plötzlich enger Kehle zum Schlossfelsen auf. Das Dorf war die einzige Heimat, die sie kannte. Obwohl sie sich nichts sehnlicher gewünscht hatte, als frei zu sein, fühlte es sich unvermittelt an, als laste ein Stein auf ihrem Herzen. Was erwartete sie in der weiten Welt? Würde La Boneille ihr endlich sagen, was ihre Aufgabe als Spionin der Gräfin sein würde?

Ihr Blick glitt zu der glitzernden Oberfläche der Brenz, als sie über die Brücke bei der Mühle rollten. Würde sie ihre Familie jemals wiedersehen? Mit jedem Schritt, den der stämmige Wallach machte, wurde ihr Herz schwerer. Von jetzt an war sie vollkommen allein. Was auch immer sie erwartete, niemand würde um sie weinen, wenn sie es nicht überlebte. Ihre Hand tastete nach dem Tüchlein, das sie Bartholomäus gestohlen hatte. Während sie gegen die aufsteigenden Tränen ankämpfte, schlossen sich ihre Finger darum, als könne es ihr Halt geben.

Kapitel 33

Das Dorf Brenz im Herzogtum Württemberg, August 1721

Wilhelmine von Grävenitz verfolgte den Abzug der Theatertruppe vom Fenster ihres Zimmers aus. Nach der Aufführung am vergangenen Abend hatte sie La Boneille noch einmal kurz zu sich bestellt, um ihm letzte Anweisungen zu geben. Sie wusste, dass er nach Ulm zog und von dort weiter durch das Herzogtum reisen würde, um an so vielen Orten wie möglich zu spielen. Er hatte ihr versichert, dass er Nachricht schicken würde, sobald er etwas in Erfahrung brachte. Jetzt musste sie sich nur noch in Geduld üben und sich darauf verlassen, dass er und das Mädchen Licht ins Dunkel bringen konnten.

Sobald die Wagen am Horizont verschwunden waren, kehrte sie dem Fenster den Rücken. Die Gäste aus Ulm waren am späten Morgen abgereist, und Wilhelmine war froh, an diesem Tag wieder alleine speisen zu können. Zwar fehlte ihr Hubertus mehr, als sie sich selbst eingestehen wollte, aber die Einsamkeit hatte auch ihren Reiz. Vielleicht würde sie noch einmal ausreiten. Im Augenblick allerdings lockte der Gedichtband, in dem sie immer noch an derselben Stelle feststeckte. Sie nahm das Buch vom Tisch und beschloss, sich damit auf eine der Bänke unter ihrem Fenster zu setzen. Dort war es schattig und sicher angenehmer als im Inneren des Schlosses. Sie wollte gerade nach ihrem Kammerfräulein rufen, als sie einen Reiter auf das Torhaus am Fuß des Schlossberges zugaloppieren sah. Selbst aus der Ferne war er an den Farben seines Rockes als einer von Eberhard Ludwigs Soldaten zu erkennen. Wilhelmine seufzte. Was war jetzt schon wieder vorgefallen?

Es dauerte nicht lange, bis es an der Tür klopfte. Der Mann, den die Leibgardisten in den Raum führten, verneigte sich tief vor Wilhelmine, ehe er ihr einen versiegelten Umschlag entgegenstreckte. »Eine Nachricht vom Herzog, Ihro Hochfürstliche Exzellenz.«

Wilhelmine nahm ihm den Brief aus der Hand. »Warte draußen«, befahl sie. Dann brach sie das Siegel und überflog die Zeilen, die Eberhard an sie adressiert hatte.

»Meine geliebte Wilhelmine«, begann der Brief.

»Ohne Deine Anwesenheit ist die Residenz öd, leer und tot. Ich bitte Dich, flehe Dich an und befehle Dir, zum Galatag am Ludovici nach Ludwigsburg zurückzukehren.«

Als Unterschrift dienten die beiden Schnörkel, mit denen er all seine Depeschen und Briefe versah.

Wilhelmine ließ das Papier sinken und schüttelte den Kopf. Es hätte ihr klar sein müssen, dass Eberhard ein Nein nicht akzeptieren konnte. Schon vor ihrer Abreise nach Brenz hatte er alles darangesetzt, sie dazu zu bringen, zur Gala an seinem Namenstag zurück zu sein. Allerdings hatte er in Ludwigsburg noch gute Miene zum bösen Spiel gemacht und schließlich zähneknirschend eingewilligt, dass Wilhelmine erst im September aus Brenz zurückkehren würde. Scheinbar hatte sich während ihrer Abwesenheit etwas geändert, weshalb er sie jetzt zurück nach Ludwigsburg beorderte. Sie schüttelte den Kopf. Noch vor wenigen Tagen hätte sie sein Befehl mit Zorn erfüllt. Heute jedoch ... Sie warf den Brief auf den Tisch und kaute nachdenklich an ihrer Unterlippe. Dann setzte sie sich, griff nach Federkiel und Tintenfass und verfasste eine Antwort an den Herzog.

Als sie fertig war, versiegelte sie das Schreiben und rief den Boten zu sich. »Für den Herzog.«

Der Mann verneigte sich erneut und nahm den Brief entgegen. »Soll ich sonst noch etwas ausrichten?«, fragte er.

Wilhelmine verneinte. Was sie Eberhard zu sagen hatte, war nicht für fremde Ohren bestimmt. Sobald der Bote den Raum wieder verlassen hatte, rief sie ihre Hofdame und das Kammerfräulein zu sich. »Packt alles zusammen. Wir brechen morgen nach Ludwigsburg auf.«

Kapitel 34

Ulm, August 1721

»DIE HERRSCHAFT ERWARTET EUCH.« Der Lakai trat zur Seite, um den Jäger Hubertus in das riesige Stadthaus zu führen, das er an diesem Morgen aufgesucht hatte.

Das Gebäude in der Nähe des Münsters zeugte schon von außen vom Reichtum seines Besitzers. Ockerfarbenes Fachwerk zierte die makellos weißen Wände, in die ein Familienwappen eingelassen war. Durch ein riesiges Doppeltor drängten sich schwer beladene Wagen in einen Innenhof, in dem sich die Waren stapelten. Ballen, Kisten, Fässer und Käfige mit wilden Tieren ließen Hubertus vermuten, dass der Mann, den er aufsuchen wollte, noch mehr Geld besaß, als er angenommen hatte.

»Hier entlang.« Der Lakai öffnete eine Tür gegenüber dem Hoftor und ging voran eine breite Holztreppe hinauf. Das Geländer war mit Schnitzereien verziert, die Stufen so auf Hochglanz poliert, dass sie Hubertus gefährlich glatt erschienen. Im oberen Stockwerk angekommen, schritt der Lakai einen Korridor entlang, von dem ein halbes Dutzend Türen abging. Kostbare Truhen und kunstvoll bemalte Vasen ließen auch hier keinen Zweifel am Wohlstand des Hausherrn. Ein gewaltiges vergoldetes Kruzifix hing über der Tür, vor der der Lakai haltmachte. Er klopfte.

»Herein!«, ertönte es aus dem Inneren des Raumes.

»Ein Besucher, Herr«, sagte der Bedienstete, nachdem er die Tür geöffnet hatte.

»Bring ihn rein.«

Der Lakai trat zur Seite und lud Hubertus mit einer Handbewegung ein, das Kontor seines Herrn zu betreten. Dann zog er sich zurück und schloss die Tür hinter dem Jäger.

»Wer seid Ihr?«, fragte der Hausherr. Er saß hinter einem gewaltigen Schreibtisch, auf dem sich ein Lesepult, mehrere Bücher und eine Brille befanden. Ein Federkiel steckte in einem verschrumpelten Apfel. Der Mann war hager und wirkte seltsam farblos. Obwohl die Sonne durch ein bunt verglastes Fenster in den Raum fiel, schien das dunkle Holz der Wandtäfelung alles Licht zu schlucken.

»Mein Name ist Hubertus. Bis vor einigen Tagen war ich der herzogliche Jäger auf Schloss Brenz.«

Der Mann runzelte die Stirn. »Und was führt Euch zu mir nach Ulm?«

»Ich bin auf der Suche nach einer neuen Anstellung.« Hubertus verzog das Gesicht. »Die Gräfin ...« Er zuckte die Achseln.

»Die Landverderberin?« Das Interesse des Kaufherrn schien geweckt zu sein.

Hubertus nickte.

»Warum sucht Ihr eine neue Anstellung?«

»Ich habe den Fehler gemacht, der Gräfin zu widersprechen«, bog Hubertus die Wahrheit zurecht. »Da hat sie mich rausgeworfen.«

Der Kaufherr fasste ihn forschend ins Auge. »Warum kommt Ihr zu mir? Ich bin Kaufmann, kein Waldbesitzer. Ich habe keine Verwendung für einen Jäger.«

Hubertus lächelte dünn. »Nun, Ihr vielleicht nicht, aber vielleicht einer Eurer ... Geschäftspartner.«

Die Mundwinkel des Patriziers zuckten. »Wie kommt Ihr darauf?«

»Ich war einige Zeit der, sagen wir, *Vertraute* der Gräfin«, erklärte der Jäger. »Ich weiß Dinge über sie, die gewiss für manch einen von Interesse sind. Vor allem für die Männer, mit denen Ihr so viele Geschäfte macht.« Mehr als einmal hatte Wilhelmine ihrer Wut über die Ulmer Pfeffersäcke freien Lauf gelassen. Ihrer Ansicht nach waren sie alle Nattern, die sich mit ihren Feinden verbündet hatten. Vor allem der Name des Mannes, vor dessen Schreibtisch er gerade stand, war mehrmals gefallen.

Der Kaufmann kniff die Augen zusammen. »Warum sollte ich Euch glauben?«

»Weil ich keinen Grund habe zu lügen«, gab Hubertus zurück. »Was hätte ich davon?«

»Eine Belohnung der Gräfin«, war die prompte Antwort.

»Glaubt mir, die Gräfin kann sich ihre Belohnung dahin stecken, wo die Sonne nicht scheint«, knurrte Hubertus.

Der Patrizier legte den Kopf schief. »Soso«, murmelte er und überlegte einige Augenblicke. Dann sagte er: »Wenn Ihr wirklich der Liebhaber der Gräfin wart, solltet Ihr Euch vor dem Herzog in Acht nehmen.«

Der Jäger schnaubte. »Was interessiert mich der Herzog?«

Ein trockenes Lachen. »Ich werde Erkundigungen über Euch einholen. Wenn Ihr wirklich der seid, der Ihr behauptet zu sein, lasse ich nach Euch schicken. Wenn nicht, hat dieses Treffen niemals stattgefunden.« Der Mann griff nach einem kleinen Silberglöckchen und läutete.

Augenblicklich erschien der Lakai.

»Führ ihn zurück nach unten«, befahl der Kaufherr.

Hubertus spürte seinen Blick im Rücken, als er das Kontor verließ. Obwohl die Unterredung nicht ganz so verlaufen war, wie er es sich vorgestellt hatte, war er zufrieden. Der Fisch hatte den Köder geschluckt. Deutlich waren Abneigung und Ekel in den Augen des Mannes zu lesen gewesen, als Hubertus Wilhelmine erwähnt hatte. Er war der Richtige, dessen war er sich sicher! Es würde gewiss nicht lange dauern, bis der Mann nach ihm schicken ließ.

Als er sich wieder auf der Straße befand, sah er sich unschlüssig um. Was sollte er mit dem Rest des Tages anfangen? Ulm bot zwar wesentlich mehr Zerstreuung als Brenz, aber ihm stand der Sinn im Moment ausschließlich nach Rache.

Kapitel 35

Zwischen Brenz und Ulm, August 1721

Je weiter sich die Wagen vom Dorf entfernten, desto bedrückter fühlte sich Marie. Immer wieder drehte sie sich auf dem Bock um und verrenkte sich den Kopf, bis die letzten Häuser am Horizont verschwunden waren. In ihrem ganzen Leben war sie nie weiter gekommen als bis zum Dorfgraben, hatte niemals geglaubt, dass sie die Grenze wirklich überschreiten würde. Die weiten Auen, die sich vor ihr erstreckten, wirkten endlos, die Welt unvermittelt so groß, dass sie sich winzig klein fühlte.

»Bist du nicht froh fortzukommen?«, fragte La Boneille. Er warf Marie einen Seitenblick zu.

Marie biss sich auf die Lippe. Sie wusste nicht, was sie empfand. Ihr war klar, dass sie eigentlich dankbar sein sollte für die Chance, welche die Gräfin ihr gegeben hatte; dafür, dass sie nicht als Diebin am Dorfpranger stand. Dennoch fraß sich etwas Schmerzhaftes unaufhaltsam in ihr Herz. Das, was ihr noch vor wenigen Tagen verhasst erschienen war, wirkte plötzlich nicht mehr so schlimm. Obwohl ihre Familie ihr keine einzige Träne nachweinen würde, vermisste sie mit einem Mal ihre Schwestern, selbst ihre ungehobelten Brüder. Einzig beim Gedanken an Bartholomäus stieg Wut in ihr auf. Sie ballte die Hände zu Fäusten und steckte sie unter die Achseln. Sollte der Teufel den Mistkerl holen! Sie schielte zu La Boneille. »Ich weiß es nicht«, beantwortete sie schließlich seine Frage.

Der Prinzipal bedachte sie mit einem nachdenklichen Blick. »Heimweh vergeht«, sagte er. »Aber die Gelegenheit, für eine Frau wie die Gräfin arbeiten zu dürfen, bietet sich nicht alle Tage. Du solltest Gott auf Knien dafür danken.«

Marie verkniff sich ein Lachen. Gott? Der wusste vermutlich nicht einmal, was ihr widerfahren war. »Was muss ich als Spionin der Gräfin tun?«, fragte sie.

»Informationen sammeln«, gab La Boneille zurück. »Darüber, wer Freund und Feind ist, was die Feinde der Gräfin planen, wie sie vorhaben, den Herzog zu beeinflussen …« Er gestikulierte in der Luft herum.

»Wie?« Man konnte gewiss nicht einfach herumgehen und neugierige Fragen stellen. Das erschien Marie ein wenig plump. Außerdem war ihr nicht klar, wie sie jemals Zugang zu den Kreisen bekommen sollte, in denen solche Dinge besprochen wurden.

»Eines nach dem anderen«, sagte La Boneille. »Zuerst müssen wir eine Schauspielerin aus dir machen. Wenn du so weit bist, bringe ich dir alles bei, was nötig ist.« Er schenkte ihr ein Lächeln. »Eigentlich ist Spionieren nichts anderes als Schauspielen.«

Die Antwort war wenig befriedigend. »Warum hassen die Menschen die Gräfin?«, fragte Marie. »Im Dorf behauptet man, sie sei eine Hexe.«

»Das solltest du ganz schnell vergessen!«, erwiderte La Boneille scharf. »Die Gräfin ist eine wunderbare Frau. Ohne sie würde es dem Herzogtum wesentlich schlechter gehen. Wenn jemand eine Hexe ist, dann die Gemahlin des Herzogs.«

Marie zog erschrocken die Luft ein. So viel Hass spiegelte sich in La Boneilles Zügen, dass sie es nicht wagte, weiter in ihn zu dringen. Seine Loyalität zu Wilhelmine von Grävenitz war offenbar unerschütterlich. Sie ließ den Blick in die Ferne schweifen und verbrachte die nächsten beiden Stunden schweigend in Gedanken vertieft neben La Boneille. Als der Fluss, dem sie die letzten Meilen gefolgt waren, immer breiter wurde und sich mehr und mehr Reisende zu ihnen gesellten, gab sie das Brüten auf. »Wollen die alle nach Ulm?«, fragte sie mit Blick auf die vielen Reiter, Wagenlenker und Fußgänger.

La Boneille lachte. »Natürlich.«

Marie hatte keine Ahnung, wie groß die Stadt wirklich war. Hin und wieder hatte sie Geschichten von Bauern gehört, die dort gewesen waren. Angeblich sollte in der Mitte der Stadt eine gewaltige Kirche stehen, die selbst von den Anhöhen der Schwäbischen Alb aus zu sehen war. Aber Marie hatte immer gedacht, die Männer würden übertreiben. Wenn jedoch wirklich all die Menschen auf dem Weg nach Ulm waren, musste die Stadt riesig sein. Auf dem Fluss drängten sich zahllose Schiffe – kleine, große, Segelschiffe und Ruderkähne. Als in der Ferne die ersten Mauern und Dächer auftauchten, hielt Marie die Luft an. Umgeben von Äckern und kleinen Gehöften, erhoben sich inmitten einer mächtigen Stadtummauerung mehrere Türme, deren Dächer mit bunten Schindeln gedeckt waren. Selbst aus der Ferne war zu erkennen, dass die Häuser, die an die Mauer angrenzten, fast so groß waren wie das Schloss in Brenz. Tatsächlich war auch ein Kirchturm zu sehen, um den eine Schar Vögel kreiste. Je näher sie der Stadt kamen, desto älter wurden die Bäume, welche die Straße säumten, und

Marie fragte sich, woher die Stadtbewohner ihr Bauholz bezogen. Das Gebrüll der Schiffer übertönte das Klappern der Hufe und Quietschen der Karrenräder, und irgendwo ließ jemand eine Peitsche knallen. Wie aus dem Nichts tauchten plötzlich Dutzende zerlumpte Kinder auf, die neben den Reitern und Karren herrannten und um Almosen bettelten.

La Boneille schlug mit der Gerte nach einem der Bengel, als dieser versuchte, auf den Wagen zu klettern. »Diebischer als Elstern!«, schimpfte er. Da die Gefährte vor ihm ins Stocken geraten waren, zügelte er das Pferd, und die nächste Stunde krochen sie im Schneckentempo weiter auf die Stadt zu. Als sie die Stadttore beinahe erreicht hatten, steuerte La Boneille zu Maries Verwunderung auf eine große Wiese zu, die von einem Holzzaun vom Rest des breiten Donauufers abgetrennt war. »Wir sind da«, sagte er, hielt den Wagen an und sprang vom Bock, um ein Gatter zu öffnen. Dann kletterte er zurück auf den Karren und lenkte ihn in die Mitte der Wiese.

»*Hier* bleiben wir?«, fragte Marie. »Ich dachte, das Theater tritt in der Stadt auf.«

»Vorerst lagern wir hier. Wenn der Rat uns keinen Saal zur Verfügung stellt, bauen wir die Bühne hier auf«, gab La Boneille zurück. »Einige der Stadtoberen haben ihre Frömmigkeit neu entdeckt«, setzte er hinzu. »Es ist gut möglich, dass sie um das Seelenheil ihrer Bürger fürchten.«

Marie kletterte vom Wagen.

»Du kommst mit in die Stadt«, sagte La Boneille. »Die anderen warten hier, bis wir mit der Genehmigung des Rates zurück sind.«

Maries Herz machte einen Sprung. »Ich darf Euch begleiten?«, fragte sie fassungslos.

»Es wird Zeit, dass du etwas anderes zu Gesicht bekommst als dein Dorf«, war La Boneilles belustigte Antwort. Er pfiff einen der Schauspieler herbei. »Wartet hier«, befahl er, »ich spreche beim Rat vor.« Dann machte er sich auf den Weg zum Gatter, und wenig später reihten Marie und er sich wieder in den Strom der Reisenden ein. Allerdings ging es zu Fuß wesentlich schneller vorwärts, sodass es nicht lange dauerte, bis sie ein schwer befestigtes Tor erreichten, durch das sie die Stadt betraten. Augenblicklich wurde das Gewimmel noch dichter, und sie wurden eine breite Straße entlang nach Westen geschoben, bis sich die vielen Menschen allmählich zerstreuten.

Marie sah sich staunend um.

Anders als in Brenz schienen hier alle Häuser aus Stein gemauert zu sein, die meisten von ihnen zierte buntes Fachwerk. Während Marie und La Boneille sich am Rand der Straße hielten, polterten Kutschen und Karren an ihnen vorbei. In einer der Kutschen sah Marie ein junges Mädchen mit einer aufgetürmten Frisur und einem aufwendigen Kleid, das neugierig die Nase an der Scheibe platt drückte. Der Lakai auf dem Kutschbock war ähnlich gekleidet wie die Bediensteten der Gräfin, bis hin zu der weiß gepuderten Perücke.

Überall waren schwer bewaffnete Soldaten zu sehen. Marie war so überwältigt, dass sie La Boneille wie im Traum folgte. Als sie schließlich einen Platz mit einem Brunnen erreichten, blieb sie vor Bewunderung wie angewurzelt stehen. Am Rand des Platzes ragte ein riesiges Gebäude in den Himmel, dessen zahllose kleine Türmchen ihm ein verspieltes Aussehen verliehen. Doch es waren nicht die Türmchen oder die spitzen Giebeldächer, die Marie den Mund aufreißen ließen. Es war die kunstvolle Bemalung der gesamten Fassade. So viele Malereien drängten sich rings um die Fenster, unter einer Uhr und über einem Arkadengang, dass Marie die einzelnen Figuren kaum ausmachen konnte. Die größte der Malereien zeigte eine Gruppe Männer, die, umringt von unzähligen Wappen, ein gewaltiges Boot mit Rudern durch eine aufgewühlte See steuerten. Darunter stand etwas geschrieben.

»Das ist das Rathaus«, riss La Boneille sie aus ihren Betrachtungen.

Bevor Marie etwas erwidern konnte, polterte ein Karren auf sie zu. »Achtung! Aus dem Weg!«, brüllte der Lenker.

Marie und La Boneille sprangen zur Seite.

»Idiot!«, schimpfte La Boneille.

Marie sah dem Mann nach, bis er vor einem Fachwerkgebäude mit großen Holztoren anhielt. Vor dem Gebäude stapelten sich Fässer, Ballen und Kisten. Menschen mit Handkarren und Fuhrwerken strömten aus allen Richtungen darauf zu.

»Was ist das für ein Haus?«, fragte Marie. »Ein Kornspeicher?«

La Boneille schüttelte den Kopf. »Das ist die Gräth, das Zollhaus der Stadt.« Er sah sich um und schob Marie in den Schatten der Arkaden. »Warte hier. Rühr dich nicht von der Stelle, bis ich wieder zurück bin!«

Kapitel 36

Ulm, August 1721

»ABER …«, PROTESTIERTE MARIE.

Doch La Boneille war bereits auf dem Weg zu einem der Eingänge des Rathauses.

Augenblicklich beschlich Marie ein Gefühl des Unbehagens. Sie kam sich verloren vor inmitten der riesigen Stadt, wo sie niemanden kannte außer La Boneille. Zwar fühlte sie sich im Schatten der Arkaden ein wenig geschützt, weil hier keine Wagen fuhren, dennoch machte sie all das geschäftige Treiben unruhig. Sie drückte sich mit dem Rücken gegen die Wand und starrte auf den gewaltigen Kirchenbau, der sich keine zwei Steinwürfe vom Rathaus entfernt erhob. Ein Teil des Bauwerks war eingerüstet, und das Schlagen von Hämmern war selbst aus der Entfernung zu hören. Anders als die Galluskirche in Brenz wirkte dieses Gotteshaus zerklüftet und irgendwie unfertig. Die bunten Glasfenster leuchteten im Sonnenlicht, das sich auch in den Metallwerkzeugen der Handwerker fing.

»Guck mal, ein Landei«, hörte sie jemanden sagen.

Sie fuhr zusammen und sah sich ängstlich um.

Drei Bengel drückten sich bei einer Säule des Arkadenganges herum und warfen ihr neugierige Blicke zu. Ihre Kleider waren zerlumpt, ihre Gesichter genauso schmutzig wie ihre nackten Füße. Einer von ihnen bohrte hingebungsvoll mit dem Zeigefinger in einem Backenzahn.

»Du bist wohl neu in der Stadt?«, fragte der Größte von ihnen und kam auf Marie zu. In seiner Hosentasche steckte eine Steinschleuder. Etwas in seinen Augen ließ Marie die Arme um sich schlingen und zurückweichen.

»Was tust du hier?«, wollte der Bengel wissen, der in seinem Zahn gebohrt hatte. Auch er kam näher.

Der dritte Junge beäugte sie weiter aus der Entfernung.

»Kannst du nicht sprechen?«, höhnte der Älteste. Er baute sich so dicht vor Marie auf, dass sie die Nissen in seinem Haar sehen konnte.

»Was wollt ihr von mir?«, fragte Marie. Sie machte einen Schritt zur Seite, aber die Jungen rückten sofort nach.

»*Wir?* Etwas von *dir* wollen?«, fragte der Zahnbohrer mit gespielter Unschuld. »Wie kommst du darauf, dass wir etwas von dir wollen?« Seine Hand schoss vor, und kurz darauf hielt er Maries besticktes Tuch in der Hand.

»Gib das wieder her!«, forderte Marie. Sie schnappte nach dem Tüchlein.

Der Bengel wich ihr geschickt aus.

»Das gehört mir!«, rief Marie empört aus.

Die Jungen lachten.

Jetzt wagte sich auch der Kleinste zu den anderen und tanzte um Marie herum wie eine Stechmücke.

»Gib das wieder her«, äffte der Älteste sie nach. Bevor Marie ihm ausweichen konnte, war er bei ihr und griff ungeniert in ihre Taschen. »Pffff«, schnaubte er, »ein Landei, wie ich gesagt habe. Da ist nichts zu holen.«

Als er einen Schritt zurücktrat, hielt Marie ihn am Ärmel fest. Zorn stieg in ihr auf. »Gebt mir sofort mein Tuch zurück!«, presste sie hervor.

Der Bengel riss sich los. »Wir sind doch nicht blöd!« Er schwenkte seine Beute vor Maries Nase.

Da zerbarst etwas in Marie. Mit einem Wutschrei stürzte sie sich auf den Jungen und schlug ihm mit der Faust so heftig auf die Nase, dass augenblicklich Blut floss. Nicht umsonst war sie mit vier Brüdern aufgewachsen. Bevor der Bengel begriff, was passiert war, riss sie ihm das Tuch aus der Hand, holte aus und versetzte ihm einen weiteren Schlag ins Gesicht.

»Ich haue ab!«, rief der Kleinste der drei und nahm die Beine in die Hand.

Der Zahnbohrer schien einen Augenblick zu überlegen, ob er seinem Freund zu Hilfe kommen sollte, entschied sich dann aber dagegen. Während Marie wütend auf den Ältesten einschlug, machte auch er, dass er fortkam.

»Gib's ihm, Mädchen!«, hörte Marie jemanden rufen.

Allerdings war sie so wütend, dass sie nichts sah außer dem Burschen, der erfolglos versuchte, sein Gesicht vor ihren Fäusten zu schützen.

»Was soll das?«, dröhnte plötzlich eine tiefe Stimme. »Was geht hier vor?«

Ehe Marie sich's versah, packte eine Hand sie im Nacken und zog sie zurück. Keuchend versuchte sie sich zu befreien, doch der Griff war wie ein Schraubstock.

»Er hat mich bestohlen«, fauchte sie. »Lasst mich los!«

Bevor auch ihn ein Stadtwächter am Schlafittchen packen konnte, rappelte der Bengel sich auf und gab Fersengeld.

»Sie hat sich nur gewehrt«, mischte sich einer der Umstehenden ein.

Erst jetzt bemerkte Marie den Ring aus Gaffern, die sich um sie geschart hatten.

»Die Burschen haben sie umzingelt wie ein Rudel Wölfe«, sprang ihr eine Frau bei.

Der Griff lockerte sich, dann ließ der Soldat Marie los. »Pass das nächste Mal besser auf«, brummte er.

Marie sah fassungslos zu ihm auf. Machte der Mann Scherze? Was konnte sie dafür, dass man sie hatte bestehlen wollen?

»Und lass dich nicht noch mal bei einer Rauferei erwischen«, setzte der Stadtwächter hinzu. »Geht!«, forderte er die Umstehenden auf. »Hier gibt es nichts zu sehen.« Er verscheuchte die Ulmer mit einem drohenden Griff an den Säbel, danach kehrten er und sein Begleiter Marie kopfschüttelnd den Rücken.

Marie sah ihnen nach, bis sie um die Ecke des Rathauses verschwunden waren, dann verstaute sie das Tuch wieder in ihrer Tasche. Nachdem sie es Bartholomäus so geschickt wieder abgenommen hatte, würde sie es sich ganz gewiss nicht von einer Horde Rotznasen stehlen lassen! Obwohl ihr der Schreck noch tief in den Gliedern steckte und ihre Hand von den Schlägen schmerzte, stahl sich ein Lächeln auf ihr Gesicht. »Von wegen Landei!«, murmelte sie.

Beinahe hätte Hubertus das Spektakel versäumt, das sich unter den Arkaden des Rathauses abspielte. Derartige Zusammenstöße gab es zuhauf in Ulm, allerdings war es eher selten, dass sich ein Mädchen mit Bengeln balgte. Neugierig schlenderte er über den Holzmarkt und sah gerade noch, wie die Burschen davonflitzten. Offenbar hatten die Soldaten sie verscheucht. Die junge Frau, die sich mit einem von ihnen geprügelt hatte, wirkte selbst aus der Ferne mitgenommen, da ihr das Haar wild zerzaust ins Gesicht hing. Trotzig sah sie zu dem Soldaten auf, der sie im Genick gepackt hatte, und versuchte, sich von ihm loszumachen.

Etwas in der Art, wie sie sich bewegte, ließ Hubertus die Augen zusammenkneifen. Er näherte sich dem Rathaus im Schutz eines voll beladenen Heuwagens und verbarg sich hinter einer der großen Säulen am Ende des Arkadengangs.

»Lass dich nicht noch mal bei einer Rauferei erwischen!«, ermahnte einer der Stadtwächter das Mädchen.

Nachdem er und sein Begleiter die umstehenden Ulmer verscheucht hatten, ließen sie die junge Frau stehen.

Ihre Lippen bewegten sich, als sie leise vor sich hin murmelte. Mit einer wütenden Bewegung strich sie sich das Haar aus dem Gesicht und stopfte etwas in die Tasche.

Hubertus wollte seinen Augen kaum trauen. Konnte es sein …? Oder wollte der Teufel ihm eine Falle stellen? Während eine Mischung aus Hass und Begierde in ihm aufstieg, beobachtete er das Mädchen weiter. Vielleicht trogen ihn seine Augen. Allerdings war es keineswegs im Bereich des Unmöglichen, dass die Kleine aus Brenz sich in Ulm aufhielt. Nachdem sie der Theatertruppe beigetreten war, reiste sie jetzt vermutlich mit ihr durch das ganze Herzogtum. Als sie aufsah und in seine Richtung blickte, duckte er sich hinter die Säule. Kein Zweifel! Sie war es! Seine Hände ballten sich zu Fäusten. Bevor er darüber nachdenken konnte, trat er hinter der Säule hervor, um sich der Beute zu nähern, die ihm nicht nur einmal zu oft entkommen war, sondern ihn auch seine Anstellung in Brenz gekostet hatte.

Kapitel 37

Ulm, August 1721

WÄHREND SICH IHR HERZSCHLAG allmählich wieder beruhigte, rieb Marie sich die Knöchel der rechten Hand. Obwohl auch sie ein paar Blessuren von der Rauferei davongetragen hatte, erfüllte sie die Genugtuung darüber, ihr Eigentum verteidigt zu haben. »Landei« hatten diese *unverschämten Kerle sie genannt!* Gut, unrecht hatten sie damit nicht. Aber das bedeutete noch lange nicht, dass Marie sich von ihnen zum Narren halten ließ. Dafür mussten die Burschen früher aufstehen! Sie tastete zum ungezählten Mal nach dem Tuch in ihrer Tasche, für das sie so viele Risiken auf sich genommen hatte. Warum, war ihr selbst nicht ganz klar. Aber irgendwie war dieses Tüchlein für sie zu einem Symbol geworden – für das neue Leben, das sie unfreiwillig begonnen hatte. Außerdem war es der letzte Teil ihres alten Lebens, ein Teil, den sie nicht verlieren wollte.

Auch wenn La Boneille ihr befohlen hatte, sich nicht von der Stelle zu rühren, beschloss sie, die Schatten des Arkadenganges zu verlassen. Wer wusste schon, wie viel zwielichtiges Gesindel sich hier noch herumtrieb. Die Nähe der Wachstube schien die Bengel nicht besonders beeindruckt zu haben, weshalb Marie annahm, dass sich die Stadtwächter nicht oft an dieser Stelle blicken ließen. Wenn sie sich auf den Platz stellte, konnte La Boneille sie nicht übersehen. Sie selbst würde die Pforte im Auge behalten, durch die er ins Rathaus verschwunden war.

Als sie zurück in die Sonne trat, merkte sie, dass sie im Schatten gefröstelt hatte. Vermutlich war es der Schreck über den Überfall, der ihr ein weiteres Mal gezeigt hatte, wie verwundbar sie war. Die Jungen waren ihr vorgekommen wie Raubtiere, die ein geschwächtes Tier entdeckt hatten. Offenbar war eine Frau in der Stadt noch leichtere Beute als auf dem Land, wo sich die Bäuerinnen stets in Gruppen auf den Feldern aufhielten.

Bevor ihre Gedanken zurück nach Brenz wandern konnten, wischte sie sich eine weitere Strähne aus dem Gesicht und steckte sie hinters Ohr. Brenz war ihre Vergangenheit, nur die Zukunft zählte! Mit vor der Brust verschränkten Armen starrte sie auf den Eingang des Rathauses, während die Menschen um sie herum ihren Geschäften nachgingen. Nach einer Weile blieb ihr Blick an einer der Malereien des Rathauses hängen, die vor ihren Augen verschwamm, je länger sie sie anschaute. Sie wusste nicht, was sie veranlasste, den Kopf zu drehen. Eine Bewegung in ihrem Augenwinkel oder der Ruf eines Kindes. Doch als sie sich von der Malerei losriss und nach rechts sah, stieß sie einen spitzen Schrei aus. Als wäre er einem ihrer Albträume entsprungen, kam der Brenzer Jäger mit langen Schritten über den Platz auf sie zu. Sein Blick bohrte sich in ihren, und Marie hatte das Gefühl, mit Eiswasser übergossen zu werden. Der Hass in seinen Augen ließ sie alles andere vergessen. Ohne nachzudenken, raffte sie ihre Röcke, machte auf dem Absatz kehrt und rannte, so schnell sie konnte, in Richtung Donau davon.

»Bleib stehen!«, brüllte er ihr hinterher.

Aber Marie dachte nicht daran. Mit wild pochendem Herzen stob sie über den Marktplatz, vorbei an dem riesigen Brunnen und einer Gruppe von Wagen, die auf das Zollhaus zusteuerten. Durch die dünnen Sohlen ihrer Schuhe spürte sie jede Unebenheit des Kopfsteinpflasters, und mehr als einmal wäre sie fast über einen hervorstehenden Stein gestolpert.

»Bleib stehen!«, rief der Jäger erneut.

Da er aufzuholen schien, floh Marie den Abhang hinab in eine Gasse, die auf einen schiefen Turm zuführte. Kurz bevor sie den Turm erreichte, wandte sie sich nach rechts und rannte weiter, bis ihr die Seiten stachen. Mit jedem Schritt geriet sie tiefer in ein verwirrendes Labyrinth aus engen Gässchen, Brücken und Stegen. Schließlich erreichte sie einen Platz, bei dem es sich offensichtlich um den Saumarkt handelte. Dort wimmelte es von Schweinen und Menschen, und Marie verbarg sich heftig keuchend hinter einem Karren, auf dem zwei riesige Eber versuchten, die Gitterstäbe durchzubeißen. Die kleinen bösen Augen der Tiere musterten sie angriffslustig. Doch im Gegensatz zu ihrem Verfolger stellten die beiden Eber keine Gefahr für Marie dar. Mit einem Wimmern presste sie die Hand vor den Mund und lugte zwischen den Stäben hindurch.

Der Jäger schien ihre Spur verloren zu haben, da er suchend inmitten einer Gruppe Schweinebauern stand und sich umsah.

Selbst aus der Entfernung konnte Marie die dicke Zornesader auf seiner Stirn erkennen. Sein Gesicht war gerötet vom Laufen, der breite Brustkorb hob und senkte sich heftig. Nachdem er den Blick lange über den Markt hatte schweifen lassen, sprach er einige der Bauern an, die allesamt die Köpfe schüttelten. Schließlich schien er die Suche aufzugeben, da er sich abwandte und zurück in die Richtung ging, aus der er gekommen war.

Lange Zeit wagte Marie nicht, aus ihrem Versteck zu kriechen. Doch als irgendwann der Bauer, dem die beiden Eber zu gehören schienen, auf den Karren zusteuerte, kroch sie hastig ein Stück weiter. Immer noch zitternd, kam sie auf die Beine, klopfte sich Schmutz und Stroh aus den Röcken und überlegte fieberhaft. War der Jäger wirklich fort? Oder versuchte er, sie in Sicherheit zu wiegen, um ihr an einer anderen Stelle aufzulauern? Was auch immer sie tat, barg die Gefahr, ihm erneut in die Arme zu laufen.

»Was für ein Mist!«, schimpfte sie leise. Erst die Bengel, dann der Jäger. Was für Überraschungen hielt Ulm noch für sie bereit? Mit einem mulmigen Gefühl in der Magengrube drängte sie sich durch die Männer auf dem Saumarkt und überlegte, wie sie zurück zum Rathaus gelangen sollte. Bei der Flucht hatte sie vollkommen die Orientierung verloren. Obwohl sie fürchtete, Aufmerksamkeit auf sich zu ziehen, sprach sie eine ältere Frau mit einem Korb unter dem Arm an. »Entschuldigt bitte, wo ist das Rathaus?«

Die Frau bedachte sie mit einem mürrischen Blick. Dann zeigte sie nach Norden. »Da lang.« Bevor Marie sich bedanken konnte, ging sie weiter.

Während sie sich immer wieder umsah, eilte Marie den Hang hinauf, bis sie schließlich die Türme des Rathauses vor sich auftauchen sah. Sie schickte ein kurzes Dankgebet zum Himmel. Gott schien sie doch noch nicht ganz verlassen zu haben. So schnell sie konnte, rannte sie zurück zu der Stelle, an der sie auf

La Boneille gewartet hatte. Sollte der Jäger noch einmal auftauchen und ihr nachstellen, würde sie laut um Hilfe rufen, beschloss sie. Ob sie damit etwas erreichen würde, bezweifelte sie zwar. Dennoch musste sie sich irgendwie Mut machen, um sich nicht vor lauter Angst im nächsten Mauseloch zu verkriechen.

Beinahe drei Stunden wartete sie vor dem Rathaus. Immer wieder vermeinte sie, den Jäger in der Menge auf dem Marktplatz auszumachen, und verbarg sich zwischen den Häusern. Allerdings ließ sich nicht nur der Jäger nicht mehr blicken. Auch La Boneille schien wie vom Erdboden verschluckt zu sein. Irgendwann, als sich der Marktplatz allmählich leerte, nahm Marie allen Mut zusammen und ging auf die Pforte des Rathauses zu. Dort betätigte sie einen schweren Türklopfer in Form eines Löwenkopfes. Da sich im Inneren des Rathauses nichts rührte, versuchte sie es erneut – wieder ohne Erfolg. Sie trat unschlüssig von einem Fuß auf den anderen. Was sollte sie tun? Vermutlich war La Boneille zurückgekommen, als sie vor dem Jäger geflohen war. Die Uhr am Rathaus zeigte die siebte Stunde nach Mittag an, weshalb Marie beschloss, sich allein auf den Weg zurück zu der Wiese vor den Stadttoren zu machen. Obwohl sie nicht ganz sicher war, woher sie gekommen waren, blieb ihr keine andere Wahl. Daran, was aus ihr werden sollte, falls La Boneille und die Truppe nicht mehr dort lagerten, wagte sie nicht zu denken.

Während ihre Vorstellung ihr allerhand Furchtbares vorgaukelte, kehrte sie dem Rathaus den Rücken und versuchte, den Weg wiederzufinden, den La Boneille und sie am Mittag genommen hatten. Nach einigem Umherirren fand sie schließlich das Stadttor. Mit einem erleichterten Seufzen folgte sie dem Uferweg und atmete auf, als sie die eingezäunte Wiese vor sich sah. Die Wagen der Truppe waren noch dort, und die Schauspieler hatten bereits mit dem Aufbau der Bühne begonnen. Wie es aussah, hatte La Boneille keinen Saal vom Ulmer Rat zur Verfügung gestellt bekommen. Während ihr ein gewaltiger Stein vom Herzen fiel, öffnete sie das Gatter und betrat die Wiese.

»Da ist Marie!«, rief Michel. Er schleppte ein schweres Brett, das er absetzte, um ihr zuzuwinken.

Die Köpfe der anderen Schauspieler wandten sich in ihre Richtung.

Bevor Marie zurückwinken konnte, löste sich La Boneille aus dem Schatten einer bereits errichteten Bühnenwand und kam mit einem Fluch auf sie zugestürmt. »Wo zum Teufel hast du gesteckt?«, fragte er erzürnt und versetzte ihr eine schallende Ohrfeige.

Kapitel 38

Ulm, August 1721

Marie war so überrascht von dem Schlag, dass sie nicht einmal auswich, als La Boneille erneut die Hand hob. Die zweite Ohrfeige war etwas schwächer als die erste, doch es war mehr die Demütigung, die Marie schmerzte, als der Schlag selbst. Im Hintergrund sah sie Rosa feixen.

Auch die anderen Schauspieler sahen in ihre Richtung, einige mit Mitleid im Blick, andere eher neugierig.

»Hatte ich nicht gesagt, du sollst dich nicht vom Fleck rühren?«, polterte La Boneille.

»Ich …«, hob Marie an.

La Boneille packte sie bei den Schultern, um sie zu schütteln. »Ich habe der Gräfin versprochen, eine Spionin aus dir zu machen«, zischte er. »Aber wenn du mir noch mal wegläufst, schicke ich dich zurück nach Brenz. Das schwöre ich bei allem, was mir heilig ist.«

»Ich bin nicht weggelaufen«, versuchte Marie erneut, sich zu verteidigen.

La Boneille schüttelte sie noch heftiger. »Lüg mich nicht so frech an!«

»Der Jäger war dort«, keuchte Marie.

»Welcher Jäger?« Eine steile Falte grub sich zwischen La Boneilles Brauen.

»Der Jäger aus Brenz. Der behauptet hat, ich hätte ihn bestohlen.«

La Boneille ließ sie los. Die Falte wurde noch tiefer. »Was hat der denn in Ulm zu suchen?«, fragte er.

Marie rieb sich die brennende Wange. »Das weiß ich nicht«, erwiderte sie. Plötzlich stiegen Tränen in ihren Augen auf. Während der Fahrt nach Ulm hatte sie den Eindruck gehabt, La Boneille und sie würde etwas verbinden; etwas, das er nicht mit den anderen Schauspielern teilte. Doch jetzt … nachdem er sie vor allen geohrfeigt hatte … Sie zog die Nase hoch und wischte sich verstohlen mit dem Ärmel über die Augen. »Er war auf einmal da«, sagte sie leise. »Nachdem die Bengel versucht haben, mich zu bestehlen.«

»Welche Bengel? Wovon zum Teufel redest du?«

Marie berichtete stockend, was sich vor dem Rathaus ereignet hatte. »Ich hatte Angst«, gestand sie. »Als er plötzlich auf mich zukam … Was hätte ich denn tun sollen?«

La Boneille kniff die Augen zusammen. »Trotzdem hättest

du nicht einfach weglaufen dürfen. Du hättest mich rufen sollen«, brummte er.

»Ihr wart im Rathaus«, verteidigte sich Marie.

Er presste die Lippen aufeinander und schwieg, ehe er nach einigen Augenblicken den Kopf schüttelte. »Hilf den anderen beim Aufbau der Bühne«, sagte er barsch. »Wir werden das Stück hier aufführen.« Mit diesen Worten ließ er Marie stehen und kehrte zurück zu dem Teil der Bühne, der bereits errichtet war.

Marie sah ihm mit einer Mischung aus Enttäuschung und Ärger hinterher. Sie konnte doch nichts dafür, dass der Jäger ihr nachstellte! Warum musste sie immer den Kopf für etwas hinhalten, an dem sie keine Schuld traf? Wütend trat sie nach einem Klumpen trockener Erde und machte sich auf den Weg zu Jost und den anderen Schauspielern. Rosas hämischen Blick ignorierte sie, so gut sie konnte.

»Was ist passiert?«, fragte Michel ängstlich, als Marie nach einem der leichteren Bretter griff. »Warum hat er dich geschlagen?«

»Das ist nicht wichtig«, gab sie zurück.

»Ist es wohl«, mischte Jost sich ein. »Was ist dir in der Stadt zugestoßen? Du bist sicher nicht absichtlich erst jetzt zurückgekommen.«

Marie klammerte sich an dem Brett fest und biss sich auf die Zunge. Wie gerne sie den beiden ihr Herz ausschütten würde! Aber Michel durfte auf keinen Fall erfahren, dass der Jäger ihr schon wieder auf den Fersen war! »Gar nichts«, log sie. »Ich habe mich verlaufen.«

Jost zog die Brauen hoch. »Du bist eine schlechte Lügnerin.«

Marie zuckte mit gespielter Gleichgültigkeit die Achseln. »So war es aber. Lass uns arbeiten, sonst regt sich La Boneille noch mehr auf.« Ohne auf eine Antwort zu warten, schleppte sie das Brett zur Bühne und gab es an einen der Männer mit einem Hammer weiter. Dann ging sie zurück, um ein weiteres Brett zu holen.

Bis weit nach Einbruch der Dunkelheit arbeiteten sie im Schein der Öllampen, bis La Boneille endlich in die Hände klatschte. »Das reicht«, rief er. »Den Rest erledigen wir morgen.« Er steuerte auf eine Feuerstelle zu, über der Agathe in einem großen Kessel das Abendessen zubereitet hatte.

Darauf bedacht, nicht in Rosas Nähe zu sitzen, suchte Marie sich einen Platz und wartete geduldig, bis ihr jemand eine volle Schale über den Tisch zuschob. Während die anderen wild durcheinanderredeten, löffelte sie schweigend den dicken Eintopf in sich hinein und beobachtete La Boneille verstohlen von der Seite.

Zur selben Zeit verließ der Jäger das Hurenhaus an der Blau. Nachdem ihm das Mädchen erneut entwischt war, hatte er beinahe einen Tobsuchtsanfall bekommen. Was für ein Teufel beschützte die Kleine? Ihr Glück war ihm allmählich unheimlich. Er steckte einen Hemdzipfel in die Hose und fuhr sich mit dem Ärmel über die Lippen. Der Geschmack der Dirne klebte an ihm wie Pech, seine Haut prickelte immer noch von ihrer Berührung. Zwar hatte der Besuch bei ihr ihm Erleichterung verschafft, doch der Wunsch nach Rache kehrte mit jedem Schritt, den er tat, stärker zurück.

Die Theatertruppe lagerte auf einer Wiese vor der Stadt, so viel hatte er inzwischen in Erfahrung gebracht. Allerdings war er nach der heutigen Begegnung nicht sicher, ob das Mädchen überhaupt noch ein Mitglied der Truppe war. Was hatte sie alleine in der Stadt zu suchen gehabt? Gewiss hatte der Prinzipal ihr nicht erlaubt, sich ohne Begleitung herumzutreiben. Sein Mund verzog sich zu einem freudlosen Lächeln.

Vielleicht war sie fortgelaufen und versuchte, sich in Ulm zu verstecken. Allein würde sie sich unmöglich durchschlagen können. Über kurz oder lang würde sie sich einer der Diebesbanden anschließen oder geschändet und erschlagen im Straßengraben landen.

Er machte sich auf den Weg zurück zu seinem Gasthof und überlegte, wie er es anstellen sollte, sie zu finden. Am liebsten wäre er sofort zu der Wiese an der Donau geschlichen, um sich dort umzusehen. Allerdings hatte er keine Lust, die Nacht im Freien zu verbringen. Das Verlassen der Stadt nach Einbruch der Dunkelheit stellte vermutlich kein Problem dar. Aber er war sicher, dass die Torwächter ihn nicht vor dem nächsten Morgen wieder einlassen würden.

»Scheiße!«, schimpfte er, mahnte sich jedoch gleichzeitig zur Geduld. Nichts hielt ihn davon ab, noch ein wenig in der Stadt umherzustreifen. Vielleicht lief ihm das Mädchen dabei über den Weg, sollte sie tatsächlich von der Truppe fortgelaufen sein. Falls nicht, brachte ihn eine weitere Nacht des Wartens auch nicht um. Die Begegnung heute musste ein Wink des Schicksals sein, ein Hinweis darauf, dass er seinen Rachedurst schon bald würde stillen können. Er steckte eine Hand in die Hosentasche, während er die andere auf den Knauf seines Säbels legte. Nachts wimmelte es in den Gassen vermutlich von Gesindel. Er hatte keine Lust, vom Jäger zum Gejagten zu werden.

Kapitel 39

Ulm, August 1721

AM NÄCHSTEN MORGEN erwachte Marie mit einem Schrei. Etwas Kaltes, Klebriges war auf ihr Gesicht geklatscht, bedeckte Augen und Nase. »Oh, mein Gott!«, kreischte sie, als das Ding anfing, sich zu bewegen. Voller Panik sprang sie von ihrem Lager auf und griff sich ins Gesicht. Ihre Hand berührte etwas Weiches. Mit einem weiteren Schrei versuchte sie, es loszuwerden, packte es und schleuderte es weit von sich. Dann rubbelte sie sich mit dem Stoff ihres Hemdes so lange übers Gesicht, bis die Haut brannte. »Was war das?«, keuchte sie und sah sich im Wagen um.

Agathe schien durch ihren Schrei erwacht zu sein, da sie sich mit einem Gähnen die Augen rieb. »Warum brüllst du so?«, fragte sie.

Maries Blick fiel auf Rosa. Anders als Marie und Agathe steckte Rosa bereits in ihren Kleidern. Sie stand in der Nähe der Tür und schien sich ausschütten zu wollen vor Lachen.

Marie folgte ihrem Blick und entdeckte eine verschreckte Kröte, die versuchte, sich unter einem Kleidungsstück in Sicherheit zu bringen. Sie verstand. »Sehr witzig«, sagte sie eisig. »Ich dachte, nur dumme Jungen machen solche Streiche.«

»Was ist denn los?«, wollte Agathe wissen.

Marie zeigte auf die Kröte. »Anscheinend findet Rosa es lustig, anderen Frösche ins Gesicht zu setzen.«

»Es soll gegen Warzen helfen«, prustete Rosa. »Ich dachte, du hättest es nötig.«

Marie bedachte Rosa mit einem frostigen Blick. »*Ich* habe keine Warzen«, gab sie zurück, »aber vielleicht solltest *du* mal in den Spiegel schauen.«

Rosa fletschte die Zähne zu etwas, das sie vermutlich für ein Lächeln hielt.

»Kinder, Kinder«, schalt Agathe. Sie kam mühsam auf die Beine. Ihr Haar stand trotz der Schlafhaube in allen Himmelsrichtungen von ihrem Kopf ab. Die Haube hing über ihrem linken Ohr. »Was soll das, Rosa? Bist du nicht ein wenig zu alt für solche Scherze?«

»*Du* hast mir gar nichts zu sagen!«, fauchte Rosa. Dann wandte sie sich wieder Marie zu. »Spaß verstehst du wohl keinen.« Es war keine Frage, sondern eine Feststellung.

Marie blieb vor Empörung der Mund offen stehen. Warte nur, dachte sie. Mal sehen, wie viel Spaß du verstehst, wenn man dir so mitspielt.

Während Rosa sich nach der Kröte bückte, um sie zurück nach draußen zu bringen, überlegte Marie fieberhaft, wie sie es ihr heimzahlen konnte.

Agathe schien ihre Gedanken zu lesen. »Mach dir nichts daraus«, seufzte sie. »Rosa war schon immer ein wenig schwierig.«

»Ein wenig?«

Agathe schnitt eine resignierte Grimasse. »Seit sie und La Boneille …« Sie brauchte den Satz nicht zu beenden.

… hält sie sich für etwas Besonderes, dachte Marie. Den Zahn würde sie der Ziege ziehen! Schäumend vor Wut zog sie sich an und verließ wenig später den Wagen. Am liebsten hätte sie Rosa eine Spinne in ihren Frühstücksbrei gesetzt, hielt sich jedoch zurück. Wenn Rosa dachte, dass sie sie mit solchen Spielchen aus der Ruhe bringen konnte, täuschte sie sich. Nicht umsonst hatte Marie vier ältere Brüder. Schweigend löffelte sie ihren Brei und versuchte, sich nicht dauernd übers Gesicht zu wischen. Auch wenn die Kröte inzwischen vermutlich längst wieder im Ufergestrüpp verschwunden war, wurde Marie das Gefühl ihres kalten Bauches nicht los.

Nach dem Essen verteilte La Boneille dünne Heftchen an alle. »Das neue Stück«, erklärte er. »›Hanswurst und die Meisterdiebin‹. Es gibt nicht für jeden eine Rolle. Diejenigen, die keinen Text einstudieren müssen, machen mit der Bühne weiter.« Er legte eines der Bücher vor Marie auf den Tisch.

Marie starrte fragend darauf. Was sollte sie damit anfangen? Wusste La Boneille nicht, dass sie nicht lesen konnte?

»Marie, Jost, ihr spielt die Hauptrollen, habt also etwas mehr Text«, fuhr La Boneille fort. »Am besten ist es, wenn ihr ihn gleich gemeinsam einstudiert. Die Hinterbühne ist schon fertig, dort könnt ihr üben. Es wird aber trotz Text wie immer improvisiert, vergesst das nicht. Kreischen, schreien, johlen und Prügeleien, das wollen die Leute sehen.«

Marie warf Jost einen Hilfe suchenden Blick zu.

Er schien zu verstehen. »Ich helfe dir«, flüsterte er. »Keine Angst.«

»Wenn ihr den Text könnt, fangen wir mit den Proben an. Und seid nicht wieder so schlampig wie bei der ›Hexe Mägera‹«, warnte La Boneille. »Auch wenn Agathe als Einsagerin für euch da ist, sollte sie euch nicht das gesamte Stück vorsagen müssen! Das bisschen Text werdet ihr euch wohl merken können!«

Einige der Mitglieder tauschten Blicke. Rosa lief rot an, worüber Marie eine gewisse Schadenfreude empfand. Allerdings hielt diese nicht lange an, da sie fürchtete, sich selbst furchtbar zu blamieren.

»Ihr habt eine Woche Zeit, mehr können wir uns nicht leisten. Diese Ulmer Blutsauger verlangen einen Haufen Geld für die Pacht der Wiese. Das muss so schnell wie möglich wieder eingespielt werden. Auf geht's!« La Boneille klatschte in die

Hände. »Sobald du deinen Text kannst, Marie, übst du mit der Klingelpuppe weiter. Du musst deine Fingerfertigkeit so lange verbessern, bis du es selbst im Traum bewerkstelligen könntest, jemandem die Taschenuhr zu stehlen.«

Marie nickte. *Wenn* sie sich den Text überhaupt jemals merken konnte. Ihr Mut sank weiter, als sie durch das Heftchen blätterte.

»Es ist nicht alles dein Text«, sagte Jost. Er schien ihre Gedanken zu lesen. »Ein Teil sind Anweisungen, wie wir uns bewegen sollen. Glaub mir, es ist nicht so schwer, wie du es dir vorstellst.«

Gemeinsam machten sie sich auf den Weg zur Bühne, wo Marie sich umsah. Als sie sicher war, dass sie und Jost alleine waren, flüsterte sie: »Ich kann nicht lesen.«

Jost lächelte. »Das dachte ich mir, so wie du das Textbuch angeschaut hast.«

»Wie soll ich denn den Text lernen, wenn ich ihn nicht lesen kann?«

»Ich lese ihn dir vor.«

»Aber es ist so viel. Das werde ich mir niemals merken können!« Maries Stimme erstickte. Den Diener Riepel zu spielen, war eine Sache. Aber eine Hauptrolle!

Jost trat auf sie zu und legte ihr die Hand auf den Arm. »Mach dir keine Sorgen, ich bin für dich da. Wirklich. Zusammen werden wir die Leute zum Toben bringen.« Er schenkte ihr ein aufmunterndes Lächeln. »Komm schon, du musst nur daran denken, mich ordentlich zu verprügeln.«

Marie lachte, obwohl ihr nicht zum Lachen zumute war. »Worum geht es überhaupt in dem Stück?«, fragte sie. Aufgeben konnte sie immer noch. So, wie Jost sie ansah, meinte er wirklich, was er sagte. Seine braunen Augen lagen so ernst und sanft auf ihr, dass ihr die Kehle eng wurde. Er war ein guter Freund, vielleicht der einzige, den sie außer Michel in der Truppe hatte.

Jost schmunzelte. »So gefällst du mir besser. Es ist eigentlich nicht viel dran an der Geschichte. Hanswurst ist ein Narr, das hast du vermutlich bereits mitbekommen. Wie immer stellt er allen Frauen nach, die jung und hübsch sind, und macht ihnen den Hof. In ›Hanswurst und die Meisterdiebin‹ ist er hinter einer besonders schönen Frau her«, er legte ihr erneut die Hand auf den Arm, »nämlich hinter dir, in die ein anderer Mann verliebt ist.« Bitterkeit trat in seine Stimme. »Diesen Liebhaber wird La Boneille spielen. Die Meisterdiebin, die auch eine Verkleidungskünstlerin ist, hält allerdings alle zum Narren, auch ihren Liebhaber, dem sie seine Uhr, eine kostbare Kette und sämtliche andere Wertgegenstände vom Leib stiehlt. Was die Meisterdiebin nicht weiß, ist, dass der Bestohlene selbst ein Dieb ist und sie nur gewähren lässt, weil er sie liebt.« Er sah Marie an. »Klar so weit?«

Marie nickte.

»Außerdem gibt es eine Nebenbuhlerin, die von Rosa gespielt wird.« Er grinste. »Die stellt dem Liebhaber nach, bandelt auch mit Hanswurst an und fängt ein großes Geschrei an, als sie ebenfalls von der Meisterdiebin bestohlen wird. Als die Polizei herbeirennt, beschuldigt sie die Meisterdiebin, aber die hat der Nebenbuhlerin die gestohlenen Sachen in die Taschen gesteckt.«

Marie schluckte. Die Geschichte gefiel ihr ganz und gar nicht, weil sie sie schmerzhaft an das erinnerte, was in Brenz vorgefallen war.

»Am Ende gibt es eine große Prügelei mit der Polizei, Hanswurst und der Nebenbuhlerin, während der Liebhaber und die Meisterdiebin sich aus dem Staub machen«, fuhr Jost fort. »Das ist alles. Jetzt müssen wir nur noch den Text lernen.«

Marie verzog das Gesicht. »Nur noch«, murmelte sie. Jost hatte gut reden!

Kapitel 40

Das Dorf Brenz im Herzogtum Württemberg, August 1721

»Die Kutsche ist bereit.« Der Lakai verneigte sich tief vor Wilhelmine von Grävenitz, ehe er die letzten Gepäckstücke vom Boden aufhob und aus ihren Gemächern trug.

»Sollen wir mit Ihnen reisen?«, fragte die Hofdame. Sie stand mit dem Kammerfräulein zusammen unschlüssig in der Tür und drehte einen Fächer in den Händen hin und her. Den beiden Frauen war an der Nasenspitze anzusehen, dass sie froh waren, Schloss Brenz verlassen zu können.

Vermutlich fehlten ihnen all die Singspiele, Bälle, Maskenfeste, Feuerwerke und Gesellschaften, bei denen in Wilhelmines Räumlichkeiten in Ludwigsburg *Piquet, Quadrille* und *Pharaon* gespielt wurde.

Wilhelmine konnte es ihnen kaum verdenken. Schließlich hatten die beiden so gut wie keine Zerstreuung in Brenz gehabt. Sie griff nach dem kleinen Hut, den sie auf dem Tisch abgelegt hatte. Während das Kammerfräulein ihr half, ihn festzustecken, erwiderte sie: »Ihr könnt die zweite Kutsche nehmen. Ich werde versuchen, während der Fahrt etwas zu lesen.« Vielleicht gelang es ihr endlich, den Gedichtband zu beenden, in dem sie immer wieder stecken blieb. Nachdem sie sich ein Paar Seidenhandschuhe angezogen hatte, verließ sie ihre Gemächer. Ein Anflug leisen Bedauerns beschlich sie, als sie die Treppen hinab zum Hof ging und ihr Blick durch eines der Fenster auf den Eingang der Jägerwohnung fiel. Sie musste Hubertus und seine geschickten Hände endlich vergessen! Er hatte sie belogen, und Lug und Betrug waren etwas, das sie selbst dem feurigsten Liebhaber nicht verzeihen konnte.

Mit einem Seufzen trat sie in den Hof hinaus und blickte zum Himmel. Wenigstens würde die Reise zurück zur Residenz bei gutem Wetter verlaufen. Da die Pferde in der Hitze jedoch vermutlich schneller ermüden würden als bei kühlerer Witterung, rechnete Wilhelmine nicht damit, die Strecke an einem Tag zurücklegen zu können. Irgendwo auf halbem Weg würde sie bei einem vertrauenerweckenden Gasthaus anhalten lassen, damit die Tiere und sie selbst sich ausruhen konnten. Eberhard würde es gewiss überleben, wenn sie erst einen Tag später ankam, um ihm die Hand zu halten. Die Gala zu seinem Namenstag fand erst am Freitag statt. Bis dahin würde sie auf jeden Fall wieder in Ludwigsburg sein.

»Ihro Exzellenz.« Mit einem tiefen Bückling riss einer der Leibgardisten die Tür der Kutsche auf und reichte Wilhelmine die Hand, damit sie das kleine Treppchen erklimmen konnte. Sobald sie sich mit ihrem Reifrock ins Innere des Gefährts gekämpft hatte, schloss er die Tür und schwang sich in den Sattel seines Pferdes. Wie die anderen Leibgardisten war auch er bis an die Zähne bewaffnet und darauf vorbereitet, das Leben der Gräfin bis zum letzten Blutstropfen zu verteidigen, sollten sie in einen Hinterhalt geraten.

Der Kutscher schnalzte mit der Zunge und ließ die Peitsche knallen, woraufhin sich die Kutsche in Bewegung setzte. Während sie schaukelnd in Richtung Straße rollte, öffnete Wilhelmine eines der kleinen Fenster, um nicht zu ersticken. Dann griff sie nach dem Gedichtband und legte ihn in ihren Schoß. Einerseits bedauerte sie, Brenz so schnell schon wieder zu verlassen. Andererseits war sie froh darüber, nach Ludwigsburg zurückzukehren. Vielleicht war es dort einfacher herauszufinden, was ihre Feinde im Schilde führten. Immer, wenn sie Eberhard allein ließ, fürchtete sie insgeheim, dass die Herzogin ihre Klauen wieder in ihn schlagen und ihn für sich gewinnen könnte. Obwohl diese Furcht unbegründet war, weil Eberhard seine Gemahlin mehr hasste als der Teufel das Weihwasser, bereitete sie Wilhelmine manchmal schlaflose Nächte. Was würde geschehen, wenn der kränkliche Erbprinz starb? Würde Eberhard sie dann für einen weiteren Thronfolger opfern? Mit ihr konnte er kein Kind zeugen, das Anspruch auf die Herzogwürde hatte. Dafür hatten die Herzogin und der Kaiser gesorgt. Die Bitterkeit, die sie jedes Mal erfüllte, wenn sie an ihre annullierte Ehe mit Eberhard dachte, stieg in ihr auf. Diese verfluchten Stuttgarter Geheimräte! Hätten sie der Herzogin nicht dazu geraten, hätte sie niemals vom Kaiser einen Prozess gegen Wilhelmine verlangt. Zwar hatte der Kaiser abgelehnt, der Annullierung der Ehe jedoch zugestimmt. Sie presste die Lippen aufeinander, als sie an die Demütigung zurückdachte; wie es sich angefühlt hatte, als Eberhard ihr mitteilte, dass er die Urkunde unterzeichnet hatte und sie ins Exil in die Schweiz gehen musste. Zwar hatte Eberhard vorher getönt, er sei Papst in seinem Land und niemand anderem als sich selbst Rechenschaft schuldig. Doch die Realität hatte anders ausgesehen. Ihre Hände umklammerten den Gedichtband so heftig, dass die Knöchel weiß hervortraten. Wenn ihr gesunder Menschenverstand sie nicht verließ, würde sie auch dieses Mal herausfinden, wer hinter der Intrige steckte. Doch dazu musste sie erst einmal in Erfahrung bringen, wo die ermordete Zofe sich aufgehalten hatte, als man sie in den Neckar geworfen hatte! Ob Schütz inzwischen etwas wusste?

Kapitel 41

Ulm, August 1721

»Du Maulaff! Du hosenscheissendes Fratzengesicht! Halt dein Maul, oder ich werd dir eine Lektion erteilen, die dich zum Krüppel macht!« Marie ließ den Stock sinken, den Jost ihr in die Hand gedrückt hatte. »Muss ich dich wirklich so nennen?«, fragte sie.

Jost lachte. »Ja, und noch viel Schlimmeres.«

Seit beinahe drei Stunden übten sie den Text ein, und inzwischen hatte Marie weniger Bedenken. Das meiste waren unflätige Beschimpfungen oder Schmeicheleien, mit denen die Meisterdiebin ihrem »Liebhaber« das Geld aus der Tasche ziehen wollte. In mehreren Szenen verkörperte Marie einen jungen Mann, der so derb auftrat, dass es ihr die Schamesröte ins Gesicht trieb. Im Moment steckten sie mitten in einer solchen Szene.

»Du musst mir hinterherlaufen und mich mit dem Stock verprügeln«, sagte Jost.

»Aber das kann ich nicht«, protestierte Marie. »Ich will dir nicht wehtun.«

»Du tust mir ganz gewiss nicht weh«, gab Jost zurück. »Ich werde mich ducken und dir ausweichen.«

Marie machte ein unglückliches Gesicht.

»Komm schon!«, ermunterte Jost sie. »Du willst doch nicht, dass La Boneille unzufrieden ist.«

Marie schüttelte den Kopf. »Also gut«, murmelte sie. Mit einem Seufzen hob sie den Prügel und ging damit auf Jost los. »Du bist ein Ochse«, schimpfte sie. »Ein ungeschliffener Tölpel! Dachtest du, du könntest mir das Weib abspenstig machen?« So vorsichtig wie möglich schlug sie mit dem Stock auf Josts Rücken.

»Was soll das?«, unterbrach La Boneilles Stimme die Szene. »Du sollst ihn verprügeln, nicht streicheln.« Er sprang auf die Bühne und nahm Marie den Knüppel aus der Hand. »So. Siehst du?«, sagte er und drosch auf Jost ein, dass dieser jaulend davonstob.

Marie schlug erschrocken die Hand vor den Mund. »Das kann ich nicht«, hauchte sie.

»Dann lernst du es«, knurrte La Boneille. »Sonst muss ich die Rolle doch mit Rosa besetzen.«

Diese Drohung wirkte. Als er ihr den Stock entgegenstreckte, nahm Marie ihn ihm ab und wog ihn in der Hand, bevor sie mit etwas mehr Nachdruck auf Jost losging.

»Besser«, stellte La Boneille zufrieden fest. »Wenn wir sein Kostüm mit Mehl bestäuben, sieht es spektakulärer aus.« Er sah auf das offene Textbuch. »Zeig mir, ob du die Diebesszenen spielen kannst«, forderte er Marie auf.

Zwar hatte sie mit Jost ein paar Mal geübt, doch der hatte jedes Mal gekichert, wenn sie versucht hatte, die Hand in seine Weste zu stecken. La Boneille würde niemals mit ihrer Fingerfertigkeit zufrieden sein. »Worauf wartest du?«, fragte er.

Marie legte den Stock zur Seite und sah zu La Boneille auf.

Der Prinzipal griff sich ein Textbuch und rief: »Ha! Meine Angebetete! Endlich sind wir alleine.« Er legte das Buch zur Seite, trat auf Marie zu und beugte sich so zu ihr hinab, wie Jost es auch getan hatte. Ihre Wangen berührten sich, während La Boneille die Arme um Marie schlang.

Seine Umarmung war kräftiger als die von Jost. Als er sie an sich drückte, lief Marie ein Schauer über den Rücken. Deutlich konnte sie die Wärme seiner Hände durch den Stoff der Männerweste spüren, die sie trug.

»Worauf wartest du?«, fragte La Boneille erneut.

Doch Marie war wie erstarrt. Die Bilder, die plötzlich in ihren Kopf schossen, ließen es ihr heiß und kalt zugleich werden. Die Umarmung brachte ihr Innerstes in Aufruhr und ließ sie Dinge wünschen, nach denen sie sich das letzte Mal in Bartholomäus' Armen gesehnt hatte. Da sich ihre Knie anfühlten, als seien sie aus Butter, klammerte sie sich an La Boneilles Rock fest und versuchte, ihren Herzschlag unter Kontrolle zu bringen. Ob La Boneille spürte, wie aufgeregt sie war? Sie schluckte mühsam und ließ die Hand zu seiner Tasche wandern.

»Viel zu plump«, raunte er ihr ins Ohr. »Lenk mich ab.«

»Was …?« Marie hob den Kopf. Ehe sie sich's versah, hatte La Boneille sich noch etwas weiter zu ihr hinabgebeugt und streifte ihren Mund mit seinen Lippen. Die Berührung war so leicht, dass Marie sich nicht einmal sicher war, ob er sie wirklich geküsst hatte.

»So«, flüsterte er.

Marie hörte das Blut in ihren Ohren tosen. Als er seinen Griff verstärkte und sie noch näher an sich zog, legte sie den Kopf in den Nacken und schloss die Augen. Keine zwei Herzschläge später spürte sie erneut seine Lippen auf den ihren, und dieses Mal reckte sie sich ihm entgegen. Der Kuss war zart und vorsichtig, nicht zu vergleichen mit den Küssen, die sie mit Bartholomäus getauscht hatte. La Boneilles Lippen zupften leicht an ihren, während seine Zungenspitze sie neckte. Das Gefühl, das Marie durchströmte, war so unbeschreiblich, dass sie vergaß, wo sie sich befand. Sie gab einen gepressten Laut von sich und öffnete den Mund, damit La Boneille den Kuss vertiefen konnte.

Ein ungehaltenes Husten drang wie aus weiter Ferne an ihr Ohr.

»Was?« La Boneille ließ Marie unvermittelt los und wirbelte zu Jost herum. »Wir proben!«

»So sah das aber nicht aus«, brummte Jost. Er warf Marie einen fragenden Blick zu.

Marie senkte beschämt den Kopf, während sich ihre Wangen mit Feuer überzogen.

»Du störst«, hörte sie La Boneille sagen. »Lass uns allein!«

»Wirklich?«

»Bin ich der Prinzipal oder du?«, fragte La Boneille ungehalten. »Du kannst später mit ihr weiterüben. Zuerst muss sie lernen, wie man sich unauffällig an ein Opfer heranmacht.«

»Unauffällig?« Jost lachte. »Nimm dich in Acht, Marie«, warnte er. »Aus Spiel kann sehr schnell Ernst werden.«

La Boneille bedachte ihn mit einem eisigen Blick. »Geh!«

Sobald Jost seinen Hut aufgehoben und den Knüppel beiseitegeworfen hatte, sprang er von der Bühne und trollte sich.

»Den sind wir erst mal los«, sagte La Boneille mit einem Grinsen. Er fasste Marie beim Kinn und hob ihren Kopf, sodass sie nicht anders konnte, als ihm in die Augen zu sehen. »Ablenkung«, sagte er, »ist das A und O. Willst du jemanden bestehlen, musst du einen Vorwand dafür finden, ihn zu berühren. Ganz gleich, wie geschickt du bist, er wird es immer bemerken, dass du ihm zu nahe kommst.« Er schenkte Marie ein strahlendes Lächeln. »Wenn du im Kostüm einer Frau steckst, küsst du ihn. Wenn du ein Knabe oder ein alter Mann bist, stolperst du, hältst dich an ihm fest oder bittest ihn, dir zu helfen.«

Marie runzelte verwirrt die Stirn. Der Rausch der Gefühle, die sie eben noch empfunden hatte, verflüchtigte sich wie Nebel in der Sonne. »Aber …« Sie zeigte auf die Männerkleider.

La Boneille winkte ab. »Egal, ich wollte dir nur zeigen, was für Möglichkeiten du hast. Sollen wir es noch einmal versuchen?«

Marie schluckte. Ihre Knie waren immer noch weich, allerdings fühlte sie sich wie eine Närrin. Wie hatte sie nur auch nur einen Augenblick annehmen können, dass der Kuss ernst gemeint war? Was sollte La Boneille an einer wie ihr schon finden? Sein Frauengeschmack war ein gänzlich anderer, wenn sie sich Rosas Vorbau ansah. Sie räusperte sich und nestelte an ihren Kleidern herum. »Dann versuche ich es jetzt als Mann«, sagte sie. Zu ihrem Verdruss klang ihre Stimme belegt.

La Boneille zuckte die Achseln. »Wie du willst. Hauptsache, du schaffst es, mir die hier abzuknöpfen.« Er zog seine Uhr aus der Tasche.

Kapitel 42

Ulm, August 1721

Bereits nach dem zehnten oder elften Versuch klatschte La Boneille zufrieden in die Hände. »Ich wusste, dass du Talent hast!«, frohlockte er. »Jetzt die Kette und meine Geldbörse.«

Marie gab ihm seine Taschenuhr zurück und versuchte, sich nicht anmerken zu lassen, wie stolz sie war. Obwohl der Kuss ihr den Kopf verdreht hatte, war es ihr dank La Boneilles plötzlich geschäftsmäßigen Verhaltens gelungen, sich nur auf ihre Aufgabe zu konzentrieren. Ihr Herz klopfte zwar immer noch heftig, doch ihr Stolz verbot ihr, es sich anmerken zu lassen. Er hat nur Theater gespielt, redete sie sich ein. Genauso hätte er sich auf der Bühne benommen vor Dutzenden von Zuschauern! Sie ermahnte sich zur Ruhe und stemmte die Hände in die Hüften. »Ich hätte gute Lust, dir die Därme aus dem Leib zu treten«, schimpfte sie so, wie der Text des Stückes es verlangte.

»Du kleiner Scheißmatz?«, höhnte La Boneille.

Marie hob den Knüppel auf, den Jost hatte fallen lassen. »Dir zeig ich's«, knurrte sie und ging damit auf La Boneille los.

Der wich geschickt aus, entwand ihr den Prügel und stürzte sich auf sie. Während sie sich am Boden wälzten und so taten, als ob sie rauften, stahl Marie ihm die Kette vom Hals und alles, was er in den Taschen hatte. Dann sprang sie auf, gab ihm einen leichten Fußtritt und rief: »Da hast du's!«

Derweil La Boneille sich mit viel Gezeter aufrappelte, stob sie über die Hinterbühne davon.

»Das war hervorragend«, keuchte La Boneille. Er klopfte sich den Staub aus den Kleidern und fuhr sich mit den Fingern durch das lange blonde Haar, das sich aus dem Zopf gelöst hatte. Dann fasste er sich an den Hals. »Hut ab!«, lachte er, nachdem er auch seine Taschen kontrolliert hatte. »Du bist eine geborene Diebin.«

Marie verkniff sich ein Schnauben. In der Tat war es ihr ziemlich leichtgefallen, La Boneille um seine Habseligkeiten zu erleichtern. Die Übungen mit der Klingelpuppe hatten ihre Finger geschmeidig gemacht. Doch es war das Wissen um die Wichtigkeit der Ablenkung, das ihr neuen Mut gegeben hatte. Wenn ihre Familie wüsste, womit sie ihren Lebensunterhalt verdiente … Sie schob den Gedanken beiseite und gab La Boneille seine Eigentümer zurück.

»Genauso machst du es auf der Bühne«, sagte er. »Improvisiere, tu, was immer dir in den Sinn kommt. Solange du dich an deineRolle hältst, ist mir alles recht.«

Marie lächelte dünn. Bevor sie darüber nachdenken konnte,

was sie tat, machte sie einen Schritt auf La Boneille zu. »Jetzt bin ich die Meisterdiebin«, sagte sie, reckte sich auf die Zehenspitzen und zog seinen Kopf zu sich hinab. Während sie ihm einen schmatzenden Kuss auf den Mund drückte, fuhr ihre Hand in seine Weste und entwand ihm mühelos ein zweites Mal die Taschenuhr.

Im Gegensatz zu dem vorherigen Kuss war dieser hart, beinahe wie ein Biss. Während sich die Scham über ihre Tollkühnheit in Ärger verwandelte, presste Marie ihren Busen an La Boneilles flachen Bauch und ergötzte sich an seinem überraschten Einatmen. Mit einem kühlen Ausdruck in den Augen trat sie von ihm zurück und ließ triumphierend die Taschenuhr vor seinem Gesicht hin und her baumeln.

Der Prinzipal blinzelte verdattert.

Zu Maries Genugtuung wirkte er beinahe genauso überrumpelt, wie sie es von seinem Kuss gewesen war. Wie du mir, so ich dir, dachte sie.

»Jetzt bin wohl *ich* dran«, unterbrach Rosas Stimme die Szene. Sie steckte in einem roten Kleid mit einem schwarzen Mieder, das ihren vollen Busen betonte. Ein Schönheitsfleck tanzte auf ihrer linken Brust, die hin und her wogte, als sie die Treppe zur Bühne erklomm.

Marie drückte La Boneille die Uhr in die Hand und kehrte ihm den Rücken. »Nur zu«, sagte sie, an Rosa gewandt, und schnappte sich ihr Textbuch. »Ich gehe meinen Text woanders weiterlernen.«

Da La Boneille keinen Einwand hatte, ließ sie die beiden stehen und stolzierte mit hoch erhobenem Kopf davon.

»Nimm dich vor ihm in Acht«, warnte Jost, der ihr unvermittelt den Weg vertrat. Seine Wangen waren gerötet, die Augen funkelten kampflustig.

»Warum?«, fragte Marie mit gespielter Unschuld. Sie wusste genau, was Jost meinte.

»Er wird dir das Herz brechen. Das tut er bei jeder.«

Marie setzte eine harte Miene auf. »*Mir* bricht so schnell niemand das Herz, mach dir keine Sorgen.« Als Jost den Mund öffnete, um etwas zu erwidern, stieß sie ihm den Ellenbogen in die Seite und hakte sich bei ihm unter. Ohne dass er es bemerkte, stahl sie ihm dabei ein paar kleine Münzen aus der Tasche. »Hier«, sagte sie nach einigen Schritten lachend und warf ihm das Geld zu. »Du solltest besser auf deine Habseligkeiten aufpassen.«

Jost klopfte sich, eine Verwünschung ausstoßend, auf die Tasche. »Verdammt!«, murmelte er. »Du lernst wirklich schnell!«

Marie lachte. »Sollen wir dort hinten weiterproben?«, fragte sie. »Rosa und La Boneille sind auf der Bühne.«

Jost überlegte einen Augenblick, sah zu der Stelle auf der Wiese, auf die Marie gezeigt hatte, und nickte. Dann warf er einen Blick ins Textbuch. »Kannst du fechten?«

Marie hob die Brauen.

»Dumme Frage, entschuldige«, sagte Jost. »Ich nehme an, du hast dein halbes Leben im Schloss gearbeitet.«

»Ich war dort Küchenmagd«, wich Marie aus. Sie schämte sich immer noch zu sehr, um Jost von Bartholomäus zu erzählen. Auch den Vorfall mit dem Jäger wollte sie vor ihm geheim halten. Warum, war ihr selbst nicht klar. Vermutlich hast du Angst, dass er dann schlecht von dir denkt, gestand sie sich ein. »Muss ich denn auch fechten?«, fragte sie.

Jost nickte. »Ein bisschen schon. Aber es ist ganz leicht, du musst nur mit einem Degen hin und her fuchteln und dabei möglichst viel Lärm machen.«

»Ist das nicht gefährlich?«

»Nur ein bisschen, die Degen sind nicht scharf«, beruhigte Jost sie. »Geh schon vor, ich hole alles Nötige.«

Sobald er wiederkam, drückte er Marie eine Waffe und eine wattierte Weste in die Hand.

»Aber damit sehe ich aus wie ein Fass«, protestierte Marie.

Jost lachte. »Besser aussehen wie ein Fass als wie ein Sieb«, scherzte er. »Auch wenn die Degen stumpf sind, ihre Spitzen sind trotzdem gefährlich. Achte vor allem auf deine Augen.«

Die folgenden zwei Stunden brachten Marie und Jost im Schatten einer Kastanie zu und übten die Fechtstellung, diverse Schrittfolgen, Hiebe, Stöße, Paraden, Riposten und wie man die Waffe mit einer flüssigen Bewegung zurück in die Scheide steckte. Auch wenn Marie bereits nach kurzer Zeit der Arm schwer wurde, fühlte sich die Waffe gut an in ihrer Hand.

»Halte den Degen nicht zu fest und nicht zu locker«, riet Jost ihr. »Wenn du ihn zu locker hältst, schlägt man ihn dir leicht aus der Hand. Umklammerst du ihn zu fest, kannst du nicht rechtzeitig parieren.«

»Du hast gut reden!«, prustete Marie und ließ sich erschöpft auf den Boden fallen. »Ich kann nicht mehr.«

Jost steckte seine Waffe ins Gras und setzte sich neben sie. Auch er war schweißgebadet von der Anstrengung. Eine Zeit lang schwiegen sie und schöpften Atem. Schließlich fragte er: »Warum bist du in die Truppe eingetreten? Du bist anders als Rosa, Agathe und all die anderen Schauspielerinnen, die ich kenne.«

Marie seufzte. Wenn sie ihm nicht wenigstens einen Teil der Wahrheit erzählte, würde er nicht lockerlassen. »Ich hatte keine andere Wahl. Wäre ich in Brenz geblieben, wäre mir das nicht besonders gut bekommen.«

»Ah.« Jost bedachte sie mit einem Blick, den Marie nicht zu deuten vermochte. »Hast du dir etwas zuschulden kommen lassen?«

Marie presste die Lippen aufeinander. Die Versuchung, ihm ihr Herz auszuschütten, war groß. Wie sehr sie sich nach jemandem sehnte, dem sie von all dem Unrecht erzählen konnte, das ihr widerfahren war! Allerdings fürchtete sie, dass Jost immer weiter in sie dringen würde und sie irgendwann den wahren Grund verraten würde, aus dem sie ein Mitglied der Truppe geworden war. »Nein«, gab sie schließlich zurück. »Es ist nicht wichtig.« Sie wischte sich den Schweiß von der Stirn und erhob sich. »Lass uns weiterüben.«

Kapitel 43

Ulm, August 1721

»Ich habe Erkundigungen über Euch eingezogen.« Der Kaufherr, der nach Hubertus hatte schicken lassen, musterte ihn forschend. »Was ich erfahren habe, war sehr interessant.«

Der Jäger erwiderte den Blick ungerührt. »War es das?«

»In der Tat.«

Hubertus ließ sich unaufgefordert auf einem der ledergepolsterten Stühle nieder.

Der Patrizier verzog keine Miene, sondern spielte nachdenklich mit einem schweren Brieföffner.

»Da Ihr nach mir habt schicken lassen, nehme ich an, es besteht Interesse an meinen Diensten«, sagte Hubertus.

Der Kaufmann wiegte den Kopf hin und her.

Ärger stieg in Hubertus auf. Er klatschte sich mit den Handflächen auf die Oberschenkel und kam zurück auf die Beine. »Wenn Ihr meine Zeit verschwenden wollt, gehe ich wieder.«

»Bleibt!« Der Ulmer lud ihn mit einer Handbewegung ein, sich wieder zu setzen. »Meine Geschäftspartner sind sehr an Euren Diensten interessiert.«

Hubertus lächelte. Allerdings erlosch sein Lächeln bei den nächsten Worten des Kaufmannes.

»Man bietet Euch eine Stellung als Jäger am Hof in Ludwigsburg an.«

»Was?« Hubertus glaubte, sich verhört zu haben. »In Ludwigsburg? Direkt unter den Augen des Herzogs?«

»Weiß er von Eurer …«, der Patrizier hüstelte, »… *Liaison*?«

»Gott bewahre! Natürlich nicht!«

»Wo ist dann das Problem?«

»Wilhelmine ist das Problem. Was, denkt Ihr wohl, wird sie tun, wenn sie mich dort sieht?«

Der Patrizier lachte. »Nichts. Oder glaubt Ihr, sie wird dem Herzog gestehen, dass sie mit Euch eine *Affaire d'amour* hatte?«

»Vermutlich nicht«, brummte Hubertus. »Aber was soll ich in Ludwigsburg?«

Der Kaufherr öffnete eine der vielen Schubladen in seinem Schreibtisch und zog einen prall gefüllten Beutel hervor. »Auf Befehle warten«, sagte er und warf Hubertus den Beutel zu. Es klimperte verräterisch. »Meldet Euch beim Oberjägermeister von Hoff, der wird Euch einen Posten in der Hofjägerei zuweisen.«

»Warum wollen Eure Geschäftspartner, dass ich …?«

»Das muss nicht Eure Sorge sein«, unterbrach der Patrizier ihn. »Ihr habt gesagt, Ihr wisst Dinge über die Gräfin, die von Interesse sein könnten. Wartet ab, bis man Euch in Ludwigsburg kontaktiert.« Der Kaufmann zeigte auf die Geldbörse. »Ihr werdet fürstlich bezahlt.«

»Was soll ich tun, wenn Wilhelmine mich sieht?«

»Sie ignorieren. Ihr werdet nicht im Schloss wohnen, sondern in einer Unterkunft in der Stadt. Wenn sie Euch sieht, wird das nur aus der Ferne sein. Vermutlich erkennt sie Euch nicht einmal.«

Hubertus lachte. *Das* glaubte er beim besten Willen nicht. Sollte er Wilhelmine aus irgendeinem Grund über den Weg laufen, würde sie ihn ganz gewiss sofort erkennen. Allerdings hatte der Mann recht. Sie würde vermutlich nicht zum Herzog laufen, um sich bei ihm über den neuen Jäger zu beschweren.

»Ihr solltet sofort aufbrechen. Der Oberjägermeister ist über Euer Kommen informiert.«

»Ich hoffe, Ihr habt mir keinen Posten als Jägerknecht besorgt«, brummte Hubertus.

Der Patrizier winkte ab. »Natürlich nicht. Ihr werdet als Meisterjäger in die Dienste des Herzogs treten.« Er erhob sich, kam hinter dem Schreibtisch hervor und streckte Hubertus die Hand entgegen. »Es war mir ein Vergnügen, mit Euch Geschäfte zu machen.«

Hubertus schlug ein. Dann ließ er sich von einem Lakaien zurück in den Hof führen und machte sich auf den Weg zu seinem Gasthof. Dort packte er seine Habseligkeiten zusammen. Nach einem ausgiebigen Mahl und mehrfachem Zählen der Gulden, die der Handelsherr ihm überreicht hatte, ließ er von einem Burschen seinen Hengst satteln. Auch wenn ein Teil von ihm bedauerte, Ulm verlassen zu müssen, bevor er die Kleine aus Brenz erwischt hatte, sah ein anderer Teil der neuen Aufgabe mit Freude entgegen. Das Jagen fehlte ihm bereits nach den wenigen Tagen, die er nicht mehr bei Wilhelmine angestellt war. Der Geruch des Pulvers, das Zucken der Beute, wenn er ihr den Hirschfänger beim Fangstoß ins Herz rammte … Während sich in seinem Kopf bunte Jagdszenen abspielten, gab er seinem Pferd die Sporen und galoppierte aus der Stadt.

Kapitel 44

Ludwigsburg, August 1721

»DIESE VERMALEDEITE KUTSCHE BRINGT MICH NOCH UM!« Ungehalten rutschte Wilhelmine auf der Sitzbank hin und her und steckte die Hände unter ihr Gesäß, um die Stöße wenigstens etwas abzufangen. Der Kutscher schien aus reiner Boshaftigkeit in jedes Schlagloch zu fahren, weshalb sie schon mehrmals versucht gewesen war, eine Pause zu befehlen. Allerdings hatten sie schon genug Zeit verloren durch den Achsbruch, der sie einen ganzen Tag aufgehalten hatte. Mit einem Schaudern dachte sie an das schäbige kleine Dorf zurück, in dem sie ausgeharrt hatten, bis endlich ein Schmied gefunden war.

Sie schob die Unterlippe vor und blies sich etwas Luft ins Gesicht. Zu allem Überfluss schien es an diesem Tag noch heißer zu sein als zuvor, stickig und schwül, obwohl weit und breit keine Wolken zu sehen waren. Selbst durch die geöffneten Fenster der Kutsche gelangte kaum ein Luftzug ins Innere. Der Stoff ihres Reisekleides klebte an ihrem Rücken, und je heftiger sie mit dem Fächer wedelte, desto heißer wurde ihr. Vermutlich war ihre Frisur genauso ruiniert wie die am Morgen sorgfältig aufgetragene Schminke. Mit einem Stöhnen lehnte sie sich etwas nach vorn und steckte den Kopf aus dem Fenster.

Es war nicht mehr weit. Zu ihrer Linken war bereits die Stadt zu sehen. Aus dem lächerlichen Flecken, der vor sechs Jahren kaum vier Gebäude umfasst hatte, war inzwischen eine beachtliche Ansiedlung aus über 100 Privathäusern geworden. Bald würde Wilhelmine ein eigenes Palais in der Stadt erhalten – jedenfalls hatte Eberhard ihr das versprochen. Seit dem

Einzug der Erbprinzessin wohnte Wilhelmine in der Residenz selbst nicht mehr in der Beletage, was sie immer noch als Erniedrigung empfand. Bis vor fünf Jahren war sie die erste Frau im Schloss gewesen.

Sie zog den Kopf zurück, blickte jedoch weiter aus dem Fenster. Vorbei an Marktplatz, Kirche, Jägerhaus und Marstall näherten sie sich dem Schloss, das Eberhard als eine offene Drei-Flügel-Anlage mit mehreren Gärten konzipiert hatte. Zuerst war es ihm ein Dorn im Auge gewesen, dass die Residenz tiefer lag als die Stadt. Doch dann hatte er kurzerhand beschlossen, nur den Bau zweistöckiger Gebäude zu genehmigen, damit die Häuser seiner Untertanen das Schloss nicht überragten. Wilhelmine verzog das Gesicht. Manchmal waren Eberhards Einfälle etwas skurril. Vor einigen Jahren hatte er die Bewohner des Herzogtums mit einer Gassensäuberungs-Ordnung dazu verdonnert, regelmäßig den Dreck vor ihren Häusern wegzukehren, den er als mangelnden Respekt vor seiner Person empfunden hatte.

Sie wechselte den Fächer von der linken in die rechte Hand und versuchte weiter, sich Kühlung zu verschaffen. Während sie den Abhang zur Residenz hinabholperten, fragte Wilhelmine sich, ob Eberhard das Lärmen der Bauarbeiter wenigstens am Galatag verbieten würde. Zwar war die Residenz inzwischen so weit fertiggestellt, dass der Hof sämtliche Räume des Corps de Logis samt Galerien und den beiden Pavillons sowie die Räumlichkeiten des Riesen-, Ordens- und östlichen Kavaliersbaus nutzen konnte. Dennoch war Wilhelmine sicher, dass es sich immer noch anfühlen würde, als ob sie auf einer Baustelle lebten. Nichts schien jemals wirklich fertig zu sein. Sobald ein Teil des Daches dicht war, tropfte es an anderer Stelle in die Räume. Mit einem Seufzen ließ sie den Blick über die Dächer der Residenz gleiten und sandte ein Stoßgebet zum Himmel, als sie endlich das Tor erreichten. Über das

Kopfsteinpflaster rumpelten sie in den Ehrenhof, wo der Kutscher bei einem Brunnen anhielt.

Augenblicklich kam ein halbes Dutzend Lakaien herbeigeeilt, um Wilhelmine und ihren Begleiterinnen aus den Kutschen zu helfen und das Gepäck abzuladen. Zwei Leibgardisten zu Pferde saßen ab, zogen den Hut vor ihr und informierten sie darüber, dass der Herzog bei der Jagd war.

»Bringt alles in meine Gemächer«, trug Wilhelmine den Lakaien auf. Dann sah sie sich im Hof um, in dem es von Bediensteten nur so wimmelte. Außerdem erblickte sie die exotischen Trachten der Heiducken, Kroaten, Ungarn, Türken und der Hofmohren, die Eberhard nach Ludwigsburg geholt hatte, um den Hof prächtiger und fantastischer zu machen. Die Zitronen- und Orangenbäumchen, die überall in Kübeln aufgestellt waren, verstärkten den Eindruck, in eine andere Welt eingetaucht zu sein, genau wie die zahlreichen Pfauen, die stolz Räder mit ihren Schwanzfedern schlugen. Da sie sich müde fühlte, machte sie sich auf den Weg zum Corps de Logis und betrat wenig später das Gebäude. Sie würdigte die halbnackten Marmorstatuen keines Blickes, sondern steuerte direkt auf die Tür ihrer Wohnung zu. Dort ließ sie sich von einem Kammerfräulein den Fächer abnehmen und sank mit einem Stöhnen in einen weichen Sessel. »Bring mir etwas zu trinken«, trug sie einem Pagen auf. Ihre Kehle fühlte sich an, als habe sie den gesamten von der Kutsche aufgewirbelten Staub geschluckt.

»Soll ich feuchte Tücher holen?«, fragte ein weiteres Kammerfräulein.

Wilhelmine nickte. Sie fühlte sich schmutzig und klebrig. Eine Waschung würde sie erfrischen. »Ich brauche eine neue Flohfalle«, schickte sie der jungen Frau hinterher und nahm einen kostbar verzierten Anhänger vom Hals. Darin befand sich Sirup, in dem die Flöhe verenden sollten. Dann lehnte sie sich in dem Sessel zurück und starrte erschöpft an die mit Stuck und Malereien überladene Decke. Überall tummelten sich unbekleidete Menschen, schienen zu jubeln und zu frohlocken. Wie auf dem dunklen Holzboden lag allerdings auch über den Malereien ein dünner Film aus weißem Kalkstaub, der Wilhelmine verriet, dass die Bauarbeiten immer noch nicht abgeschlossen waren. Sie schloss die Augen und genoss die Luft, die ihr das Kammerfräulein zufächelte. Bis Eberhard von der Jagd zurückkehrte, wollte sie sich ein wenig ausruhen. Der Abend würde anstrengend werden, da sie zuerst mit Eberhard allein in seinem Appartement zu Abend essen und ihn danach entweder zur *Comoedie* oder zur *Assembleé* begleiten musste. Je nachdem, wie viel er trank, würde sie ihn später noch im Kabinett aufsuchen, um ihre Pflichten als seine Mätresse zu erfüllen. Als ihre Gedanken zu Hubertus abschweifen wollten, zwang sie sich, an etwas anderes zu denken.

Kapitel 45

Ulm, August 1721

Zu La Boneilles Verdruss dauerten die Proben für das neue Stück einige Tage länger, als er geplant hatte. Als endlich die

Kasse geöffnet wurde, war der Andrang an Besuchern jedoch so groß, dass er mit einem Lächeln hinter dem Vorhang hervorlugte. »Wir scheinen gut anzukommen«, flüsterte er.

Marie, die in einem teuren taubenblauen Kleid steckte, schielte an ihm vorbei in den Zuschauerraum. Wie bei ihrem ersten Auftritt in Brenz brodelte es in ihrem Inneren. Die Aufregung machte ihr die Handflächen feucht und den Mund trocken. Obwohl sie ihren Text fehlerfrei beherrschte, dank Jost mit dem Degen umgehen konnte und die Possen Dutzende Male geübt hatte, fürchtete sie, etwas zu verpatzen. Das Schwierigste an der Aufführung waren die blitzschnellen Kostümwechsel, bei denen Agathe ihr nicht helfen konnte, weil sie als Einsagerin vollauf beschäftigt war.

»Streck die Hand aus«, forderte Jost sie auf. Er stand hinter ihr und La Boneille und zupfte an seinen Hosenträgern herum.

»Wieso?«, fragte Marie.

»Gib sie einfach her.«

Marie tat zögernd, wie geheißen. Als Jost nach ihrer Hand griff und hineinspuckte, zog sie sie hastig zurück. »Was soll das?«, fragte sie.

»Nicht abwischen«, zischte Jost. »Das bringt Unglück.«

Marie musterte ihn zweifelnd. »Willst du mich auf den Arm nehmen?«

Jost schüttelte den Kopf. »Nein, das ist ein alter Brauch.«

Obwohl Marie nicht sicher war, ob er es ernst meinte, widerstand sie dem Drang, die Hand am Stoff ihres Rockes zu reiben, und klatschte in die Handfläche, die Jost ihr entgegenhielt.

Auch La Boneille schlug ein. »Auf eure Position! Es geht bald los«, sagte er.

Mit dem Gefühl, als läge ein Stein in ihrem Magen, ging Marie auf die Hinterbühne, wo wie in Brenz eine Stube aufgebaut war. In dieser Dekoration gab es allerdings auch ein Bett, in dem sich Rosa im dritten Akt als Nebenbuhlerin rekeln würde, um Marie in der Rolle des jungen Gecken zu verführen.

Jost und La Boneille hatten den ersten Auftritt, und als wenig später der Vorhang hochgezogen wurde, brandete ihnen tosender Beifall entgegen.

Während die beiden auf der Vorderbühne allerhand Späße rissen und sich über die Liebe, die Frauen und die Ungerechtigkeit Amors unterhielten, kaute Marie auf der Hinterbühne auf ihren Fingernägeln herum. Obwohl das Kleid, in dem sie steckte, aus teurem Stoff gefertigt war, kam sie sich irgendwie schäbig vor. Ständig ertappte sie sich dabei, wie sie sich mit Rosa verglich und die andere um ihre üppigen Rundungen beneidete. Ganz gleich, wie sehr Marie ihr Mieder schnürte, ein solches Dekolleté wie Rosa würde sie nie zustande bringen.

Das Heben des Zwischenvorhangs riss sie aus den Gedanken. Der Stein in ihrem Magen verwandelte sich plötzlich in einen Schwarm Hummeln. Ihr Herz galoppierte so unvermittelt davon, dass sie die Hand auf die Brust presste.

Pfiffe aus dem Publikum ließen sie noch mehr erstarren.

»Ei, was für ein wunderschönes Weib.« Jost trat mit einem übertriebenen Bückling aus dem Schatten und wisperte: »Du kannst das!« Er griff nach Maries Hand, um ihr einen Kuss daraufzudrücken. »Darf ich Euch zum Tanz bitten, Teuerste?«

Marie schluckte und zwang sich, nicht ins Publikum zu blicken. Obwohl die Gesichter der Menge kaum zu sehen waren, hatte sie das Gefühl, von Hunderten von Augen bis auf die Haut ausgezogen zu werden.

»Ziert Euch nicht so, meine Liebe«, flötete Jost. Als ein Fiedler zum Tanz aufspielte, packte er Marie bei der Taille und begann, mit ihr durch die Stube zu wirbeln.

Seine Nähe, der einstudierte Tanz und sein fester Griff ließen die Aufregung von Marie abfallen. Sie hatten das Stück so oft geübt! Wovor hatte sie Angst?

»Siehst du, es geht vorbei«, flüsterte Jost ihr ins Ohr. »Die Angst legt sich irgendwann.«

»Hattest du auch Angst?«, wisperte Marie zurück.

»Todesangst.« Er verlangsamte die Schritte, bis er schließlich ganz anhielt und Marie näher an sich zog. »Meine Schöne«, hob er an, wurde jedoch durch La Boneilles Auftritt unterbrochen.

»Nimmst du wohl die Finger von meiner Braut, du Kanaille!«, dröhnte La Boneille. Er stürzte sich auf Jost, riss ihn mit übertriebenem Gefuchtel von Marie fort und versetzte ihm eine Maulschelle.

Das Publikum grölte.

»Was heißt hier *deine* Braut?«, schoss Jost zurück. Er wehrte einen weiteren Schlag La Boneilles ab und trat ihm gegen das Schienbein.

Während die beiden sich prügelten, schlug Marie die Hände vor den Mund und wich kreischend in den Schatten des Vorhangs zurück. Von dort huschte sie zu der Luke im Bühnenboden, schlüpfte hindurch und rannte zum Kostümwagen, für den La Boneille ihr einen Schlüssel gegeben hatte. In Windeseile ließ sie das Kleid fallen und schlüpfte in Kniehose, Weste und Rock und stülpte sich eine Männerperücke auf den Kopf. Ein kurzer Blick in den Spiegel, dann rannte sie zurück zur Luke. Sie kam gerade rechtzeitig für ihren nächsten Auftritt.

Die nächste Stunde focht sie mit Jost, bestahl La Boneille und Rosa, machte den Männern schöne Augen und tauschte einen leidenschaftlichen Kuss mit La Boneille, während sich auf der Vorderbühne die anderen eine Prügelei mit den Wachsoldaten lieferten. Als der Vorhang schließlich fiel, sprangen die Zuschauer begeistert auf und jubelten der Truppe zu. Blumen und Hüte flogen, und eine Gruppe junger Frauen verlieh ihrer Begeisterung lautstark Ausdruck.

Während Marie und die anderen sich immer wieder verbeugten, erklomm ein reich gekleideter Mann mit einer auffälligen Kette um den Hals die Bühne und klopfte La Boneille auf den Rücken. »Kommt in den Ratskeller zu einem Umtrunk«, lud er den Prinzipal ein. Er warf Marie und Rosa einen Blick zu. »Die Damen dürft Ihr gerne mitbringen.« Sein Lächeln war ölig.

»Ach, und was ist mit mir?«, fragte Jost und baute sich frech vor ihm auf. »Wisst Ihr nicht, dass *ich* der wichtigste Mann der Truppe bin?«

Der Ulmer lachte. »Kommt meinetwegen alle.«

»Ich dachte, der Rat wollte uns keinen Saal zur Verfügung stellen«, sagte Jost, sobald der Mann, den Marie für den Bürgermeister hielt, wieder von der Bühne geklettert war.

La Boneille zuckte die Achseln. »Vielleicht haben sie es sich anders überlegt.«

Das hatten sie nicht, wie sich herausstellte, als Marie, La Boneille, Rosa und Jost eine halbe Stunde später den Ratskeller betraten. Den Nebenrollen hatte La Boneille aufgetragen, bei den Wagen zu bleiben, um zu verhindern, dass Langfinger sich an den Requisiten bedienten.

Marie sah sich staunend in dem Gewölbekeller um. Er war riesig. An der dunklen Wandvertäfelung hingen zahllose bunte Wappen und Gemälde von gewichtig dreinschauenden Herren. An den Tischen drängten sich Männer, deren Röcke aus teurem Tuch gearbeitet und deren Degen auf Hochglanz poliert waren. Einige trugen sogar Pistolen im Gürtel. Zwei gewaltige Kronleuchter mit unzähligen Kerzen tauchten den Raum in warmes Licht. Etwa ein Dutzend Mägde eilte von Tisch zu Tisch, verteilte Krüge mit schäumendem Bier und trug Platten voll Essen auf.

»Ein sehr unterhaltsames Stück«, begrüßte einer der Anwesenden La Boneille. Er hatte ebenfalls eine breite Kette um den

Hals, die schwer auf seinem fülligen Bauch lag. In der beringten Hand hielt er einen silbernen Kelch.

»Wollt Ihr uns doch einen Saal vermieten?«, fragte La Boneille. Er nahm einen Becher von einer der Mägde entgegen.

»Gott bewahre!«, dröhnte der Mann, nahm einen tiefen Zug aus seinem Kelch und schüttelte den Kopf. »Das würde die Pfaffen empören. Aber es spricht nichts dagegen, dass Ihr etwas länger vor der Stadt bleibt, als ursprünglich vorgesehen. Ein wirklich vortreffliches Stück!« Er gab La Boneille zu verstehen, ihm zu folgen, und führte ihn zu einem Tisch, an dem weitere offenbar wichtige Männer saßen.

»Und was sollen wir hier?«, flüsterte Marie Jost ins Ohr.

»Uns amüsieren.« Er grinste. »Komm, dort hinten ist noch Platz.« Er zog Marie auf einen Tisch zu. Die vier jungen Männer, die dort tafelten, rutschten bereitwillig zusammen, um Platz für sie zu machen.

Um Rosa tanzten bereits mehrere Burschen herum, die um ihre Aufmerksamkeit buhlten.

»Setz dich neben mich«, lud einer der jungen Männer Marie ein. »Oder hat Hanswurst etwas dagegen?« Er lachte.

Die anderen Burschen fielen in das Gelächter ein.

Jost nahm seinen Hut ab, setzte ihn dem Kerl auf den Kopf und zog ihn so weit in dessen Gesicht, dass seine Nasenspitze kaum mehr zu sehen war. »Finger weg von meinem Mädchen«, drohte er mit einem übertriebenen Griff an den Gürtel. Da er den Degen jedoch auf der Bühne zurückgelassen hatte, fasste seine Hand ins Leere.

Die Burschen lachten noch lauter.

Bevor Marie sich's versah, legte sich eine Hand um ihre Taille, als einer der jungen Männer sie auf seinen Schoß zog.

Kapitel 46

Ulm, August 1721

»LASST DAS!«, schimpfte sie und versuchte aufzuspringen. Der Griff des Burschen verstärkte sich, sodass sie sich keinen Zoll rühren konnte.

Er schmiegte die Wange an ihre Brust und gab ein wonniges Geräusch von sich. »Sträub dich doch nicht wie eine Katze«, neckte er sie.

Marie spürte, wie Zorn in ihr aufwallte. »Lasst mich los!«, sagte sie hitzig.

Aber der Jüngling schien nicht die geringste Lust dazu zu haben.

Während sein Arm sich immer enger um sie schlang, warf Marie Jost einen Hilfe suchenden Blick zu.

Deutlich waren Ärger und Wut in seinen Augen zu lesen. Er gab ihr jedoch mit einem Zeichen zu verstehen, nichts Unbedachtes zu tun. »Hört mal«, sagte er und tippte dem jungen Mann auf die Schulter. »Wenn Ihr mein Mädchen so gern habt, müsst Ihr dafür bezahlen.«

Marie glaubte, ihren Ohren nicht zu trauen.

Der Bursche wandte den Kopf. »Wieso? Ist sie nicht für alle da?«

Seine Freunde lachten erneut.

Marie griff nach seiner Hand, doch die war wie festgeklebt an ihr.

»Nein, nein«, gab Jost zurück und schnappte nach seinem Hut, den der andere Bursche sich vom Kopf gezogen und auf den Tisch gepfeffert hatte. »Ihr müsst hier schon ein paar Geldstücke reinwerfen.«

Marie verstand. Er wollte erreichen, dass ihr Bedränger sie losließ, um Geld aus der Tasche zu ziehen.

»Komm schon, du kannst es dir doch leisten«, stachelten seine Freunde ihn an.

»Ja«, fiel Jost mit ein. »Kommt schon.« Er suchte Maries Blick und zeigte mit dem Kinn zum Ausgang.

Sie nickte so unauffällig wie möglich. Als der Kerl den Griff lockerte, um nach seiner Börse zu greifen, entwand sie sich mit einer blitzschnellen Bewegung seinem Arm und sprang von seinem Schoß auf.

»Nicht! Bleib hier!«, rief er. Angestachelt vom Gegröle seiner Freunde, kam auch er auf die Beine und setzte Marie nach.

Er hatte sie gerade eingeholt und beim Arm gepackt, als eine tiefe Stimme fragte: »Was soll das Spektakel? Könnt Ihr Euch nicht benehmen?«

Der Bursche erstarrte.

Als Marie sich von seinem Griff befreite, streifte ihre Hand die Börse in seiner Tasche. Während die Wut in ihrem Inneren überzuschäumen drohte, griffen ihre Finger nach dem Lederbeutel. Ihr Verstand kam nicht dazu, sie davon abzuhalten, die Börse zu stehlen und mit einer flinken Bewegung einzustecken.

»Wir treiben nur Schabernack«, entschuldigte sich der Kerl, der plötzlich kleinlaut wirkte.

»Treibt Euren Schabernack woanders oder seht zu, dass Ihr Euch so benehmt, dass Eure Väter sich nicht für Euch schämen müssen!«

»Es tut mir leid«, stammelte der junge Mann.

»Komm, nichts wie fort von hier!« Jost griff nach Maries Hand und zog sie von den Männern fort. Der Ältere schimpfte immer noch auf den anderen ein, als sie den Ausgang des Ratskellers erreichten.

»Was ist mit Rosa und La Boneille?«, fragte Marie atemlos. Ihr Herz raste und die gestohlene Börse schien ein Loch in ihr Kleid zu brennen. Was, wenn der Kerl den Diebstahl bemerkte? Plötzlich wurde ihr kalt.

»Die scheinen sich prächtig zu amüsieren«, gab Jost zurück. Er zeigte auf Rosa, die inmitten eines Kreises von Bewunderern aufzublühen schien wie eine Blume. »Es war ein Fehler, diesen Tisch auszusuchen«, entschuldigte er sich, öffnete die Tür und schob Marie ins Freie.

»Woher hättest du wissen sollen …?«

»Ich kenne diese Art Kerle«, unterbrach Jost sie. »Sie sind alle gleich.« Er fasste Marie sanft beim Arm. »Ist dir kalt? Du zitterst.«

Marie schüttelte den Kopf. Der Vorfall im Ratskeller, der Arkadengang, in dem sie sich so unvermittelt wieder befand, und das Gefühl der grapschenden Hände weckten die Erinnerungen an den Jäger. Sie sah sich furchtsam um. Ob er wieder irgendwo lauerte?

»Was ist, Marie?«, drang Jost weiter in sie. »Vor wem fürchtest du dich? Die Burschen kannst du vergessen, denen hält der Bürgermeister vermutlich immer noch eine Standpauke.«

»Es ist nichts«, log Marie, »nur …«

»Nur was?«

Marie wehrte sich nicht, als Jost ihr seine Jacke um die Schultern legte. Zwar war die Nacht lau und ihr Kleid warm genug, dennoch gab ihr Josts Jacke das Gefühl, etwas geschützter zu sein.

»Wann sagst du mir endlich, was dich bedrückt?«, fragte Jost. »Ich bin doch dein Freund!«

Marie wandte sich ihm zu und sah ihm in die Augen. »Ich weiß.« Eine Bewegung im Schatten ließ sie erstarren. Doch es war nur eine streunende Katze, die kurz darauf über den

Holzmarkt huschte. »Lass uns zurück zur Wiese gehen«, bat sie. »Hier ist es mir unheimlich.«

Jost seufzte. »Wie du willst.«

Marie biss sich auf die Lippe. Sie presste die Hand auf ihre Tasche, um zu verhindern, dass das Geld in der gestohlenen Börse klimperte. Auch wenn sie immer noch keine Ahnung hatte, was sie als Spionin der Gräfin tun musste, konnte sie Jost unmöglich ins Vertrauen ziehen. Deshalb ging sie schweigend neben ihm her, bis sie die Stadt hinter sich gelassen hatten. Am Ufer der Donau entschuldigte sie sich und bat ihn, einen Augenblick auf sie zu warten. Da er annehmen musste, dass sie ihre Notdurft verrichten wollte, drehte er sich um und gab Marie Gelegenheit, die Börse aus der Tasche zu ziehen, das Geld herauszunehmen und den Beutel weit von sich in die Donau zu schleudern. Sollte der Bursche den Diebstahl bemerken und sie der Tat bezichtigen, würde es keinerlei Beweise für ihre Schuld geben. Was sie getan hatte, war dumm und gefährlich. Sie kannte die Strafe, die sie erwartete, sollte sie gefasst werden, nur zu gut. Dennoch empfand sie Genugtuung, sich für die Demütigung gerächt zu haben. Sobald das Wasser den Lederbeutel verschluckt hatte, steckte sie die Münzen ein und ging zurück zu Jost. Im Lager angekommen, verabschiedete Marie sich mit einem Kuss auf die Wange von ihm, um ins Bett zu gehen. Das Geld versteckte sie unter ihrer Matratze, dann zog sie sich aus und schlüpfte unter die dünne Decke.

An Schlaf war allerdings nicht zu denken. Nicht nur feierten und lachten die übrigen Mitglieder der Truppe bis spät in die Nacht, die Erinnerung an die Aufführung und der Vorfall im Ratskeller ließen Marie kein Auge zutun. Sie hatte jemanden bestohlen! Allein mit sich und ihren Gedanken, wälzte sie sich hin und her, während das schlechte Gewissen einen Stachel in ihre Eingeweide bohrte. Sie war eine Diebin! Für das, was sie getan hatte, würde sie bis zum Jüngsten Tag im Fegefeuer brennen und dann direkt in die Hölle fahren! Eine Gänsehaut breitete sich auf ihren Armen aus. War sie nicht ohnehin längst verdammt gewesen? Hatte nicht der Dorfpfarrer immer wieder von der Kanzel gepredigt, dass die Seelen sündiger Weiber Satan gehörten? War das, was sie mit Bartholomäus geteilt hatte, nicht Grund genug, von Gott bestraft zu werden? Sie zog die Beine an und starrte in die Dunkelheit. Wenn ihre Seele dem Teufel gehörte, würde er sie dann vor Entdeckung bewahren? Die Fragen wirbelten wild durch ihren Kopf, und erst kurz vor Heraufziehen der Dämmerung übermannte sie die Müdigkeit und sie fiel in einen unruhigen Schlummer.

Kapitel 47

Ulm, August 1721

Die nächsten Tage vergingen wie im Flug. Die Angst, von der Stadtwache verhaftet zu werden, stellte sich als unbegründet heraus, da niemand wegen des Diebstahls nach Marie zu suchen schien. Jeden Abend führten sie »Hanswurst und die Meisterdiebin« auf, badeten im Applaus der Ulmer, während ihre Possen immer wilder wurden. Maries Furcht vor dem

Auftritt verflüchtigte sich, und bereits bei der vierten Aufführung wagte sie es, bei der Fechtszene mit Jost zu improvisieren. Als Jost sich am Ende des Kampfes, an einer Vorhangkordel schwingend, in Sicherheit brachte, tobte das Publikum vor Begeisterung.

Auch die Liebesszenen mit La Boneille wurden immer ungehemmter, sodass Rosa nach einer der Proben im Kostümwagen ätzte: »Wenn du dir noch etwas mehr Mühe gibst, kannst du ihm die Zunge ganz in den Hals stecken.«

Marie, die erfolglos versuchte, ihr Herz gegen La Boneilles Charme zu verhärten, bedachte die andere mit einem kühlen Blick. »Lass mich in Ruhe! Was kann ich dafür, dass *du* nicht für die Rolle taugst?«

Rosa hielt mitten in der Bewegung inne. Sie war dabei gewesen, ihr Haar vor dem Spiegel zu ordnen. »Was willst du damit sagen?«

»Gar nichts«, gab Marie zurück. »*Ich* habe die Rollen nicht besetzt.«

Rosa ließ den kleinen Kamm sinken, mit dem sie ihre dunkelblonden Locken feststecken wollte. »Ich weiß nicht, warum La Boneille einen Narren an dir gefressen hat«, zischte sie, »aber ich werde es herausfinden, glaub mir.« Sie funkelte Marie streitlustig an.

»Was wirst du herausfinden?« Ohne dass die beiden es bemerkt hatten, war der Prinzipal auf der Türschwelle erschienen.

»Nichts«, gab Rosa patzig zurück.

La Boneilles Miene verdunkelte sich. »Ich habe dir schon mal gesagt, du sollst Marie in Ruhe lassen«, knurrte er. »Wenn du nicht aufhörst zu streiten, muss ich mir eine andere für deine Rollen suchen.«

Marie sah, wie Rosa unter dem Puder erbleichte. »Das würdest du nicht wirklich tun!«, hauchte sie.

»Wenn du mich dazu zwingst, nimmst du schneller dein Bündel, als du bis drei zählen kannst«, drohte La Boneille. An Marie gewandt, sagte er: »Komm zu mir, wenn du fertig bist.« Mit diesen Worten verließ er den Wagen.

Während Marie sich weiter umzog, herrschte eisiges Schweigen.

Rosa stand regungslos vor dem Spiegel und starrte sich selbst an. In ihrem Kopf schien es fieberhaft zu arbeiten.

Marie war sicher, dass sie nach etwas suchte, mit dem sie Marie vergraulen konnte. Sie schlüpfte in ihr eigenes Kleid, kämmte sich das Haar und wischte sich die Schminke aus dem Gesicht. Dann verließ sie den Kostümwagen, um sich auf die Suche nach La Boneille zu machen. Sie fand ihn an einem Holztisch im Schatten eines Baumes. Von den anderen Truppenmitgliedern war weit und breit nichts zu sehen.

»Setz dich«, sagte er.

Marie tat, wie geheißen, und nahm auf der Bank ihm gegenüber Platz. Wie immer löste seine Nähe ein seltsames Gefühl in ihr aus, das sich verstärkte, wenn sie nicht im Kostüm steckten. Anders als auf der Bühne war sie jetzt sie selbst und er nicht ihr Liebhaber, sondern ein Mann, der für sie unerreichbar schien.

»Wir geben morgen unsere letzte Vorstellung in Ulm«, ließ La Boneille sie wissen. »Danach brechen wir nach Geislingen auf.«

Marie sah ihn fragend an.

»Dort beginnt deine Arbeit für die Gräfin«, erläuterte La Boneille. »Ich will, dass du dir eine Reihe von Namen merkst. Anders als hier werden wir in Geislingen einen Saal in der Stadt zur Verfügung haben. Nach den Vorstellungen wird es Empfänge geben, bei denen du dich unter die Leute mischst.« Er sah an ihr hinunter. »Ich werde dir beibringen, dich wie eine Dame zu benehmen. Außerdem bekommst du andere Kleider.«

Marie blinzelte überrascht.

»Du wirst als meine Partnerin auftreten, damit man dich ernst nimmt. Niemand würde sich mit einer Bauernmagd unterhalten, aber mit der Dame an der Seite des Prinzipals …«

»Was wird Rosa sagen?«, fragte Marie.

»Rosa hat nichts zu sagen. Da wir als Paar auftreten, werden wir uns zusammen in einem Gasthof einmieten, um den Schein aufrechtzuerhalten.«

»Aber ich habe kein Geld!«

»Du brauchst kein Geld außer deiner Gage. Für das Zimmer bezahle ich.«

Marie schluckte. »*Ein* Zimmer?«

»Für jeden.« La Boneille grinste. »Keine Sorge, du hast nichts von mir zu befürchten.«

Die Worte waren wie Schläge für Marie. Sie hatte nichts befürchtet! Sondern gehofft, dass er endlich ihren weiblichen Reizen erliegen würde. Sie schlug den Blick nieder, um ihn nicht sehen zu lassen, wie verletzt sie war.

»Hier ist eine Liste mit Namen«, sagte La Boneille. Er schob ihr einen Zettel zu. »Lerne sie auswendig, dann verbrenne den Zettel.«

Marie versteifte sich.

»Was ist?«

»Ich kann nicht lesen«, sagte sie so leise, dass es kaum zu hören war.

»Du kannst nicht …?« La Boneille schlug mit der flachen Hand auf die Tischplatte. »Warum hast du das nicht gleich gesagt? Wie hast du dann deinen Text gelernt?«

»Jost hat mir geholfen«, murmelte Marie.

»Mein Fehler«, hörte sie La Boneille zu ihrer Verwunderung sagen. »Woher sollte ein Bauernmädchen lesen können?«

Erneut spürte sie, wie Scham in ihr aufstieg.

»Dann sage ich dir die Namen vor, und du wiederholst sie, bis du sie dir gemerkt hast. Wann immer in einer Unterhaltung, die du belauschst, einer dieser Namen fällt, berichtest du mir, was du gehört hast. Verstanden?«

Marie nickte.

Die nächste Stunde brachte sie damit zu, sich die Namen einzuprägen. Es waren über zwei Dutzend. »Was sind das für Leute?«, fragte sie schließlich, als sie jeden Einzelnen auf der Liste fehlerfrei heruntergerattert hatte.

»Feinde der Gräfin.«

»So viele?«

La Boneille verzog das Gesicht. »Das ist nur ein Bruchteil. Die meisten bleiben im Verborgenen.« Er fragte Marie ein letztes Mal ab, dann zerriss er den Zettel in winzige Stücke, die er in die Glut der Feuerstelle warf. »Bernhard!«, brüllte er, als einer der anderen Schauspieler über die Wiese lief.

»Was ist?«

»Hol deine Fiedel!« La Boneille erhob sich. »Jetzt lernst du tanzen«, informierte er Marie. »Eine Dame, die nicht tanzen kann, ist ein Ding der Unmöglichkeit.«

Sie begannen mit einem Menuett, bei dem La Boneilles Fingerspitzen Maries nur selten streiften. Ansonsten tänzelten sie umeinander herum, wie Marie es bei den Gockeln im Hühnerstall ihres Vaters gesehen hatte.

»Ein Ball wird normalerweise mit einem Menuett eröffnet«, erklärte La Boneille. »Man schlingt sich umeinander herum, und die Männer können ein Frauenzimmer nach dem anderen auffordern, mit ihnen zu tanzen. Wenn du Näheres über jemanden herausfinden willst, kannst du ihn während des Tanzes in ein Gespräch verwickeln.«

Marie kämpfte mit der großen Referenz, der tiefen Verbeugung, mit der der Tanz begann. Dann ließ sie sich von

La Boneille um ihn herumführen, bevor sie sich tanzend von ihm entfernte, um kurz darauf wieder auf ihn zuzutrippeln. Sie kam sich unendlich albern vor.

»Halt dich gerade«, ermahnte La Boneille sie. »Den Blick geradeaus, das Kinn nach oben. Du willst dich nicht verstecken, du willst verführen, verlocken und betören.«

Marie leistete seinen Anweisungen Folge, so gut sie konnte. Dennoch geriet sie immer wieder aus dem Takt.

Je länger sie auf der Wiese herumhopsten, desto mehr Schaulustige versammelten sich am Zaun, sodass Marie sich bald vorkam wie ein Tanzbär auf dem Marktplatz.

»Sieh nur mich an«, sagte La Boneille. »Wiege deine Hüften, spiele mit deinen Reizen!«

Während Marie immer mehr ins Schwitzen geriet, trippelte sie immer weiter und fragte sich, wie um alles in der Welt sie jemanden mit dem Gehopse betören sollte.

Erst als ihre Beine schmerzten und ihre Arme schwer wurden vom vielen in der Luft Herumwedeln, erlaubte La Boneille ihr aufzuhören.

»Du lernst schnell«, stellte er zufrieden fest. »Als Nächstes bringe ich dir die Polonaise, den Englischen Tanz und den Cotillon bei. Wenn sich die Tänzer nicht um dich reißen, will ich einen Besen fressen.«

Kapitel 48

Ludwigsburg, 25. August 1721

»Den ersten Bericht habe ich gegeben, lieber Theophilus, von all dem, was Jesus von Anfang an tat und lehrte bis zu dem Tag, an dem er aufgenommen wurde, nachdem er den Aposteln, die er erwählt hatte, durch den Heiligen Geist Weisung gegeben hatte.«

Wilhelmine von Grävenitz hörte dem Kammerfräulein, das während ihres Ankleidens aus der Bibel las, nur mit halbem Ohr zu. Seit sie wieder in Ludwigsburg war, verliefen ihre Tage nach dem strengen Zeremoniell, auf dem Eberhard mit Nachdruck beharrte, weshalb ihr kaum Zeit für sich blieb.

»Ich bin der Serenissimus«, hatte er gesagt, als sie ihn irgendwann gefragt hatte, warum alles so strikt ablaufen musste. »Wenn jeder bei Hof tun und lassen kann, was er will, untergräbt das meine Autorität.«

Wie oft sie schon mit ihm über dieses alberne Zeremoniell gestritten hatte, wusste sie nicht mehr. Einerseits konnte sie verstehen, dass er als Souverän eine gewisse Distanz zu seinen Untertanen wahren musste. Andererseits fand sie seine Nachahmung des französischen Sonnenkönigs manchmal einfach nur lächerlich. Sie waren in Ludwigsburg! Nicht in Paris oder Versailles.

»Ihro Exzellenz«, riss eine der Hofdamen sie aus den Gedanken. »Wollen Sie die Rubine oder die Smaragde anlegen?«

Wilhelmine wartete, bis das Kammerfräulein, das ihr Gesicht puderte, innehielt, und wandte den Kopf. Noch saß sie, nur mit einem Untergewand bekleidet, auf einem Schemel vor dem großen vergoldeten Spiegel, der ihre Wangen zu rund und ihre Arme zu dick erscheinen ließ. Auf drei Schneiderpuppen hingen drei Roben zur Auswahl für die Feierlichkeiten dieses Galatages. Eine davon war aus kostbarer roter Seide und Brokat gefertigt, mit Silberstickereien verziert und mit Rüschen besetzt. Auf der Brust funkelten Diamanten wie Sterne an einem blutroten Himmel. Der Reif war so ausladend, dass sie damit breiter als hoch sein würde. »Die Smaragde«, sagte sie nach kurzem Überlegen. Auch wenn satte Farbtöne sie manchmal kränklich erscheinen ließen, würde sie zu Eberhards Namenstag die rote Robe anlegen. Vielleicht hielt das diese verdammte Wölfin von ihr fern, die sie nach ihrer Rückkehr aus Brenz noch öfter anknurrte als vorher.

Während die Damen sie ankleideten, diktierte sie ihrem Sekretär Krippendorf einen Brief und fragte sich, wie viele ihrer Feinde Eberhard an diesem Tag ihre Aufwartung machen würden. Noch immer hatten weder sie noch Schütz in Erfahrung bringen können, wo die ertrunkene Spionin sich vor ihrem Tod aufgehalten hatte, und allmählich verlor Wilhelmine die Geduld. Wenn La Boneille nicht bald etwas herausfand, würde sie sich auf die Suche nach weiteren Spionen machen müssen.

»Ihro Exzellenz, wir sind fertig«, ließ eine der Frauen sie schließlich wissen, nachdem sie auch in Wilhelmines Haar und an ihre Finger Geschmeide mit kostbaren Juwelen gesteckt hatte.

»Wollen Sie, dass ich den Brief heute noch abschicken lasse?«, fragte Wilhelmines Sekretär.

Sie nickte. »Tut das.« Dann zupfte sie die Rüschen an ihren Ärmeln zurecht und verließ ihr Appartement, um Eberhard in die Kirche zu begleiten. Da die Hofkapelle noch nicht fertiggestellt war, würden sie unter Pauken- und Trompetenschall in die Stadt fahren, um dort dem Gottesdienst beizuwohnen.

Eberhard wirkte an diesem Morgen aufgekratzt und schenkte Wilhelmine ein strahlendes Lächeln. Er steckte in einem prächtigen roten Rock mit breiten Schößen, einer goldenen Kniehose und Stiefeln. An seiner Brust hing das Ordenszeichen seines Jagdordens, ein achtzackiges gold und rot emailliertes Kreuz, in dessen Mitte ein kleines grün emailliertes Schild mit einem »W« angebracht war. Über diesem »W« prangte der Herzogshut. In den vier Winkeln des Kreuzes waren je vier goldene Adler mit ausgebreiteten Schwingen zu sehen, zwischen den Spitzen je vier goldene Jagdhörner. Zudem trug er den Elefantenorden an einem blauen Schulterband über der linken Schulter. Seine dicke Nase war wie immer leicht gerötet, die Perücke auf seinem Kopf kurz und wellig. »Alleine hätte mir dieser Tag wesentlich weniger Freude bereitet«, sagte er, nachdem sie die Kutsche bestiegen hatten.

»Du bist nicht alleine«, gab Wilhelmine zurück. Sie sah aus dem Fenster, vor dem ein Dutzend Leibgardisten zu Pferd vorbeiritt. Die vermaledeite Wölfin saß zu Eberhards Füßen und starrte sie mit ihren unheimlichen gelben Augen an.

»Ohne dich ist mir aber langweilig«, sagte Eberhard. »Wenn du fort bist …«

Wilhelmine griff nach seiner Hand, um sie zu drücken. Zuerst war sie wütend gewesen, als sie ihn gefragt hatte, warum er sie zurückbeordert hatte.

»Einfach so«, war seine Antwort gewesen.

Es hatte Wilhelmine große Mühe gekostet, sich ihren Ärger nicht anmerken zu lassen. Doch sein Trotz erweichte ihr Herz immer wieder. Sie lehnte sich zurück und ignorierte die knurrende Wölfin, bis sie den Marktplatz erreichten.

»Passt auf Melac auf«, trug Eberhard den Leibgardisten auf. Dann reichte er Wilhelmine den Arm und führte sie auf die Kirchenpforte zu.

Nach dem Kirchgang fuhren sie zurück zur Residenz, damit

Eberhard dort die Parade seiner Leibgarde abnehmen konnte. Diese Zeremonie bereitete ihm beinahe kindliche Freude, da er sich als Oberbefehlshaber der Soldaten vermutlich wieder fühlte wie als junger Generalfeldmarschall. Wilhelmine zog sich bis zur Mittagstafel zurück, die ebenfalls unter Pauken- und Trompetenschall begangen wurde. Sobald die Pauker und Trompeter verstummten, stimmte die Hofkapelle eine große Tafelmusik an, und die Bediensteten begannen, die Speisen auf die neun Tafeln aufzutragen. Wilhelmine saß mit Eberhard und 14 weiteren Würdenträgern in Galauniform an der herzoglichen Tafel – darunter der Erbprinz, zwei Geheime Räte, der Oberjägermeister, der erbprinzliche Hofmeister, der Obrist der Garde, der Parforcejägermeister und der Obristwachtmeister. Außer der herzoglichen Tafel gab es die Tafel des Erbprinzen, die Kavalierstafel, den Pagentisch, den Tisch des Küchenmeisters, den Kammermägdetisch, den Tisch des Küchenschreibers und den Gesindetisch.

Auf den Tafeln der Würdenträger prangte je ein vergoldeter gebratener Pfau, der nach der Zubereitung wieder mit seinen Federn geschmückt worden war. Als reines Schaugericht konnten diese Braten jedoch nicht verzehrt werden, anders als die Hirschkälber, Wildschweine, Enten, Fasanen und Spanferkel. Außerdem wurden allerhand Beilagen und Süßspeisen gereicht, dazu floss der Wein in Strömen. Wilhelmine war froh, als die Tafel endlich aufgehoben wurde, damit sich der Hof im Appartement des Herzogs zur *Assembleé* treffen konnte. Nach einem förmlichen Empfang wurde dort unter Begleitung des Hoforchesters Karten gespielt, danach gab es am frühen Abend eine Komödie in Form eines Singspiels. Zum besonderen Anlass des Galatages ließ der Herzog einen seiner neuen einheimischen Kastraten auftreten. Allerdings war dessen Stimme nicht im Entferntesten so engelsgleich, wie Wilhelmine es von den italienischen Sängern gewohnt war. Im

Gegensatz zu dem Italiener Mattei, einem Altisten, krächzte der Bursche auf der Bühne mehr, als dass er sang. Eberhard schien das jedoch nicht zu stören, da er in aller Ruhe vor sich hin schnarchte.

Nach dem Singspiel wurden die Lose für den Ball gezogen, der im Anschluss an eine erneute Tafel in *Dominos,* in Masken, stattfand.

Als sich die Gäste gegen drei Uhr morgens endlich zurückzogen, begab Wilhelmine sich zu Eberhard ins Spiegelkabinett, um ihm den Rest des Festtages zu versüßen.

Kapitel 49

Geislingen, August 1721

»IHR SEID EINE WUNDERVOLLE TÄNZERIN, meine Liebe«, säuselte der fette Kerl, mit dem Marie über das Parkett des Ballsaales stakste. Seit beinahe drei Tagen gastierten sie jetzt schon in Geislingen, und an diesem Abend waren La Boneille und sie zu einer Gesellschaft im Haus eines reichen Bürgers eingeladen worden. Zwei Mal hatten sie bereits »Hanswurst und die Meisterdiebin« aufgeführt und waren ausverkauft für die nächsten beiden Abende. Mit jeder Aufführung gewann Marie mehr Selbstbewusstsein. Inzwischen bereiteten ihr die Possen mit Jost und die Szenen mit La Boneille beinahe Vergnügen – wären nicht ihre Gefühle für La Boneille gewesen. Seit er sich mit ihr zusammen in einem der besten Gasthöfe in Geislingen eingemietet hatte, hoffte sie darauf, dass er den ersten Schritt machen würde. Doch bisher war nichts passiert. An diesem Abend tanzte er mit einer aufgedonnerten älteren Dame, deren Wangen selbst unter der dicken Puderschicht glühten.

Marie wandte die Aufmerksamkeit wieder ihrem Tanzpartner zu. »Ihr schmeichelt mir«, sagte sie und schlug gespielt beschämt den Blick nieder. Der Kerl war so fett, dass sein Wanst beinahe die Knöpfe der Weste sprengte. An seinen Wurstfingern prangten breite Goldringe, die im Kerzenschein funkelten. Jedes Mal, wenn Marie ihm beim Tanz wieder näher kam und er nach ihrer Hand greifen konnte, spürte sie, wie kalt und feucht seine Handflächen waren. Obwohl es sie bei der Berührung schauderte, ließ sie sich nichts anmerken.

»Ihr seid nicht nur eine wundervolle Tänzerin«, säuselte ihr Tanzpartner weiter, »sondern schön wie eine Schäferin.«

Marie verschluckte sich beinahe. Obwohl sie selbst noch kein Schäferstück gesehen hatte, wusste sie, was der Kerl meinte. Seine Unverschämtheit ließ sie wünschen, der Kronleuchter würde ihm auf den Kopf fallen.

»Wollt Ihr mich nachher in den Garten begleiten?«, fragte er, während der Cembalo-Spieler mit voller Kraft in die Tasten langte. »Ich würde gern den Mond mit Euch betrachten.«

Bevor Marie etwas erwidern konnte, verstummte die Musik. Augenblicklich zückten die Damen ihre Fächer, da die Luft im Saal trotz der geöffneten Terrassentüren heiß und stickig war. »Aber gewiss«, erwiderte sie schließlich mit einem honigsüßen Lächeln. Wenn sie mehr herausfinden wollte, musste sie wohl oder übel in den sauren Apfel beißen. Zu Beginn der Gesellschaft hatte sie zufällig gehört, wie sich zwei Damen unterhalten hatten, und dabei war einer der Namen von La Boneilles Liste gefallen. Wenn sie in Erfahrung bringen wollte, wer die Frauen waren, blieb ihr kaum eine Wahl. »Würdet Ihr mir etwas zu trinken holen?«

Der Dicke verneigte sich vor ihr und verschwand, um einen Lakaien zu suchen.

Wenn er nicht so schmierig gewesen wäre, hätte Marie den Abend und die Aufmerksamkeit genossen. Hätte ihr vor wenigen Wochen jemand gesagt, dass sich einmal ein reicher Städter vor ihr verbeugen würde, wäre sie vor Lachen erstickt. Sie zog ebenfalls ihren Fächer hervor und hielt ihn so, wie La Boneille es ihr beigebracht hatte. All die Artigkeiten, die sie gelernt hatte, erschienen ihr zwar zum Teil immer noch merkwürdig. Doch in der teuren Robe fühlte sie sich nicht ganz so fehl am Platz, wie sie befürchtet hatte. Am schwersten war es ihr gefallen, sich all die unterschiedlichen Anreden zu merken; wann man jemanden mit Ihro, Sie, Ihr, Er oder Du ansprach, wer sich vor wem tiefer verneigte und was Kleider über ihre Träger aussagten. Orden, Schärpen, Bänder und die Art der Perücke gaben mehr Aufschluss über die Stellung einer Person, als Marie je für möglich gehalten hätte. Die beiden Damen, die sie belauscht hatte, steckten in perlenbestickten Kleidern von solchem Prunk, dass jedem im Raum klar war, wie reich sie oder ihre Gatten waren. Sie folgte einer kleinen Gruppe hinaus auf die Terrasse und wartete, bis ihr Beau mit einem Becher Wein zurückkam.

»Wollen wir etwas lustwandeln?«, fragte er.

Der Garten wurde von mehreren Lampions beleuchtet. In der Mitte, umgeben von kugelrund geschnittenen Hecken, befand sich ein Springbrunnen, an dem sich einige Gäste die Hände kühlten. Obwohl Marie klar war, was ihr Tanzpartner vorhatte, leerte sie ihren Becher und hakte sich bei ihm unter. Während er sie am Brunnen vorbei in einen abgelegenen Teil des Gartens führte, fragte sie: »Wer sind die beiden Damen mit den wundervollen Roben?«

Ihr Begleiter hielt inne. »Welche Damen?«

Marie verkniff sich ein Seufzen. Da die Frauen im fortgeschrittenen Alter waren, hatte er sie vermutlich nicht einmal bemerkt. Sie drehte sich um und zeigte zur Terrasse, wo die beiden sich mit zwei militärisch wirkenden Männern unterhielten. »Diese beiden.«

»Warum interessiert Euch das?«

»Ich wüsste so gern, welcher Schneider ihre Kleider genäht hat«, log sie.

»Ach«, sagte er wegwerfend, »das sind die Gemahlinnen von irgendwelchen ehemaligen Höflingen.«

»Ehemalig?«

»Derlei Dinge sind mir gleich. Vermutlich sind ihre Gatten in Ungnade gefallen, weil sie sich gegen die Gräfin gestellt haben.«

»Die Gräfin …?«

»… von Würben. Wilhelmine von Grävenitz«, fiel er ihr ins Wort. »Aber der Abend ist viel zu schön, um ihn mit Gerede über Kleider zu verderben«, säuselte er. Seine Hand wanderte von Maries Arm zu ihrem Rücken.

»Verzeiht«, sagte sie und machte einen Schritt zur Seite. »Aber hier ist es mir unheimlich. Lasst uns wieder zurückgehen.«

Obwohl sein Gesicht im Schatten lag, vermeinte Marie, ein ärgerliches Stirnrunzeln zu erkennen. Vermutlich hatte er sich mehr von dem kleinen Spaziergang erhofft, aber Marie hatte nicht die geringste Lust, sich von ihm begrapschen zu lassen. Obwohl er annehmen musste, dass sie mit La Boneille verbandelt war, besaß er trotzdem die Unverschämtheit, sich an sie heranzumachen. Auch davor hatte La Boneille sie gewarnt, genau wie vor der Neugier der besser Betuchten.

»Wenn man versucht, dich auszufragen, weiche aus. Stelle Gegenfragen, lenke von dir ab. Falls das nicht möglich ist, gib nicht mehr preis, als dass du die Partnerin des Prinzipals bist.«

Den Rest des Abends versuchte Marie, mit den Damen ins Gespräch zu kommen. Allerdings schienen sie nur Augen für die jungen Gecken zu haben, die sie immer wieder zum Tanz aufforderten. Beinahe schamlos ließen sie sich von den Burschen umgarnen, während ihre Ehemänner sich im Freien betranken und vermutlich Kriegsgeschichten austauschten.

Als der Ball endlich endete, taten Marie die Füße weh. »Können wir gehen?«, fragte sie La Boneille.

Auch er wirkte müde, das Lächeln in seinem Gesicht eingefroren. Er nickte, führte sie zur Garderobe und ließ sich ihren und seinen Umhang geben.

Marie winkte ab, als er ihn ihr über die Schulter legen wollte. »Es ist immer noch viel zu heiß«, sagte sie.

Nachdem sie sich von den Gastgebern verabschiedet hatten, machten sie sich auf den Weg zu ihrem Gasthof, wo La Boneille vor der Tür von Maries Kammer zögerte.

»Ich konnte nicht viel in Erfahrung bringen«, sagte sie und unterdrückte ein Gähnen. »Nur, dass zwei …«

Er hob die Hand und legte ihr einen Finger auf die Lippen. »Nicht im Gang«, warnte er. Dann griff er sanft nach ihrem Arm und führte sie zur Tür seiner eigenen Kammer.

Maries Puls machte einen Satz. La Boneille schob sie über die Schwelle, entzündete eine Lampe und verriegelte die Tür hinter sich. Dann warf er seinen Umhang über eine Stuhllehne. »Was hast du herausgefunden?«, fragte er.

Marie schluckte mühsam, als er auch Rock und Weste ablegte und nur im Hemd vor ihr stand. Deutlich zeichneten sich seine Brustmuskeln unter dem dünnen Stoff ab.

»Nun?«, hakte La Boneille nach. Er drehte den Stuhl um

und setzte sich rittlings darauf, sodass er die Arme auf der Stuhllehne auflegen konnte.

Marie berichtete von den beiden Frauen. »Ich hatte allerdings keine Gelegenheit, mit ihnen zu reden«, sagte sie. »Sie schienen sich nur für junge Männer zu interessieren.«

La Boneille schnitt eine Grimasse. »Die beiden sind mir auch aufgefallen«, sagte er. »Allerdings haben sie mich beim Tanz abblitzen lassen.«

»Euch?«, fragte Marie ungläubig.

La Boneille lachte. »Vermutlich bin ich zu alt für sie.« Er musterte Marie so eindringlich, dass sie errötete. »Du hingegen …« Er rappelte sich hoch. »Wenn wir dich in einen feinen Rock stecken, solltest du keine Schwierigkeiten haben, sie zu umgarnen.«

»Umgarnen?«, sagte Marie tonlos.

»Als Mann«, gab La Boneille zurück. »Wie auf der Bühne.«

»Aber da sehen die Zuschauer mich aus der Entfernung«, protestierte Marie.

»Zieh dein Kleid aus«, befahl La Boneille so unvermittelt, dass Marie erschrocken einen Schritt zurück machte.

Kapitel 50

Geislingen, August 1721

Er schien ihre Reaktion nicht zu bemerken, da er sich über eine Reisekiste voller Kleider beugte. Während Marie wie erstarrt im Raum stand, kramte er Hemd, Hose und einen goldbestickten Rock hervor. »Was ist?«, fragte er ungehalten, als er sich wieder zu ihr umdrehte. »Die Sachen müssten passen. Ich will kein Prinzipal mehr sein, wenn du damit nicht mehr hermachst als jeder hübsche Bursche«, scherzte er und warf Marie die Kleider zu. Dann drehte er sich um, damit Marie aus ihrer Robe schlüpfen konnte.

»Im Kostümwagen …«, hob Marie an.

»Du brauchst etwas Anständiges, kein Kostüm«, unterbrach La Boneille sie.

Marie sah hilflos auf den Stapel Kleider. »Ich kann nicht«, sagte sie schließlich.

La Boneille wirbelte zu ihr herum. »Wieso kannst du nicht?« Eine steile Falte grub sich zwischen seine Brauen.

»Weil ich jemanden brauche, der mir aus der Robe hilft.«

»Oh, daran hatte ich nicht gedacht.« Ohne lange zu fackeln, kam er auf sie zu, trat hinter sie und begann, die zahllosen Ösen, Haken und Knöpfe zu öffnen.

Seine Berührung sandte heiße und kalte Schauer über Maries Rücken. Sie spürte, wie ihre Knie weich wurden. Als La Boneille sich schließlich an der Schnürung ihres Mieders zu schaffen machte, unterdrückte sie nur mit Mühe ein Keuchen.

»Das sollte reichen«, sagte er und streifte den Stoff über ihre Schultern.

Marie versteifte sich. Wusste er, was er ihr antat? Sie hielt den Atem an, als die Robe mit einem Rascheln zu Boden glitt. Nur mit einem dünnen knielangen Hemd bekleidet, wartete sie, was als Nächstes passieren würde. Deutlich konnte sie die Wärme von La Boneilles Körper spüren. Er stand so dicht hinter ihr, dass sein Atem ihren Nacken kitzelte. Der Augenblick erschien ihr wie eine Ewigkeit.

»Weißt du, wie wunderschön du bist?«, fragte er schließlich heiser.

Maries Herzschlag stockte.

Behutsam griff er in ihr hochgestecktes Haar und löste die Klammern, bis es über ihre Schultern fiel.

All die Zeit über wagte Marie nicht sich zu rühren. Die Luft im Raum schien plötzlich zu dünn zum Atmen.

»Dreh dich um«, flüsterte La Boneille.

Maries Beine zitterten, als sie tat, worum er sie bat. Der Ausdruck in La Boneilles grünen Augen ließ sie mit einem Zischen die Luft einziehen. Sein Blick lag mit einer Begierde auf ihr, die ihr den Atem raubte. Während Marie unsicher zu ihm aufsah, zeichnete er mit den Fingerspitzen die Kontur ihrer Wange nach, strich mit dem Daumen über ihre Lippen und beugte sich zu ihr hinab.

Der Kuss war sanft und hungrig zugleich. Vollkommen anders als die Küsse, die sie auf der Bühne tauschten. Während er sie näher an sich zog, schloss Marie die Augen und legte den Kopf in den Nacken.

Ihre Zungen umtanzten sich neckend, dann zupfte La Boneille mit den Lippen an ihrer Unterlippe. Seine Hände wanderten ihren Rücken hinab zu ihrem Gesäß, das er fest, aber nicht grob umfasste.

Als er sich von ihr löste, um sich zu seiner vollen Größe

aufzurichten, fuhr Marie ein Stich ins Herz. Sie hatte ihn enttäuscht! Flehend sah sie zu ihm auf, und das Feuer in seinem Blick zerstreute ihre Furcht.

»Du solltest gehen, wenn du nicht willst«, sagte er gepresst.

Marie rührte sich keinen Zoll.

»Ist dir klar, was für eine Qual die Aufführungen für mich sind?«, fragte er. Mit fahrigen Bewegungen öffnete er seinen Gürtel, zog das Hemd über den Kopf und schlüpfte aus Stiefeln und Hose. Wie Marie nur mit einem langen Unterhemd bekleidet, kniete er sich vor sie, um nach dem Saum ihres Hemdes zu greifen. Mit einer geschmeidigen Bewegung richtete er sich wieder auf und zog ihr das störende Kleidungsstück über den Kopf.

Augenblicklich verhärteten sich Maries Brustwarzen. Obwohl es warm war in der Kammer, fröstelte sie. Voller Bewunderung strich La Boneille mit den Fingern darüber, ehe er sich zu ihr hinabbeugte und sie mit den Lippen umschloss.

Marie stöhnte.

Während seine Zunge sie umspielte, glitt seine Hand an ihrer Seite hinab zwischen ihre Beine, bis er ihre geheimste Stelle erreichte. »Komm«, hauchte er, hob sie mühelos vom Boden auf und trug sie zum Bett. Sobald er sie abgelegt hatte, schlüpfte auch er aus seinem Hemd.

Marie entfuhr ein erschrockener Laut. Seine Männlichkeit erschien ihr hart und bedrohlich, und für den Bruchteil eines Augenblickes schlich sich Bangigkeit in ihr Herz. Doch als La Boneille sich neben sie legte und begann, ihren Bauch und ihre Schenkel mit Küssen zu übersäen, verflüchtigte sich die Furcht. »Oh mein Gott«, wisperte sie.

Seine Hand umschlich ihr Geschlecht, neckte und streichelte, um schließlich in sie einzudringen. Gierig und dennoch zärtlich erkundete er ihre Feuchtigkeit, während Marie vermeinte, vor Lust zu zerbersten.

All die Zeit über krallte sie die Hände in die Laken, als müsse sie sich festhalten, um nicht vor Leichtigkeit davonzufliegen.

Schließlich zog er seine Hand zurück und senkte sich auf sie. Als er in sie eindrang, durchzuckte Marie ein stechender Schmerz, der ihr einen Augenblick lang den Atem raubte. Doch sobald er begann, vorsichtig in sie zu stoßen, legte sich der Schmerz, und etwas anderes trat an seine Stelle. Keuchend ließ sie das Laken los, um sich an seinen Armen festzuklammern. Seine Bewegungen wurden immer schneller, und ein Gefühl von solch unbeschreiblicher Wonne breitete sich in ihr aus, dass sie sich unter ihm aufbäumte und einen leisen Schrei ausstieß. Die Empfindung riss sie mit sich wie ein Strudel, machte sie schwindelig und ließ sie alles um sich herum vergessen. Es war wie ein Rausch. Wäre La Boneille nicht schließlich ermattet neben ihr niedergesunken, hätte sie gedacht, das Hochgefühl würde ewig währen.

Heftig atmend schlang er den Arm um sie und vergrub die Nase zwischen ihren Brüsten. »Davon habe ich seit der ersten Probe geträumt«, sagte er schließlich.

Marie blinzelte erstaunt. »Ich dachte, du würdest dich nicht für mich interessieren«, gab sie zurück.

Er stieß ein kurzes Lachen aus. »Wer sich nicht für dich interessiert, muss blind sein.«

Marie drehte sich auf die Seite, um ihn anzusehen. Obwohl er beinahe zehn Jahre älter sein musste als sie, wirkte er geschmeidig und jungenhaft. »Was ist mit Rosa?«, fragte sie schließlich.

»Vergiss Rosa«, murmelte er. »Rosa ist nicht wichtig.«

Die Worte waren Balsam für Maries Seele. Wie sehr sie sich diesen Moment ersehnt hatte! Niemals hätte sie zu hoffen gewagt, dass er ihre weiblichen Reize überhaupt erkannte. Dass ihn die Nähe auf der Bühne genauso gequält hatte wie sie, erfüllte sie mit einer gewissen Befriedigung.

Eine Zeit lang lagen sie einfach nur nebeneinander und ließen den Schweiß auf ihrer Haut trocknen. Schließlich richtete La Boneille sich auf und stemmte den Ellenbogen in die Matratze. »Du solltest besser in deine Kammer gehen. Wir wollen den Schein wahren.«

»Aber ich dachte, der Schein wäre, dass wir ein Paar sind«, protestierte Marie.

La Boneille nickte. »Das schon. Allerdings ist es so besser, glaube mir.«

»Warum?«

»Damit nicht zu viel getratscht wird in der Truppe.«

Auch wenn seine Worte wie Stachel waren, blieb Marie nichts anderes übrig, als zu tun, was er verlangte. Er wollte sie schützen, redete sie sich ein. Nichts weiter.

»Nimm die Männerkleider mit«, sagte La Boneille. »Wenn morgen wieder ein Fest stattfindet, trittst du als junger Geck auf.«

Kapitel 51

Geislingen, August 1721

Der nächste Tag kam Marie vor wie ein Traum. Es war, als ob sie plötzlich auf einer Wolke schweben würde. Die Nacht mit La Boneille war so unvergesslich für sie, dass sie sich kaum auf die Probe und die Aufführung am Abend konzentrieren konnte. Obwohl La Boneille und sie versuchten, sich nichts anmerken zu lassen, schienen die anderen etwas zu vermuten. Rosas feindselige Blicke perlten jedoch an Marie ab wie Wasser an einer Ente, auch Josts missbilligende Bemerkungen ignorierte sie. Als sie und La Boneille sich auf der Bühne küssten, war es, als würde das Publikum nicht existieren.

»Hast du ihn endlich in dein Netz gelockt?«, zischte Rosa bei einer der zahlreichen Umziehpausen.

Marie schlüpfte hastig in ihr Kostüm und schwieg.

»Der Teufel soll dich holen!«, schimpfte Rosa weiter. Sie spuckte vor Marie auf den Boden. »Schlampe!«

»Hört auf zu streiten und beeilt euch«, drängte einer der anderen Schauspieler.

»Halt du dich bloß raus!« Rosa warf Marie einen letzten verächtlichen Blick zu, ehe sie die Leiter zur Bühne erklomm und durch die Luke kletterte.

Wild entschlossen, sich von Rosa die Hochstimmung nicht verderben zu lassen, tat Marie es ihr gleich und stand wenig später als junger Mann verkleidet auf der Bühne.

»Da ist der Schurke!«, posaunte Jost und ging mit großem Getöse auf sie los.

Geschickt zückte Marie den Degen, um seine Attacke zu parieren. »Troll dich, du Galgenstrick!«, rief sie.

Jost tanzte, mit der Waffe fuchtelnd, um sie herum.

»Was reimt sich auf die Junggesellen?
Es reimt sich fällen, stellen, prellen.
Denn dies trifft bei der Liebe zu.
Wir wollen stets die Jungfern fällen,
doch denen wir die Fallen stellen,
die pflegen uns wie Füchs' zu prellen.
Ich bin kein Fuchs, drum weiß ich, was ich tu.«

Das Publikum lachte schallend.

»Einen Dreck weißt du!«, schleuderte Marie ihm entgegen, machte eine schnelle Drehung und hieb mit grimmiger Miene auf Jost ein.

»Gib's dem Hanswurst!«, brüllte jemand aus dem Zuschauerraum.

Während Marie und Jost aufeinander einschlugen, sagte Marie keuchend ihren Text auf.

»Was reimt sich auf das Frauenzimmer?
Es reimt sich immer, nimmer, schlimmer.
Denn dies trifft bei ihrer Liebe ein.
Sie geh'n halt gerne extra immer,
und doch gesteh'n sie solches nimmer,
und so sind oft die besten schlimmer als nimmermehr der schlimmste Mann mag sein.«

Jost wirbelte mit wehendem Umhang herum, machte eine Finte und stieß dann nach Marie, die geschickt auswich.

Als sie beim nächsten Schlagabtausch Josts Hieb mit aller Kraft parierte, geschah jedoch etwas Unvorhergesehenes. Mit einem lauten Geräusch zerbarst ihre Klinge, woraufhin Josts Arm unvermittelt vorschnellte. Nur um Haaresbreite verfehlte die Spitze Maries Hals.

Ein erschrockenes Raunen ging durch die Reihen.

Josts Augen weiteten sich überrascht, während Marie beinahe den Halt verlor, da er mit der Schulter gegen sie prallte. Als sie versuchte, sich zu fangen, sah sie auf der Hinterbühne Rosas enttäuschtes Gesicht. Wut stieg in ihr auf. Hatte Rosa ihre Waffe manipuliert?

Da das Publikum nicht merken durfte, dass der beinahe tödliche Patzer nicht eingeplant war, riss Jost sich hastig zusammen und versetzte Marie einen leichten Stoß.

»Lauf nach hinten und hol den Prügel«, raunte er ihr ins Ohr. »Wir müssen weitermachen.«

Marie fasste sich mit viel Mühe. »Du Hurensohn!«, fauchte sie, schlug mit der Faust nach Jost, um Fersengeld zu geben, als er den Degen hob. Ohne auf Rosas gehässige Fratze zu achten, schnappte sie sich auf der Hinterbühne den Knüppel und rannte zurück zu Jost.

Der Rest des Stückes verlief wie geplant. Als die Zuschauer am Ende begeistert applaudierten, war Marie völlig außer Atem, aber stolzerfüllt, als La Boneille den Arm um ihre Schultern legte. Mit Rosa würde sie später abrechnen. Jetzt musste sie sich so schnell wie möglich umziehen, um La Boneille auf den anschließenden Ball zu begleiten.

»Wohin gehst du?«, fragte Jost, sobald der Vorhang gefallen war und Marie Anstalten machte davonzueilen. »Wieder eine Gesellschaft?« Es klang bitter.

Marie nickte. »Es tut mir leid, ich würde viel lieber mit euch feiern.«

»Bist du jetzt La Boneilles ständige Begleiterin?«

Michel, der die Talgtöpfchen einsammelte, sah neugierig zu ihnen herüber.

Marie schenkte ihm ein Lächeln.

»Er ist der Prinzipal«, sagte sie nach kurzem Zögern. »Wie soll ich ihm den Wunsch, ihn zu einem Ball zu begleiten, abschlagen?« Dass sie als Mann auftreten würde, verschwieg sie.

Jost schnitt eine Grimasse. »Lass dich nicht von ihm einwickeln«, warnte er. »Sonst bricht er dir das Herz.«

»Das hast du schon mal gesagt«, gab Marie kühl zurück. Josts ständige Warnungen fingen an, sie zu ärgern. Dachte er, sie könne nicht selbst auf sich aufpassen?

»Ich bin dein Freund«, war die niedergeschlagene Antwort. »Ich sorge mich um dich.«

»Hör auf, dich zu sorgen.« Um die Worte zu mildern, tätschelte Marie ihm die Schulter. Dann machte sie sich auf den Weg zum Gasthof und schlüpfte wenig später in die Kleider, die La Boneille ihr gegeben hatte. Sobald sie ihr Haar unter der eleganten Perücke verstaut und ihre Wangen mit etwas Kohlestift gefärbt hatte, verließ sie ihre Kammer und klopfte an La Boneilles Tür.

»Da brat mir einer einen Storch!«, rief dieser aus, als er Marie erblickte. Sein Blick tastete Marie bewundernd ab. »Die Damen werden entzückt sein.« Er setzte seinen Dreispitz auf, schloss die Tür und verließ mit Marie den Gasthof. »Sobald wir im Saal sind, trennen wir uns«, sagte er. »Du horchst die beiden Damen aus, ich versuche, von den reichen Kaufleuten etwas in Erfahrung zu bringen. Sei aber vorsichtig. Stell keine allzu offensichtlichen Fragen. Lass sie erzählen und heuchle Interesse an ihnen. Das hat noch immer Wirkung gezeigt.«

»Wie soll ich mit ihnen ins Gespräch kommen?«

»Glaub mir, so wie sie sich letzte Nacht gebärdet haben, werden sie um dich herumschwirren wie Fliegen um einen Topf Honig.« La Boneille grinste.

Obwohl Marie daran zweifelte, schien er mit dieser Behauptung recht zu haben. Kaum war der Ball eröffnet, die erste Polonaise getanzt, näherte sich eine der beiden alten Schachteln und bedachte sie mit einem strahlenden Lächeln. Zwei ihrer Zähne waren schwarz, doch das schien sie nicht im Geringsten zu stören. »Wen haben wir denn da?«, säuselte sie. »Woher kommt Ihr? Euch habe ich noch nie in der Stadt gesehen.« Sie legte den Kopf schief und wedelte kokett mit ihrem Fächer. »Würdet Ihr mit mir tanzen?«

Marie verschluckte sich fast, als die Frau sich ans Mieder fasste, um ihren Busen zurechtzurücken. Sie sah sich Hilfe suchend nach La Boneille oder dem Gatten der Dame um. Doch die waren am anderen Ende des Saales damit beschäftigt, kleine Käsewürfel zu essen.

»Nicht so schüchtern. Ich beiße nicht.«

Marie wich einen Schritt zurück, zwang sich aber zu einem geschmeichelten Lächeln. »Es ist mir eine Ehre«, log sie und führte die Frau auf die Tanzfläche, sobald die Musiker zum nächsten Tanz aufspielten. Zum Glück hatte La Boneille ihr auch beigebracht, wie man sich als Galan zu verhalten hatte. Während sie um die verblühte Schönheit herumtanzte, machte diese ihr schöne Augen. Schließlich endete die Musik, und Marie führte ihre Tanzpartnerin zu einem Stuhl, in den sie sich mit einem Seufzen fallen ließ.

»Ihr habt meine Frage noch nicht beantwortet«, sagte sie, als sie etwas Atem geschöpft hatte. »Woher kommt Ihr?«

»Aus dem Theater«, wich Marie aus.

Die Frau lachte. »Ihr seid köstlich.« Sie gab Marie mit einem Wink zu verstehen, sich zu ihr hinabzubeugen. »Sagt, mein junger Freund, habt Ihr eine Braut?«

Marie schüttelte energisch den Kopf. »Gott bewahre!«

»Das dachte ich mir«, murmelte die Dame. Sie musterte Marie mit einem listigen Ausdruck in den Augen. »Habt Ihr Euren Kiel schon mal eingetaucht?«

Kapitel 52

Geislingen, August 1721

Marie zog hörbar die Luft ein. »Meinen Kiel?«, stammelte sie schockiert.

Die Dame zwinkerte ihr zu. »Werdet Ihr etwa rot? Wie unschuldig!« Sie fasste Marie ans Bein.

»Bitte verzeiht«, sagte Marie hastig. Ganz gleich, was die Frau wusste, aus ihr würde sie nichts herausbekommen. Dazu war die Dame viel zu sehr auf andere Dinge aus.

»Lauft doch nicht weg, Bürschchen!«

Aber Marie dachte nicht daran, sich noch länger umgarnen zu lassen. Sie kam sich vor wie eine Fliege im Netz einer Spinne.

Als sie auf die Terrasse fliehen wollte, hielt La Boneille sie auf. »Warum läufst du fort?«

Marie erzählte ihm, was vorgefallen war. »Von der erfahre ich nichts. Alles, was sie im Sinn hat, ist, mich hinter irgendeinen Busch zu ziehen.« Sie schauderte.

La Boneille grinste. »Das dachte ich mir. Dass du allerdings gleich solch einen Erfolg als Geck haben würdest …«

Marie verzog das Gesicht. »Was soll ich jetzt tun?«

»Versuch, die andere auszufragen«, gab La Boneille zurück. »Vielleicht hast du da mehr Erfolg.«

Zu Maries Erleichterung war die andere Dame nicht ganz so aufdringlich. Nachdem sie auch mit ihr über die Tanzfläche getrippelt war, setzten sie sich auf eine Bank auf der Terrasse und tranken etwas Wein.

»Woher kommt Ihr?«, fragte Marie. Schmeicheln, schärfte sie sich ein. »Ihr tanzt so elegant, Ihr wart gewiss bei Hof.«

Obwohl sie nicht die geringste Ahnung hatte, wie man sich bei Hof benahm, war sie sicher, dass dieses Kompliment der Frau schmeicheln würde.

Prompt hielt diese den Fächer vors Gesicht und kicherte wie ein Backfisch. Dann umwölkten sich ihre Züge. Sie ließ den Fächer mit einem Seufzer sinken. »Wir sind nur vorübergehend in Geislingen«, sagte sie. »Bald kehren wir an den Hof in Ludwigsburg zurück.« Es klang unwahr.

»Wie ist der Hof?«, fragte Marie.

»Pompös.« Ein Schatten huschte über das Gesicht der Frau. »Wenn nur nicht diese furchtbare ...«, sie zögerte, »... ständig dort wäre!«

»Wen meint Ihr?«

»Ach, niemanden«, winkte die Dame ab und begann, über die prunkvollen Kleider der Hofschranzen zu reden. »Ihr solltet die Türken und Heiducken sehen! Ihre Gewänder sind von solch ausgefallenem Schnitt, dass man meinen könnte, sie seien einem Märchen entsprungen.« Einige Zeit lang plapperte sie weiter, schwärmte von der Erbprinzessin und von den rauschenden Festen, die bei Hof gefeiert wurden.

»Ich habe gehört, die Mätresse des Herzogs sei die mächtigste Frau am Hof, nicht die Erbprinzessin«, lenkte Marie sie zum eigentlichen Thema zurück. »Mancherorts erzählt man sich, sie hätte den Herzog verzaubert. Denkt Ihr, an diesem Gerücht ist etwas Wahres?«

Die Frau schlug ein Kreuz vor der Brust. »Ich weiß es nicht«, murmelte sie. »Sie ist mir unheimlich. Und nicht nur mir, glaubt mir.«

Marie goss ihr noch etwas Wein nach, um ihre Zunge zu lockern. Allerdings brachte sie nicht viel Nützliches in Erfahrung.

Als sie kurz nach Mitternacht den Ball mit La Boneille verließ, zuckte sie resigniert die Achseln. »Alles, was ich herausfinden konnte, ist, dass die Gräfin in Ludwigsburg nicht von allen gut gelitten ist.«

La Boneille verzog den Mund. »Als ob wir das nicht schon wüssten.«

»Hattest du mehr Glück?«, fragte Marie.

La Boneille hob eine Schulter. »Wie man es nimmt.« Er warf ihr einen Blick zu, den Marie nicht zu deuten vermochte. »Ich denke, ich habe einen Weg gefunden, das Vertrauen eines der hohen Herren zu gewinnen.«

Während sie zusammen über den Marktplatz zu ihrem Gasthof gingen, fiel Marie der Vorfall mit Rosa wieder ein. Im Eifer des Gefechts hatte sie ganz vergessen, La Boneille von ihrem Verdacht zu erzählen. »Ich glaube, Rosa hat meinen Degen manipuliert«, sagte sie, als sie den Gasthof fast erreicht hatten.

La Boneille blieb abrupt stehen. Er sah sie fassungslos an. »Was sagst du da? Bist du sicher?«

»Sicher bin ich nicht. Aber sie hasst mich. Sie weiß, dass du und ich ...«

La Boneille ballte die Hände zu Fäusten. »Dieses Miststück! Der werde ich die Eifersucht austreiben!«

Auch wenn Marie sich wünschte, dass er Rosa eine ordentliche Tracht Prügel verabreichen würde, legte sie ihm die Hand auf den Arm. »Ich bin mir nicht sicher«, sagte sie erneut. »Es kann auch ein Unfall gewesen sein.«

»Das glaubst du doch selbst nicht.« La Boneille setzte den Weg fort. Als sie die Tür des Gasthofes erreichten, öffnete er sie mit dem Schlüssel, den der Wirt ihm gegeben hatte, und erklomm die Treppe. »Geh schlafen«, sagte er, immer noch mit einer zornigen Falte zwischen den Brauen. »Morgen wird ein anstrengender Tag.« Ohne Maries Antwort abzuwarten, verschwand er in seiner Kammer und ließ sie mit einem hohlen Gefühl im Bauch auf dem Korridor stehen.

Enttäuscht kroch sie kurz darauf ins Bett und fiel in einen unruhigen Schlaf.

Am nächsten Morgen war ihre Stimmung beim Frühstück in der Stube des Gasthofes gedrückt.

La Boneille musterte sie forschend, während er einen mit Zimt und Pflaumen verfeinerten Getreidebrei löffelte. »Keine Angst«, sagte er schließlich. »Rosa wird dir keine gefährlichen Streiche mehr spielen. Dafür werde ich heute als Erstes sorgen.«

Marie lächelte schwach. Rosa bereitete ihr keine Sorgen. Es war La Boneilles Verhalten, das ihr das Herz schwer machte. Warum hatte er sie nicht mit in seine Kammer genommen? War er ihrer bereits nach einer Nacht überdrüssig? Sie spürte, wie ihr das Blut in die Wangen stieg. Hastig senkte sie den Blick, um in dem lauwarmen Brei zu stochern.

»Heute Abend findet wieder ein Ball statt«, informierte La Boneille sie nach einigen Minuten des Schweigens.

»Soll ich als Mann verkleidet hingehen?«, fragte Marie, froh über die Ablenkung von den düsteren Gedanken.

La Boneille schüttelte den Kopf. »Nein. Dieses Mal trittst du als du selbst auf.« Er grinste. »Einer der beiden Gatten der alten Schachteln hat mir gestern anvertraut, dass er ein Auge auf dich geworfen hat.«

Marie sah verwundert von ihrer Schale auf.

»Mach ihm schöne Augen, umgarne ihn und geh so weit wie nötig, um in Erfahrung zu bringen, warum seine Gemahlin und die andere sich über einen der Feinde der Gräfin unterhalten haben. Setze all deine Reize ein.«

Marie glaubte, ihren Ohren nicht zu trauen. »Ich soll …«

»Du sollst ihn verführen, falls nötig«, unterbrach La Boneille sie. »Hast du etwa vergessen, was die Gräfin gesagt hat? Wir müssen auch den Ehemännern der feinen Damen etwas zu bieten haben.«

Marie war wie vom Donner gerührt. Meinte er die Worte ernst? Sie sollte sich benehmen wie eine billige Hure? Was war mit der Nacht, die sie zusammen verbracht hatten? Bedeutete sie ihm gar nichts? »Das kann ich nicht«, murmelte sie, als sie ihre Stimme wiederfand.

»Dann wirst du es lernen müssen«, sagte La Boneille ungerührt. »Und jetzt komm, es wird Zeit, Rosa eine Lektion zu erteilen.«

Benommen erhob Marie sich vom Tisch und folgte ihm zu dem freien Platz, an dem die Wagen der Theatertruppe standen. Mit jedem Schritt wurde ihr die Bedeutung seiner Forderung klarer, und sie hatte Mühe, nicht in Tränen auszubrechen. Die Nacht mit ihr war für ihn nichts weiter gewesen als ein schnelles Vergnügen. Ihm lag nichts an ihr, genauso wenig wie Bartholomäus etwas an ihr gelegen war. Obwohl sie tapfer dagegen ankämpfte, schossen ihr die Tränen in die Augen. Wie hatte sie nur so dumm sein können? Warum fiel sie immer und immer wieder auf die falschen Männer herein? Sie hatte La Boneille ihre Unschuld geopfert! Doch das schien ihm nicht das Geringste zu bedeuten. Die Umgebung verschwamm vor ihren Augen, als ihr die ganze Tragweite ihrer Torheit bewusst wurde. Um ihre Ehre zu retten, hatte sie sich gegen den Jäger zur Wehr gesetzt. Und jetzt … Sie presste die Hand vor den Mund, um nicht aufzuschluchzen.

»Warte hier!«, befahl La Boneille barsch, sobald sie die Wagen erreichten. »Es wird nicht lange dauern.«

Während Maries Beine drohten, unter ihr einzuknicken, hielt sie sich am Stamm einer Eiche fest und versuchte, die Tränen beiseite zu blinzeln. Auf keinen Fall durfte sie sich anmerken lassen, wie es in ihrem Inneren aussah.

»Was ist denn in den gefahren?« Ohne dass Marie es gemerkt hatte, war Jost zu ihr getreten.

Sie fuhr zusammen. Bevor sie etwas erwidern konnte,

erklang ein spitzer Schrei, gefolgt vom Geräusch eines Lederriemens auf bloßer Haut.

Jost hob die Brauen. »Da hat wohl jemand den Ärger des Prinzipals auf sich gezogen«, bemerkte er trocken.

Kapitel 53

Ludwigsburg, August 1721

DER TAG WAR HEISS UND SONNIG. Der Jäger Hubertus saß voller Tatendrang im Sattel seines Hengstes und folgte, wie auch der Jagdherr Eberhard Ludwig, dem Hundewärter, der die Fährte eines Hirsches mit einem »Bruch« markiert hatte. Der Herzog steckte in einem kostbaren Jagdkostüm genau wie die höfische Jagdgesellschaft. Die Teilnehmer der Hetzjagd warteten in einiger Entfernung auf das Hornsignal, mit dem das Aufnehmen der Fährte bestätigt wurde. Um die Hufe der Pferde tollten die herzoglichen Jagdhunde, und das Gebell war ohrenbetäubend. Immer wieder musste die Meute von den Hundewärtern zurückgepfiffen werden. Links und rechts des Weges suchten aufgeschreckte Vögel das Weite. Pferdeschweiß lag in der Luft und vermischte sich mit dem Geruch des trockenen Waldbodens. Die Pferde tänzelten nervös unter ihren Reitern.

»Fährte aufgenommen!«, brüllte einer der Hundewärter schließlich.

Augenblicklich wurde ins Horn geblasen.

»Such!«, befahlen die Hundewärter, woraufhin die Meute kläffend davonstob.

Die Jagdteilnehmer gaben ihren Pferden die Sporen, und wenig später ging es in halsbrecherischem Galopp über Stock und Stein. Anders als bei dem am Hof ebenfalls üblichen Massenschießen von einem geschützten Platz aus wurde das Wild bei der Parforcejagd bis zur Erschöpfung gehetzt. Nicht selten kam es bei dem gefährlichen Ritt durch den Wald zu tödlichen Stürzen, weshalb nur außergewöhnlich gute Reiter diese Jagdform ausüben konnten.

Der Herzog schien ein solcher Reiter zu sein, dachte Hubertus, als er der Jagdgesellschaft folgte. Außer ihm befanden sich ein Oberpiqueur, vier weitere Piqueure, ein Tierarzt, ein Bereiter, mehrere Stall- und Sattelknechte und zahlreiche Hundewärter unter dem Jagdpersonal. Über 30 Jagdpferde und beinahe 100 Hunde hetzten einen einzigen Hirsch, der bereits nach zehn Minuten gestellt wurde.

Das Gebell der Hunde wurde noch wilder.

Umkreist von der aufgepeitschten Meute, stand der Hirsch mit zitternden Flanken am Rand eines Grabens, der zu breit war, um darüber hinwegzusetzen. Beinahe tat Hubertus das Tier leid. Augenblicklich vernebelte der Pulverdampf von zahllosen Flinten die Luft, während die Schüsse durch den Wald peitschten. Sobald der Hirsch in die Knie gebrochen war, sprang Hubertus aus dem Sattel, um dem Tier mit der *Plaute*, einem gebogenen Messer, die Sehnen der Hinterläufe zu durchtrennen.

»Zur Seite!«, befahl der Oberjägermeister.

Hubertus kam zurück auf die Beine, wischte die Klinge an seiner Hose ab und verfolgte, wie Eberhard Ludwig eine geladene Pistole überreicht wurde. Begleitet vom Applaus der Jagdgesellschaft, jagte er dem bewegungsunfähigen Tier eine Kugel in den Kopf. Dann saß er wieder auf und trabte mit stolz erhobenem Kopf davon. Um das erlegte Tier hatten sich die Jägerknechte zu kümmern.

»Gut gemacht«, lobte der Oberjägermeister Hubertus. Er nickte ihm wohlwollend zu, ehe er dem Herzog hinterherritt.

Hubertus lächelte säuerlich. Anstatt dem Hirsch nur die Sehnen zu durchtrennen, hätte er ihm lieber selbst den Fangschuss versetzt. Diese Ehre schien bei Hof jedoch ausschließlich dem Herzog vorbehalten zu sein, weshalb Hubertus sich vorkam wie ein einfacher Lakai. Obwohl sein Quartier im Jägerhaus komfortabel und die Bezahlung gut war, fragte er sich immer öfter, ob er einen Fehler begangen hatte. Bisher hatte ihn noch niemand kontaktiert, weshalb er allmählich daran zweifelte, dass Wilhelmines Feinde wirklich an seinem Wissen über sie interessiert waren.

»Wartet auf Befehle«, hatte der Kaufherr in Ulm gesagt.

Wenn Hubertus noch länger wartete, fürchtete er, Moos anzusetzen. Er schwang sich in den Sattel und folgte den anderen Meisterjägern zur Residenz. Dort zogen sie in ihren Jagdlivreen die Blicke der Hofbesucher auf sich. Wie jeden Tag drängten sich die Kutschen vornehmer Besucher im Ehrenhof, und eine wahre Heerschar von Bediensteten umschwirrte den Herzog. Während er inmitten des Jagdpersonals über das Pflaster trabte, wünschte Hubertus sich, weit, weit fort zu sein. Die unsichere Situation zehrte an seinen Nerven.

Wilhelmine von Grävenitz hörte die Jagdhörner schon von Weitem. Den ganzen Vormittag über hatte sie mit den Mitgliedern des Konferenzministeriums getagt, um zu verhindern, dass durch Eberhards Extravaganz die Finanzen des Herzogtums in Schieflage gerieten. Jetzt fühlte sie sich erschöpft und erhitzt, weshalb sie dankbar war, als Heinrich von Schütz eines der Fenster in ihrem Appartement öffnete.

»Sie sehen müde aus«, stellte er fest.

Wilhelmine atmete ein paar Mal tief ein und aus. »Wenn es nur endlich etwas kühler werden würde. Es ist fast September.«

»Der Herbst kommt gewiss«, gab von Schütz zurück. »Wir sollten die Wärme genießen, solange sie anhält.«

Wilhelmine fächelte sich Luft zu und gab den Pagen bei der Tür zu verstehen, sich zu entfernen. Sobald sie mit Schütz alleine war, fragte sie: »Habt Ihr inzwischen etwas über die tote Zofe in Erfahrung bringen können?«

Der Geheimrat wiegte den Kopf hin und her. »Ja und nein«, erwiderte er.

»Was soll das bedeuten? Sprecht nicht in Rätseln mit mir!«

»Es hat sich bestätigt, dass sie in den Diensten der Frau von Münsing stand«, sagte Schütz.

Wilhelmine machte eine ungeduldige Geste. »Das ist nichts Neues. Wo war sie, als sie ertrunken ist?«

»Frau von Münsing behauptet …«

»Ihr habt sie befragt? Ich hatte doch ausdrücklich befohlen, sie nicht wissen zu lassen, dass wir einen Verdacht hegen!«

Der Geheimrat hob beschwichtigend die Hand. »Es war mehr ein Gespräch unter Frauen als eine Befragung«, sagte er. »Die Gemahlin eines Vertrauten hat bei einer Gesellschaft in Tübingen mit ihr geplaudert.«

Wilhelmine runzelte die Stirn. »Das Mädchen ist in der Nähe von Tübingen aus dem Neckar gefischt worden.«

»Und offenbar war die Zofe auf einem Herrensitz in der Nähe von Reutlingen, als sie verschwunden ist. Angeblich hat Madame von Münsing ihr Verschwinden erst Tage später bemerkt.«

»Sicher«, schnaubte Wilhelmine. »Wessen Landsitz war es?«

»Der des ehemaligen Geheimen Rates von Rathsamhausen«, war die Antwort.

Wilhelmine unterdrückte eine Verwünschung. »Dann war es ganz gewiss kein Unfall!«

»Das denke ich auch. Sie sollten noch mehr auf der Hut sein als bisher«, warnte Schütz. »Solange wir nichts Näheres wissen, würde ich dringend dazu raten, ein Auge auf alle zu haben, die die Nähe des Herzogs suchen.«

Wilhelmine wusste, dass er recht hatte. Auch wenn sie Eberhard vertraute, konnte es immer möglich sein, dass diese verfluchten Kanaillen doch noch Gehör bei ihm fanden. Sie wandte sich seufzend vom Fenster ab. »Haltet weiter die Ohren offen. Was auch immer die Herzogin dieses Mal plant, sie wird keinen Erfolg damit haben!«

»Ihr denkt, die Herzogin steckt dahinter?«

»Wer denn sonst? Sie wird keine Ruhe geben, bis Eberhard mich erneut vom Hof verbannt.«

Kapitel 54

Geislingen, August 1721

Die folgenden beiden Abende waren eine Qual für Marie. Während Rosa ihr hinter La Boneilles Rücken hasserfüllte Blicke zuwarf, schien sein Interesse an ihr genauso plötzlich erloschen zu sein, wie es gekommen war. Zwar schlief sie nach wie vor Tür an Tür mit ihm, doch jedes Mal, wenn sie versuchte, ihm näherzukommen, wich er ihr aus. Die Tortur war besonders groß, da seine Küsse auf der Bühne sich anfühlten wie zuvor. Als er sie nach einer besonders gelungenen Vorstellung tatsächlich dem Gemahl einer der herausgeputzten Damen vorstellte, hatte sie das Gefühl, ihr Herz würde sich in Stein verwandeln.

Wie bei den letzten Gesellschaften schien jeder, der etwas auf sich hielt, im Ballsaal anwesend zu sein. Ein Cello und ein Cembalo kämpften gegen ein Quintett aus Geigen an, während die Gäste sich in kleinen Grüppchen unterhielten.

»Meine Teuerste!«, begrüßte der militärisch gekleidete Mann Marie mit einer tiefen Verbeugung. Sobald er sich wieder aufgerichtet hatte, wanderte sein Blick mit beinahe beleidigender Offenheit ihre Vorderseite entlang. Ein verklärtes Lächeln umspielte seinen Mund. »Wisst Ihr, wie bezaubernd Ihr seid?«, säuselte er.

Marie schlug scheinbar beschämt die Augen nieder. Wie oft hatte sie diese Lüge in den vergangenen Wochen gehört? Sie steckte in einem teuren perlenbestickten Kleid, dessen Rüschen so aufwendig waren, dass selbst die vornehmen Damen ihr bewundernd hinterhersahen. La Boneille hatte eigenhändig einige Juwelen in ihrem Haar festgesteckt, und einen Moment lang hatte sie erwogen, einfach davonzulaufen. Mit dem Erlös des Kleides und der Edelsteine würde sie vermutlich ein ganzes Leben lang auskommen. Allerdings fürchtete sie sich davor, La Boneilles Zorn auf sich zu ziehen. – Rosa konnte immer noch nicht wieder richtig sitzen. Daher ließ sie sich widerstandslos von dem alten Schwerenöter auf die Tanzfläche führen und den halben Abend lang mit zweideutigen Komplimenten überschütten.

Er beantwortete jede ihrer Fragen mit einer Gegenfrage, sodass Marie nichts aus ihm herausbrachte. Wenn sie etwas erfahren wollte, blieb ihr keine andere Wahl, als sich von ihm zu einer der Gartenlauben führen zu lassen. Während La Boneille sie von der Terrasse aus beobachtete, schlenderte sie mit ihrem Bewunderer einen Gartenweg entlang, der von bunten Lampions beleuchtet wurde.

»Ihr seid schöner als der Mond«, nuschelte der alternde Geck. Der viele Wein, den er getrunken hatte, schien Wirkung zu zeigen. Auf unsicheren Beinen geleitete er Marie zu einem rosenumrankten Pavillon und umschlang ihre Taille, sobald die Büsche sie vor neugierigen Blicken verbargen.

Marie entwand sich ihm mit einer geschmeidigen Bewegung.

»Nicht«, protestierte er. »Bleibt hier!« Er streckte die Hand nach ihr aus und packte sie beim Handgelenk. Mit einem Ruck zog er sie zu sich und beugte sich zu ihr hinab, um sie zu küssen. Allerdings war er so angeheitert, dass er ihren Mund verfehlte und lediglich ihre Wange streifte.

Obwohl die Situation Marie auf erschreckende Art und Weise an ihre Begegnung mit dem Jäger erinnerte, verlor sie nicht den Kopf. Im Gegensatz zum Jäger war ihr momentaner Bedränger zwar groß, allerdings besaß er nur einen Bruchteil von dessen Stärke. Mühelos befreite sie sich ein zweites Mal von ihm und legte abwehrend die Handflächen auf seine Brust. »Was würde Eure Gemahlin dazu sagen?«

Er erstarrte.

Während er offenbar versuchte, gegen den Weindunst anzukämpfen, ertasteten Maries Finger etwas Hartes unter seinem Rock. Ohne lange nachzudenken, glitt ihre Hand in seine Tasche. Damit er nicht bemerkte, was sie tat, fasste sie ihn mit der anderen Hand beim Oberarm. »Wir sollten zurück zum Ball gehen«, sagte sie milde. In dem Moment, in dem er sich von ihr umdrehen ließ, zog sie ihm die Uhr aus der Tasche.

»Bitte verzeiht«, sagte er rau.

Marie schob ihn vor sich her auf den Ausgang der Laube zu. Derweil er ihr den Rücken kehrte, ließ sie die gestohlene Uhr in ihrem Ausschnitt verschwinden. Obgleich sie mit diesem Diebstahl ihr Leben riskierte, hämmerte ihr Herz nicht halb so wild wie in Ulm. Der Kerl hatte ihr unter die Röcke fassen wollen. Sollte er bemerken, dass seine Uhr fehlte, würde er wohl kaum so dumm sein, Marie zu beschuldigen. Denn in diesem Fall würde Marie, ganz im Stil von Rosa, die verfolgte Unschuld spielen und alle Anschuldigungen empört von sich weisen. Sie verzog den Mund zu einem freudlosen Lächeln. Es war erstaunlich, welchen Unterschied es machte, ob man in einem einfachen Kleid oder in einer teuren Robe steckte. Ein Bauernmädchen des Diebstahls zu bezichtigen, war einfach. Die prunkvoll gekleidete Partnerin des Prinzipals hingegen …

Während sie so tat, als ob nichts geschehen wäre, kehrte sie mit ihrem Begleiter zurück zum Fest, wo er sich hastig von ihr löste und auf La Boneille zuwankte. Das Gespräch war gestenreich und aufgebracht. Als La Boneille sich wenig später von dem Mann trennte und auf Marie zugestürmt kam wie ein Racheengel, setzte sie ein unschuldiges Gesicht auf.

»Was soll das?«, zischte er, packte sie beim Arm und zog sie auf den Ausgang zu. »Warum hast du ihm mit seiner Gemahlin gedroht? Ich dachte, dir wäre klar, was du zu tun hast.«

»Du solltest leiser sprechen«, warnte Marie. »Die Leute beobachten uns.«

Mit einem Zähneknirschen zerrte La Boneille sie zur Garderobe und drückte ihr ihren Umhang in die Hand. »Das wirst du mir erklären!« Als sie kurz darauf im Gasthof ankamen, bugsierte er sie in seine Kammer und knallte die Tür hinter sich zu. »Willst du mich zum Narren halten?«, knurrte er. Sein Gesicht war bleich vor Wut.

Marie schüttelte den Kopf. »Er war so betrunken, dass ...«

»Spar dir die Ausreden!«, fiel La Boneille ihr ins Wort. »Wenn ich sage, dass du jemanden verführen sollst, dann tust du es!«

Marie wich einen Schritt zurück, als er seinen Rock ablegte und die Ärmel seines Hemdes hochkrempelte. Wollte er sie schlagen?

»Hast du mich verstanden?«

Sie nickte.

Er trat auf sie zu und sah mit einer Mischung aus Wut und Verachtung auf sie hinab. »Warum, denkst du, habe ich dich zur Frau gemacht?«, knurrte er.

Die Worte waren schlimmer als Schläge. Sie trafen Marie direkt ins Herz. »Was?«, stammelte sie.

»Dachtest du, ich habe wegen deiner weiblichen Reize mit dir geschlafen?« La Boneille lachte. »Da hat Rosa wahrlich mehr zu bieten.« Er raufte sich die Haare. »Gott!«

»Aber du hast gesagt, du hättest seit der ersten Probe davon geträumt. Du hast gesagt, ich sei schön.« Maries Stimme erstarb. Es waren nichts als Lügen gewesen! Sie war nur Mittel zum Zweck für ihn.

La Boneille schnaubte. Er stand einen Augenblick schweigend da. Dann sagte er mit eisiger Stimme: »Das war das einzige und letzte Mal, dass du dich einem ausdrücklichen Befehl widersetzt hast. Du hast Glück, dass wir morgen nach Tübingen aufbrechen. Sonst hätte ich dich eigenhändig ins Bett des Mannes geprügelt.«

Marie spürte, wie ihr die Kehle eng wurde.

»Zieh die Sachen aus und dann verschwinde, bevor mir der Kragen platzt.« Er sah Marie drohend an.

Während der Kloß in ihrem Hals immer dicker wurde, schlüpfte Marie aus der kostbaren Robe und wieder in ihre eigenen Kleider. Dann schlich sie wie ein geprügelter Hund aus La Boneilles Kammer. In ihrer eigenen angekommen, warf sie sich aufs Bett und vergrub das Gesicht in den Armen. Obwohl ihr Herz so sehr schmerzte, dass sie fürchtete, es würde zerspringen, schienen ihre Tränen versiegt zu sein.

Jost hatte recht gehabt. »Er wird dir das Herz brechen. Das tut er bei jeder«, hatte er gesagt.

»Nicht bei mir!«, murmelte sie. Der Schmerz wich plötzlich einem brennenden Zorn. Wütend fuhr sie sich mit den Handflächen übers Gesicht und setzte sich auf. Während sie die Beine unter ihr Gesäß zog, holte sie die gestohlene Uhr aus ihrem Ausschnitt hervor, betrachtete sie nachdenklich und fasste einen Entschluss. Sobald sie in Tübingen waren, würde sie das Geld aus Ulm aus dem Karren holen und zusehen, dass sie noch mehr Leute bestehlen konnte. Und dann würde sie davonlaufen, so weit sie nur konnte! Ihre Seele war ohnehin verloren. Warum sollte sie die Fertigkeiten, die La Boneille ihr beigebracht hatte, nicht nutzen?

Kapitel 55

Tübingen, September 1721

Die Reise nach Tübingen dauerte drei volle Tage. Aufgrund des unwegsamen Geländes der Schwäbischen Alb kamen sie nur langsam voran, was bedeutete, dass Marie die Nächte in einem der Karren verbringen musste. Beinahe schlimmer als die Demütigung war die Tatsache, dass La Boneille Rosa wieder bei sich schlafen ließ, worüber selbst Agathe einen Kommentar abgab.

»Es tut mir leid, Kind«, sagte sie. »Ich hätte dich warnen sollen.«

»Du hast mich gewarnt«, erwiderte Marie bitter. »Genau wie Jost.« Als sie mit den Wagen über eine breite Brücke auf die Stadtmauer von Tübingen zufuhren, dachte Marie an dieses Gespräch zurück. Sie saß neben Agathe auf dem Bock des Kostümwagens, das Geld aus Ulm und die gestohlene Uhr eingenäht in einem ihrer Röcke. Die Stadt vor ihnen wurde überragt von einer gewaltigen Festung, wirkte reich und farbenprächtig. Die Häuser direkt an der Stadtmauer waren in leuchtenden Farben gestrichen. Über den Dächern der Türme erhob sich eine Kirche, deren Glocken in dem Moment anfingen zu läuten, in dem sie das Stadttor passierten. Mühsam holperten sie einen steilen Anstieg hinauf bis zum Fuß der Kirche. Kurz darauf erreichten sie einen Marktplatz, in dessen Mitte ein Brunnen mit einer gewaltigen Neptunsfigur prangte. La Boneille zügelte sein Zugtier vor einem Haus, das, ähnlich wie das Rathaus in Ulm, mit bunten Malereien verziert war. Den Platz säumten riesige mehrgeschossige Fachwerkhäuser, vor denen reges Kommen und Gehen herrschte.

Während La Boneille im Rathaus verschwand, sah Marie sich um. Neugierige Kinder umringten die Wagen, viele von ihnen so zerlumpt wie die ärmsten Bauernkinder in Brenz. Reich gekleidete Reiter trabten aus Richtung Süden auf den Platz, drängten sich durch das Fußvolk und die Karren der Kaufherren. Sonnenschirme, glänzende Stoffe, Hüte und Roben in allen Formen und Farben zeugten vom Wohlstand der Tübinger. Da die Sonne sengend aus einem wolkenlosen Himmel stach, suchten alle die Schatten der Häuser. Schmetterlinge tanzten um die Blumenkästen, die rings um den Brunnen angebracht waren. Eine lästige Fliege schwirrte immer wieder um Maries Nase. Die Zugpferde wirkten erschöpft und wieherten dankbar, als Michel sie mit Wasser aus dem Brunnen tränkte.

»Wir können auf der Neckarinsel lagern«, verkündete La Boneille, sobald er wieder ins Freie trat. »Ladet alles ab, die Bühne wird im ersten Geschoss des Rathauses errichtet.«

Marie sprang zu Boden und half Agathe vom Bock. Dann schirrte sie das Pferd ab und band es im Schatten des Rathauses fest.

Die nächsten Stunden brachten sie damit zu, alles aufzubauen. Als sie fertig waren, kam La Boneille auf Marie zu. »Du wirst wieder als meine Partnerin in einem Gasthof schlafen«, sagte er.

Marie blieb vor Erstaunen beinahe der Mund offen stehen. Wollte er tatsächlich so tun, als ob nichts geschehen wäre? »Und Rosa?«

»Was Rosa tut, braucht dich nicht zu interessieren.«

»Wie du befiehlst«, gab Marie spitz zurück.

La Boneille schien ungerührt von ihrem Tonfall. »Tagsüber habe ich eine Aufgabe für dich«, fuhr er fort. »Da wir das Stück nicht mehr proben müssen, wirst du dich als Bettler, Knabe oder sonst etwas verkleiden und dich in der Stadt umhören.« Er verzog den Mund. »Vielleicht hast du in diesen … *Kreisen* mehr Erfolg.«

Marie tat ihm nicht den Gefallen, auf die Beleidigung einzugehen.

»Wenn du dich als Bursche verkleidest, kannst du direktere Fragen stellen. Sollte jemand wissen wollen, warum du dich für die Namen auf der Liste der Gräfin interessierst, lüg ihnen etwas vor. Du suchst Arbeit, einen Freund, der in ihren Diensten steht. Irgendetwas.«

Marie nickte und schwieg.

»Du wirst heute noch damit anfangen. Hol dir die entsprechenden Kostüme aus dem Wagen und bring sie in den Gasthof dort drüben.« Er zeigte auf ein Haus am anderen Ende des Platzes. »Ich warte auf dich.« Damit ließ er Marie stehen.

Sie sah ihm mit einem bitteren Lächeln hinterher. Wenn er wüsste, was für einen Gefallen er ihr mit diesem Befehl getan hatte! Zwar dachte sie nicht im Traum daran, irgendjemanden auszufragen. Doch in einer Verkleidung würde es gewiss ein Leichtes sein, ihren Plan in die Tat umzusetzen. Wenn sie Glück hatte, gelang es ihr, in Tübingen so viel zu stehlen, dass sie sich davonmachen konnte. Sie ging zum Kostümwagen und zog den Schlüssel aus ihrer Tasche.

»Marie?«

Sie wirbelte herum.

Jost stand hinter ihr. Er musterte sie mit besorgter Miene. »Ich habe gehört, was passiert ist«, hob er an.

Marie schnaubte. »Wer in der Truppe hat das nicht?« Die zum großen Teil mitleidigen Blicke sprachen mehr als tausend Worte.

»Du bist nicht die Erste und wirst nicht die Letzte sein, der er das Herz bricht«, fuhr Jost fort. »Er ist ein Mistkerl!« Er kam näher und wollte nach ihrer Hand greifen.

Aber sie wich ihm aus. Sie wollte kein Mitleid!

»Warum bist du zur Truppe gestoßen?«, fragte er zum wohl hundertsten Mal. »Ich weiß, dass du vor etwas davonläufst, aber Michel wollte mir nicht sagen, wovor.«

»Du hast Michel ausgehorcht?«, brauste Marie auf.

»Keine Angst«, beschwichtigte Jost sie. »Er hat mir kaum etwas verraten. Ich weiß nur, dass ihr beide aus Brenz fortmusstet. Warum?«

Marie biss sich ärgerlich auf die Lippe. »Das geht dich nichts an.«

Ein Schatten huschte über Josts Gesicht. Mit einem Achselzucken wandte er sich von Marie ab und kehrte zum Rathaus zurück.

»Mist!«, schimpfte Marie. Sie hatte Jost nicht verletzen wollen. Er war ein Freund. Doch jetzt, da sie sich entschlossen hatte, die Truppe zu verlassen, konnte sie sich ihm noch weniger anvertrauen. Sie sah ihm nach, bis er im Gebäude verschwunden war, ehe sie die Tür öffnete und den Wagen betrat. Hastig suchte sie die passenden Kostüme zusammen, dann begab sie sich zu dem Gasthof, in dem La Boneille auf sie wartete.

»Dein Zimmer«, sagte er knapp, nachdem er sie in den zweiten Stock geführt hatte. Er selbst schloss die Tür der gegenüberliegenden Kammer auf. »Berichte mir sofort, wenn du etwas Neues in Erfahrung gebracht hast!«, befahl er. Bevor Marie etwas erwidern konnte, warf er die Tür hinter sich zu.

»Dein Wunsch ist mir Befehl«, murmelte Marie mit einem Naserümpfen. Sie ignorierte den Stachel, der sich in ihr Herz bohrte, betrat ihre eigene Kammer und wählte als Verkleidung das Kostüm eines alten Mannes. Nachdem sie in die Kleider geschlüpft war, zerrieb sie etwas Kohle zwischen den Händen und fuhr sich damit übers Gesicht. Die Perücke, ein hässliches Ding mit verfilzten grauen Strähnen, zog sie sich so weit in die Stirn, dass man ihre langen Wimpern nicht sehen konnte.

Schließlich griff sie nach einem knotigen Stock. Ein Blick in die Spiegelscherbe, die sie aus dem Kostümwagen mitgenommen hatte, ließ sie zufrieden lächeln. Unter den weiten Hosen und dem zotteligen Haar würde ganz gewiss niemand eine junge Frau vermuten.

Sie verließ ihre Kammer, ging die Treppen hinab und schrak zusammen, als sich plötzlich jemand vor ihr aufbaute.

»Was hast du hier zu suchen?«, herrschte der Wirt sie an. »Der Dienstboteneingang ist hinten!«

Marie blinzelte erschrocken, fing sich jedoch sofort wieder. »Verzeihung, mein Herr«, krächzte sie und buckelte vor dem Wirt.

»Verschwinde!«

Sie folgte seinem ausgestreckten Zeigefinger einen Gang entlang zum hinteren Teil des Hauses, in dem sich die Küche befand. Nach einigem Suchen entdeckte sie den Dienstboteneingang, der in eine schmale Gasse hinter dem Haus führte. Dort stapelten sich Kisten voll Gemüse, Körbe und leere Fässer. Vollkommen unbeachtet von den Trägern, Fuhrleuten und Lakaien, trottete sie die Gasse entlang, die in eine größere Straße mündete. Dieser folgte sie einen Abhang hinab, bis sie den Holzmarkt am Fuß der Kirche erreichte, die sie bei ihrer Ankunft gesehen hatte. Dort tummelten sich zahllose Menschen, um Holz für die Kochstellen der Stadt zu erstehen. Das Gewimmel war so dicht, dass es unmöglich war, sich durchzukämpfen, ohne mit jemandem zusammenzustoßen.

Perfekt, dachte Marie. Während sich ihr Puls beschleunigte und das Jagdfieber sie ergriff, sah sie sich nach den geeigneten Opfern um. Es dauerte nicht lange, bis sie einen Mann ausmachte, an dessen Brust eine silberne Uhr funkelte. Da sich die Marktwache am anderen Ende des Platzes aufhielt, fackelte Marie nicht lange, näherte sich dem Mann und gab vor zu stolpern, als sie nur noch einen Schritt von ihm entfernt war.

Scheinbar Halt suchend, streifte sie seine Weste. »Wie ungeschickt von mir! Bitte entschuldigt«, keuchte sie, als habe der Fall sie außer Atem gebracht.

»Pass doch auf, Alter!«, schimpfte der Mann.

Doch Marie hörte ihn kaum mehr, da sie mit ihrer Beute bereits halb in der Menge verschwunden war.

Sechs weitere Opfer erleichterte sie um Münzen, Ringe, Uhren und einen silbernen Dolch, ehe sie mit vollen Taschen zum Gasthof zurückkehrte. Dort schlüpfte sie durch den Dienstboteneingang zurück ins Gebäude. In ihrer Kammer angekommen, versteckte sie das Diebesgut unter ihrer Matratze, bevor sie an La Boneilles Tür klopfte, um ihm eine Lügengeschichte über ihren Ausflug in die Stadt aufzutischen.

Kapitel 56

Tübingen, September 1721

IN DER NÄCHSTEN WOCHE ging Marie beinahe jeden Tag auf Beutezug. Mit einigen Pfennigen kaufte sie sich einen Sack, in dem sie ihren Schatz verstaute. Sie hatte gerade den Entschluss gefasst, Tübingen am nächsten Morgen zu verlassen, als La Boneille der Truppe eröffnete, dass sie an diesem Abend in einem Herrensitz in der Nähe der Stadt auftreten würden.

»Die Besitzerin ist eine reiche Witwe«, informierte er die Truppe. »Sie war vor Kurzem in Tübingen und hat beschlossen, uns zum Anlass einer großen Feier zu engagieren.«

»Heute?«, fragte Jost.

La Boneille nickte.

»Wie sollen wir es schaffen, die Bühne im Rathaus so schnell ab- und auf ihrem Anwesen wieder aufzubauen?«, fragte einer der anderen Schauspieler.

»Gar nicht«, gab La Boneille zurück. »Die Witwe hat ihre eigene Bretterbühne. Wir brauchen lediglich das Bühnenbild, die Requisiten und die Kostüme.«

Jost pfiff durch die Zähne. »Eine eigene Bühne?« Er war sichtlich beeindruckt.

»Packt alles Nötige zusammen, dann brechen wir auf«, befahl La Boneille.

Marie musste nicht lange nachdenken. Eine günstigere Gelegenheit würde sich so schnell nicht bieten. Auf der Feier würden vermutlich nur die Reichen und Mächtigen zugegen sein – eine Versuchung, der sie nicht widerstehen konnte. Nach der Aufführung würde sie sich unter dem Vorwand, die Anwesenden auszuhorchen, im vornehmen Gewand unter die Gäste mischen und die Achtlosigkeit der Tänzer schamlos ausnutzen. Danach konnte sie mit ihrem Sack in der Dunkelheit verschwinden und irgendwo ein neues Leben anfangen.

Eine Stunde nach La Boneilles Ankündigung brachen sie auf. Nachdem sie den Neckar überquert hatten, ging es nach Süden, bis sie ein Gebiet erreichten, in dem sich Felder, Äcker und dichte Waldgebiete abwechselten. An einer Weggabelung folgten sie einem moosbewachsenen Schild, holperten am Ufer eines kleinen Flüsschens entlang und erreichten schließlich ein Gebäude, das dem Schloss in Brenz kaum in etwas nachstand.

Zwar gab es hier keinen Burggraben und keine Türme. Dennoch zeugte das Gebäude von großem Reichtum. Im Vorhof des Herrensitzes standen bereits zahlreiche Kutschen, deren Besitzer in einem parkähnlichen Garten lustwandelten. In einem Springbrunnen inmitten eines Rondells tummelten sich Fische, irgendwo bellten Hunde. Mehrere Reiter jagten über eines der abgeernteten Felder und verschwanden im Wald.

»Seid ihr die Theatertruppe?« Ein livrierter Lakai kam auf sie zugeeilt. Er wirkte erhitzt.

La Boneille bejahte.

»Schnell, schnell! Beeilt euch! Die Herrschaft hat euch schon früher erwartet.« Er ruderte mit den Armen in der Luft herum und zeigte auf einen Teil der Gartenanlage, der von einer hohen Hecke umgeben war. »Die Bühne ist dort.«

»Kümmert euch um alles«, wandte La Boneille sich an Jost. Er selbst sprang vom Bock, wechselte ein paar leise Worte mit dem Lakaien, der ihn schließlich zum Haus führte.

Marie und die anderen lenkten die Wagen zu der angegebenen Stelle und begannen mit dem Aufbau.

Die Aufführung war wie immer ein voller Erfolg. Sobald der letzte Vorhang gefallen war, kletterten La Boneille und Marie in ihren prächtigen Kostümen von der Bühne, um sich unter die Anwesenden zu mischen.

Die Hausherrin, eine mit Juwelen überladene Alte mit hängenden Backen, hakte sich bei La Boneille unter und schwärmte in den höchsten Tönen. »Euer Ruf eilt Euch nicht zu unrecht voraus«, säuselte sie. »Man sagt, Ihr tretet auch bei Hof auf?«

La Boneille bedachte sie mit einem Lächeln, das einen Stein erweicht hätte. »Madame, im Vergleich zu Eurer Bühne verblasst der Hof«, schmeichelte er.

Marie hatte Mühe, nicht die Augen zu verdrehen. Während La Boneille die Witwe umgarnte, ließ Marie sich von mehreren vornehmen Herren zum Tanz führen. Im Lauf des Abends streifte sie Ringe von fetten Fingern, stahl Anstecknadeln und Broschen von den Damen und zog einem ihrer Tanzpartner sogar ein paar Gulden aus der Tasche. Als ihre eigenen Taschen schließlich so voll waren, dass sie fürchtete, sie könnten platzen, machte sie Anstalten, sich von dem Fest zurückzuziehen.

Es war Zeit zu gehen.

»Wohin so eilig, meine Schöne?«

Marie wirbelte mit klopfendem Herzen herum.

Ein hochgewachsener Mann mittleren Alters blickte auf sie hinab. Er war in Uniform, trug Degen und Pistole am Gürtel und hatte ein strenges Gesicht. An seiner Brust glänzten zahlreiche Orden. Eine goldene, mit kostbaren Steinen besetzte Taschenuhr zog Maries Blick an.

»Ich …«, hob sie an.

»Gewährt Ihr mir einen Tanz?«, fragte der Mann. Er wartete nicht, bis Marie etwas erwiderte, sondern fasste sie besitzergreifend bei der Hand. Dann führte er sie zum Tanzplatz und wartete, bis die Musiker begannen, ein neues Menuett zu spielen.

Obwohl Marie nichts mehr wollte, als endlich das Weite zu suchen, konnte sie der Versuchung nicht widerstehen. Die Uhr musste mehrere Hundert, wenn nicht gar 1.000 Gulden wert sein. Wenn sie ein solch unbezahlbares Stück erbeutete, würde sie nie mehr stehlen müssen. Sie versuchte, sich ihre Aufregung nicht anmerken zu lassen, und trippelte mit einem honigsüßen Gesichtsausdruck um ihren Galan herum. Als sie sich bei einer Drehung so nah kamen, dass ihre Röcke seine Beine streiften, streckte sie die Hand aus und griff nach der Uhr, während sie ihn mit einem betörenden Augenaufschlag ablenkte.

Da geschah etwas, was ihr das Blut in den Adern gefrieren ließ.

Seine Hand bewegte sich blitzschnell. Ehe Marie begriff, was geschah, packte er sie beim Handgelenk und hielt sie mit einem eisernen Griff umklammert. Seine Augen verengten sich, während sein Blick von Maries Gesicht zu seiner Brust wanderte. »Dachte ich mir doch, dass du es bei mir auch versuchen würdest«, murmelte er.

Marie wollte sich befreien, aber sein Griff war wie ein Schraubstock. Während sich die Gedanken in ihrem Kopf überschlugen und Panik von ihr Besitz ergriff, führte er sie energisch vom Tanzplatz und schob sie vor sich her auf einen abgelegenen Teil des Gartens zu.

»Lasst mich los!«, forderte Marie. »Was soll das? Seid Ihr von Sinnen? Ich werde schreien, wenn Ihr nicht augenblicklich meine Hand loslasst!« Ihre Stimme überschlug sich.

Der Mann lachte. Es klang beinahe wie ein Bellen. »Du kannst aufhören, Theater zu spielen«, knurrte er. Als sie außer Sichtweite der Gesellschaft waren, griff er ihr in die Tasche und zog einen Teil ihrer Beute hervor. Er hielt ihr die Sachen anklagend unter die Nase. »Ich beobachte dich schon den ganzen Abend«, sagte er. »Du bist gut. Aber nicht gut genug, um *mich* zu bestehlen.«

Marie wurden die Knie weich. »Bitte, Herr!«, flehte sie, »das ist alles nur ein Irrtum.«

»Das ist es ganz gewiss nicht«, gab er ungerührt zurück. Er ließ Maries Handgelenk los und packte sie bei den Schultern. Sein Griff war so hart, dass Marie vor Schmerz aufkeuchte.

»Bitte«, flehte sie erneut. »Ich gebe alles zurück.«

»Oh, das kannst du gerne tun«, erwiderte er kalt, »aber es wird dich nicht davor bewahren, für die Diebstähle bestraft zu werden.« Er starrte mit zusammengepressten Lippen auf sie hinab. »Weißt du, was geschieht, wenn ich dich an den Amtmann ausliefere?«

Marie nickte schwach.

Einige Augenblicke schien es in seinem Kopf zu arbeiten, ehe er schließlich sagte: »Du hast genau zwei Möglichkeiten. Entweder ich liefere dich an den Amtmann aus und du wirst als Diebin bestraft.«

»Oder?«, hauchte Marie.

»Oder du stiehlst etwas für mich.«

Kapitel 57

Ludwigsburg, September 1721

»Ist das alles, was Ihr zu berichten habt?«

Der Jäger Hubertus verschränkte ärgerlich die Arme vor der Brust. »Reicht Euch das nicht?«

»Es ist nichts, was wir nicht ohnehin schon über die Gräfin wussten. Ihr seid nicht ihr erster Liebhaber gewesen und werdet gewiss nicht ihr letzter sein. Und echte Geheimnisse scheint sie Euch nicht anvertraut zu haben.« Sein Gegenüber, einer der zahllosen Höflinge, legte die Stirn in Falten. »Aber das macht nichts«, sagte er nach einigen Augenblicken des Schweigens. »Wir haben einen Auftrag für Euch, mit dem Ihr Euch einen ordentlichen Batzen dazuverdienen könnt.«

Obwohl die Arroganz des Gecken Hubertus mächtig wurmte,

sah er ihn erwartungsvoll an. Der Jägerposten war zwar lukrativ und abwechslungsreich, aber die ständige Nähe des Herzogs war ihm ein Dorn im Auge. Sein Anblick erinnerte ihn an Wilhelmine, und diese Erinnerung machte ihn mit jedem Tag wütender. Obwohl er sich geschworen hatte, sie für das, was in Brenz vorgefallen war, bezahlen zu lassen, war er seinem Ziel kaum einen Schritt näher gekommen. »Was für einen Auftrag?«, brummte er.

»Einen sehr pikanten und nicht ganz ungefährlichen.« Die nächste Viertelstunde erklärte der Mann Hubertus, wofür die Feinde der Gräfin bereit waren, ihm eine schwindelerregende Summe zu zahlen. »Danach werdet Ihr Euch eine andere Anstellung suchen müssen.«

Hubertus wiegte den Kopf hin und her. »Das ist ein gewaltiges Risiko«, sagte er.

»Versucht erst gar nicht zu feilschen«, gab der Höfling zurück. »Die Bezahlung ist fürstlich. Das wisst Ihr so gut wie ich. Wenn Ihr den Auftrag nicht annehmt, finden wir einen anderen.« Er bedachte Hubertus mit einem halb drohenden, halb fragenden Blick.

Obwohl ihm der Ton des Burschen nicht gefiel, überlegte Hubertus nicht lange. Was man von ihm verlangte, würde zwar nicht leicht, aber für einen solchen Lohn hätte er selbst ein Gespräch mit dem Teufel geführt. Wenn er den Auftrag erfolgreich ausführte, konnte er den Rest seines Lebens in Saus und Braus leben. Die jungen Damen aus gutem Hause würden sich ihm an den Hals werfen, und vielleicht gelang es ihm, einen Adelstitel zu ergattern. Er hielt dem Höfling die Hand hin. »Schlagt ein. Ich mache es.«

Wilhelmine von Grävenitz jagte mit ihrer Stute über die Felder südlich von Marbach. Rechts von ihr glitzerte der Neckar, hinter ihr preschten die Leibgardisten mit donnernden Hufen an den Gehöften vorbei. Einige Strähnen ihres Haars hatten sich aus ihrem Hut gelöst und wehten ihr ins Gesicht. In halsbrecherischem Tempo galoppierte sie auf das Ufer des Neckar zu, um im Schatten der Pappeln dem Verlauf des Flusses zu folgen. Die vergangenen Tage war sie kaum an die frische Luft gekommen, da sie mit Schütz und den andern Mitgliedern des Konferenzministeriums vom frühen Morgen an getagt hatte. Ihr Sekretär hatte zahllose Briefe und Depeschen verfasst, die alle bereits auf dem Weg zu ihren Empfängern waren. An diesem sonnigen Samstag ein paar Tage vor Eberhards Geburtstag war es ihr zu viel geworden, und sie hatte Beauté satteln lassen.

Es nagte an ihr, dass sie immer noch nicht mehr über die Pläne ihrer Feinde herausgefunden hatte. Dass der ehemalige Geheime Rat von Rathsamhausen mit in die Sache verstrickt war, wunderte sie nicht. Allerdings zermürbte sie das ständige Misstrauen zunehmend. Jeder Höfling, jeder Besucher, der die Nähe des Herzogs suchte, war verdächtig. In einer Woche feierte Eberhard Geburtstag – eine Gelegenheit, die sich ihre Feinde gewiss nicht entgehen lassen würden. Vermutlich hatten sie vor, dem Herzog an diesem Tag Gift ins Ohr zu träufeln, um Wilhelmine in Misskredit zu bringen.

Sie presste die Lippen aufeinander und trieb ihre Stute weiter an. Kurz vor Ludwigsburg stießen sie auf einer Wiese auf Lisele, den zahmen weißen Hirsch des Herzogs. Wie immer lief das Tier, das an seinem Schmuckhalsband zu erkennen war, frei durch Ludwigsburg und Umgebung. Als es die Reiter auf sich zupreschen sah, nahm es Reißaus, vermutlich, um in einem der Gärten der Untertanen des Herzogs Zuflucht zu suchen.

Wenig später überquerten Wilhelmine und ihre Begleiter den Neckar. Am Horizont waren bereits die Dächer der Residenz zu erkennen, aus deren Richtung eine Gruppe Reiter auf sie zukam. In ihren bunten Jagdtrachten waren sie schon von Weitem zu erkennen. Doch als sie in kurzer Entfernung an Wilhelmine vorbeitrabten, kniff sie ungläubig die Augen zusammen. Inmitten der Gruppe ritt ein Mann, der Hubertus zum Verwechseln ähnlich sah. Auch sein Reittier kam Wilhelmine bekannt vor. Da die Sonne sie blendete, konnte sie aus der Entfernung jedoch keine Gesichtszüge ausmachen. Sie zügelte ihre Stute, wandte sich im Sattel um und sah den Jägern hinterher. War es möglich …? Sie schüttelte den Kopf. Unsinn, schalt sie sich selbst. Sie musste sich getäuscht haben.

Kapitel 58

In der Nähe von Tübingen, September 1721

Marie sah fassungslos zu dem Mann auf. »Ich soll etwas für Euch stehlen?«, fragte sie ungläubig.

»Andernfalls übergebe ich dich dem Amtmann.«

»Aber …«

»Kein Aber. Entscheide dich.« Sein Griff verstärkte sich.

Marie überlegte nicht lange. Sie hatte keine andere Wahl. »Was soll ich stehlen?«, fragte sie.

Ein zufriedener Ausdruck trat auf das Gesicht des Mannes. »Eine Schatulle«, erwiderte er. »Sie befindet sich im Schlafgemach der Witwe. Es ist ein goldbeschlagenes kleines Kästchen mit einem silbernen Schloss.«

»Wie stellt Ihr Euch das vor?« Marie schüttelte den Kopf. »Ich kann nicht einfach in ihr Schlafgemach spazieren. Im Haus sind gewiss Bedienstete.«

»Bist du eine Diebin oder nicht?« Er lockerte seinen Griff, um sie abzutasten und in ihre Tasche zu greifen. »Wenn du mir das Kästchen bringst, bekommst du das hier zurück.« Er hielt die Beute hoch. »Solltest du mich hintergehen wollen ...«

»Das werde ich nicht«, log Marie, in deren Kopf es fieberhaft arbeitete. Auch wenn er einen großen Teil des Diebesgutes in der Hand hielt, besaß sie immer noch das, was sie in dem Sack im Kostümwagen versteckt hatte. Sobald sie die Schatulle an sich gebracht hatte, würde sie sich damit zu dem Karren zurückschleichen, sich umziehen und das Weite suchen. Wenn der Kerl sie beim Amtmann anzeigen wollte, würde er erklären müssen, warum sich die angeblich von ihr entwendeten Gegenstände in seinem Besitz befanden. »Wo ist der Dienstboteneingang?«, fragte sie.

Der Mann lächelte zufrieden. Er zeigte zu einem Teil des Gartens, der nicht von den zahllosen Lampen und Fackeln beleuchtet wurde. »Dort hinten. Nimm dich in Acht. Wenn man dich ertappt, kann ich nichts für dich tun.« Er steckte Maries Beute in die eigenen Taschen. »Ich warte hier. Beeil dich!«

Marie fuhr sich mit der Zungenspitze über die trockenen Lippen. Ihre Hände zitterten, als sie die Röcke raffte, um über den kurz geschnittenen Rasen davonzueilen. Wo immer möglich, hielt sie sich im Schatten der Büsche oder Bäume, bis sie den hinteren Teil des Gartens erreichte. Dort steckte lediglich eine Fackel in einem Halter neben einer Tür, durch die in diesem Moment zwei Bedienstete mit großen Tabletts kamen. Marie duckte sich hinter einen Rosenstrauch, wartete, bis die beiden fort waren, und huschte dann zur Tür. Ihre Handflächen waren so feucht, dass sie von dem eisernen Griff abrutschte, als sie versuchte, die Tür zu öffnen.

Beruhige dich, schärfte sie sich ein. Wenn sie jemand im Haus ertappte, würde sie einfach vorgeben, zu viel getrunken und sich verlaufen zu haben. Sie steckte in einem teuren Kleid, nicht in der Tracht einer Bediensteten! Kein Lakai würde wagen, ihre Worte anzuzweifeln.

Nachdem sie ein paar Mal tief ein- und ausgeatmet hatte, zog sie die Tür auf. Das Klappern von Geschirr verriet ihr, dass die Küche sich zu ihrer Linken befand. Ein Korridor lag vor ihr, beleuchtet von schwachen Talglichtern. Am Ende des Gangs befand sich eine Halle, zu der Marie auf leisen Sohlen schlich. Eine breite Holztreppe führte ins obere Stockwerk. Ohne zu zögern, huschte Marie die Treppe hinauf ins erste Geschoss, das fast vollkommen im Dunkeln lag. Unter einer der vielen Türen, die von einem langen Korridor abgingen, fiel ein Lichtstreifen auf den Boden. Gedämpfte Männerstimmen waren zu hören. Auf Zehenspitzen tastete Marie sich den Gang entlang, bemüht, kein verdächtiges Geräusch zu verursachen. Als eine der Bodendielen unter ihrem Gewicht knarrte, hielt sie erschrocken die Luft an. In der Stille vermeinte sie, ihren eigenen Herzschlag zu hören. Zu ihrer Erleichterung hörte das Gemurmel hinter der Tür nicht auf, und niemand trat mit gezücktem Degen auf den Gang. Da sie so schnell wie möglich wieder aus dem Haus verschwinden wollte, huschte sie weiter. So leise wie möglich öffnete sie eine Tür nach der anderen, bis sie schließlich das Schlafgemach der Hausherrin fand. Durch hohe Fenster fiel etwas Licht aus dem Garten in den Raum, in dem sich ein riesiges Himmelbett, mehrere Kommoden, Stühle und ein Ankleidetisch befanden. Vor dem Fenster gab es einen Balkon, auf dem blühende Topfpflanzen standen. Ein Kronleuchter hing von der Stuckdecke, schwere Brokatvorhänge waren mit Schals an der Wand befestigt. Auf dem Sims eines Kamins glänzten kleine Porzellanfiguren neben dem Kästchen, das Marie suchte.

Mit drei langen Schritten war sie beim Kamin, griff nach dem Kästchen und ließ es in ihrer Tasche verschwinden. Dann machte sie kehrt und wollte gerade den Raum verlassen, als nebenan eine Tür geöffnet wurde. Männerstimmen und Schritte näherten sich, sodass Marie sich hastig hinter einen Sessel verkroch. Allerdings schienen die Männer es sich nebenan gemütlich zu machen, da wenig später Stuhlbeine über den Boden scharrten.

Obwohl Maries Herz in ihrer Kehle hämmerte, kroch sie hinter dem Sessel hervor und schlich zur Tür des angrenzenden Gemachs. Neugierig lugte sie durchs Schlüsselloch. Vier Männer befanden sich in dem Raum. Sie waren reich gekleidet, trugen Kniehosen, Röcke, Stiefel und Perücken. Ihre Gesichter konnte Marie nicht genau erkennen, da sie im Schatten des Kerzenleuchters lagen, den sie auf einem Tisch abgestellt hatten. Bei dem Raum schien es sich um eine Bibliothek zu handeln. Säbel und Pistolen steckten in den Gürteln der Männer.

Was hatten sie hier oben zu suchen? Warum waren sie nicht im Garten bei der Gesellschaft? Marie legte das Ohr ans Schlüsselloch, um zu hören, worüber sie sich unterhielten.

»Macht Euch keine Sorgen«, sagte einer von ihnen. »Es ist alles in Vorbereitung.«

»Warum wollt Ihr uns nichts Genaues sagen?«, brauste ein zweiter auf. »Was soll das heißen, *in Vorbereitung*?«

»Meine Leute haben einen Mann in Ludwigsburg im Auge, der sich um die Sache kümmert«, erwiderte der erste.

»Ist er denn vertrauenswürdig?«

»Das werden meine Männer schnell herausfinden.«

»Was ist, wenn die Sache misslingt? Ihr wisst, dass das vermutlich unser einziger Versuch sein wird. Es werden unzählige Gäste zum Fest erscheinen. Ich kann mir nicht vorstellen, wie Ihr die Sache bewerkstelligen wollt.«

»Die Gräfin wird den Geburtstag des Herzogs nicht überleben«, sagte der erste. »Darauf könnt Ihr Euch verlassen! Es wird aussehen wie ein Unfall.«

»Diese Kanaille! Es wird allerhöchste Zeit, dass dieser Schandfleck ausradiert wird!«

Marie entfernte erschrocken ihr Ohr vom Schlüsselloch. Planten die Männer, Wilhelmine von Grävenitz zu ermorden? Darauf bedacht, kein Geräusch zu verursachen, zog sie sich von der Tür zurück, verfing sich jedoch mit den Rüschen ihres Ärmels in der Klinke. Das Geräusch, das dabei entstand, war nicht zu überhören.

Augenblicklich wurden im anderen Raum Stühle gerückt. Schritte näherten sich der Tür.

Voller Panik zerriss Marie die Rüschen, rappelte sich auf und sah sich nach einem Fluchtweg um. Als jemand an der Klinke der zum Glück verschlossenen Tür rüttelte, entfloh ihr ein Keuchen.

Die Schritte entfernten sich, als die Männer zweifelsohne auf den Gang liefen, um von dort in die Schlafkammer zu gelangen. Sie blickte sich gehetzt um. Wo sollte sie sich verstecken? Einen Fluchtweg gab es nicht. Wenn sie auf den Korridor rannte, würde sie den Männern direkt in die Arme laufen.

»Die Schlafkammer!«, hörte sie einen der Kerle rufen.

»Heilige Muttergottes, hilf mir!«, flehte Marie. Ihr Blick zuckte von rechts nach links und blieb schließlich an der Balkontür hängen. Das war ihre einzige Chance! Das Kästchen fest unter den Arm geklemmt, hastete sie auf die Tür zu, drehte den Knauf und stolperte in dem Moment auf den Balkon hinauf, in dem die Männer in den Raum polterten.

»Dort! Auf dem Balkon. Schießt!«

»Wie denn? Die Waffen sind nicht geladen!«

Metall klirrte, als ihre Verfolger die Degen zückten.
»Halt! Bleib stehen!«, brüllte einer von ihnen.

Kapitel 59

In der Nähe von Tübingen, September 1721

Marie entfuhr ein Schrei, als sie die Männer mit blitzenden Klingen auf sich zustürzen sah. Ohne nachzudenken, erklomm sie die Brüstung des Balkons, blickte einen Augenblick in die Tiefe und sprang in die Dunkelheit. Die Röcke flatterten ihr um die Ohren, als sie fiel und schließlich hart auf dem Boden aufkam. Der Aufprall war so stark, dass ihr das Kästchen entglitt. Ein stechender Schmerz fuhr ihr in den Knöchel.

»Hinterher! Worauf wartet Ihr?«

Mühsam rappelte Marie sich auf und sah die Männer auf die Brüstung klettern. Während ihr vor Furcht der Atem stockte, tastete sie in der Dunkelheit nach dem Kästchen, hob es auf und rannte, so schnell sie konnte, davon. Fort! Nichts wie fort! Wenn die Kerle sie einholten … Während im beleuchteten Teil des Gartens die Paare im Tanz durcheinanderwirbelten, stob Marie in Richtung Bühne davon. Ein anderer Ort fiel ihr in ihrer Panik nicht ein.

»Marie, wo willst du hin?«, hörte sie Jost rufen, als sie an den Tänzern vorbeistürmte.

Sie ignorierte ihn und rannte weiter. Immer wieder sah sie sich um. Doch zu ihrer Erleichterung schienen die Kerle sie in der Dunkelheit verloren zu haben, da sie ihr nicht mehr ganz so dicht auf den Fersen waren. Allerdings lauerte der Mann, für den sie das Kästchen gestohlen hatte, in der Nähe der Tanzfläche, sodass Marie sich so schnell wie möglich unter der Bühne verkroch.

»Marie«, zischte Jost. Er kroch ihr hinterher.

»Pst!«, Marie legte den Zeigefinger auf die Lippen und machte sich noch kleiner.

»Wovor rennst du davon?«, wisperte Jost.

Marie schluckte die Furcht, die drohte, ihr die Luft abzuschnüren, hinunter. In was für eine Lage hatte sie sich nur gebracht?

»Marie?« Jost stupste sie in die Seite.

»Kannst du mir helfen, ungesehen zum Kostümwagen zu gelangen?«, fragte Marie anstelle einer Antwort.

»Natürlich. Was ist los?« Er klang zusehends besorgter.

»Das erkläre ich dir später«, flüsterte Marie. »Gib mir deinen Umhang und deinen Hut.«

Jost tat, was sie von ihm verlangte.

Sobald Marie ihr Haar unter dem Hut versteckt und den Umhang so eng wie möglich um sich geschlungen hatte, schlüpfte sie aus den Damenschuhen und ihren Strümpfen. Barfuß, eingehüllt in Josts Hanswurst-Umhang, wagte sie es schließlich, an der Seite der Bühne aus ihrem Versteck hervorzukriechen. Mit gesenktem Kopf, Jost dicht an ihrer Seite, eilte sie zu dem Platz, wo sie die Karren abgestellt hatten. Beim Kostümwagen angekommen, zog sie mit zitternden Händen den Schlüssel hervor und schloss die Tür auf. Die Männer hatten sie gesehen. Um mit heiler Haut davonzukommen, musste sie sich verkleiden!

»Was ist passiert?«, fragte Jost, als sie die Tür hinter sich zugezogen hatte.

Marie atmete einmal tief aus, dann zog sie den Hut vom Kopf und warf Jost seinen Umhang zu. Ohne sich darum zu kümmern, dass er ihr zusah, schlüpfte sie in Windeseile aus der teuren Robe und zog sich Männerkleider an.

Jost verfolgte jede ihrer Bewegungen mit großen Augen. »Marie, was ist los?«

»Das kann ich dir nicht sagen«, gab Marie kurz angebunden zurück. »Danke, dass du mir geholfen hast. Wenn jemand nach mir fragt, sag ihm, du hättest mich nicht gesehen.« Sie holte den Sack mit dem Diebesgut aus seinem Versteck und befestigte ihn an ihrem Gürtel. Nur das Kästchen stopfte sie in die Tasche ihres Rockes.

»Marie!« Jost griff nach ihrem Ärmel, um sie zurückzuhalten.

»Lass mich«, bat Marie. »Ich muss fort. Du warst ein guter Freund.« Sie drückte ihm einen Kuss auf die Wange. »Leb wohl.« Ohne auf seinen verdutzten Blick zu achten, wandte Marie sich ab, öffnete die Tür des Kostümwagens und kletterte zurück ins Freie. Sie hatte schon viel zu viel Zeit vertrödelt! Wenn sie mit heiler Haut davonkommen wollte, musste sie zusehen, dass sie von hier verschwand.

»Da! Das ist sie!«, hörte sie jemanden rufen.

Sie wirbelte herum und sah gerade noch, wie Rosa auf sie zeigte, ehe der erste Schuss durch die Luft peitschte. Er schlug mehrere Schritte vor ihr ein, wirbelte Kies und Staub auf. »Verdammt!«, fluchte Marie.

Ein weiterer Mann legte die Pistole auf sie an.

Marie sah sich panisch um. Während der nächste Schuss die Luft zerriss, fiel ihr Blick auf ein halbes Dutzend gesattelter Pferde, die in der Nähe eines flachen Gebäudes festgemacht waren.

Als die Männer ihre Waffen nachluden, machte sie auf dem Absatz kehrt und stürmte zu dem Gebäude.

»Hinterher! Sie will zu den Pferden!«

Eine Kugel pfiff dicht an ihrem Ohr vorbei. Mit einem Fluch stolperte Marie auf eines der Pferde zu, machte es, so schnell sie konnte, los und schwang sich in den Sattel. Wie gut, dass ihre Brüder sie als Kind immer auf die Zugtiere gesetzt hatten! Sie packte die Zügel, wendete die Stute und wollte gerade davonpreschen, als Jost auf sie zukeuchte.

»Warte, Marie!« Er tat es ihr gleich, band eines der Pferde los und zog sich in den Sattel. »Nichts wie weg!«

Eine Kugel schlug dicht vor den Hufen von Maries Reittier ein. Die Stute wieherte, brach zur Seite aus und ging mit Marie durch, ehe sie Jost sagen konnte, dass er eine gewaltige Torheit beging. Im schwachen Licht des Mondes jagte das Tier den Weg entlang, während Marie alle Hände voll zu tun hatte, sich im Sattel zu halten. Verzweifelt zerrte sie am Zügel. Doch als ein weiterer Schuss durch den Wald hallte, warf die Stute erneut wiehernd den Kopf. Alles, was Marie übrig blieb, war, sich mit den Knien festzuklammern und zu hoffen, dass das Tier sich nicht die Beine brach. Sie duckte sich tief über den Hals der Stute und krallte die Finger in die Mähne. Derweil der Wind in ihren Ohren pfiff, flogen sie mit atemberaubender Geschwindigkeit dahin.

Sie wusste nicht, wie lange der Teufelsritt dauerte. Als der Stute irgendwann die Kraft ausging und sie mit bebenden Flanken anhielt, wagte Marie kaum, sich umzublicken. Das Klappern von Hufen verriet ihr, dass jemand dicht hinter ihr war, und sie sandte ein Dankgebet zum Himmel, als Jost auftauchte. Von den anderen Reitern war weit und breit keine Spur zu entdecken.

»Marie«, keuchte er, »was um alles in der Welt sind das für Leute?«

Marie klopfte der Stute beruhigend den Hals. Sie konnte die Furcht des Tieres spüren. »Ich habe jetzt keine Zeit, dir alles zu erklären«, sagte sie, nachdem sie sich versichert hatte, dass sie den Sack mit dem Diebesgut nicht verloren hatte. »Wenn du klug bist, kehrst du um und behauptest, du hättest versucht, mich einzuholen.«

»Warum?« Josts Augen blitzten in der Dunkelheit auf. »Was hast du getan?«

Marie lachte freudlos. »Das willst du nicht wissen.« Sie drückte ihrem Reittier die Fersen in die Flanken und trieb es weiter, ungeachtet der großen Schaumflocken, die von seinem Maul tropften. Obwohl sie die Gräfin eigentlich nie wieder hatte sehen wollen, blieb ihr nach allem, was vorgefallen war, keine andere Wahl, als nach Ludwigsburg zu fliehen, wo sich Wilhelmine von Grävenitz, dem Gespräch der Männer zufolge, inzwischen aufhielt. Ohne ihren Schutz hatte Marie keine Chance. Wenn sie der Gräfin von der Unterhaltung berichtete, die sie belauscht hatte, würde diese gewiss nicht zulassen, dass die Männer ihr etwas antaten. »Ich muss so schnell wie möglich nach Ludwigsburg«, sagte sie.

»Ich komme mit.« Jost ritt an ihre Seite. »Es ist mir egal, warum die Kerle hinter dir her sind. Ich lasse dich nicht im Stich!«

Marie wollte ihm widersprechen, ihn davonjagen, um ihn vor seiner eigenen Torheit zu schützen. Doch in diesem Moment ertönten wütende Rufe in der Ferne. »Nichts wie weg von hier!«

Kapitel 60

Irgendwo im Herzogtum Württemberg, September 1721

Nach beinahe einer Stunde scharfen Ritts wagte Marie es schließlich, ihr Pferd zu zügeln. Die Stute war erschöpft. Wenn Marie nicht wollte, dass das Tier tot unter ihr zusammenbrach, musste sie ihm eine Pause gönnen. Am Ufer eines kleinen Baches saß sie ab und lauschte in die Dunkelheit, ehe sie die Stute zum Wasser führte und dort den Zügel um einen Baum schlang.

Jost tat es ihr gleich. »Ich glaube, wir haben sie abgeschüttelt«, sagte er.

Während die Pferde tranken, ließen Marie und Jost sich ins Gras fallen.

»Sagst du mir jetzt, was los ist?«

Marie seufzte. »Willst du wirklich nicht zurück zur Truppe reiten?«

Jost schüttelte den Kopf. »Ich bleibe bei dir.«

»Wie kann man nur so stur sein?«

»Das sagt die Richtige.«

Marie ließ die Luft durch die Nase entweichen. Jetzt, wo die Anspannung von ihr abfiel, fühlte sie sich todmüde. »Die Männer wollen die Gräfin ermorden«, sagte sie nach einigen Augenblicken des Schweigens.

»Oh mein Gott!«, hauchte Jost. »Deshalb haben sie auf dich geschossen. Hast du sie belauscht?«

Marie bejahte. »Es war ein Zufall …«

»Aber ich dachte, die Gräfin sei in Brenz.«

»Offenbar ist sie inzwischen an den Hof zurückgekehrt«,

entgegnete Marie. Sie fuhr sich mit den Handflächen übers Gesicht. »Ich habe keine Ahnung, wo wir sind. Und ich habe nicht die geringste Vorstellung, in welcher Richtung sich Ludwigsburg befindet.« Sie zuckte zusammen, als Jost ihr die Hand aufs Knie legte.

»Ich weiß, wie man nach Ludwigsburg kommt«, sagte er. »Aber wir müssen warten, bis die Sonne aufgeht. Im Dunkeln werden wir uns verirren.«

»Bei Tageslicht sind wir leichte Beute«, wandte Marie ein.

»Das Risiko müssen wir eingehen. Die Männer scheinen unsere Spur verloren zu haben, sonst hätten sie uns schon längst eingeholt. Wenn wir uns abseits der Wege halten, können sie uns unmöglich entdecken.«

Marie biss sich auf die Lippe. Einerseits rührte es sie, dass Jost sie nicht alleine lassen wollte. Andererseits machte sie sich Vorwürfe, ihn mit in den Schlamassel hineingezogen zu haben.

»Lass uns ein paar Stunden schlafen«, schlug Jost vor. »Die Pferde brauchen auch Ruhe.«

»Nicht nur die Männer werden nach uns suchen«, sagte Marie. »Wir haben zwei Pferde gestohlen! Die Besitzer werden ganz sicher nicht untätig warten, bis wir sie ihnen zurückbringen.«

»Sobald wir in Ludwigsburg sind, können wir die Pferde zurückgeben. Die Gräfin wird gewiss dafür sorgen, dass wir nicht bestraft werden.«

»*Wenn* wir rechtzeitig kommen«, murmelte Marie. Sie machte den Sack mit dem Diebesgut von ihrem Gürtel los, zog ihren Rock aus und legte ihn darüber. Dann bettete sie den Kopf auf diesem harten Kissen und rollte sich zusammen. Jost hatte recht. Wenn sie nicht wenigstens ein paar Stunden schliefen, würden sie vor Erschöpfung aus dem Sattel fallen. Sie hörte, wie Jost sich erhob, die Pferde absattelte und sich in einiger Entfernung ebenfalls ins Gras legte. Dann fielen ihr die Augen zu.

Als der erste Sonnenstrahl zwischen den Wipfeln der Bäume hervorlugte, schrak Marie aus dem Schlaf auf. Es dauerte einige Augenblicke, bis sie wusste, wo sie war. Jost lag auf dem Rücken und schnarchte, die Pferde zupften das Gras am Ufer des Baches. Maries Magen knurrte. Ihre Perücke lag neben ihr auf dem Boden, und ihr Rücken schmerzte, da sie auf etwas Hartem gelegen hatte. Mit einem Stöhnen setzte sie sich auf und rieb sich die Augen. Dann sah sie sich um.

Sie hatten die Pferde auf einer kleinen Lichtung festgebunden. Weit und breit waren weder Häuser noch Menschen zu sehen, lediglich ein Koppelzaun ließ vermuten, dass sich ein Bauernhof in der Nähe befand. Am Waldrand tollten zwei Füchse. Der Himmel war leicht bewölkt, und eine leichte Brise strich durch das beinahe hüfthohe Gras. Einen Moment lang erwog sie, sich leise aus dem Staub zu machen und Jost zurückzulassen.

Da rollte er sich auf den Rücken und öffnete die Augen. »Oooooh«, stöhnte er. Mit einem Gähnen richtete er sich auf und blinzelte. »Wie lange bist du schon auf?«, fragte er und gähnte erneut.

»Ich bin auch gerade erst aufgewacht«, gab Marie zurück.

Jost wischte sich das Haar aus der Stirn. »Ich bin am Verhungern. Wir müssen dringend einen Gasthof oder ein Dorf finden.«

Marie sah zum Fluss. »Wir könnten ein paar Fische fangen«, schlug sie vor. Sie wollte den Kontakt mit anderen Menschen so lange wie möglich vermeiden. In einem Dorf könnte man ihnen auflauern.

»Kannst du so etwas?«, fragte Jost.

Marie lachte. »Du nicht?«

Er schüttelte den Kopf.

Marie hob die Perücke auf und stopfte ihr Haar darunter, ehe sie sich erhob. »Mach ein Feuer, ich fange uns etwas zum Frühstück.« Den Sack mit dem Diebesgut ließ sie unter ihrem Rock versteckt liegen. Mit dem Messer an ihrem Gürtel schnitt sie sich einen langen Stock, spitzte ihn an und watete ins seichte Wasser, nachdem sie sich die Schuhe ausgezogen hatte. Dann verharrte sie regungslos und wartete, bis eine fette Forelle auf sie zuschwamm. Als der Fisch so nah war, dass sie seine Schuppen im Sonnenlicht glänzen sah, schnellte Marie vor und ließ den Stock auf ihn niedersausen. Mit einem Triumphschrei hielt sie die erlegte Beute in die Luft. »Fang und nimm ihn aus!«, rief sie Jost zu.

Kurze Zeit später brutzelten vier Fische über dem Feuer vor sich hin. Der Duft war betörend.

»Weißt du, wann der Herzog Geburtstag hat?«, fragte Marie mit vollem Mund.

Jost nickte. »In ein paar Tagen, am 25. Wir haben letztes Jahr ein Stück zum Galatag aufgeführt.«

»In Ludwigsburg?«

»Mhm.«

»Wir müssen die Gräfin unbedingt vorher warnen. Die Männer haben gesagt, dass sie den Geburtstag des Herzogs nicht überleben wird.«

Jost stopfte das letzte Stück Forelle in den Mund und leckte sich die Finger. »Dann sollten wir machen, dass wir von hier fortkommen.«

Kapitel 61

In der Nähe von Ludwigsburg, 24. September 1721

Vier Tage irrten sie durch die Gegend, ehe sie endlich die Straße nach Ludwigsburg fanden. Mit Josts Orientierung schien es doch nicht so weit her zu sein, wie er behauptet hatte, da sie mehr als einmal kehrtmachen und sich einen anderen Weg suchen mussten.

»Es ist lange her«, entschuldigte er sich, als sie durch einen winzigen Flecken ritten, in dem die Hühner frei auf den Wegen herumliefen. »Aber hier sind wir richtig. Ich bin mir sicher, dass wir mit der Truppe an diesen Häusern vorbeigekommen sind.«

»Es wird bald dunkel«, sagte Marie mit einem besorgten Blick an den Horizont. »Wie weit ist es noch?«

Jost zuckte die Achseln. »Einen halben Tagesritt. Höchstens.«

»Findest du den Weg im Dunkeln?« Marie wollte auf keinen Fall noch mehr Zeit verlieren. Morgen war der Geburtstag des Herzogs. Wenn sie es nicht rechtzeitig nach Ludwigsburg schafften …

Jost schnitt eine Grimasse. »Ich weiß es nicht. Versuchen können wir es.«

Allerdings mussten sie zwei Stunden nach Einbruch der Dunkelheit einsehen, dass es ein aussichtsloses Unterfangen war. Mehr als einmal hätten sich die Pferde beinahe die Beine gebrochen, weil einer von ihnen vom Weg abgekommen war.

»Lass uns rasten«, sagte Marie schließlich mit einem Seufzen. »Es hat keinen Zweck.«

»Wenn wir gleich im Morgengrauen weiterreiten, sollten wir noch vor dem Frühstück in der Residenz ankommen«, erwiderte Jost. »Es ist nicht mehr weit. Ich glaube, die Lichter, die wir vorhin durch die Bäume gesehen haben, brennen im Schloss.«

Obwohl Marie trotz aller Schwierigkeiten am liebsten weitergeritten wäre, stimmte sie schließlich zu. »Ein paar Stunden, mehr nicht. Sobald die Vögel anfangen zu zwitschern, brechen wir wieder auf.« Sie suchten sich einen Platz abseits der Straße. Während Jost sich hinlegte, um ein wenig zu schlafen, lehnte Marie sich mit dem Rücken gegen den Baum und lauschte auf die Geräusche der Nacht.

Als die erste Amsel ihr Lied anstimmte, weckte sie Jost. »Wach auf! Es wird Zeit.«

Nachdem er sich mit einem Brummen gereckt hatte, schwangen sie sich wieder in den Sattel und ritten im rosigen Licht der Morgendämmerung weiter in Richtung Ludwigsburg.

»Da hinten! Siehst du?«, rief Jost nach etwa einer halben Stunde. »Das ist die Residenz.«

Marie kniff die Augen zusammen, um besser sehen zu können. In der Ferne konnte sie mehrere gewaltige Gebäude ausmachen, die inmitten eines Meeres aus Blumen und Bäumen zu stehen schienen. In einiger Entfernung davon erhob sich eine Stadt. Die aufgehende Sonne tauchte alles in ein märchenhaftes Licht. »Ist das das Schloss?«

Anstatt einer Antwort gab Jost seinem Pferd die Sporen und galoppierte an. »Komm schon!«, rief er ihr über die Schulter zu und preschte am Waldrand entlang die Straße hinunter.

Marie drückte ihrer Stute ebenfalls die Fersen in die Flanken. Doch bevor sie zu Jost aufschließen konnte, stieß er plötzlich einen Schrei aus und wurde aus dem Sattel geschleudert. Beinahe im selben Moment zerriss ein Schuss die Luft.

Maries Stute stieg auf die Hinterbeine. Dicht neben ihrem Kopf schlug etwas in den Stamm einer Birke ein, sodass Holzsplitter in alle Richtungen flogen. Ein weiterer Schuss peitschte durch die Luft. Mit einem Wiehern brach Maries Reittier in dem Moment nach rechts aus, in dem ein stechender Schmerz ihre linke Schulter durchzuckte. Mit einem Stöhnen versuchte sie, sich im Sattel zu halten, verlor jedoch den Halt und rutschte vom Rücken des Pferdes. Der Aufprall auf dem Boden trieb ihr die Luft aus den Lungen. Während sie verzweifelt um Atem rang, verstärkte sich der Schmerz in ihrer Schulter, und sie spürte, wie etwas Warmes ihren Arm hinabrann.

Sie war getroffen!

Verzweifelt versuchte sie sich aufzurappeln. Als eine Kugel so dicht neben ihrem Kopf einschlug, dass der Dreck ihr in die Augen spritzte, erstarrte sie vor Furcht und stellte sich tot.

Donnernder Hufschlag ließ den Boden unter ihr erzittern. Wenig später sprangen mehrere Reiter zu Boden und rannten auf sie zu.

»Sind sie tot?«, fragte einer.

Marie erkannte die Stimme. Es waren dieselben Männer, die sie belauscht hatte.

»Sieht so aus«, hörte sie einen zweiten sagen.

»Du hattest recht mit deiner Vermutung, dass sie hier auftauchen würden.«

»Was dachtest du denn?«

»Keine Ahnung«, war die gebrummte Antwort.

»Soll ich ihnen eine Kugel in den Kopf jagen?«

»Vergiss es«, schnaubte der, der zuerst gesprochen hatte. »Wenn sie noch nicht tot sind, verbluten sie in der nächsten halben Stunde. Nehmt ihre Pferde mit. Wir sollten zusehen, dass wir zur Residenz kommen. Das Schauspiel möchte ich mir auf keinen Fall entgehen lassen!«

Die anderen Männer lachten. Dann entfernten sich ihre Schritte, und kurz darauf preschten sie davon.

Erst als nichts mehr zu hören war außer dem Gezwitscher der Vögel, wagte Marie es, die Augen zu öffnen. »Jost?« Ihre Stimme klang heiser. »Jost?«

Außer den Vögeln antwortete ihr niemand.

Mit einem Wimmern versuchte sie sich aufzurappeln. Der Schmerz in ihrer Schulter hatte sich in ein dumpfes Pochen im Rhythmus ihres Herzschlages verwandelt. Um nicht laut aufzuschreien, biss sie die Zähne aufeinander, stützte sich mit der rechten Hand auf dem Boden ab und setzte sich auf. »Gott!«, stöhnte sie. Dann sah sie an sich hinab, um herauszufinden, wo die Kugel sie getroffen hatte.

Ihr Rock war zerfetzt, das Hemd darunter blutgetränkt. Mit zitternden Fingern schob sie den Stoff zurück und hätte vor Erleichterung beinahe aufgeschluchzt, als sie die Wunde an ihrer Schulter sah. Es war nur ein Streifschuss. Zwar klaffte eine böse Fleischwunde an ihrem Arm, die heftig blutete. Doch die Kugel steckte nicht darin. Ohne zu zögern, riss sie ein Stück Stoff von ihrem Hemd ab, um sich die Schulter zu verbinden. Dann sah sie sich nach Jost um.

Der lag in einiger Entfernung mit dem Gesicht nach unten im Straßengraben und rührte sich nicht.

Panik ergriff Marie. »Jost?«, rief sie erneut.

Keine Antwort.

Obwohl sich alles um sie drehte, als sie sich aufrichtete, stolperte sie auf Jost zu und ließ sich neben ihm auf die Knie fallen. »Jost, verdammt!« Sie fasste ihn vorsichtig bei der Schulter und drehte ihn auf den Rücken. »Barmherziger Vater!«, murmelte sie.

Josts Hemd war blutgetränkt, sein Atem ging flach. Schweißperlen glänzten auf seiner Stirn. Als Marie sich zu ihm hinabbeugte, um sein Hemd nach oben zu schieben, flatterten seine Augenlider.

»Gott steh ihm bei«, flüsterte Marie, als sie die Wunde erblickte. In Josts Seite klaffte ein Loch, aus dem mit jedem Atemzug Blut hervorsickerte.

Er stöhnte.

»Jost?« Marie zog den Rock aus und drückte den Stoff auf die Wunde, um die Blutung zu stillen.

Seine Augen öffneten sich. »Was ist passiert?«, fragte er benommen.

»Du bist angeschossen worden«, gab Marie zurück.

Josts Blick wanderte zu ihrer Schulter. »Du blutest«, wisperte er.

»Es ist nur eine Fleischwunde.« Maries Gedanken überschlugen sich. Was sollte sie tun? Wenn sie Jost hier liegen ließ, starb er ganz sicher.

Er schien ihre Gedanken zu erraten. »Lauf nach Ludwigsburg und hol Hilfe«, presste er mühsam hervor. Er legte die Hand auf die Stelle, auf die Marie den Stoff drückte.

»Ich kann dich nicht alleine lassen!«, protestierte sie.

»Du musst. Sonst ist unser Leben keinen Pfifferling mehr wert! Um meines wäre es mir egal, aber du …«

Marie sah sich verzweifelt um. Weit und breit war keine Menschenseele zu sehen.

»Mach schon!«, sagte Jost heiser. »Wenn du der Gräfin das Leben rettest, wird sie sich erkenntlich zeigen. Vielleicht schickt sie mir ihren Leibarzt.« Er versuchte zu lachen, was kläglich misslang. »Los!«

Obwohl es Marie beinahe das Herz zerriss bei dem Gedanken, ihn schutzlos hier liegen zu lassen, blieb ihr keine andere Wahl. »Halte durch!«, flüsterte sie, nachdem sie seine Wunde mit einem weiteren Streifen Stoff von ihrem Hemd verbunden hatte, und hauchte ihm einen Kuss auf die Stirn. Dann kletterte sie aus dem Straßengraben und machte sich auf wackeligen Beinen auf den Weg nach Ludwigsburg. Wenn sie so schnell lief, wie sie konnte, hatte Jost vielleicht eine Chance. Während ein Schluchzen in ihrer Kehle aufstieg, begann sie zu rennen.

Kapitel 62

Ludwigsburg, 25. September 1721

Wilhelmine von Grävenitz war froh, als ihre Kutsche endlich beim Jagdplatz ankam. Die Sonne hatte das Gefährt in einen fahrenden Backofen verwandelt, obwohl Wilhelmine alle Fenster geöffnet hatte. Von dem kühlen Wind, der für gewöhnlich an Eberhards Geburtstag übers Land pfiff, war nichts zu spüren. Schon jetzt war Wilhelmine erschöpft, obwohl noch der ganze Nachmittag und Abend vor ihr lagen. Wie immer hatten die Geburtstagsfeierlichkeiten am Morgen damit begonnen, dass der gesamte Hof bei Eberhard erschienen war, um ihm zu gratulieren. Danach hatte er die Parade seiner Leibgarde abgenommen, ehe alle Gäste sich unter Paukenschlag zur Mittagstafel gesetzt hatten. In diesem Jahr hatte Eberhard sich für eine Prunkjagd entschieden anstatt der üblichen *Assembleé* in Wilhelmines Gemächern. Seit Tagen trieben die fronpflichtigen Bauern das Wild durch den Wald mithilfe von Zäunen, die aus Tüchern, Netzen und Lappen bestanden. Die

Nächte hatten die armen Kerle eng nebeneinanderstehend im Wald verbracht, um zu verhindern, dass die Tiere die Absperrung durchbrachen. Wilhelmine wollte sich gar nicht vorstellen, was für eine schweißtreibende Angelegenheit das Treiben sein musste. Sie tupfte sich mit einem Seidentüchlein die Stirn und rückte den Hut auf ihrem Haar zurecht.

»Ihro Hochfürstliche Exzellenz.« Der Leibgardist, der ihr den Schlag öffnete, verneigte sich tief. »Darf ich Euch eine Flinte besorgen?«

Wilhelmine schüttelte den Kopf. »Mir ist nicht nach Jagen. Ich lasse dem Herzog den Vortritt.«

Der Mann verzog keine Miene, half ihr das kleine Treppchen hinab und geleitete sie zum Jagdschirm – der Tribüne, welche die Jagdgesellschaft vor Regen, Wind, Sonne und dem Ansturm der wilden Tiere schützen sollte. Eberhard und seine Begleiter waren bereits vor Ort und hatten ihre Plätze eingenommen. Der Jagdschirm war, wie stets bei den herzoglichen Prunkjagden, einer Theaterkulisse nachempfunden, kunstvoll bemalt und in Vorder- und Hinterbühne aufgeteilt. Hinter den Absperrungen hörte Wilhelmine das Wild brüllen, das dort in Kästen gefangen gehalten wurde. Sobald das Hornsignal zur Jagd blies, würden die Tiere in vorher präparierten Bahnen auf die Tribüne zugetrieben werden. Dabei mussten sie für gewöhnlich Hindernisse überwinden, an denen sich Eberhard erfreute wie ein Kind. Als Wilhelmine den Blick schweifen ließ, sah sie Treppen, Fenster und eine Kulisse, aus der vermutlich Wildschweine auf die Bühne stürzen würden.

Sie schenkte Eberhard ein Lächeln und nahm auf einer Bank im Schatten eines Baldachins Platz. Mehrere Damen standen etwas entfernt zusammen und unterhielten sich tuschelnd. Vermutlich heckten sie etwas für den Maskenball am Abend aus, dem Wilhelmine mit Grauen entgegensah. Je länger sie in Ludwigsburg verweilte, desto mehr sehnte sie sich nach Brenz zurück. Da sich die Tribüne nur allmählich füllte, lehnte sie sich zurück und ließ sich von einem der Kammerfräulein in ihrer Nähe Luft zufächeln.

Hubertus saß wie auf Kohlen. Seit Tagen waren er und die andern Jäger damit beschäftigt gewesen, die Tiere für die Jagd zusammenzutreiben, sodass ihm kaum Zeit geblieben war, den Anschlag auf Wilhelmine richtig zu planen. Er stand auf einer kleinen Anhöhe etwa einen Steinwurf vom Jagdschirm entfernt und hatte Wilhelmine direkt im Visier. Ihr Anblick fachte die Wut in ihm aufs Neue an, und er wünschte sich, die Jagdhörner würden endlich erklingen. Allerdings war erst die Hälfte der Tribüne besetzt, da sich die hohen Herrschaften Zeit ließen auf dem Weg von der Residenz zum Jagdplatz. Dem Herzog war die Ungeduld deutlich anzusehen, doch es würde gewiss noch eine ganze Weile dauern, bis alle Gäste einen Platz für ihre Kutschen oder Pferde gefunden hatten. Der Andrang an diesem Tag war so gewaltig, dass es offenbar nicht für jeden ein Los für den Ball am Abend gegeben hatte. Zwei Damen hatten sich auf dem Weg zum Jagdschirm darüber beschwert.

Hubertus senkte die Flinte, da ihm der Arm lahm wurde. In den Käfigen hinter ihm tobten die Wölfe, Dachse, Luchse und Wildkatzen, deren Leben bald genauso enden würde wie Wilhelmines. Der einzige Unterschied zwischen ihnen und der Gräfin war, dass sie ahnten, was ihnen bevorstand.

Wilhelmine hingegen war gänzlich arglos wie ein Lamm auf dem Weg zur Schlachtbank. Hubertus verzog den Mund zu einem freudlosen Lächeln. Sie hätte ihn nicht wegen einer Bauernmagd verstoßen sollen! Er lehnte seine Flinte an einen Baum und verschränkte die Arme vor der Brust.

»Wenn Ihr sie verfehlt, bekommt Ihr keinen Pfennig«, hatte

man ihn gewarnt. »Erfüllt Ihr Euren Auftrag, seid Ihr ein reicher Mann.«

Dass er Wilhelmine aus dieser Entfernung mitten ins Herz treffen konnte, stand außer Frage. Im Durcheinander der Jagd, bei all dem Pulverdampf und den zahllosen Schüssen würde niemand bemerken, was er tat. Sobald sein Auftrag erfüllt war, würde er sich wieder unter die anderen Jäger mischen und so tun, als sei nichts geschehen. Niemand würde ihn verdächtigen. Er musste nur darauf achten, den Leibgardisten, welche die Gräfin nach Brenz begleitet hatten, aus dem Weg zu gehen, damit die ihn nicht erkannten. Sobald sich die Aufregung gelegt hatte, würde er sich mit seiner Belohnung davonmachen und irgendwo ein neues Leben beginnen. Seine Mundwinkel zuckten, als er sich ausmalte, was für Freuden auf ihn warteten.

Kapitel 63

Ludwigsburg, 25. September 1721

Marie wusste nicht, wie lange sie sich noch auf den Beinen halten konnte. Mit jedem Schritt, den sie machte, schwanden ihre Kräfte. Die Wunde in ihrer Schulter hatte vor einiger Zeit wieder stärker angefangen zu bluten. Nur die Angst um Josts Leben trieb sie weiter, sonst hätte sie sich erschöpft ins Gras fallen lassen und die Augen geschlossen. Angetrieben von Verzweiflung und Furcht, stolperte sie den Abhang hinab, der zwischen ihr und ihrem Ziel lag. Die Sonne stach erbarmungslos auf sie herab, und inzwischen war ihr Mund so trocken, dass sie kaum richtig schlucken konnte. Immer wieder musste sie husten, wodurch der Schmerz in ihrer Schulter beinahe unerträglich wurde. Als sie nur noch eine knappe Meile von der Residenz trennte, näherte sich eine Kutsche, deren Kutscher die Pferde zügelte, als er sie erblickte.

»Mein Herr, Ihr seid verwundet!«, rief er Marie zu. »Braucht Ihr Hilfe?«

Marie hob ungläubig den Blick. Der Mann steckte in einer Livree. An der Tür der Kutsche war ein Wappen angebracht.

»Ihr blutet«, stellte der Kutscher fest.

»Wir sind überfallen worden«, keuchte Marie. Das Sprechen fiel ihr schwer. »Mein Begleiter …« Sie zeigte in die Richtung, aus der sie gekommen war.

»Lebt er?«

Marie nickte. »Er braucht einen Arzt. Und ich muss in die Residenz.«

Der Kutscher musterte sie von oben bis unten. Da Marie ihren Rock bei Jost gelassen hatte und ihr Hemd blutverschmiert war, machte sie vermutlich keinen besonders vertrauenerweckenden Eindruck. »Seid Ihr zur Feier geladen?«, fragte der Kutscher.

»Ja«, log Marie. »Die Gräfin erwartet mich.«

Bei diesen Worten erschien ein Kopf im Fenster der Kutsche. Ein Mann mit langem grauem Haar und einer Brille auf der Nase betrachtete Marie skeptisch. »Ihr seid ein Gast der Gräfin?«

Marie nickte. »Ich muss sie unbedingt sofort sprechen. Es geht um Leben und Tod!«

»Das sind große Worte«, erwiderte der Mann. »Steigt ein, ich bringe Euch zu ihr.«

Marie hätte vor Erleichterung beinahe geweint. Mit zitternden Beinen kletterte sie in die Kutsche und ließ sich gegenüber dem grauhaarigen Mann in die weichen Polster sinken. Als die Kutsche wieder anfuhr, hielt sie sich an der Lehne fest. Da es im Inneren nicht so hell war wie im Freien, brauchten ihre Augen einige Zeit, um sich an das Dämmerlicht zu gewöhnen. Als ihr Blick auf die Hand ihres Gegenübers fiel, zog sie erschrocken die Luft ein.

Der Mann richtete eine Pistole auf sie. »Wer seid Ihr?«, fragte er eisig. »Ihr seid ganz gewiss kein Gast der Gräfin. Wenn sie jemanden wie Euch eingeladen hätte, wüsste ich davon.«

Marie hob abwehrend die Hände. »Bitte! Ihr müsst mir glauben! Es geht um Leben und Tod! Wenn Ihr nicht wollt, dass die Gräfin getötet wird, müsst Ihr mich zu ihr bringen.«

»Warum sollte ich Euch glauben? Ihr seht aus wie ein dahergelaufener Strauchdieb.« Der Mann hob die Pistole. »Ich denke, ich sollte Euch eher der Leibwache des Herzogs übergeben.«

»Nein!« Marie versuchte, nicht in Panik zu geraten. Wenn der Mann sie hätte erschießen wollen, hätte er es vermutlich längst getan. Zu den Attentätern schien er auch nicht zu gehören, da er dann nicht gedroht hätte, sie an die Leibgarde auszuliefern. »Ich stehe in den Diensten der Gräfin«, sagte sie schließlich.

»Wirklich? Wer seid Ihr?«

»Nur die Gräfin kennt meinen Namen.« Marie hörte selbst, wie unglaubhaft das klang.

Der Mann lachte. »Ich bin ihr engster Vertrauter. Wenn ich Euren Namen nicht kenne, steht Ihr nicht in ihren Diensten.« Er hob erneut drohend die Pistole.

Marie stöhnte. »Kennt Ihr La Boneille?«

Die Augen des Mannes weiteten sich. »Ihr arbeitet für La Boneille?«

Marie nickte. Da ihr nichts anderes übrig blieb, als ihm die Wahrheit zu sagen, berichtete sie hastig, welche Rolle sie in La Boneilles Truppe innehatte und was in dem Herrensitz in der Nähe von Tübingen vorgefallen war.

»Diese verdammten Mistkerle!«, fluchte der Mann. Er ließ die Pistole sinken und steckte den Kopf zum Fenster hinaus. »Kutscher! Zum Jagdplatz!« Als er Marie wieder gegenübersaß, sagte er: »Ich bin Heinrich von Schütz, die rechte Hand der Gräfin. Haltet Euch fest.«

Als der Kutscher die Pferde zum Galopp antrieb, wurde Marie in ihrem Sitz hin und her geschleudert wie eine Gliederpuppe. In wildem Tempo ging es über Stock und Stein, durch Schlaglöcher und über unbefestigte Wege. Mehr als einmal krachten und knarrten die Räder des Wagens so heftig, dass Marie fürchtete, sie könnten brechen. Während sie sich atemlos an der Lehne festklammerte, flog die Landschaft vor den Fenstern in Windeseile vorbei. Als sie endlich anhielten, blutete Maries Schulter heftig.

»Wo ist die Gräfin?«, rief von Schütz, kaum hatten sie die Kutsche verlassen.

Einer der zahllosen Leibgardisten zu Pferde zeigte auf ein Waldstück. »Auf dem Jagdschirm.«

Aus der Ferne ertönten Jagdhörner.

»Kommt mit«, forderte von Schütz Marie auf. »Ihr seid die Einzige, die die Attentäter gesehen hat. Wir müssen sofort zur Tribüne.« Er winkte zwei weitere Leibgardisten herbei. »Wir brauchen Eure Pferde.«

Nachdem einer der Männer Marie in den Sattel gehoben hatte, preschten sie und von Schütz auf den Wald zu, aus dem ihnen Jubel und begeistertes Händeklatschen entgegenschollen. Wenig später tauchte die Rückseite der Tribüne vor ihnen auf.

»Dort! Die Treppen hinauf!«, brüllte von Schütz. Er half Marie vom Rücken des Pferdes und rannte auf die Treppe zu.

Marie folgte ihm. Da sie fürchtete, Wilhelmine von Grävenitz würde sie in ihrer Verkleidung nicht erkennen, streifte sie die Perücke ab und ließ sie fallen. Dann stürmte sie mit Heinrich von Schütz auf die Tribüne und sah sich suchend um.

»Da drüben!«, rief von Schütz. Er zeigte auf einen Bereich im hinteren Teil der Bühne.

Marie entdeckte die Gräfin inmitten einer Gruppe herausgeputzter Damen, die sich Theatergläser vor die Augen hielten. Ohne auf die verwunderten Blicke der Umstehenden zu achten, rannte sie auf die Gräfin zu und wollte sie von ihrem Sitz ziehen. Doch zwei Leibgardisten vertraten ihr den Weg.

»Lasst uns durch!«, brüllte von Schütz, um die Schüsse zu übertönen, die in diesem Moment abgefeuert wurden. »Gräfin!«

Wilhelmine von Grävenitz wandte den Kopf und runzelte erstaunt die Stirn, als sie Marie erblickte. Sie gab ihren Leibwächtern ein Zeichen, erhob sich und kam auf Marie und von Schütz zu. »Was um alles in der Welt wollt Ihr hier, Schütz? Und was hast *du* hier zu suchen? Wo ist La Boneille?«, wandte sie sich an Marie.

Marie wollte gerade antworten, als sie aus dem Augenwinkel eine Bewegung wahrnahm. Ihr Blick zuckte nach rechts. Dort legte jemand in dem Augenblick eine Flinte an, in dem alle anderen Jagdteilnehmer ihre Waffen sinken ließen. Durch den Pulverdampf war sein Gesicht zwar nicht genau zu erkennen, aber Marie war sich dennoch sicher. »Da ist der Jäger!«, rief sie aus und stieß Wilhelmine von Grävenitz, ohne nachzudenken, zu Boden.

Sekunden später peitschte ein Schuss über ihre Köpfe hinweg.

Bevor die Gräfin verstand, was passiert war, zeigte Marie auf den Brenzer Jäger. »Er war es!«, rief sie. »Dort! Bei der Fichte!«

Augenblicklich kam Bewegung in die Leibgardisten.

Während sich auf der Tribüne ein wahrer Tumult erhob, bildete eine andere Gruppe Leibgardisten einen Ring um den Herzog und führte ihn so schnell wie möglich vom Jagdschirm. Der Gräfin half Heinrich von Schütz auf die Beine.

»Was …?«, stammelte Wilhelmine.

»Man wollte Euch töten«, sagte Marie tonlos.

Epilog

Ludwigsburg, 28. September 1721

Drei Tage waren seit dem missglückten Attentat auf Wilhelmine von Grävenitz vergangen. Aber immer noch fühlte sie sich, als wäre ihre Welt zusammengebrochen. Dass man alles daransetzte, sie mit Intrigen vom Hof zu vertreiben, war eine Sache. Aber einen Mordanschlag auf sie zu verüben …Und ausgerechnet Hubertus hatte versucht, sie zu erschießen! Der Mann, mit dem sie Stunden voll Lust und Leidenschaft geteilt hatte. Sie saß allein in ihrem Schlafgemach und starrte die Wand an. Bei Eberhard hatte sie sich mit einer Unpässlichkeit entschuldigt, obwohl sie annahm, dass er die Lüge durchschaute.

»Hast du wirklich gedacht, du könntest mich derart demütigen?«, hatte Hubertus ihr entgegengeschleudert, als sie ihn im Verlies aufgesucht hatte.

»Wer hat dich angeheuert?«, hatte sie ihn gefragt, bemüht, die kalte Maske nicht fallen zu lassen. »Wieso bist du mir nach Ludwigsburg gefolgt?«

»Bilde dir bloß nichts ein«, hatte er geschnaubt. Dann hatte er ihr den Rücken gekehrt und keine weiteren Fragen beantwortet. Obwohl er wusste, dass ihn ein Prozess und die Hinrichtung erwarteten, hatte er nicht um Gnade gefleht.

Sie zog die Beine unter ihr Gesäß und nestelte an den Ärmeln ihres Negligés herum, während die Gedanken in ihrem Kopf sich im Kreis drehten. Dank Marie hatte sie eine Beschreibung der Drahtzieher des Attentates. Inzwischen war sie sicher, dass der ehemalige Oberhofmarschall von Staffhorst und dessen Gemahlin hinter dem Anschlag steckten genau wie hinter dem

Mord an der Zofe der Frau von Münsing. Beide, so vermutete Wilhelmine, hatten im Sinne der Herzogin gehandelt, die Wilhelmine mehr hasste als der Teufel die Frommen. Vermutlich hatten die Herzogin und ihre Helfershelfer dafür gesorgt, dass niemand sie für das feige Attentat verantwortlich machen konnte. Wilhelmine zweifelte keinen Augenblick daran, dass Staffhorst und die anderen Männer, die Marie belauscht hatte, spurlos vom Erdboden verschwinden würden, bis die Herzogin ihr Ziel, Wilhelmine zu vertreiben, endlich erreicht hatte. Sie presste verbittert die Lippen aufeinander, als sie an den Tag vor 15 Jahren zurückdachte, an dem ihr Bruder, der damalige Kammerjunker des Herzogs, sie nach Stuttgart hatte bringen lassen. Dort hatte Madame von Staffhorst, Eberhards ehemalige Mätresse, sie empfangen. Nachdem die Staffhorst ihr alles über die Vorlieben des Herzogs berichtet hatte, war Wilhelmine bei Hof eingeführt worden.

Eberhard war ihr sofort verfallen. Ein Lächeln huschte über ihr Gesicht, als sie an ihre damalige Unschuld und Unverdorbenheit zurückdachte. Wie sehr sich die Dinge doch verändert hatten!

Mit einem Seufzen kam sie auf die Beine und wandte den Blick von dem Spiegel an der gegenüberliegenden Wand ab. Diese Schlacht hatte sie gewonnen. Doch der Krieg war noch lange nicht vorbei, dessen war sie sich sicher.

Während Wilhelmine von Grävenitz in der Residenz ihren Gedanken nachhing, saß Marie in einem kleinen Stadthaus an Josts Bett und hielt seine kalte Hand umklammert. Die letzten Tage war sein Leben auf Messers Schneide gestanden, doch dank des herzoglichen Leibarztes war sein Fieber zurückgegangen. Drei Mal am Tag kam der Arzt in dem Haus vorbei, das die Gräfin Marie aus Dankbarkeit geschenkt hatte, um nach Jost zu sehen. Auch Maries Wunde hatte er versorgt.

»Er wird wieder gesund. Ihr müsst nur etwas Geduld haben«, hatte er bei seinem letzten Besuch versprochen. »In ein oder zwei Wochen ist er wieder wohlauf.«

Marie hoffte inständig, dass er recht behielt. In den durchwachten Nächten, die sie an Josts Bett zugebracht hatte, war ihr etwas klar geworden. Er war weit mehr als nur ein Freund für sie. Wenn sie sich vorstellte, ihn zu verlieren, zog sich ihr Herz so schmerzhaft zusammen, dass sie fürchtete, es wolle aufhören zu schlagen. Allmächtiger Vater, beschütze ihn, flehte sie. Nach allem, was geschehen war, hatte sie seit Langem wieder das Gefühl, Gott würde sie erhören. Entgegen ihren Befürchtungen war sie nicht als Diebin verhaftet und in den Kerker geworfen worden. Zwar war sie sicher, dass die Männer, die sie belauscht hatte, den Sack mit dem Diebesgut am Sattelknauf des gestohlenen Pferdes entdeckt hatten. Doch offensichtlich wagten sie nicht, Marie beim Herzog oder bei Wilhelmine von Grävenitz zu beschuldigen. Wie auch? Immerhin steckten sie hinter dem Attentat auf die Gräfin und taten gewiss besser daran, sich in Zukunft aus Ludwigsburg fernzuhalten. Auch vor dem Mann, der sie gezwungen hatte, das Kästchen zu stehlen, war sie vermutlich sicher. Was auch immer er damit vorgehabt hatte, jetzt befand es sich in Maries Besitz. Ihr Blick wanderte zu dem kleinen Schrank, in den sie es eingeschlossen hatte, ehe sie sich wieder Jost zuwandte. Mit Tränen in den Augen sah sie auf ihn hinab, beobachtete, wie sich sein Brustkorb hob und senkte. Wie bleich er aussah! In dem großen Bett wirkte er klein und verletzlich. Sie fuhr sich mit dem Handrücken über die Augen und zog die Nase hoch.

»Heulst du etwa?«

Marie fuhr erschrocken zusammen. »Jost?«, hauchte sie.

Er versuchte, ihre Hand zu drücken, schien aber noch zu schwach zu sein.

»Dem Himmel sei Dank!«, schluchzte Marie. »Ich dachte, du stirbst.«

»So schnell wirst du mich nicht los«, flüsterte er. »Wem solltest du sonst auf der Bühne in den Hintern treten?« Sein Lächeln war schwach, aber in seinen Augen blitzte bereits wieder der Schalk.

»Oh Gott, bin ich froh!« Marie beugte sich zu ihm hinab, um ihm einen Kuss auf die Stirn zu drücken.

»Wirst du mich irgendwann auch woandershin küssen?«, fragte er.

Mit einer Mischung aus Lachen und Weinen legte sie ihm den Zeigefinger auf die Lippen. »Wenn du wieder gesund bist.«

Er schloss einen Augenblick die Augen und seufzte. Als er sie wieder öffnete, fragte er: »Wo bin ich?« Sein Blick wanderte von der Decke zu den Fenstern der Kammer.

»In meinem Haus«, gab Marie stolz zurück. Während sie seine Hand an ihre Brust drückte, erzählte sie ihm, was geschehen war.

»Ist die Truppe auch hier?«, wollte Jost wissen.

Marie schüttelte den Kopf. »Noch nicht, aber sie sind auf dem Weg.« Leider, setzte sie in Gedanken hinzu. Sie konnte sehr gut darauf verzichten, La Boneille und Rosa wiederzusehen!

Als Jost die Augen wieder schloss, stiegen erneut Tränen in ihr auf. »Ich liebe dich«, murmelte er, als sie bereits dachte, er sei eingeschlafen.

Ihr Herz wurde schwer. Würde er sie auch lieben, wenn er wusste, was sie getan hatte?

»Liebst du La Boneille?«, fragte er, als sie nichts sagte.

»Nein«, gab sie erstickt zurück. »La Boneille kann zur Hölle fahren!« Sie zögerte einen Augenblick, ehe sie hinzusetzte: »Aber ich bin nicht die, für die du mich hältst.«

»Das ist mir egal«, flüsterte er.

»Ich bin eine Diebin«, gestand Marie nach einigen Momenten des Schweigens. Besser, er erfuhr es jetzt als später, wenn es ihm das Herz brechen würde.

»Und ich bin ein Mörder.« Mit diesen Worten fielen ihm die Augen wieder zu und er begann, leise zu schnarchen.

Marie starrte fassungslos auf ihn hinab. Hatte sie richtig gehört?

Nachwort

WAS IST WAHRHEIT, WAS IST ERFUNDEN? Das ist eine Frage, die Leser und Autoren von historischen Romanen sicherlich gleichermaßen bewegt. Denn auch beim Quellenstudium tauchen häufig Zweifel auf, ob das Beschriebene wirklich den Tatsachen entspricht oder ob die Chronisten die Ereignisse etwas freier interpretiert haben. Gewiss ist es kein Zufall, dass in vielen europäischen Sprachen die Wörter für Historie und Erzählung nahezu identisch sind. Daher ist und bleibt es ein Puzzlespiel, die Historie zu erforschen, bei dem immer einige Teile fehlen werden. Diese Teile müssen durch die Fantasie des Autors ergänzt werden. Wie bei all meinen Romanen habe ich ungeachtet dieser Tatsache auch dieses Mal versucht, mich so weit als möglich an geschichtliche Fakten zu halten. An dieser Stelle möchte ich jedoch nachdrücklich darauf hinweisen, dass es sich bei einem Roman stets und immer um ein Werk der Fiktion handelt. Oftmals erfordert es die Handlung, dass Personen in einer ganz bestimmten Art und Weise aktiv werden, die vielleicht nicht immer vollkommen zeitgemäß ist. Ich habe allerdings versucht, diese kleinen Diskrepanzen auf ein Minimum zu beschränken.

Die Idee zu diesem Roman kam mir ganz unvermittelt bei einer Radtour durch das schöne Brenztal, als ich an Schloss Brenz und der Galluskirche vorbeigeradelt bin. Da ich die ersten acht Jahre meines Lebens in Brenz verbracht habe und mich, wie fast alle Kinder im Dorf, viel im Schloss herumgetrieben habe, kannte ich jeden Winkel des Gebäudes. Allerdings hatte es mich als Kind wenig interessiert, wer in diesem

Schloss residiert hat. Als ich bei meinen Nachforschungen auf Wilhelmine von Grävenitz stieß, die man auch die »Schwäbische Pompadour« nennt, war meine Neugier sofort geweckt. Dass diese spannende historische Figur sich als eine der mächtigsten Frauen des 18. Jahrhunderts herausstellte, kam mir als Autorin natürlich sehr gelegen. Die Anekdoten im Roman (z. B. die Geschichte der Hochzeit mit Eberhard Ludwig, die darauf folgende Verbannung und der Trick, durch den es dem Herzog gelang, sie zurück nach Ludwigsburg zu holen; das Verbrennen der »Apologie« unter Läuten des Malefizglöckchens; der Vorwurf, eine Hexe zu sein; die Geschichten mit der Wölfin Melac und dem zahmen Hirsch; die wachsende Zahl ihrer Feinde, etc.) entsprechen den historischen Quellen. Wilhelmine war die Frau, die die Geschicke des Herzogtums lenkte. Sie war es auch, die Herzog Eberhard Ludwig zum Bau des Schlosses in Ludwigsburg drängte, um dort mit ihm zu residieren, während seine Gemahlin in Stuttgart zurückblieb. Da sie eine sehr machtbewusste Frau war und all diejenigen, die sich gegen sie stellten, ins politische Abseits gedrängt hat, war sie alles andere als beliebt. Ein Mordanschlag auf sie ist nicht verbrieft. Allerdings wurden ihr immer wieder Hexerei und Schwangerschaften unterstellt, um sie beim Herzog in Verruf zu bringen.

Eberhard Ludwig selbst hat sich wenig um die Politik gekümmert. Sein Interesse galt der Jagd, seiner Leibgarde, dem Hofzeremoniell und der Selbstdarstellung als »Schwäbischer Sonnenkönig«. Er wollte es seinem französischen Vorbild, Ludwig XIV., gleichtun und mit Pomp und Gloria regieren. Tatsächlich hat er mit seiner Gassenordnung die schwäbische »Kehrwoche« erfunden, die bis heute alle Nicht-Schwaben zur Verzweiflung treibt.

Ein weiteres Thema, das mich bei der Recherche fasziniert hat, war das Spaßtheater des 18. Jahrhunderts. Anders als die seriösen Bühnen führten diese meist fahrenden Theatertruppen mit Vorliebe Hanswurstiaden auf, die das Publikum begeisterten. »Mägera, die förchterliche Hexe« ist ein Stück von Philipp Hafner, das ich dem Buch »Hanswurst, Bernadon, Kasperl: Spaßtheater im 18. Jahrhundert« von Beatrix Müller-Kampel entnommen habe (siehe Bibliografie). Die Gedichte und Originalzitate im Roman stammen ebenfalls aus dieser Quelle. »Hanswurst und die Meisterdiebin« stammt aus meiner Feder, ich habe jedoch versucht, mich an die Regeln der Hanswurstiaden zu halten. Außer dem Theater haben mich die Umgangsformen der Zeit begeistert, vor allem die Komplexität der Anrede. Vereinfacht kann man sagen, dass die vornehmste Anrede »Ihro« oder »Dero« war. Danach folgten »Sie«, »Er« oder »Sie« (Er gehe mir aus dem Weg), »Ihr« und schließlich das vertraute »Du«. Für den Roman habe ich eigens Menuett tanzen gelernt, um zu verstehen, wie diese Art von Tanz ablief.

Wieder haben einige Museen und Privatpersonen dazu beigetragen, dass dieses Buch zu dem geworden ist, was es ist. Wie bei all meinen Romanen stammen jedoch auch in diesem Buch alle Fehler oder Ungenauigkeiten einzig und allein aus meiner Feder. Mein besonderer Dank gilt Frieder Frankowitsch vom Heimatmuseum in Brenz, der mir mit einem dicken Schlüsselbund das gesamte Schloss gezeigt hat inklusive Jägerwohnung, Gesindekeller, Gewölbe und Turmzimmer; Nina Hofmann vom Stadtmuseum Ditzingen, der ich wertvolle Informationen zur Kleidung des 18. Jahrhunderts verdanke; Dr. Maaike van Rijn, Kuratorin des Modemuseums in Ludwigsburg, und Regina Kemle, Führerin im Schloss Ludwigsburg, die mir in einer Privatführung sämtliche Räumlichkeiten gezeigt hat, in denen sich Wilhelmine von Grävenitz und Eberhard Ludwig bewegt haben. Ohne die Besuche vor Ort in Brenz und Ludwigsburg wären meine Handlungsorte sicher nicht so lebendig geworden. Ein ganz besonderer Dank gilt auch wieder meiner wundervollen Lektorin Claudia Senghaas und meinem zauberhaften Agenten Gerd Rumler. Und natürlich all meinen Lesern, die mir seit Jahren die Treue halten.

Bibliografie

Adrion, Alexander. *Taschendiebe: Der heimlichen Zunft auf die Finger geschaut.* München: C.H. Beck, 1992.

Bauer, Elke; Berthold, Helmut (Hrsg.). *»Thue ein Häferl Wein …« – Das Kochbuch der Eva König: Rezepte von Lessings Frau.* Göttingen: Wallstein Verlag, 2013.

Dülmen, Richard van. *Kultur und Alltag in der Frühen Neuzeit.* Band 2: *Dorf und Stadt 16.-18. Jahrhundert.* München: C.H. Beck, 1992.

Huss, Frank. *Eberhard Ludwig: Der schwäbische Sonnenkönig.* Gernsbach: Casimir Katz Verlag, 2008.

Koch, I.E. *Bühnenfechtkunst.* Berlin: Henschelverlag, 1954.

Krins, Hubert. *Barock in Süddeutschland.* Stuttgart: Konrad Theiss Verlag GmbH, 2001.

Krippendorf, Heinrich August. *Anekdoten vom württembergischen Hof: Memoiren des Privatsekretärs der herzoglichen Mätresse Christina Wilhelmina von Grävenitz (1714–1738).* Stuttgart: W. Kohlhammer Verlag, 2015.

Maurer-Schmoock, Sybille. *Deutsches Theater im 18. Jahrhundert.* Tübingen: Max Niemeyer Verlag, 1982.

Meyer, Reinhart. *Schriften zur Theater- und Kulturgeschichte des 18. Jahrhunderts.* Wien: HOLLITZER Wissenschaftsverlag, 2012.

Müller-Kampel, Beatrix. *Hanswurst, Bernadon, Kasperl: Spaßtheater im 18. Jahrhundert.* Paderborn, München, Wien, Zürich: Ferdinand Schöningh, 2003.

Oßwald-Bargende, Sybille. *Die Mätresse, der Fürst und die Macht: Christina Wilhelmina von Grävenitz und die höfische Gesellschaft.* Frankfurt/Main: Campus Verlag GmbH, 2000.

Sauer, Paul. *Musen, Machtspiel und Mätressen: Eberhard Ludwig – württembergischer Herzog und Gründer Ludwigsburgs.* Tübingen: Silberburg Verlag, 2008.

Staatliche Vermögens- und Hochbauverwaltung Baden-Württemberg. *Ludwigsburg 2004.* Band 1–4.

Volmari, Beate. *Das barocke Herz der Stadt: Der Ludwigsburger Marktplatz.* Ludwigsburg: Verlag Ungeheuer & Ulmer KG GmbH&Co., 2015.

Wise, Arthur. *The History and Art of Personal Combat.* London: H. Evelyn, 1971.